FALLING AWAY FROM YOU

坠落

NICOLE VINSON BINGAMAN

[美] 妮可·文森·宾加曼 /著　宗璞 /译

重庆出版集团　重庆出版社

版贸核渝字(2015)第164号
Copyrights © 2015 Konvurgent Publishing LLC All rights reserved.
Simplified Chinese Character rights arranged with Convurgent Publishing LLC through Beijing GW Culture Communications Co., Ltd.

图书在版编目(CIP)数据

坠落/(美)妮可·文森·宾加曼著;宗璞译.—重庆:重庆出版社, 2020.5
ISBN 978-7-229-14990-1

Ⅰ.①坠… Ⅱ.①妮… ②宗… Ⅲ.①长篇小说—美国—现代 Ⅳ.①I712.45

中国版本图书馆CIP数据核字(2020)第061975号

坠落
ZHUILUO
〔美〕妮可·文森·宾加曼 著 宗璞 译

责任编辑:李 梅
责任校对:杨 婧
装帧设计:九一设计

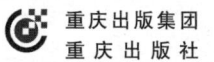
重庆出版集团
重庆出版社 出版

重庆市南岸区南滨路162号1幢 邮编:400061 http://www.cqph.com
重庆出版社艺术设计有限公司制版
重庆升光电力印务有限公司印刷
重庆出版集团图书发行有限公司发行
邮购电话:023-61520646

开本:890mm×1240mm 1/32 印张:13.75 字数:350千
2020年12月第1版 2020年12月第1次印刷
ISBN 978-7-229-14990-1
定价:49.80元

如有印装质量问题,请向本集团图书发行有限公司调换:023-61520678

版权所有 侵权必究

进入旅程

12月29号，第七天（坠落后的一周），
看着你一动不动。
望着你静静地
在一片烦乱中静躺，
周围一片嘈杂。
你是如此安静，
你还在这里。

能够看着你，
一切就已足够。
但是我内心渴望听到你的声音。
每一次触碰都至关重要，
每一个瞬间都可以治愈。

我的内心在哭泣，
为你感到痛楚，
恳求你回家吧，回到我身边，回到我身边，
回到你自己身边。
但我所能做的就是
看着你，
一动不动。

爱你的
妈妈

》致谢信

你即将读到的说到底是一个关于爱的故事。它里面有亲情、友情，还有一群人如何战胜困难险阻努力去帮助某一个人的行动。写作的过程满是痛楚的回望，有时候甚至难以分享出来。在整个创作过程中，即便我从未想要放弃，但还是会时不时想要停下来缓一缓，因为重新回顾这段往事，我仍然能感到灼热的痛苦。能够将这个故事写下来的最主要的原因其实很简单，正是出于爱和一份执着，我相信我需要把这个故事告诉大家。

在你打开这本书开启我们的征程之前，我想先感谢一些朋友，正是他们帮助并给予我走过这段路程的勇气。同时我也要感谢你，我的读者，选择了这本书，想要探索它的一切。

首先，谢谢你，我的妈妈，你是我生命中充满活力永不服输的力量和光芒。爸爸还有康妮小姐，谢谢你们无条件的信任，你们总能看到最好的我。我的外祖母们，感谢你们赠与的那份爱的礼物。还有埃里克，在我最害怕最孤独的时候你一直陪伴在我身边，我一直很感谢上帝让自己能够成为你的妹妹。凯斯，在过去的二十五年，你的忠诚、信任和永恒的爱从未消失，谢谢你为了让我们全家生活得更好所做的一切，谢谢你对我表达的所有的爱。坦纳、艾弗里还有泰勒，当我第一次把你们抱在怀里，我就知道母亲这个角色会改变我的一切。对你们的爱教会了我爱可以有多深，能走多远。你们每个人都让我感到骄傲，你们内心的理想让我肃然起敬。能成为你们的妈妈是我最大的幸运。

露丝墨菲，谢谢你曾经在一个小女孩的心里种下了梦想的种子。你是我见过的最好的老师。詹娜，是你让这个项目成为可能，并在旅程的每一步都支持着我。

亲爱的谢丽迪蒙斯医生、兰迪富尔顿医生、苏珊希尔、克里斯汀隆戈还有玛瑞莎拉斯金，谢谢你们和我们分享在创伤性脑损伤这个领域的专业知识和了解。你们的同情是最好的礼物，但专业知识的理解才是最宝贵的工具。

谢谢你们，我所有的朋友和家庭成员，是你们的帮助让我们熬过了两年时间。谢谢你们的陪伴和提供的支持，让我们体会到有些路其实不必独行。

还有那些同样遭受创伤性脑损伤的幸存者和家庭，我很荣幸可以和你们之中的一些人成为朋友。你们的勇气、胆量和承诺一直激励和鼓舞着我。

最后，克里斯蒂，你是我有幸认识的最有爱心的妈妈。这本书是写给我们的儿子们的，他们一同开启了一段旅程。我永远不会忘记你还有达斯汀。我们之间的回忆会永远存于我的内心。

爱，可以战胜一切。

前言

你打开的这本书里涉及的话题在过去的四十二年里我一无所知。之前我虽然认识一些在此道路上前行的人,我也会和他们分享,但事实上关于这个话题我所有的认知仅仅是通过小小的锁孔窥望整个房间。我的看法非常局限。我听说过嘉贝丽·吉佛斯还有鲍勃·伍德夫这些名人和他们的故事。但从电视或者其所写的文章中很难真切感受他们的切身经历。在我人生的第四十二个年头,我变成了学生坐在了创伤性脑损伤(简写为TBI)这间课堂里。我的精神和心理都开始慢慢学习掌握一些之前从来不知道自己可以承受的东西。

在接触创伤性脑损伤这个专有名词之前,我过着相对简单平静的生活。我住在宾夕法尼亚州的一个小镇上,小镇很有诺曼·洛克威尔笔下的风格。我结婚二十三年,育有三个儿子,分别是二十一岁、十九岁和十五岁。我在宾夕法尼亚州公共福利部上班,是一名个案工作者,自己也有一个相对亲密的朋友圈。我非常享受做母亲的感觉,当然我也欣然接受孩子们都长大了、自己的人生重点需要慢慢转移这个事实。虽然我的生活远没达到完美的状态,但现在回想起来,我愿意穷尽所有去换回原来那个不太复杂的生活。

2012年感恩节前夕,当我的大儿子——二十一岁的泰勒从家里的楼梯上摔下来的时候预示着一切都将改变。这样一个开启节日氛围的夜晚,我们却统统被逼到了一条永无尽头的末路上。这场征程彻底改变了每一个家庭成员。从那天起，我不断和自己重复着一句话，"永远都不"。我想说的是，永远都不要轻视每一次呼吸，每一个瞬间，每一个技能，或者每一个我爱的人。这场遭遇残忍地让我认识到，死亡并不是唯一一个可以把你的挚爱夺走的方式，也不是唯一一个让你如此渴望和自己所爱的人再在一起的方式。

我希望通过分享这个故事让你们听到我内心的想法。我希望你们看到创伤性脑损伤幸存者以及周围爱他的人们是如何生活的。我希望可以给你们现在或未来的人生旅途一些启发和力量。我希望给你们科普一些我过去从来不知道的概念，让你们更好地了解TBI的真实含义。当然我也奢望那颗满目疮痍的心在这个过程中可以得到愈合。当你读完整本书后，我希望你不再有管中窥豹的局促和不解，相反地，我期待你可以看清楚我们的世界，这里的每一个房间都被阳光照得敞亮。

这本书会告诉你，创伤性脑损伤的治疗是一个需要花费一生时间，进度极其缓慢的过程。当你认为事情有了好转可以安下心的时候，又有了新的变化。这场征程充满了恐惧、希望、友情、梦想成真的喜悦还有梦碎的绝望。它有高潮也有低谷。要与泰勒一起共赴这段旅程是我最大的伤痛，但能陪伴其左右也是我最大的荣耀。

这本书里有许许多多的英雄，虽然泰勒是这本书的主人公……他们在泰勒最需要的时候，给予了我关爱、胆量和勇气。后面的章节里会提到他们中的很多人。那些最重要的英雄和泰勒待在一个房间里一路相伴，这其中包括我的丈夫，孩子的父亲凯斯，还有泰勒的弟弟艾弗里和坦纳。没有他们，这个故事根本没办法成稿，也不可能拿出来和你们分享。我相信在拯救泰勒这件事上每个人都已拼尽所有。

还有另外一群特别棒的人不能不提。在我们最孤立无助的时候，他们挑战了固有的观念和定义。他们最终创造了自己的奇迹。这些人中很多都已心灰意冷，或悲伤不已，或苦苦挣扎，但他们却能设法从自己的黑暗世界里借出一缕光。有些是我的挚友，他们或经历了无法想象的丧子之痛，或忍着悲恸帮助我走出困境。其中有一个朋友，当我还是孩子的时候她的弟弟就是因为从楼梯上跌落而丧生的。她在远方一直为我加油鼓劲，这提醒了我要出版这本书的初衷。孩童时代我和她的父母感情就很好，他们的悲痛我记忆犹新。所以当这个朋友鼓励我的时候，她父母的声音仿佛在耳畔回响。还有我们社区的一对夫妇，最初在宾果募款时他们慷慨捐赠，现在已经成为我们珍贵的伙伴。这些朋友中的每一位，还有其他更多的人，都给了我巨大的鼓舞。这本书献给他们，献给他们失去的挚爱，献给每一滴流过的泪水。

在耶稣诞生的五百年前，古老的希腊悲剧诗人欧里庇得斯曾说过，"谁都无法确信，明日的自己是否还活着"。我知道年华短促生命脆弱，这是亘古不变无法辩驳的事实，在某一刻我们都必须开始接受，学会妥协。

目录 CONTENTS

第一部分：丹维尔 / 001
 第一章　地球上最孤独的地方　　/ 002
 第二章　不被允许的歌唱　　/ 024
 第三章　没有泰勒的日子　　/ 038
 第四章　爱可以战胜一切　　/ 045
 第五章　转院　　/ 066
 第六章　每个人都在关注的那张分级表　/ 079
 第七章　深陷泥潭的心　　/ 081

第二部分：莫尔文 / 097
 第八章　悲喜交加的地方　　/ 098
 第九章　麦香鸡　　/ 109
 第十章　寂静的夜　　/ 125
 第十一章　新年伊始　　/ 135

第三部分：佩奥利 / 145
 第十二章　一个新的怪物　　/ 146
 第十三章　没有什么是万无一失的　　/ 159

第四部分：丹维尔 2 / 171
 第十四章　蜗牛和非洲　　/ 172
 第十五章　精英　　/ 188
 第十六章　无处可逃　　/ 201
 第十七章　闹钟，药品分离器和橡胶板 / 213
 第十八章　牛肉捞面　　/ 222

目录 CONTENTS

第十九章　我心底的抓拍时刻　　/231

第五部分：米夫林堡　　/241
　第二十章　欢迎回家　　/242
　第二十一章　如果有如果　　/255
　第二十二章　曲奇饼干的破碎　　/267
　第二十三章　这样的噩梦会结束吗？　　/279
　第二十四章　柠檬汁和哈利麦片的故事　　/285
　第二十五章　抓住希望　　/292
　第二十六章　激流　　/301
　第二十七章　隐患　　/307
　第二十八章　变幻之风　　/322
　第二十九章　越来越多的并发症　　/325
　第三十章　深渊　　/340
　第三十一章　真相可以让你解脱　　/353
　第三十二章　最重要的教训　　/371

第六部分：泰勒的弟弟们　　/387
　艾弗里·宾格曼　　/388
　坦纳·宾格曼　　/401

后记：　　/417
　泰勒之队　　/418

附录：　　/421
　RLA认知功能分级（修订版）：十级　　/422

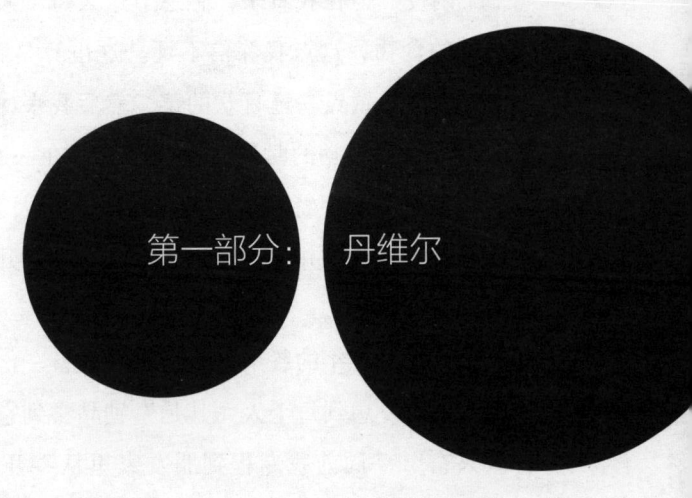

第一部分: 丹维尔

第一章　地球上最孤独的地方

>> 2012年11月22号

火鸡里塞满了佐料，另一个平底锅也放满了食物，一切都在为即将到来的盛宴做着准备。胡萝卜蛋奶酥还没做完，烤玉米已经大功告成，冰箱里的甜点正等着拿出来解冻。虽然土豆还需要一个个削皮，但在我看来，感恩节这天每个人都应该吃到自己梦寐以求的食物，这点我深信不疑。这也算是我们家的传统之一，每个家庭成员钦点一道喜欢的菜，然后我来尽力完成。直到感恩节前一天晚上睡觉的时候，我脑海里还在一遍一遍确认着菜单。今年的感恩节会很特别，因为去年不凑巧大家没办法聚在一起，而且那时候生活也并不轻松。让每个人都开开心心地过节，这个想法让我颇感压力。我想要得到一个"贺曼节"，但心里清楚这根本不存在。今年的餐桌上我会额外准备一份南瓜卷，这是我第一次尝试，一想到每个人尤其是泰勒品尝到它的反应，我就隐隐有些兴奋。一周前我专程到朋友家里从零开始钻研这道菜的做法，在厨房里成为她的学生是一件很有意思的事，能够和家人分享这些新鲜事物也是再好不过了。我迫不及待地想让孩子们尝尝这道南瓜卷。虽然制作过程并不难，但能够在节日里给孩子们做饭在我看来就是另一种表达母爱的方式。作为三个还处在成长发育期的男孩的母亲，这种用美食表达爱的机会还是挺多的。

有时候，其他家庭成员也会来和我们一起过感恩节，但2012这个特殊的一年，只有我们五个人一起。一起生活了二十二年的我的丈夫凯斯，还有我的男孩们——泰勒、艾弗里和坦纳，我们会围在桌前尽情享用我准备的美食。我当然会想念其他的人，但也憧憬着只有我们五个人待上一整天的幸福时光。这周早些时候泰勒曾提到过他不确定感恩节那天会不会在家，因为他的几个朋友一直在纠结要不要像去年一样再开车去匹兹堡打猎。泰勒后来和我短信探讨过关于假期安排的问题，我的态度很坚决。即便做一次独裁者我还是告诉泰勒他需要待在家里，因为我们要一起过感恩节，和全家人一起。还好他没有任何的反驳，这让我宽慰不少。

大约一年后，我在工作台上发现了那张感恩节的食物准备单。在过去接近365天的时间里，这个清单没有被任何人触碰或者移动过。和工作台上的其他东西一样，我不在的期间它们都维持原状。清单就放在我半空的咖啡杯旁边，一侧是我的玻璃杯。桌面大号的日历本上用黑体字标着日期：2012年11月。已经一年了，日历没有翻过页，但我们生活里的其他部分，却已一片狼藉。坐在工作台前，随着思绪的波动我感觉时光仿佛在倒流。我多么希望自己能够回到从前，回到一切混乱悲痛以及坠落发生之前的日子。

清单上其实并没有标上每个人的名字，因为和世上其他任何一个好妈妈一样，对于每个人想吃到的食物我早已了然于心。艾弗里想要烤玉米和苹果甜点，凯斯和泰勒会点土豆泥以及肉汤，坦纳是胡萝卜蛋奶酥，而我则是烤火鸡填料。我的填料堪称一绝，所以做完这道菜后我感觉一切已经大功告成。因为在南方长大，所以我一直觉得一份好的火鸡填料对于感恩节的餐桌简直是必不可少的一部分。这一年我们都没有太多机会准备一顿大餐，想到感恩节前夕可以大快朵颐我就垂涎不已。2013年当我重新看到这份清单时，一股心痛和苦涩立刻涌上心头。期盼已久的那天确实来了——以一种我从未预料到的方式。

2012年感恩节前夜，我操心完明日的烹饪菜单，陷入熟睡中时，突然被两个小儿子吵醒。我听到艾弗里和坦纳站在房门外的走廊上。那时候我根本不知道是几点钟——直到现在，我也还是不确定具体的时间。我只听到门口传来低声的话语，"妈妈，是我们……我们要把灯打开"。黑暗中我对光是很敏感的，他们也都很清楚如果立刻打开灯我会火冒三丈。从他们的语气里我听出了事情的重要性，深吸了一口气答道："你们没事吧？"我当时还处在半梦半醒的混沌状态。不知道为什么，我总以为儿子们是不是把他们的汽车弄坏了。今晚早些时候，他们去一个朋友家里玩吉他，因为感恩节假期每个人都从学校放假回家了。想到他们现在安全待在屋子里，我心里立马觉得有些安慰。接下来的一分钟时间内，他们解释说泰勒从台阶上摔下来了，一辆救护车已经赶到了，同时也打了紧急救援电话。我的大儿子现在在一架直升机上，而我还待在卧室里，胡乱匆忙地穿着衣服。我压根不知道出了什么事情。

时至今日，我对那晚自己当下的反应虽然感到困惑，但一切我都记得清清楚楚。我愤怒地大声喊道："该死，泰勒！"可能我永远也没办法搞明白为什么第一反应会是某种奇怪的愤怒。作为泰勒的母亲，我觉察到了一种紧迫的危险，但对于即将面对的一切毫无概念。我没有哭泣，内心也没有充满恐惧。我根本不清楚发生了什么。事实上鉴于当时的真实情况……我的反应还算镇定。但凯斯的反应迥然不同，某种意义上说，比我糟糕。他立刻觉得不舒服，胃里好似有一种无法否认的恐惧在翻腾。我的丈夫脸色发白，汗渍淋淋，脸色充满了对未知的害怕。他一言不发，仅从身体变化也清楚地知道，可怕的事情发生了。

取出车子后我们的二儿子艾弗里，表现得如此成熟——这点我直到现在仍然感到十分欣慰。他不希望他的爸爸或者我来驾驶，他在尽自己最大的努力照顾我们。我不希望他开得太快或者太慢，而我自己则急得想飞过去。现在回想起来我当时和他说的是赶紧去医院，但是别超速。从我的声音里可以明显感觉到那种恐慌。我想当时我们中的任何一个人都不清楚自己是什么感受。

稍后当我把那些片段拼凑到一起时才发现，不仅仅是泰勒身体上经历了地狱般的煎熬，他的弟弟们也同样目击了任何人都无法忍受的这一切。艾弗里和坦纳在听到泰勒坠落的声音后反应迅速。出事之前他们就待在泰勒离楼梯很近的房间里，然后听到他跌下来的声响。虽然后来我有把那些零碎的回忆拼凑到一起，但那晚关于这部分的叙述我一无所知。

在开出长长的车道之后，我们拦住了救护车，停下来问了司机一些问题。泰勒必须被送到远处一块开阔的区域这样直升机才可以降落，然后救护车再开回医院。司机说："我们担心的事情似乎已经都解决好了。"我松了口气，接着建议开两辆车过去，这样泰勒从医院回来的时候会舒服一些……我还在想着那晚泰勒就可以回家。我们迅速钻进两部车里。艾弗里和坦纳开一辆，我和凯斯紧随其后。在车子里闲聊的时候我还说了句如果泰勒发现要一起挤进一辆车子他肯定会大发雷霆。在开往医院的四十五分钟路程里，我还记得自己回忆着泰勒十二岁的时候也被送进了急救室。还好那个时候并无大碍，尽管中间有段日子是挺难熬的。

当车子开过宾夕法尼亚州米夫林堡也就是我们居住的小镇的时候，我突然想起了一件事。泰勒如果是被直升机接走的，那他就可能回不了家了……永远。一股寒意和恐惧袭来。在这瞬间的恐慌中，我感觉有必要立刻给我爸爸打个电话，我刚准备开口，心里突然想到了一些事情。爸爸接通了电话，我大声说道："泰勒出事了。他从楼梯上摔了下来，现在必须用直升机送去医院。"这是我第一次觉得自己快崩溃了，尽管后面的次数更多。我想要冲着电话那头大叫。我的内心一阵歇斯底里，但言语和身体并没有表现出来。虽然声音里有些许轻微的颤抖，但是这并不能说明内心感受到的强烈的预警。

当我们走进宾夕法尼亚州丹维尔市基辛格医疗中心急救室的时候，候诊室空无一人。坦纳和艾弗里已经到了。他们一动不动地站着，尽管看上去很镇定但我可以明显看出他们有多害怕。凯斯和我到了之后告诉了前台的女士我们是为了儿子泰勒来的，这时一个男士立刻出现了。他平静地说道："我是一名牧师，我们需要谈一下关于您儿子的事情。"我的直觉是不要跟着他过去。我担心接下来会发生的事情。我心里清楚这样的情况会是什么结局，我还没有做好准备，从一个陌生人那里听到泰勒已经过世的消息。一开始我拒绝了牧师的要求。我内心希望如果不走进他们指引的那个房间，预想的情况就不会发生。但是我们还是被喊了过去，当穿过急诊室候诊区的时候……我知道我们一家的生活将会彻底改变。

房间里空荡荡的，除了仅有的四五把椅子。那是老式的金属座椅，没有什么填充物。如果没记错的话，椅子是黑色或者蓝色的。墙上什么照片都没挂，桌上也没有可以让你打发时间的杂志。这就是用来通知家属的房间，根据之前我们收集到的信息，大多数人应该都不希望待在这样的房间里。

到现在我还能记得那个房间里充斥着一种焦躁不安的情绪，自那以后这种情绪我已经体会过很多次了。一年前的某一天我曾坐在这个房间的对门，那时候有一家人被告知他们永远地失去了所爱的人。如果房间的墙壁可以开口，它会告诉我们很多可怕的故事。

我非常感激那位牧师的真诚。从我们的表情里他看出我们处在极大的恐惧中，便把情况一五一十地告诉了我们。我们的儿子，艾弗里和坦纳的大哥哥，许多人的好友，现在伤势严重。医生已经进去处理情况了，此刻泰勒正在和命运抗争。牧师一度坦言他不会尝试理解我们到底有多痛苦。他说："很抱歉我不会说些无用的话来让你们感觉好受。但我在这里，如果需要帮忙可以随时来找我。"他说的太对了——没有人可以让这种情况好转。

这时一位名叫柯克兰的医生走了进来，他穿着一件羽绒服，戴着眼镜。羽绒服是金灰色的，蓝色牛仔裤搭着一件正装衬衫。他的眼镜是正方矩形，让人感觉他应该既有趣又睿智。他看上去清醒有精神，但我们都知道他刚从睡梦中被叫醒匆匆从家里赶过来。我们一直都很庆幸那晚值班的神经外科医生是柯克兰医生，因为他不仅是一名医术卓越的外科医师,也是一个内心充满怜悯之情的人。他身后跟着一名年轻的女医生,当时我们并未留意她的名字,但后来我们非常感谢这位名叫陶利的医生。陶利是外科医生,柯克兰是神经外科的。大家互相介绍后我们便完全信赖他们,毕竟理论上来说我们儿子的性命掌握在他们手中,一旦他有任何好转的迹象医生们必须在现场。

我想说的话可能听上去有些愚蠢,但是看了那么多部美剧,比如《豪斯医生》《急诊室的故事》以及《格雷医生》之后,这样的场景我已经见过无数遍了。这不是美国广播公司或者福克斯……这一切都是真实的,发生在我儿子的身上。我觉得自己好像在看一部电影。所发生的一切都是那么虚幻。我看着柯克兰医生,感觉有些话必须说出来,我得让他知道今晚躺在他病床上的这个二十一岁的年轻人对我们而言比他想象中还要重要。在那个时刻我唯一想到的就是他是我的儿子,他是我们在座所有人的一部分,我们希望他得到最好的照顾。我想说些鼓舞的话给他打气。我紧紧握住医生的手看着他们。这双手可以让泰勒起死回生。我把心里所有想法都说了出来,期待这些想法可以战胜内心所有的恐惧,可以被听到。

在和两位医生沟通完后,我们被带到了一间空屋子里。那晚我不知道自己待在急救区的哪个部分。我跟着三个莽撞的家伙进进出出急救室多次,但这个地方有些不同。我们是在急救室后面的某个地方。那里很安静也很开阔,四周一片寂静。它看着非常空旷,什么东西都没有。周围是一片死寂。没有忙乱的东奔西走,也没有任何确切的消息。喧嚣不再,这间房子里只有慑人的空寂。它看上去如此冰冷，有一股消毒水的味道，我不希望我的泰勒在这里结束他的一生。

然后，我见到了我的泰勒。我强壮英俊的儿子此刻正躺在一个担架上。我的妈妈和我口中长得像王子一样漂亮的孩子虽然容貌未变，但死神正试图从我们身边夺走他。他看上去就像睡着了，其他方面都很好。他一动不动——你知道不能有一点晃动。自从坠落发生后泰勒便没有表现出任何有意识的迹象。这是我最后一次看到泰勒平时的模样，认出那个熟悉的身体。关于他的所有都是安静的。

医院里发生的事情其实和电视上的一模一样——只是这次我们在现实生活中经历了。那时候我们觉得一切都是不真实的，仿佛灵魂走出了肉体的躯壳，我祈祷着这一切仅仅是一场噩梦。医护人员告诉我们该道别了。他们提醒我们手术可能会不起作用，并允许我们陪伴在泰勒身边直到他被推入手术室……这一切发生得太快。那一刻是个礼物，是我会永远感激的瞬间。为什么我会把这个恐怖的一刻当作礼物呢？因为我有机会和泰勒告别了。我的继兄和继姐都在悲惨的事故里意外丧生，我一直很后悔连最后说再见的机会都没有。这次我会好好利用这个时刻。但面对一个昏迷的只有二十一岁，几个小时前还生龙活虎享受生活的人，你要怎么道别呢？你不知道，但也要尽全力一试。我必须相信，泰勒可以听到并感觉到我们对他深深的爱。

关于这次事故的一切我都觉得不真实，因为我觉得这种事情无论如何都不会发生在我们身上。但是无论我们多么地不想感受、承受或者接受这个事实，泰勒此刻已经躺在担架上，他的衣服不久前刚刚被剪开然后整个人被直升机送了过来，他在毫无意识的情况下开始了人生最后一战。我不知道直升机上发生了什么，我不会主动去问，也没有任何一个人来告诉我们。泰勒依然躺在担架上，我们所有人都在旁边告诉他我们有多爱他，要他坚强。我告诉他要奋斗，我们不想失去他。我在他耳边低语："请不要离开。我爱你。"

我心里也在默念着一些不忍说出口的话……如果我们失去你，我们就等于失去了自己。我们都知道这个意味着什么，但谁都不知道该怎么说出来。凯斯代替我们作了道别，在这个时刻他挺身而出我很感激。我一直盯着另外两个儿子，提醒自己他们还都好好地活着。这一辈子我从未如此害怕过。其实我即将要学会面对很多很多惧怕的时刻。我即将学会怎么去控制恐惧感，而不是让它战胜我。

接下来几个小时里，我们给家人，朋友，还有泰勒亲近的人打了电话。我只依稀记得其中几个电话的内容，其余大部分都记不清了。最难打的那一通是给我的父母和哥哥。我一直在犹豫该怎么和独居的母亲说这件事情。换作你，你会怎么说呢？我决定简单地讲一下情况，尽管我很害怕但我不想吓到他们。如果没有之前的恐慌和歇斯底里，在某种程度上来说这场危机便没有那么真实。我其实不太记得说了什么，因为具体的情况我们也知道得不多，唯一肯定的一点就是泰勒有生命危险。

我还记得和一些朋友当时的对话。听起来我的声音就像机器人一样：泰勒从楼梯上摔下来了。泰勒的情况不是很好。关于那天说过的话我一点印象都没有了。

几个小时过去后我们也得到了一些更新，但确切的消息还没有听说。泰勒还在手术中，他已经成功度过了第一阶段。我们没有看到医生一脸严肃地走过来，准备告诉我们泰勒已经走了，这一点我感激不已。我们待在三楼，周围一圈都是候诊区。有一个好心的清洁阿姨一直为我们提供茶水和咖啡。她之前碰到过类似的情况，但是她没有放着我们不管，尤其今天还是感恩节。几个小时后柯克兰医生走了出来，告诉我们手术成功，泰勒活了下来。他的话在我们听来仿佛另外一种语言。他说的每个字我们都听不懂。他问了一些关于泰勒坠落的问题以及摔下来之后的事情，并肯定了泰勒摔下来之后坦纳和艾弗里的处理非常得当。

当时我们了解到的情况是泰勒的头盖骨遭受了剧烈的撞击。他的头盖骨右侧粉碎，左侧骨折，前部损伤。在前期，这些判定对我们而言其实没有多大意义。泰勒能否活下来是我脑海中唯一重要的事情。我们被告知最初的七十二小时至关重要，也知道泰勒还没有脱离危险期，他的生命还处在巨大的危险中。

由于颅内压问题泰勒出现了脑水肿现象。他颅内出血所以必须及时止住。一旦水肿现象维持到某个阶段，脑干就会严重受损，如果颅内压不能及时释放，病人就会死亡。我们都知道需要降低颅内压，这让我们非常害怕。尽管大家一个不少都在一起，但我们还是感觉孤立无援。

候诊室只有寥寥数人并不拥挤。恰逢感恩节，人们都在准备大肆庆祝狂欢一番。消息传得很快，许多我们的至亲好友都陆续听说泰勒摔得很重。后来想起来的时候我会感到有些抱歉和无奈，因为泰勒生命中一些多年的朋友是通过这样的方式得到了这个消息。他们告诉我，那年感恩节的饭桌上满是泪水、担忧和悲伤。那天我唯一后悔的是我没有办法将内心的情感完全释放出来。我想要大声尖叫，冲进手术室，想办法终结这个悲剧。时钟还在嘀嗒转动，但我感觉时间本身就是一种折磨。

因为泰勒是一个狂热的户外运动爱好者，所以谣言也迅速传开，说他是在打猎的时候从树上摔了下来。但是泰勒一向打猎都很注意安全，对周围的一切事物都小心谨慎。他很有安全意识，也喜欢确保他的朋友们的安全。泰勒关爱自己和其他人的生命。

泰勒是从我们家的楼梯上摔下来的。

我们一直梦想居住在一个木屋里面。当几年前一个朋友私下想要出售这栋房子时，我们赶在其他人前面迅速出手了。对于三个富有探险精神的男孩子来说这个房子棒极了。他们慢慢成长，最喜欢的一部电影就是《野性非洲》。他们很喜欢像电影里那样，到房子附近的森林里去找些乐子。我相信在他们那颗富于冒险的心以及天马行空的想象驱动下，他们想变成三兄弟版本的《野性非洲》。他们做到了。

刚开始住进木屋的时候，我经常会听到男孩子们狂野的叫声。有一次我正在洗澡，听到后迅速冲了出去。映入眼帘的是一群男孩子在追赶一只熊。没错，他们在追赶一只熊！他们是那么的无所畏惧，热爱野外。但之后我还是和当地一位狩猎监督官沟通解释了关于人类打扰野熊的危险性。

我们家很安全，但是也很吵闹。整栋房子都可以听到来来回回、上上下下的脚步声。那时候，我们有两个楼梯，都是由简单、厚实、未喷漆的原木做成的。孩子们还小的时候，我们十分注意楼梯的安全问题，但是当他们长大了，也就没有什么可担心的了。那时候楼梯间的骚动或者楼下卧室的吵闹我们都可以听得一清二楚。我们的木屋可以清楚听到所有的声音，它也可以及时阻断噪声。但是对于那三个闹腾的小伙子来说，其实并没有什么效果。

由于是假期，泰勒和当地的朋友们聚会出去玩儿了一整晚，然后和其中一个朋友一起回来了。很多孩子在感恩节前夜都会待在一起聚会聊天。当泰勒和他的伙伴进来的时候艾弗里和坦纳正待在泰勒房里打游戏。

房子里其他地方都静悄悄的。夜已深，所有感恩节前夜的快乐都要告一段落。理论上说我们已经进入了感恩节当天。在把其他人送走后，泰勒是最后一个离开的。他的朋友就只在离我们几英里的地方，所以泰勒第一个被接走最后一个回家。在厨房待了几秒钟，泰勒走进浴室。上床睡觉前他和朋友提到要去趟浴室。

当泰勒从浴室出来，他并没有回到自己的卧室，而是径直走向和卧室反方向的楼梯口。他的朋友注意到泰勒站在楼梯顶端，据他描述泰勒突然间就一脚踩空了。

我们谁都不知道泰勒为什么要走到楼梯那里。有时候晚上睡觉前他会下楼从冰箱里找东西吃。那里亮着灯，但我怀疑他在操心关灯的事情。他那天十分疲惫。按照他朋友的叙述，整个晚上他都异常疲倦。在我们看来，他其实根本没打算下楼。

没有人知道他要去哪里或者去做什么，但是当他走过去时，他摔了下来。坦纳和艾弗里听到了一声巨大的撞击声，赶紧从房间里冲了出来。泰勒此刻已经摔下楼梯失去了意识。他们试图把他叫醒，但不管用。他们回忆说一开始看到泰勒的时候，他看上去仅仅只是昏了过去。走近一瞧，才注意到泰勒脑袋后面有一小块地方在出血。他们立即拨打了911。在等待救护车过来的时候，泰勒开始发抖，他的身体开始收紧变得僵硬。救护人员一赶到，内科专家便立即检查了泰勒的眼睛，立即呼叫了救援飞机。过程中艾弗里告诉了医护人员最近的飞机降落场地在哪里，当救援车载着泰勒离开的时候，坦纳和艾弗里费了很大力气把我们叫醒，并告诉我们发生了什么。

每次一想起来，我都不难想象坠落发生的情形是什么样子的。泰勒接近两百磅，正好跌下来撞击在不对的位置。泰勒坠落的方式正好非常糟糕。我六英尺高，强壮，勇敢，美丽贴心的儿子毫无疑问经受了残酷的连续撞击。他从十三级高的台阶上摔下来，每一级台阶都仿佛在传递一种打击或者击打他的头部。由于某些原因，泰勒的头部似乎一直引导着这次坠落，仿佛头部在保护着身体的其他部位，其他地方一点都没伤着，但是正是受伤的那一部分影响了全部。这些伤害一开始肉眼根本看不见，但在几小时之内，一开始撞击产生的影响渐渐显露。

我一直坚信在坠落发生后的每个时刻进行处理的顺序就该是那样的。这个顺序在我的脑海里已经反复上演倒序了无数遍，我也想过成百上千种解决方案。我们非常清楚地了解撞击带来的所有影响，基于此，那晚所做的一切决定拯救了泰勒的生命，对此我深信不疑。我经常想如果是我或者凯斯在现场，我们会做出相同的反应吗？我们可以做出一样的判断吗？孩子们为泰勒做出了正确的决定并因此拯救了他的生命。柯克兰医生最初就告诉我们，在后面也一再强调的便是，如果泰勒没有被及时送到医院去，他可能已经不治身亡了。泰勒大脑的每一个部分在这次坠落中都受到了重击，甚至都没有时间让情况慢慢变得更糟。

自从泰勒出事，家里的楼梯都铺上了地毯。楼梯口加了一道门，旁边也多了一个开关。上下楼的时候看到那些楼梯我还是觉得会不舒服，但是经过这些处理让这种感觉减轻了不少。之前的场景总会让我想到泰勒失足摔下楼梯的画面。他们告诉我有人过来把血渍清理干净了。我也让孩子们再打扫了一遍。一想到那些画面，我就觉得心跳加速，大脑陷入极度的恐慌中。

在事故发生后的二十四到三十六小时内，泰勒的朋友们陆续赶来安慰我们。按照他们的叙述，泰勒的行为和心情一整晚都有些"不在状态"，这很可能导致了这次意外。那一周泰勒有四个十二小时的轮班，虽然这个工作时刻表对他来说并不陌生。在睡眠这个问题上他一直把自己往极限上逼。但他还年轻，所以体力可以坚持。他的朋友解释说大约那晚七点多钟他们碰头开始，泰勒的情绪就不高并且极度疲劳。他表现得有些反常，脾气暴躁而且心事重重。在从朋友家里出来去到一个当地的会所，以及后来再换地方的时候，他被喊醒了好几次。他们还说和之前那个无所不知的泰勒相比，那晚上的他很不一样，所以后来他们有询问是不是发生了什么事情。

泰勒的朋友们还在想是不是他碰到了什么事情，或者开始服用他们所不知道的新的药物，又或者发生了其他什么事情。和我

第一部分 015
丹维尔

们一样，他们也有许许多多的疑惑。最大的问题似乎是"为什么？"以及"怎么会？"，泰勒的血液检查表明他的身体系统里并没有什么异常现象。他和朋友们一起出去玩儿，喝了酒，但是根据那些和他待在一起的人的描述，泰勒酒醒以后一直都保持着控制力。但是泰勒究竟喝了多少酒，这个一直没法判定。

我们在想有没有可能发生了其他什么事情。是不是他的工作出了状况，又或者他得了什么病。我想知道这背后的整个故事。我想知道如果我当时在他身边的话……事情的结果也许会截然不同。但世上所有的假设都无法改变现实，此刻的泰勒深陷昏迷状态，他的颅骨被取出了一大块，医生们不停地提醒我们泰勒很可能撑不过这一关。医生们一次次地告诉我们并不是某一个原因造成了现在的结果。一般悲剧的发生都是一系列事件导致的。没有任何人可以责怪。这中间并不牵扯到上帝的惩罚，也没有什么复杂的教训让我们需要吸取。作为泰勒的母亲，我发现接受这种模棱两可的答案不是一件容易的事情。事实上泰勒的大脑损伤严重，所以即便之前确实有什么影响了他的大脑，现在也根本发现不了。

泰勒以前经常不戴头盔骑着他的哈利戴维森新摩托车。有时候他会超速行驶。他不是莽撞的性格，但是毕竟年轻而天真。他自我感觉很好，觉得自己战无不胜，有时候我认为他对自己的生活缺乏必要的思考和细致的对待。但是我确信在我二十一岁的时候我也做过相同的事情。但是泰勒又是一个有安全意识并且行事谨慎的人。他工作还有打猎的时候都很注意安全。他自己很清楚疏忽大意不是好的行为，而且我也不觉得他的生活处于边缘化的状态。

十三个台阶。也许就只有十三秒钟。在这十三个瞬间一个二十一岁的生命发生了彻头彻尾的变化,二十一年的大部分人生都消失不见。

我很难记住泰勒在医院的第一天的样子。记忆虽然鲜活生动,但是却感觉很遥远,发生的大部分事情都很难回忆起来。凯斯的家人们都住得很近,所以候诊室里很快挤满了人,他的两个兄弟,各自的妻子以及孩子们都来了。有些泰勒的朋友仅仅坐在我们身旁陪伴着我们,空气里有一种刺痛而凝重的感受。我们每个人心里都充满了恐惧,不确定,一直在考虑对于即将到来被迫接受的新的角色要如何适应。没有人能够深切体会到那种痛苦。有时,即便身边都是人,你也会感觉自己身处世界上最孤独无助的地方。

几天后我在自己的日记里写道:"等待的那几个小时极度痛苦。我们当中没有人愿意相信泰勒会离开我们,但其实我们都清楚这种可能性很大。痛苦这个词已经不足以形容我们的感受了。彻头彻尾的恐惧甚至无法描述我们的情感状态。还有什么词可以呢?"

一次我最小的儿子坦纳对我说:"妈妈,我要吃东西,我实在熬不住了,我很饿。"感到饥饿是正常的,想要到其他地方走走也是可以的。我仍然记得那天坦纳的样子。那几个小时不仅永远改变了泰勒的人生,也改变了那些最爱他的人们的生活。大家都在祈祷。有时候人们会聊几句,试图让自己恢复正常。这种情

第一部分 丹维尔 017

况对谁都是第一次，对于未来的事情没有人可以给出答案。

有人安慰说会发生奇迹，一切都会没事的……但是我的内心既没有充满希望也没有心烦意乱。我完全被吓呆了，根本不知道做什么，就连泰勒也许会躲过一劫这个想法都没有让我开心起来。

最终医护人员告诉我们家属可以进去看看泰勒了。他们提醒我们泰勒身上缠了很多东西，一个呼吸机以及其他的设备，也解释了在这次坠落中泰勒头部的状况。他撞到了头部右侧，那一部分颅骨已经不在了。头部左侧也受到了伤害，大脑前额叶出血。泰勒的整个头部有大大小小各种出血点。泰勒被取出的一大块颅骨叫作骨瓣，大约是我一只手的大小。不见的那部分在泰勒摔下来后从原本右耳上面的地方已到了他右眼上部。泰勒有多处脑损伤和脑出血。由于那块移除的颅骨不再形成保护，所以医护人员不得不极度小心谨慎地进行处理。

泰勒被绷带包扎着。一开始他看上去并没有想象中那么吓人。最糟糕的部分应该是泰勒颅内压的指数。他的头顶放着一个非常小的计量器。有点像外星人的样子。11月22号当医护人员走进急救室测量颅内压和肿胀情况时，那时候泰勒的颅内压是50。在那个数值下，大脑会开始挤压脑干，从而引起脑组织死亡。柯克兰医生一开始告诉我们正常健康的大脑颅内压的指数在5到15毫米汞柱，或者mmHg。所以必须降低泰勒的颅内压指数，保持低值。如果压力没有释放，泰勒就不能活下去。泰勒看上去就像一个火星人，也非常脆弱。除了头顶的压力计量器，下面还有一个球状物用来收集液体。这个球状物是个排水管，里面全是血液。他还活着吗？他会没事吗？泰勒能够挺过来吗？如果可以的话，需要多久的时间呢？

泰勒的头和脸可以很明显看出来是肿胀的，而且肿得非常厉害。他的脸肿到想要睁开眼睛都没有办法。他的头上缠着白色的纱布。他看上去还是原来的泰勒，但是很快就要改变了。接下来的几天时间里，泰勒肿胀的情况没有消失，他的容貌也开始发生了变化。人们总会说："他看上去好些了！"虽然我从来不知道那些话是啥意思，但是我还是愿意同意这个看法。

他还是一动不动地躺着，让人感到心里发毛。在房间里，有一个霓虹灯警示牌放在床头，上面写着：

"您的亲属头部遭受了创伤。请不要使用下列可能刺激到病人的方式，包括：说话，看电视，听收音机，打电话，或者任何的触碰。请安静陪护。"

我们尽可能遵守上面的指示。在某些时刻，我们被允许可以触碰他的手，在他旁边耳语几句憋了很久想大声说出来的话。悲伤的氛围任何时候都可能袭来，我会走出泰勒的房间，让自己能够哭出来。头几天我们并不奢望泰勒可以表现出任何苏醒的迹象。医生给他注射了安定剂和大剂量的止疼药。他被安置得很舒服，那种方式就好像你把某个人照顾得很好，而他或者她心里却并不是这么想的。

接下来的几个小时，大家都没睡觉。那晚早些时候，我的哥哥埃里克来了。我从小和他一起长大，他就是我生命里的保护神。我知道如果可以他愿意尽自己所有的力量去阻止这件事情的发生。埃里克身高大约1米9，是我见过最聪明机智的人。我们都亲切地叫他温柔的巨人，但是现在即便是这个巨人也束手无策。埃里克的出现给了我无法名状的安慰。我哥哥给了我安全感并让我恢复了理智。我感觉这下有一个人在这里可以与我生死与共,甚至可以让一切回到正轨。埃里克沉着而体贴,他的出现给我无穷无尽满是折磨的日子带来了些许平静,尽管这种日子往后出现得更多。他来了之后,我记起了我第一个母亲节。我们当时正巧在弗吉尼亚州庆祝埃里克的大学毕业典礼。我记得把泰勒带到了现场,他还因为大礼堂里上千人爆发的掌声而狂怒不已。我还记得母亲节那天,就在埃里克给我继母的那盆花旁边,还有一份我的礼物。那是一棵蒲公英,放在一个装着水的瓶子里。上面还有埃里克模仿孩子的语气写的字条,"母亲节快乐,爱你的泰勒"。

由于事发突然我已经记不起事故发生的那个晚上是怎么过的了。这之后的日子也过得乱七八糟。我们好像在倒时差,一天连着另一天,一小时连着下一个小时。我知道艾弗里和坦纳在某个时刻回去睡觉了。我知道头一个晚上我们待在重症监护病房,在有医院毯子和枕头的候诊室里。

事故发生后的那天,我们遇见了重症监护病房的护士长。她的名字我已经记不得了,但是她人非常好,富有同情心而且专业。她提醒我们因为泰勒很年轻,所以人们会很好奇他的情况。她建议我们可以建立一个在线关怀主页或者使用一些社交媒体。艾弗里说他会在脸书上把发生的一切分享出来。我知道需要告诉人们我们的世界已经天翻地覆。我只是觉得不是所有人都知道该如何表达。回过头看我们本可以分享更多,但是没人知道那些信息看上去应该是什么样子的。连你自己都没搞明白的事情你又该如何解释呢?如果你的全世界都破碎了,但是那些碎片还在你四周，你又该如何表达出来呢？"我们可能会看着我们的儿子离开"这句话要怎么说出口？我不希望去使用任何一种社交媒体，但是我明白它们可以帮助人们了解事情发生的经过。那些关心泰勒的人有资格了解正在发生的一切。

医生还强调了一点，这是一场持久的战役，会是长久且缓慢的过程。泰勒的治愈时间会超过我们能承受的范围。我们的生活从此刻起会全部改变，因为泰勒不再和以前一样了。这些话都是可以理解领会的，但是再次回望的时候我们发现自己并没有完全体会它们真正的含义。什么是创伤性脑损伤？我们认识的人当中有人有过类似的经历吗？这些名词到底是什么意思呢？

医生和我们每个人也单独见了面。我心里一直感觉这场危机其实是可以避免的。我开始陷入自责的状态里。从泰勒出生那天起我就一直是他的守护者，但现在我却辜负了这个使命。我之前怎么没有预见或感受到这场厄运的降临呢？事故发生之前我怎么会一无所知呢？对自己孩子的生命和命运没有任何把握是一件多么恐惧的事情。

我们能够消化接受的消息非常有限。这是一个浩大的工程，对于我们而言有点像婴儿喂食。我觉得医护人员一开始只是简单地告诉我们一些必须知道的东西。他们会逐渐成为我们的老师，更确切地说，我们的朋友。从多位医生到众多的护士，护士助理，还有其他医护人员，他们每次都会告诉我们一点新的东西。大多数人对我们都非常和蔼，毫无疑问非常关心。

2012年11月23号事故发生后的第一天，艾弗里在脸书上写下了这样一段话：

我们一家人非常感谢那些爱护和关心泰勒病情的朋友。现阶段我们唯一可以跟大家分享的就是泰勒还有好几天的艰难日子需要度过。我们希望你们可以继续关心，为他祈祷。千万不要害怕和负责人的沟通。我知道你们当中有很多人关心并且愿意和泰勒并肩作战，但不幸的是除非有进一步的通知，直系亲属以外的其他人都不允许探望。所以你们能做的便是祈福，祈祷，让他能感受到你们和他同在。有人联系过我的家人或者我，虽然我们会尽全力让你们了解事情的进展，但当务之急是要给泰勒足够的爱和支持。熟悉泰勒的人都知道他是一个战士，对于任何战役都不会退缩。今天在这里，我非常感谢爱的力量，并且代表我的哥哥谢谢那些爱他的人。

　　那天晚些时候我爸爸也赶来了。他是从亚特兰大市坐飞机过来的，他住在那里照顾我九十四岁的祖母。我的爸爸是一个话不多但是很坚强的男人，他的存在给我们带来了很多力量。他非常虔诚，在信仰里找到很多慰藉。在未来的几天里他就是我的精神力量，但是当他第一次见到泰勒的时候……他还是止不住哭了出来。我见过我父亲在他女儿和继子去世时的悲恸，他如此深爱着他俩，所以我不忍心让他再失去一次。当我们的挚爱突然毫无征兆离开我们一家人时我感觉到了他的力量。我坚信他的信念可以让他度过这次磨难，也希望他虔诚的信仰可以让我们的祈祷得到应许。

　　凯斯的兄弟们和妻子陆续赶到，还有他的母亲，我的父亲，我们的一些侄子侄女的陪伴，这让一切变得不那么难熬。我感觉少了些孤独，我不止一次在心里想过也许所有人的爱凝聚在一起可以让泰勒起死回生。我们祈祷，关心，询问，更重要的是关爱。从心存希望到心灰意冷的转变太快了，这就好像是一场人生的过山车，我们大家必须学会驾驭它。最初的几天几个小时内，我们大家都在一辆车里。

但这趟车程似乎永远没有尽头……

第二章 不被允许的歌唱

>> 2012年11月22号—24号

　　第一天感觉像过了一辈子，在结束后我们还需要额外的几个小时来感受比之前更多的恐惧和害怕。那晚晚些时候我们拖着疲惫的步伐走向餐厅，凯斯、艾弗里、坦纳和我准备去吃些东西。尝了一口后我立马知道自己的身体还没有准备好去消化食物。我几乎不能咀嚼嘴里的马铃薯和填料。我把碗推向一旁，难以下咽。当我们准备离开空荡荡的餐厅的时候，艾弗里的电话响了。之前我们一次都没走出过候诊室，但就在这个空当里……出事了。电话那头是泰勒的医生，他们需要得到我们允许在泰勒的身上放一根中心线。我很困惑，因为我根本不知道中心线是什么东西。后来我知道了，中心线就是一根长的导管，每一段有一个（有时候多个）开口，以便往身体大的血管传输液体和血液。这个中心线是以后我需要为泰勒做的诸多允许和决定中的第一个。危险时刻通常没有时间等待或者去谷歌上搜索最好的答案。就是简单的同意或者不同意。我甚至不确定这段对话是和我们商量的还是仅仅只想得到批准，但是我们必须这么做。

　　我们回到走廊里，一家人继续等待。通常重症监护病房是关闭的，我们待在单间外右侧走廊的临时等候区内。医护人员告诉我们还有其他空着的地方但实在太远，我们想要待在允许范围内离泰勒最近的地方。

　　不知道为什么，看到泰勒第一次从手术室出来给了我们片刻的安全感，尽管这种感觉很快消失了。当我们再次回来等待流程结束时，大家都沉默了。我们不时就有一种时间静止的感受。我的内心还处于恐慌模式中，仿佛需要像火山一样爆发一次——但我们还是一动不动地坐了几个小时。除了这样还有什么其他办法吗？

当重症监护病房的流程结束，医护人员宣布任何人不能进入探望。我们可以看到区域被分隔出来，牌子上写着，"流程中——不准进去"。任何人不得出入这整块区域，因为需要尽可能地确保无菌环境。

操作结束后医生出来和我们沟通的时候，传来了更多坏消息。一个住院医师在更换胸腔引流管的时候，泰勒的肺部被刺穿从而导致了萎缩。住院医师是指在医院进行在岗训练的医学院毕业生，而基辛格医院以教学医院闻名。这名医师的态度我们不是很喜欢。在他看来，泰勒只不过是一个占了床位的年轻人。就在因为他的一个错误导致中心线事故不久后，他又在重症加护病房里开起了玩笑。这种粗鲁的行为只是前面提到的过山车之旅的一部分。对于什么时候该投入什么时候不该扩大情绪问题也是一个教训。泰勒在为了自己的生命而战，而某些人竟然还在说笑。

由于肺部萎缩，泰勒的身体里放入了一个胸腔引流管。这根导管附加在本来穿梭于他身体的塑料管子以及逐渐增多的身体状况指数清单里。肺部萎缩又叫作气胸。导管放在肋骨和肺部周围之间用以排掉肺部和胸壁间的空气，从而让肺部再次膨胀。

作为泰勒的看护者我们既要了解也要尽快熟悉这些专有名词，这非常重要。医生每天早上都会来查房。查房是医学教育和患者关怀的一部分，全组医生会去到每个房间和病人家属讨论患者状况。在这种情况下既有专家医生也会有学生在场。泰勒摔下后我们便开始参加查房。重症看护病房的主任告诉我们了解泰勒治疗方案的每个细节至关重要。

第一天,医护团队在正常时间一般早上七点半到八点左右过来了。一名医学院学生首先解释了一些基本情况,他说:"二十九床患者,年龄二十一岁。"然后被他的导师打断了。医生说:"不好意思同学们,这位是泰勒的母亲。你们每个人开始查房的时候应该说声早安。"他们全都看着我,我可以看到他们嘴里的"二十九床患者"瞬间变成了某个人的儿子而不仅仅是一副躯体。从此,医护团队中的一些人对我非常关照,关于泰勒我有任何的问题他们都会耐心回答,这一点我一直很感激。

11月23号周五,艾弗里在泰勒的脸书上上传了这么一段话:

我们一家人决定把事情经过不清楚的地方给大家整理一下。我们会尽量每天给你们更新。泰勒的脑部遭受了创伤性损伤,周四早上刚做了手术。手术很成功,达到了预期的效果。我们知道你们都很想来探望他给他支持和关爱,但是请大家还是继续给予祈祷和精神上的关爱吧,因为接下来的几天或者几周只有家属才可以探望。我们现在头脑里还没有时间线的概念,只知道接下来五到七天里他基本处于"定速控制"的状态。医生们没办法预测结果如何,因为每个人的反应和恢复情况都不相同。你们中有许多人都曾试图联系我们的家庭成员想要了解更多的信息,很抱歉我们并没有及时回复,甚至根本没有回复。泰勒的生命掌握在一个人的信念之手中:上帝。我们真诚地感谢你们给予泰勒和我们一家人的爱与支持。请继续为泰勒祈祷。希望一切可以有所改变。

刚开始我们在脸书上没有经常更新，但它是我们与外界保持沟通的方式。我们知道让朋友们了解泰勒的进展很重要，而且随着事情的进展，我们希望将发生的真实状况和大家分享的渠道是……通过我们。很显然有些细节我们没有办法公之于众，但会尽量在允许范围内告诉大家。

前面几天每次进到病房看望泰勒的时候似乎都能在他身上发现新的设备。他的头上缠着厚厚的白色纱布，盖住了右耳上一道长长的缝合切口，同时把整个头部上面做成了C形。他头部左侧的切口要小一点，大约三英尺长。要过一段时间我们才能看到纱布下面的东西。在泰勒脑袋后面靠近底部的地方有一个小洞用来连接干净的引流袋，可以看到带有血丝的液体非常缓慢地流入袋中。脑袋后面还有一个大的液体收集袋。泰勒的脸肿着，他的眼睛需要医生手动掰开才能睁开，有时候甚至用手也行不通。他的眼睛由之前的红肿渐渐变成了黑青色。一个上臂经常戴着一个血压袖带，胳膊和手指上有一个脉搏血氧读数。头顶的纱布里冒出一个外星人一样的压力表用来监测泰勒颅内肿胀的程度。他的嘴张着，里面有一个很大的呼吸管，医生们希望呼吸机是从泰勒身上撤走的第一批设备之一。这根管子连接的设备为泰勒提供每一次的呼吸。机器呼吸一次，相当于泰勒也呼吸了一次。刚刚装好的胸腔引流管从泰勒的右侧露了出来。气囊压力仪器完全覆盖住了泰勒的双腿，仪器里面不间断充满着气体，用来保证泰勒体内的循环。泰勒对于发生的所有事情都没有反应和意识。这些机器都是用来帮助泰勒维持生命的工具。

在我们搞清楚所有状况之前，一转眼周四变成了周五，周五变成了周六，越来越多的人开始赶过来。对于亲友的探望我们有截然不同的感受。那段时间发生的一切我们都从未经历过，所以很容易有情绪的变化。我是一个对情绪非常坦诚直白的人，因此这对我而言是最具有挑战性的。我觉得我们一家人相聚的方式很好，但是大家内心都默默清楚我们必须遵守的陌生的新规则。许多朋友开始变得焦躁不安，想要从我们这里亲自了解事情的进展。家里的每个人都有各自的问题需要处理，但太多的人关心泰勒的状况。我们尽力将消息通知给每个人。

11月24号星期六，艾弗里在脸书上更新道：

因为想要让大家放宽心，所以在得到允许的情况下我们可以再透露一些细节。如果你们可以接受我们所经历的不适，请继续读下去。泰勒昨晚一切都好，各项指数都不错，反应也都符合该阶段的预期。他大脑的颅内压一直都不低，除了护士医生理疗师之外没有任何人晃动过他，但是压力增长得很明显。要知道直升机救援把他刚送过来的时候才只有50。为了让你们更加了解事情的严重性，一般正常人大脑的读数在0到10之间。今天我们第一次认出来这是我们熟悉且深爱着的泰勒，因为他的全身之前一直处于极度肿胀的情况。午餐的时候给他戴上了喂食管，目前为止他做得不错，但不幸的是他一整天都在高烧不退，两小时前我们才刚刚看到退了点热度。高烧的原因目前还不知晓，我们正在等化验结果。在这个阶段谁都不知道结果会是什么，因为现在唯一知道未来会发生什么的人在楼层之上。我们听到了一些奇奇怪怪的传闻，我们全家非常感谢大家的关心，但是恳求大家如果消息的来源不是泰勒的直系亲属那么请不要随意传播。泰勒还处于昏迷中，接下来的几天也会如此，一旦他可以接受探望我们会第一时间通知大家的。恳请大家尊重这个决定并耐心等候，因为我们全家人都在焦急地等待着好消息。现在最重要的就是请你们伸出双手向上帝祈祷，让泰勒痊愈。

我的一些闺密是第一批探望者，她们带了小松饼和两大杯咖啡。其中一位叫凯利的朋友，七年前我们刚搬来米夫林堡小镇的时候她是我们的邻居。那时候泰勒幼儿园刚毕业，艾弗里快四岁，坦纳才几个月大。凯利的继子和泰勒同龄，他们曾经是很好的朋友。这几年关系虽然没有之前那么紧密，但他们一定有过很多美好的回忆。我已经认识凯利很久了，现在我们几乎每天坐在一起工作。我会和凯利倾诉很多关于男孩们的事情，所以她对于孩子们非常清楚，而且很爱他们。那时候她经常告诉我他们有多好，在男孩们的成长过程中她的确花费了很多心思。所以凯利在我们家人心中有特殊的位置，她的出现给了我们极大的安慰。

在出事前的几个月，我和泰勒的关系有些紧张。泰勒二十一岁了，这几个月里我们的关系第一次有了碰壁的感觉。泰勒那时候有很多的事情和麻烦，而且他试图和全家人都保持一定的距离。在这些摩擦中，凯利一直鼓励并提醒着我，泰勒有我这样的妈妈是多么的幸运。事故发生前几周的一天她问我："我需要和泰勒聊聊吗？有你做他的妈妈他有多幸运，需要有人提醒他这一点。"事故发生前几天，他给我发了一条长长的道歉短信并说对我们的关系有了新的认识。亲人之间是会产生类似的事情，一旦发生，作为父母亲的感觉会很糟糕。现在的我内心十分愧疚，这种情绪有时会将我……吞噬。由于自己的不完美我让泰勒失望了，我只是想给他做顿饭，看到他脸上的笑容，听他再次对我说妈妈我爱你。我还可以再次拥抱我的儿子吗？我还能够让他知道我有多爱他吗？回忆如潮水般涌来，我不禁怀疑难道这些就是我们关于泰勒的一切了。我从泰勒那里收到的最后一封邮件是他的简历。他想改变自己的生活，甚至在考虑换工作的可能性。有好多事情没有做，好多话没有说。我感觉我的儿子还有我与他再次相处的机会都被残忍地抢走了。我给他发的最后一条短信是关于感恩节的，短信里是我希望全家人能一起愉快度过节日的愿望。

周五和周六两天似乎相对安静。泰勒还是没有醒过来。我们有种感觉，由于受了重创，泰勒也许正在某个洞穴里面养伤。但是我们并不希望看到他一动不动完全昏迷的样子。泰勒房间里一片寂静，一坐在他身旁关于我们之间的回忆就会源源不断袭来。那天我真切感受到了悲伤和恐惧。和之后许许多多日子一样，那天我第一次感受到内心的悲痛突然如潮水一般飞溅出来。我心痛到根本没有办法保持冷静，无法抑制泪水。我不知道这个可怕的过程还要持续多久，但我知道几天前那个健康强壮英俊的男孩已经从我身边被彻底夺走了。我慢慢开始接受这个想法，从前的泰勒再也回不来了。关于未来的结果，医生和护士并没有和我们说很多，但现在回想起来，他们其实花了很多工夫让我们做好准备。

我之前提到过，我的父亲从亚特兰大市飞过来，他的出现给了我极大的安全感和平静。我一直都是父亲的小女孩，我知道他的到来会给我喧嚣不已的内心注入一丝平静的力量。我也知道他的到来对艾弗里和坦纳而言意义重大，因为他们非常尊敬喜爱他们的外公。他穿着一件运动衫，前面写着"希望"，背后是"改变一切"——这是11月23号艾弗里在脸书上更新的一句话。这件T恤是之前一个纪念我的继兄不幸过早去世的宣传运动中所用的。他几年前离开了我们，从那以后我们才知道，作为家人，有时候希望本身是你可以紧紧抓住不放的唯一的东西。艾弗里把其中一件印有"希望"的卫衣放到了泰勒的病房里的椅子上。他告诉我："你不觉得这件卫衣应该陪着泰勒吗？"我们希望这几个在大家内心意义重大的字可以进入泰勒的内心和灵魂，让好事发生。

我们会一连几个小时待在泰勒的床边，静静看着他。有时候我会想独自一人陪伴，但其他时候我基本不能一个人独处。我还记得和爸爸一起坐在床头，他看着泰勒，我看着他。很小的时候泰勒和他之间就有一种特殊的情感。尽管没说出来，但泰勒很爱我的父亲——他的外公，非常非常爱。事实上爷爷和外公他都很喜欢。泰勒的爷爷已经不在了，不用看到孙子饱受折磨在某种程度上让我松了口气。

和爸爸坐在一起沉默不语的时候我便想起当我还是小女孩时的一件事情。他把我带到一片废弃的沙滩上过了一天，当时只有我们俩。爸爸想要我们到某一个地方去，入口的水位有点高，我太矮了，海水不断打在肩膀上让我寸步难行，完全没有办法一个人走过去。爸爸先把我们所有的东西举在半空中运过去，然后回来找我。他把我架在肩膀上，平安地带我走过了这片水域。那个瞬间就那样刻进了我的记忆里。和他待在一起让我觉得安全和可靠。爸爸这次也可以安全地把我们全家人带到另一侧去吗？我清楚认识到两个残酷的事实：第一个让人沮丧的事实就是我可能想不出任何的办法为泰勒解决目前的困境，第二个是我的父母同样没有办法解决我的问题。一个是对面的父亲，还有一个是天堂的上帝，我内心对着他们大声呼喊，祈求他们能帮我解决这些问题。

周六我发现了基辛格医院的小教堂。当你走进基辛格医疗中心小教堂的时候，你会发现不同的地方代表不同的信仰。这里有四块区域，每个区域代表着一种宗教。坐在那间屋子的时候我感受到了冲突。我对所认知的一切都产生了质疑。但那天我并不是来问问题的，我只是单纯过来道谢，感谢可以让泰勒挺过第一天和第二天，感谢赐予我们机会陪伴在他身边……即使这种相伴是单向的。我有种强烈的预感，泰勒这次事故的结果会非常不同。我也知道，瞬间的变化都可以改变他。我总是心存感激，因为最爱他的人们不必承受他忽然离世的痛苦，而且我们还可以对他表达自己的关爱和支持。坐在教堂里我只简单说了几句话，因为内心的恐惧让我几乎无法启齿。我安静地自语道："感谢您，请让泰勒活下去吧。"然后我默默坐了几分钟，想得到某种暗示和安慰告诉我一切都会好的。

可能是周六的时候，我向医生询问了一些之前一直害怕去问的事情。我们已经在重症监护病房的候诊室度过了漫长而紧张的好几个夜晚，日夜都快颠倒了。我必须回家整理一下，我需要洗个澡，睡一觉。但是大家又很担心离开泰勒，所以我必须知道他会不会死亡以及什么时候……这种情况会发生吗？医生解释说这种情况不会突然发生，如果泰勒情况恶化的话我们有四十五分钟的时间可以赶过来。她说："妮可，我向你保证，如果你现在回家去睡五个小时，你不在的这段时间泰勒不会有事的。"我信任她，过去的七十二个小时让我了解了她的为人。她的保证让我做了选择。我们全家决定留一个陪着泰勒，毕竟正常的生活对于我们自己还是很重要的。大家不停重复着："这不是冲刺，这是一场马拉松。"或者"这条路很长，我们必须照顾好自己"。事情不会发生剧烈变化的，泰勒不会有事的，我们一遍遍地提醒着自己。

当朋友们回忆起最初那些天的时候，我记忆里只有断断续续的一些片段。有人会不时提到他们去医院探望或者一家人如何过来拜访的事情。我的回答通常就是一副迷惑的表情，然后反问："我在吗？"答案通常是肯定的，只是大多数时候我没有印象。最近有个朋友回忆起她当时年仅十三岁的女儿是怎么迫切想要见到泰勒的。我们两家是多年朋友了，她很喜欢"宾格曼家的小伙子们"。显然我和她解释过目前还不能去见泰勒，但具体的对话我一点儿都记不起来了。我问她："我怎么样？看上去还可以吗？"她回答说："不好，你看上去一团糟。"我隐隐约约记得拥抱了艾弗里还有坦纳很久，希望从他们身上得到安慰，而且不希望再失去他们中的任何一个。我也因为强烈的感情冲击记得某些特定的时刻和几个特定的人，但大部分……这一段的记忆都是模糊不清的。

第三或者第四天早上，我走进房间轻轻地给泰勒唱歌。他还很脆弱，护士人员尽量让我们在看护他的同时不伤害到他。男孩们还小的时候，他们每个人都有一首专属于自己的歌，我会唱给他们听。孩子们睡觉的时候我经常会唱一首名叫《沉睡小镇》的曲子。我记住了旋律并且自己改了一些里面的歌词。曲子是这么唱的：

妈妈爱你，爸爸爱你，耶稣爱你，快点来沉睡小镇。爷爷爱你，奶奶爱你，快点来沉睡小镇。艾弗里爱你，坦纳爱你，耶稣爱你，快点来沉睡小镇。

我会把爱他们的人都唱一遍，直到他们全部都睡着。那时候我都是低声清唱，我还会唱《你是我的阳光》这首歌。我的三个儿子就是我生命里的阳光，如果其中一个不在了，太阳永远都不会闪耀了。每当唱这首歌的时候，那个金发碧眼的小男孩就会回过头来和我一起唱。后来有人让我不要再对泰勒说话，祈祷，唱歌或者做其他任何会发出声响的活动。泰勒的大脑需要休息，这对我们而言也是挑战之一。这些指令让我既受伤又惊讶。我给泰勒唱歌是为了治愈他，同时也治愈自己。不让唱歌对我无疑是另一种折磨。医护人员确实是在保护泰勒，但是没有任何人可以保护我们。于是我在心底默默哼唱，希望泰勒身体的某个地方可以听到。

每当遇到这样的艰难时刻，我都会忍不住想，电视里昏迷的故事场景和现实生活中的状态有多少不同呢。这也是我坚持要唱歌给泰勒听的原因。我们都在期待一个奇迹的瞬间，泰勒的身体对我们的存在有了反应。其实现在唯一可以看到的反应就是他血压的读数以及颅内肿胀的程度。这一切与人生频道、贺曼频道或者《豪斯医生》里的场景完全不同。

现实生活中我们的境遇沉重，真实而缓慢。我时常感觉胸口像有一只大象压着，内心所有的想法都被碾压殆尽。我难过而疲急,知道自己无法承受某个部分分崩离析。我知道泰勒需要我,凯斯需要我,坦纳和艾弗里都需要我。我内心清楚需要照顾好自己的身体才能帮助到其他人。

重症监护病房的主任为我们做了很多有帮助的事情,其中之一就是为每个人设定了不同的时间和她见面沟通。我们可以问任何问题或者告诉她自己内心的恐惧与不确定,然后她会帮助我们了解内心究竟可以承受多少。她建议我们每个人都需要彼此的空间去适应处理以及战胜这种情况。她说每个人的反应和回答都是不一样的。她给我们带来了许多安慰并且解答了很多问题,这让我如释重负。病房的空气里弥漫着一种厚重的愧疚感。在泰勒坠落这件事上大家都在与内心的怪兽搏斗——如果这可以有所改变的话。接下来的几天她经常会花时间和我们聊天,我们对她的信任和信心与日俱增。

凯斯和我一起经历了很多事情。我们在生养三个儿子的过程中享受到了人生非常大的乐趣,当然也一起经历悲伤。望着凯斯我替他感到难过,可以看到也感受到他有多么害怕。他脸色发白,沉默不语,就像这场危机在消耗他身上的每一丝能量。我知道谁都不曾想过这样的事故发生在我们儿子的身上。事实上,对于创伤性脑损伤究竟是什么东西我们俩都一知半解,当时的我们并不知道泰勒的伤势会影响到全家人的命运。

周末很快结束了,似乎过去了一整个世纪。在许多天里我们都度日如年。我们的工作、孩子们的学校怎么办?泰勒还整日躺在医院里面我们要怎么生活下去呢?我在体力允许的范围内勉强支撑着。虽然目前的状态下无法思考,但我还在逐步计算从这场煎熬中走出来需要哪些东西。

渐渐地我感受到了真正的疲惫不堪，最终不得不接受事实，我的身体需要休息。我得想办法让自己离开医院休息的同时确保泰勒能够被妥善照顾。家庭里的每个成员都在找寻自己的方法来应付未来无穷无尽待在医院的日子。无论是对泰勒，对家人还是对自己，大家都在做着自己觉得必须去做的事情。这当中会有很多的事需要花费很多时间，我们不仅需要照顾泰勒，还需要照看彼此。

第一次离开医院，我和艾弗里一起去了他学校的公寓。因为感恩节假期他的室友都不在。他有一张很舒适的床，一到那儿我就躲进了被窝。他打开卧室里的一个老式燃油暖气片。在温暖的房间里我躺在安静而舒适的床上，很快便迷迷糊糊睡去。艾弗里和我休息了几个小时。虽然不去陪伴泰勒是很困难的决定，但我们俩都太累了，一闭上眼睛身体就开始了最急需的休息。此刻的挑战就是把脑子里不停运转的所有轮子全部关闭好好休息。

我不仅担心突发情况让泰勒身处险境，也同样清楚他的生命还处在悬而未决的阶段。我依然在与内心深处喧嚣吵闹的问题斗争，"这一切是怎么发生的？""是我的过错吗？""我究竟要怎么去解决这个问题呢？"一阵阵的绝望充斥着我的内心，这种感觉就好像你已经完全心灰意冷，但又必须重拾信心学会冷静从而让一切正常运转。

几个小时不被打扰的休整后我立刻睁开双眼，内心一片恐慌。这之后很多次我都会有类似的体验：一觉醒来，发现仅仅记得泰勒发生的事情。楼梯坠落事故时刻威胁着我们要把他带走。

人们经常提醒彼此把今天当成你人生的最后一天来生活。事实上我们并不允许自己那么做。通常只有当面对难以想象的事情时我们才开始发现本该更加合理地利用时间。我内心一直在不断纠结，无论许下多少愿望或尝试多少次，都没有办法让时钟回转到事发之前，确保这样的状况永远不会发生。有时候我在想也许这一切可能只是一场不可思议的噩梦，但日子一天天过去，噩梦还在继续，我也真正意识到情况是如此真实。

有个想法一直萦绕在我心间：我想去抱一抱我的泰勒。我想告诉他，他的出现是我收到过最珍贵的礼物。我想让他知道成为他的母亲一直是我的骄傲，作为儿子他让我享受到了无与伦比的快乐。一想到再也听不到他的声音，再也听不到他叫我"妈妈"，再也看不到他在饭桌上狼吞虎咽地吃着喜欢的菜肴，我就彻底沉浸在深深的伤痛中。时至今日，我还是无法理解在如此巨大的危机和痛苦中人们要怎么重新站起来。对我而言这似乎已经耗尽了所有活下去的勇气和力量。如果人类可以因为心碎而死去，我想我肯定已经不在人世了。

》第三章　没有泰勒的日子

我之前就提到过，泰勒是一个户外运动爱好者。很小的时候他就对狩猎、垂钓、参与户外运动表现出浓厚的兴趣。从泰勒学会说话和走路以来，这就变成了凯斯和他之间沟通的一种方式。泰勒对于狩猎的喜爱渐渐超越了大多数人对这项运动的兴趣。还是小男孩的时候，泰勒最喜欢凯斯临睡前给他讲自己狩猎的故事。

泰勒也很喜欢垂钓。他会在当地的小溪边钓野生鳟鱼，还喜欢出海去弗吉尼亚州的广阔水域里钓军曹鱼。他还喜欢收看一年一度的垂钓大赛。打猎和钓鱼是泰勒人生的两大乐事。更重要的是，通过这两个活动他可以和不同年龄层的人打交道。

十二岁的时候，泰勒在他人生第一个打猎季开始前发生了点意外。他站在厨房里，手上拿着一个小铝球滚来滚去。突然他咳嗽了一声，顺势用手捂住了嘴，这时小块的铝球片就被他吸进了喉咙里。泰勒之前就有严重的哮喘，他的呼吸立刻受到了影响。我们赶紧拨打了急救电话把他送进了急诊室。几个小时后我们出院了，医生告诉我们他的这个反应和铝球没有关系，是突发性的哮喘发作。

第二天他照常上课，但几天后情况越来越糟。在多次被告知泰勒的哮喘已经严重到一定地步并且在使用多种药物无果后，我决定打电话问问自己的医生，我对她非常信任。她立刻安排了相关检查，并做了电脑断层扫描。扫描结果显示泰勒实际上将铝球上的部分锡箔纸吸了进去，现在已经嵌入他的肺部。泰勒被立即安排住进了基辛格儿童医院，但因为刚吃过饭所以手术不得不延期进行。那真是一段令人害怕的日子，作为父母我们第一次面对这种真实的手术。

这段难熬的经历中泰勒想的最重要的一件事就是自己还能不能去打猎。打猎季盛大的开幕式正好在手术结束后的七十二个小时举行。泰勒是个很有经验的表演家，而医院的医生们又特别富有同情心。星期天，一名和蔼的医生把我拉到走廊里，说出了自己的看法，他觉得第二天如果不允许泰勒出去打猎的话，他反而会为此耗费大量体力并感到挫败。所以他建议泰勒还是按照计划在父亲的陪同下进入林子里。猎鹿季节的第一天，筋疲力尽的泰勒在森林里艰苦跋涉，终于射中了第一头鹿。从那时候起我就知道，什么都没办法阻止他去做自己喜爱的事情。

第二年泰勒找到了第一份工作，他高兴坏了。每周二晚上他会待在当地一家运动员俱乐部里给飞碟射击的机器装靶子。俱乐部里一些年纪大的会员很喜欢这种周度射击练习。因为这份工作，泰勒和好几个年纪大的长辈建立了友谊。他很喜欢听他们讲故事，他们也同样如此。虽然赚的钱不多，但泰勒并不在乎这些。他经常带着一瓶苏打水和一块巧克力棒回家，当然还有那与日俱增的对运动的兴趣。

高三的时候，泰勒有幸被选中为学校春季版的年鉴写一篇关于钓鱼的文章。泰勒对此非常自豪，因为被选中对他而言是一件非常荣幸的事情。他精挑细选了一张自己抱着一条大鲈鱼的照片，这张照片被放入相框摆在了他自己的房间里。高中生活最后一年，很多时候他会一大早和弟弟艾弗里还有朋友们躲起来猎鹅或者其他水禽。天不亮他们就会动身，出发去极其寒冷的地方。我从来都不清楚那些个早晨具体发生了什么，但我知道那是艾弗里和他哥哥最珍惜的回忆。

泰勒高中毕业后我们鼓励他去寻找和户外运动相关的职业。我曾经安排他在一个狩猎警官那里见习一天，他非常喜欢。但那时候，泰勒更热衷于赚钱而不是把自己的兴趣当成职业。其实内心深处我还是希望他可以做自己感兴趣的事情。

泰勒享受打猎带来的刺激和兴奋。跟踪搜寻猎鹿是宾夕法尼亚州森林周围最普通的爱好，但泰勒是我遇到过的对这一过程最痴迷的一位。过去我们常常取笑他的衣橱，因为看上去就像一个迷你的坎贝拉商店。无论是用弓箭或是来福枪捕猎小鹿都是泰勒最爱的娱乐活动。我觉得正是这种痴迷让他在成长过程中少去了很多麻烦。他就是一个普通的乡村男孩，喜欢户外、乡村音乐、漂亮女孩儿，还有卡车。他就像那首乡村音乐里唱的，非常聪明，但同时务实而且懂得享受生活中简单的美好。小木屋的很多面墙上都挂着各种各样狩猎获得的奖品，泰勒的卧室简直就是野外动物主题"洞穴人"的缩影。

事故发生后的周一，凯斯还没有上班。正巧这时候是宾夕法尼亚州的猎鹿季节，11月26号的周一是我们这里猎鹿猎人的大日子。周围大部分的学校和商铺都会关门。

过去几年里，凯斯和他的三个兄弟会带着各自的儿子，有时候是其他人，一起举办年度猎鹿露营。但是2012年的猎鹿露营对于宾格曼一家来说永远不存在。很多因素导致了这个心碎的决定。狩猎季节是泰勒目前为止最喜欢的部分。不管是否喜欢狩猎，大家相聚在一起总是十分美妙。

猎鹿露营的时候大家会创造很多回忆，会走进林子里，可以大快朵颐，包括各种垃圾食品，同时分享各自的传统，然后无忧无虑地一起生活几天。回想过去几年的情形，我还清楚地记得耳畔听到的嬉笑喧闹。我们分享了许许多多关于打猎的回忆，大家也借此机会共同探讨过去发生的事情。我们都认为没有泰勒这个露营就举办不了。我知道对每个人来说它都是痛苦的源头。但在猎鹿露营这件事上我想象不出还有谁会比他的父亲或者弟弟们还要悲痛。我们会告诉泰勒今天是什么日子，安慰他希望很快就可以在林子里再看到他了。

泰勒本打算那年在打猎季的第一天带坦纳出去，这尤其让人心碎不已。坦纳十五岁了，尽管已经出去打猎了多次，但从来没有成功过。泰勒费尽心思帮坦纳找到了一处绝佳的捕猎地点。在当地一家农场的允许下，他在正确位置放了一个树干作为标记，然后兴奋地告诉所有人自己有多期待坦纳可以在他的指导下射中人生第一头鹿。虽然坦纳对打猎的热情并没有那么高涨，但是能和哥哥一起度过他就觉得心满意足。基本上泰勒就是坦纳出去打猎的唯一原因，而坦纳也是泰勒如此努力寻找最佳捕猎点的原因之一。结果尚未揭晓前，所有这些可以制造回忆的机会都没有了。猎鹿季节一过去，我就感到心里空落落的很不舒服。我的儿子应该出去做自己喜爱的事情，而不是一动不动躺在床上靠着这些机器维持生命。坦纳多么盼望可以和他一起出去玩儿，结果机会却被硬生生地夺走。泰勒的一个朋友好心提议那天自己可以带着坦纳出去打猎，但是没有哥哥的陪伴，坦纳根本没办法鼓起勇气。

泰勒一些最亲近的朋友出于对他的尊重决定那年放弃打猎。另外一些人则决定为了泰勒好好度过这个狩猎季。这个特殊的时期对于伙伴们来说也很难熬，无论他们怎么处理我都选择尊重他们的方式。我很了解泰勒的为人，他是不会希望因为自己而让大家都不去林子里打猎的。接下来的几天，他的朋友们给我们发来各种照片或者上传到了脸书。标题一般都是，"这是给你的，宾"。这是这些年轻人对泰勒表达悲伤和关爱的一种方式。

11月28号，他一个最好的朋友的未婚妻在脸书上放了一张照片，里面有她的未婚夫，还有成功射到的一只公兔，旁边的标题写着，"宾，这是给你的。布雷特知道今天早上你和他在一起，他知道你会为他感到骄傲。我们永远相信你，也永远爱你。一步一步不急不慢才能赢得这场比赛"。

事故发生前几周，伊凡，我们的一个侄子，在学校里写了一篇和泰勒一起打猎的文章。伊凡非常敬佩泰勒，尤其在打猎这件事情上。泰勒总是很愿意帮助年轻的户外运动员提升他们对运动的喜爱。

伊凡写了一篇某天他和泰勒一起出去打猎的小说。一天晚上他手中握着这份稿子走进了医院。伊凡年纪还小，他很难理解情况的严重性。但可以看出他非常关心他的堂兄，我很感激他能够过来和我们一起待在医院里，有时候一坐就是几个小时。有一次他的母亲对我说："我希望你可以听到伊凡为泰勒做的祷告。他在全心全意为他祈祷。"我无法将自己的痛苦强加到他人之上，目睹深爱的其他人再受伤害。

伊凡写的那篇文章在特护病房的候诊室里被相互传阅,我们轮流翻看时大家都沉默了。伊凡的妈妈后来把故事带到了泰勒的房间,低声读给他听。我们每个人都希望故事里的内容是真实的,并期待下一个打猎季的到来。但现在我们不得不管理好自己的情感。

那时候伊凡才上五年级。他在文章里写道:

今天是个特殊的日子,公鸡打鸣前我就得起来,因为我的堂兄泰勒要带我去森林里猎雄鹿,并用一部照相机记录过程。我得赶在泰勒来之前准备好,所以我走到浴室里,窗外都是秋色笼罩下赏心悦目的大树,但我无暇欣赏景色,因为我必须准备就绪。我往脸上浇了些凉水让自己完全清醒,然后穿上装备,这时候泰勒来了!有些人喜欢周六看书,有些人喜欢看电视,但我周六喜欢去打猎。

接下来的故事是关于打猎的,最后他们终于发现并猎杀了一头大雄鹿。故事的结尾是泰勒驮着猎物回家挂在了自己的屋里。伊凡的故事有个完满的结局,我多么希望这个结局可以代替目前面对的残酷事实。12月1号,伊凡在打猎季收获了他的第一头鹿,我们都知道他这么做是为了泰勒。

白天在医院待了很久,晚上尽管拖着疲惫的身体回家,我还是会看几眼泰勒在森林里做着他最喜欢的事情的照片。我经常会坐在他房间的电脑前,看着照片,感觉自己离他更近了。其中有一张最吸引我,照片上泰勒高高地站在树上,拉着弓箭。他看上去无所畏惧,非常强壮。那时候我还不知道之后我可能永远也见不到照片上的那个人了。那个总是穿着安全带，在林子里一直小心谨慎的人从自己家里的楼梯上摔了下来。这次的坠落已经夺走了他很多东西，但是更多的损失还在后头。

猎鹿的季节继续着，我有一种无法否认的直觉——泰勒很怀念他所爱的运动，这让我们很受伤，但更重要的是，我们知道这会让泰勒分心。当凯斯和我坐在泰勒床边的时候，凯斯对泰勒说："你永远不会相信当你醒来的时候你错过了猎鹿的季节，但放心你有机会再出去的。"

事故发生九天前，泰勒在自己的脸书主页上放了几张打猎的照片。他兴奋地和自己的朋友还有家人讨论着即将到来的打猎季。他对于11月的活动充满期待和激动。仅仅几天之后，他却几乎没办法张开双眼或者坐起来。

每度过一天，我们都感觉泰勒离我们愈来愈远。如果他能清醒过来哪怕一小会儿我们都会非常满足，但他还是一动不动地躺着，紧闭双眼，全身没有任何反应，他根本不清楚自己和周围正在发生的一切。现在的他处于人生中最长的一次狩猎旅程中——一场自我的搜寻，旅程结束后他才可以回到我们身边。

》第四章　爱可以战胜一切

》2012年11月30号到12月3号

  我们一家人渐渐和加护病房的工作人员熟悉起来，每个人都似乎有一种亲属间的关系。每次查房的时候艾弗里和我都在。泰勒发生事故后的前几天我们就有了这个协定。那时候我极度疲劳，有一种撑不下去了的感觉，内心已经快到崩溃的边缘。艾弗里的脆弱也越来越明显，我们都处于一种空洞虚弱的状态。我们没怎么吃东西，也没怎么睡觉。艾弗里越来越想保护他的哥哥，因此也需要知道更多的信息。有天一大早，我们为这个问题吵了几句，具体内容虽然记不起来了，但我能感受到当时作为一个母亲的无助与绝望。我的大儿子现在处于昏迷状态，生死未卜，另外两个儿子试图团结在一起和他一起战斗。我试着站在艾弗里和坦纳的角度去想这个问题，但是这对于一个当时连自己的感情都很难驾驭的人来说太难了。

  片刻的愤怒过后，我有些心烦意乱。几分钟后我的情绪失控了。晨间查房开始，医护团队都陆续过来讨论泰勒的病情。但是一想到要知道更多，要问更多的问题，关于如何让泰勒恢复更迅速或者更彻底我们需要了解哪些复杂的东西我就倍感压力。医生们正在探讨的时候我开始抽泣。这种抽泣会让你不停喘气——我宁愿自己从来没有这么哭过。这是事故发生后第一次我在医生们面前失控，感觉糟透了。查房结束后两个年轻的女医生留下来陪着我。我泪眼婆婆地坐在她们旁边，我说感觉这一切都是自己造成的。这些事情应该由我来搞定，噩梦应该由我来结束……因为我是泰勒的母亲。但是事实上我却什么忙都帮不上，对于艾弗里和坦纳我也无能为力。艾弗里需要的答案远远超出了我现有的知识层面了解到的。那时候医生们建议可以让艾弗里多多参与查房，也提醒我无论什么时候我们中的任何人都可以和医生见面沟通。艾弗里需要从科学的角度了解自己的哥哥目前的状况。这是他唯一可以搞清楚现状的办法。

医生们抱着我，一边轻轻拍着我的背一边安慰着我。这些年轻且智慧超群的女性让我想起了自己同样有能力而且坚强。她们不断强调无论有多么迫切，但我没有那个神奇的力量避免悲剧的发生。泰勒事故中有很多的因素都是我无法控制的，我需要时时刻刻提醒自己这些都不是我的错，我不需要独自一人肩负起拯救整个世界的责任。谈话快结束的时候，她们再次补充说每个家庭成员的反应都会不同，存在这些差异很正常的。

医师们让艾弗里参加早晨查房的想法是明智之举。艾弗里的问题都富有挑战性而且深刻，可以帮助他了解情况。他想知道身体上的这些挑战对泰勒的未来产生什么影响。他想看泰勒脑部的图像或者扫描片，借以判断损伤的具体位置。他想要在医院人员允许的情况下获得第一手消息。他总是在询问各种医疗细节问题，他的问题经常提醒医护人员关于创伤性脑损伤我们同样在全力以赴学习更多。求知欲是艾弗里应对机制中很重要的一部分。

事故发生后的一周，11月29号，泰勒必须再次进到手术室里。前一个晚上我们刚收到通知，第二天具体的流程就要立即执行。要维持泰勒身体的稳定需要经过很多的程序，但是这些程序的数量多到让我们吃惊。

我们对于医疗程序以及泰勒这样重症患者相关的一些专有名词还不是很熟悉。泰勒的身体处于非常虚弱的状态。他滴水未进,体液已经损耗了整整一周,此外还需要靠呼吸机维持生命。他的身体里插着各种各样的管子,我们不希望再加上更多的医疗设备。

医生通知我们,泰勒需要进行气管造口术和插入PEG(喂食)管术。在医学界对于身处昏迷状态的病人这是两个非常普遍的程序,但对我们全家来说却是完全陌生、让人恐惧的事情。泰勒目前的身体非常虚弱,因此这对他的医护团队来说也非易事。庆幸的是泰勒的团队完全了解而且尊重我们的恐惧。我们一家人正在学习如何把泰勒的健康寄托在曾经陌生的人身上。

当病人的肺部出现持续性吸入空气障碍问题时便会实施气管造口术,这是输入氧气最安全的方法。具体的操作办法是在脖颈外部一般称为喉结的地方切开一道口子,然后往切口处称之为气管的地方直接放入导气管。

最初提到气管造口术的时候,我脑子里便产生了一系列的疑问,但我坚信这对泰勒是最好的办法。气管造口术是说泰勒的喉咙里要永远留着一个洞吗?他说话以后会恢复正常吗?如果这个手术要打开他的气管的话,以后他还能够自主呼吸吗?凯斯也有自己的问题亟待解答。看到我们彼此间的模式开始表现出各自的不同是件挺有意思的事情。对于手术我更多的是信任,而凯斯则相反,他非常恐惧和担忧。这其实是暂时性犹豫不决和不顾一切勇往直前的区别所在,没有好坏之分,这仅仅是每个个体如何结束这场混乱的方式罢了。医生们非常认真地解释如果泰勒想要活下去，想要自己对接下来的身体状况感到舒适，这是唯一的选择。他们还安慰我们在大多数和泰勒类似的案例中，当病人确保安全后，只要把气管取出，伤口是会自动愈合的。这时候我们没有其他选择的余地。我们认真阅读了给我们的小册子上的内容，最终同意实施气管造口术。

放置PEG管的手术，准确的叫法是经皮内镜下胃造瘘术，也就是通常意义上我们所熟知的胃食管，这对泰勒维持生命同样重要。将PEG管从嘴巴放入，经由食管往下进入胃部，然后黏附在腹壁上。这根管子是用来为那些进食或者吞咽有困难的人提供长期营养或者补充喂食用的。在泰勒的病例中，他需要重新学会如何进食。尽管大家都没办法理解他如何再次学会这些简单的东西，但没人愿意提前担心后面的事情。

这两个程序对于泰勒短长期的恢复都至关重要，但没人希望他再次进入"手术"状态。如果可以，我们都会避免进行任何的外科手术。我的家人在这个问题上处理方式略有不同。对于大家的即时反应我倍感欣赏且感激的是当中没有人在表达或者接受这件事情上出现过激或者歇斯底里的反应。手术室一切顺利，我们还没反应泰勒就已经从手术室里被推了出来，身上插着两个新的东西。对我们而言，泰勒的外貌已经越来越难以辨认出来了。

由于前一天的手术，第二天泰勒表现出明显的疲惫。尽管处在昏迷状态，他还是需要进行麻醉以及配合手术进行各种插管程序。他看上去更像是一种熟睡的状态。

12月2号我在脸书上写下如下一段文字：

你们当中的好多人都热心地询问我们一家人现在的状况。我们现在强忍着悲伤，感觉一切都是不完整的。我们想念之前陪伴大家的泰勒。任何渺小的进步都会让我们开心不已，但此刻想到背后更大的阻碍我们也会深深地难过。感谢你们每个人为我们所做的各种细小和伟大的事情……给我们做饭，在候诊室为我们带来欢笑，替我们跑腿，体谅泰勒需要安静休养，帮忙交汽油费，打电话发短信，抽时间过来陪伴艾弗里和坦纳。你们所给的每一丝关爱都会让我们更加团结，更好地照料泰勒。

泰勒今天也度过了平静的一天，没什么大事。重要的指标都正常，虽然有些小意外，但医生们正在处理。神经科的医生今天对他进行了检查，除了昏迷状态外泰勒的力气还行。外部的肿胀已经明显消退，我们都希望内部也能很快消肿。今天拆掉了一个管子，这不错。在这儿他们对泰勒照顾得无微不至。有人告诉我科尔医生是个天才，今天他提醒我们这会是一个痛苦而缓慢的过程。的确是这样。但我们会稳妥接受并学会消化这个过程。

除了安静期或者医生不允许进入他房间的期间，作为直系亲属我们总会有一个人二十四小时陪着泰勒。不在房间里，我们就会在医院其他地方。我们都适应了在医院随便找个地方睡一觉的生活，并且摸索出一些自己的规律。有一天，我走进楼上另外一个楼层的候诊室里。泰勒隔壁房间的区域终于可以使用了，但是座椅非常不舒服。这就好像是对那些想要从房间里出去野营的家庭的一种震慑。

我找到了自己熟悉的东西，那间候诊室里放满了分段式类似沙发的座椅。我有自己的枕头和毛毯。实在是太累了，我把头枕好，直愣愣地盯着空气，然后开始哭泣。眼泪顺着脸颊悄无声滑落下来。我没有任何反应也不想擦干泪水——我怔怔地望着一块灰色棉布，它就在我眼前几英寸的距离，然后哭了。屋子里其他人都不知道我在哭泣，因为每个人都有自己的战场需要面对。早些时候我经常在眼泪中睡去，醒来后继续哭泣。我不知道这算不算身体减压的一种方式，但是过程十分自然。有一天醒来的时候我听到了一个老朋友的耳语："妮可，我是吉塞拉。你需要帮忙吗？"我那时候特别害怕，孤立无援。吉塞拉是肿瘤科的护士，所以我知道她和许多同样受此打击的家庭有过沟通。有她在身边，我感觉内心的不适得到了舒缓。我把头枕在她的膝盖上，她轻轻拍打着我的后背，抚摸着我的头发，我的眼泪就这么流了下来。我们两人那时候都还未走出惊慌状态，她的安慰让我感动不已，那是比其他任何东西都有用的存在。她的所作所为也许根本没办法让情况好转或者战胜恐惧。但她给我的礼物很简单——就是走过来，让我无比疲惫的头可以枕在她的膝盖上，感受到她对我们全家人的关爱。那时候我才强烈意识到，坐在某人身旁这样细小而简单的事情可以有那么重要的意义。

泰勒摔下来的那个早晨，我并没有第一时间打电话给妈妈。我本打算也需要这么做，但事实上我担心她知道这个可怕的消息后的反应。她独自居住，由于一些原因我并不确定她是否能够应付得来。她不仅要承受泰勒发生事故的事实，还要忍受我内心的悲痛。我想等到有人陪在她身边的时候再把这件事情告诉她。但是过了一段时间，我还是决定拨通她的号码。我记得电话接通后，我问她人在哪里，可不可以先坐下来。我告诉她我有个坏消息，泰勒从楼梯上摔了下来。我继续解释因为他的脑袋在流血所以现在正在手术室里。我想表达的意思就是他的生命正在危险期，无论如何她理解了这个讯息。

妈妈的反应一半是沉默。她表达了自己的怀疑，无法相信这样的事会发生在泰勒身上。她的本能反应是先想到了我，她的女儿。她明白失去泰勒对我而言将在很大程度上将是自我的失去。

直觉上我能猜到妈妈想要过来看看我们，但她需要再等等。她住在纽约，每一天的等待对她都是一种煎熬，但我正在尝试消化所学到的东西。人们一直不停地说他们很惊讶我的妈妈还没有来，但她对我想法的尊重就是一种表达爱的方式。这是第一次妈妈把我的所需所想放在自己之前。有人不断提醒我们泰勒的康复是一个漫长的过程，我们内心必须有无限的力量和支撑。社工和护理团队的人见过许许多多家庭经历过这样的灾难，他们很清楚前方还有一条漫长的道路要走。我的爸爸第一天就来了，过了一周才回亚特兰大。我的哥哥也过来了，然后又回到里士满家里陪伴孩子们。

妈妈来之前我们每两天给她更新一次泰勒的情况，必要时会更加频繁。艾弗里和坦纳会把泰勒的情况定时汇报给她。她每次都异常勇敢和镇定。我不知道自己有没有想象过某种歇斯底里的症状在她身上发生，但事实上从来没有。那天晚上，当一个好朋友把她接过来走进候诊室的瞬间，我能够感受到她内心的沉重、脸上的恐惧还有想要给大家的安慰。在互相拥抱问候过后，我带她去见泰勒。在我看来，她并没有表现出常人都会有的紧张情绪，她试图让自己变得坚强并且做到了。看着自己的长孙还活着，她感恩不已。原先预想的软弱被她的一种静默的力量所替代。

这场征途，我母亲的陪伴是最重要的礼物之一。她是一名退休的注册精神科护士，有近四十年的工作经验。即便如此她更清楚和护士这个角色相比，我更迫切希望她作为母亲的支持。妈妈很了解我的感受，她知道如果我需要她作为护士的经验和建议，我会直接问她。她默默无闻一直陪我坐着，听我倾诉自己的害怕和痛苦，让我将内心的怒火释放出来。当我没有勇气或力量接受来访者时她会替我挡掉，当我感到极度无助时她会一连几个小时陪伴在我身边。在这场恐怖的暴风雨中，我的情绪一旦出现波动，妈妈都会适时给我慰藉为我遮挡，必要时义无反顾地保护着我。她总是提醒我她有多为我自豪，并且从不插手让我用自己的方式处理问题。

就在这段时间里泰勒第二次患上了肺炎。我们都很清楚这对泰勒来说意味着什么，尤其还是第二次。肺炎是一种肺部的传染病，必须使用抗生素才能治愈。泰勒并没有出现传统肺炎咳嗽的症状，他实际上也没有什么可以咳出来的。他发着高烧，医护人员想用毯子和电风扇给他降温，可他还会瑟瑟发抖。发抖是个大问题，因为这样对身体维持稳定不利。颤抖不利于保护泰勒的大脑，他需要尽可能地静卧。这些活动会耗尽他的体力，让他疲惫不堪，事情会朝着我们所不希望的方向发展，而这些都会在他身体的各项指标里清楚呈现。高烧很危险，因为它可能对过去大脑的受伤部位再次造成损伤。我们需要走过这么多医学上的"钢丝",这个过程会让人精力耗尽。重症监护病房的医生们在治疗泰勒的时候必须找到正确的平衡点。

在第十三或者十四天的晚上,我独自一人在经常走过的长走廊上晃悠,思考着问题。那时才刚刚早晨七点的样子。医院里悄无声息,除了一扇打开的门里传来的声响。医生们查房前会先开例会,他们正好在讨论泰勒。泰勒有一个特别的团队,当时的大部分人是来自感染控制、外创和神经科的医生。泰勒的感染情况比较严重,所以看上去每隔一段时间他就要战斗一次。

医生们总结了前一天的情况后宣布:"泰勒还没有度过危险期。他的家人需要知道这个情况,泰勒还处在危险当中。"好吧,现在我们知道了。他们在不知情的情况下告诉了他的母亲。之前我并不是听不懂他们说的内容,但现在他们作了强调。我站在空荡荡的走廊里,感到如此孤独。我想要冲到会议室里,大声质问要怎么做才能让泰勒脱离危险期,但却没有这么做。我还是得等到医生们早上查房的时候。

泰勒还在依靠呼吸机生存,现在的他做了一次气管切口术和放置了一根喂食管。他的身体面临一次次感染。他一直在和高烧还有感染作斗争。事情正以某种难以置信的缓慢步伐失控一般残忍地扑面而来。

我开始担心过来探访的人会使他的情况恶化,并尽量保护他不受细菌感染。医护人员也有同样的担心,所以我们会经常下逐客令。重症监护病房的人实际上根本没有时间去监督进进出出的人群,但他们很努力地在帮我们解决这个问题。我同样在战斗。内心深处我其实不希望除了直系亲属以外的任何人进去看泰勒,起码要等到目前的感染阶段挺过去了再说。那种感觉有点像大声叫嚷着为了让自己的声音被别人听到，但我经常都没有勇气和胆量对别人说出口，"今天请不要来探访泰勒了"。我把内心的感受告诉了妈妈和凯斯，但实际上我觉得谁都不会理解我的想法。这种感觉仿佛自己孤身一人独处黑暗之中。我知道周围的朋友都很爱泰勒，希望有机会可以见见他，但母性的本能让我保护他的欲望非常强烈。

12月6号，我在脸书上写下了几段自己的感受：

作为泰勒的母亲，他的守护者，我有一个非常重要的恳求。因为从早到晚大多数时间我都待在GMC里，我知道接下来提到的事情时常在发生。麻醉科治疗病室的工作人员都特别忙碌，所以根本没有时间控制进出泰勒房间的人数。泰勒的病房是仅供家属的，有时候在家属的允许下朋友们也可以进入。泰勒目前正在与两周内第二次的肺炎作抗争，让他免受不必要的细菌感染这一点非常重要。所以我恳请大家不要走进他的病房或者房间里。这会让我觉得尴尬，对泰勒也不好。我们非常喜欢有人来探望，尤其那些能够带来欢乐或者来看望我们的朋友。但同时都不希望泰勒再受其他细菌的感染，所以恳请大家在候诊室探望即可。非常感谢大家的支持和理解。

我花了很多力气鼓足勇气写下了这段文字，这是为数不多我可以表达感受的方式。我害怕人们会因此生厌或感到愤怒。关于这么多好心关爱的探望会给泰勒带来大量传染性疾病这点我并没有解释。医生们和护士不止一次提醒我们，需要控制来访人数，最好仅限于直系亲属。

就在发表这段文字的前几天，我倒咖啡回来的时候看到泰勒之前的同学正待在泰勒的病房里。泰勒的一些好朋友和同事有时候在没有任何人的允许下就直接走进了房间里。不仅仅是我们一大家子，进出房间的人太多了。我感觉自己快要爆发了，但没人察觉。人们都是出于关心和爱护才过来探望的。所以我觉得他们很难理解，已经过去了好些天为什么泰勒还没有脱离险境。来访的人数和每个人身上所携带的病菌让人十分担忧和困扰。

有一天，当我把头靠在泰勒病床旁的栏杆上时，这天的第三个牧师走了进来。此刻我正在暗自流泪，祈求上帝把儿子还给我。我抬起头，看到一个陌生人站在身旁，我变得异常愤怒。我告诉他赶紧离开，他回答道："我来这里是受人所托给泰勒祈祷的。"我告诉他可以去走廊或者其他地方祷告。那天晚些时候，另一个牧师出现了，他认识我。我和他开玩笑说我准备把他们团队的一些人放入黑名单，因为我不允许任何人进来。他理解我保护孩子的心情。我感觉自己像一头母狮子。一旦泰勒有危险，我确定自己会伸出"爪子"扑向对方。我正学着在母亲、支持者和泰勒与外界的桥梁之间寻找平衡。为了保护泰勒，我会伤害到其他人的感情，但这在所难免。

通过几天的特级护理，泰勒逐渐从危险状态恢复过来。过山车还在开着，你永远不知道下一次的坠落什么时候再发生。我们一点点如婴儿学步般计算着进度。有一个朋友分享了一段话，"让他睡一会儿吧，因为醒来的时候他便有了移动山丘的力量"。我把这段话打印出来，挂在他的房间里。坦纳和凯斯做了一个牌子，上面写道："爱可以战胜一切。"为了这些话我们坚持着，并让自己努力去相信这一切。

有一天晚上我走出病房，想去过道里透下气。离泰勒的病房隔着两个门的房间里挂着蓝色的窗帘。一整天那个病房里都进进出出很多人，但从外面看不出来里面的情况有多紧急。突然我听到由于某个人去世而发出的哭喊声。我知道房间里的那个人不管是谁，已经离开了。他在那个瞬间离开了人间。我身体、心灵和灵魂的每个地方都能感觉到那些深爱他的家人的痛苦。我知道有一天那也可能是我们，那时候我们该如何承受失去泰勒的痛苦。我根本没有准备好接受失去儿子这样的结局——这很难成为一个事实。泰勒必须继续前行。他需要不断地有前进的行动。我们要为彼此坚强起来，更重要的是……我们要为泰勒坚强起来。

在我看来，以家人的角度审视，那些照顾泰勒的年轻男护士让人印象最深刻。他们看上去把泰勒当成自己的朋友一般。他们对自己的工作要求严格，在我眼里，他们给泰勒的照顾就仿佛照顾自己一样细心。对待我们他们也非常友善和蔼。很多次他们都会及时给我们拥抱，送来鼓励的话。他们不断告诉我们，我们和泰勒一样重要。他们会照顾好我们所有人。

我在泰勒房里放了好几张照片，有一张是他和一头雄鹿照的，这吸引了许多护士的注意。另外有一张是我们的全家福。我想要让医疗团队们了解出事之前的泰勒是什么样的，也想让他们知道曾经的我们是什么样的。

深陷昏迷状态的人有以下特征：他们无法睁眼，不能听从指令，他们既没办法说话也不能交流，而且他们也没有任何意识运动。深度昏迷的下一个状态很有可能成为植物人，这是一个更具有回应性的康复阶段。

12月3号，泰勒医护团队现任神经外科医生塔加特告诉我们是时候唤醒泰勒这个沉睡的巨人了。距离事故发生已经有十二天的时间，但泰勒的反应还远远没有达到要求的状态。泰勒脑部和脸部的肿胀消失得非常明显，每个人都希望他体内的情况也如此。那天晚上回到家，我在日记上写道："需要唤醒沉睡的巨人。"我相信泰勒内心战斗的力量和意愿，是时候让他展示一下了。泰勒没有反应的日子越多，康复成功的概率就越小。我们都清楚泰勒可能会在某一个特定的阶段无法逾越。但没有人相信这样的事情会发生。

12月4号对我们所有人来说都是个大日子。首先要从泰勒的脑部取出超过八十颗钉子。这是头一次我不确定自己是不是应该待在房间里，但为了他我还是留了下来。这次轮到我"值班了"。我内心害怕极了，但之后好多次我发现自己原来拥有意料之外的某种力量，这次是其中之一。我对着泰勒的耳朵轻声说了很多安慰的话，深吸一口气后，继续站在一旁。钉子取出来后，那条长长的切口让人看着就觉得很疼。医生们需要给泰勒的伤口缝合这样才不会开裂。发生在泰勒身上的或者已经结束的一切其实都需要耗费他自己许多力气。那天晚上八点，所有清理工作终于结束，护士让我们放心，她会帮他盖好被子，必要时才去打扰他。

那天另外一件重要的事情是有一家人过来拜访了我们，他们的女儿大约两年前也遭受了创伤性脑损伤。他们的故事在我们那片很多人都知道，我也曾经往那个专门为了小女孩和其他在事故中受伤的青少年设立的账户里捐过款。我以为我了解他们的故事，但事实上我仅仅只知道其中很小的一部分。我记得当时感慨自己以为了解他们所经历的一切是多么幼稚的事情。他们非常随和，并没有滔滔不绝地讲述大段自己的故事或者经历。他们只是默默地过来支持我们并给出中肯而关键的建议。

我们互相拥抱了彼此，他们还告诉我们现在正身处一个自己都未曾想象过的团体里面。他们的女儿也曾没有反应，恢复得没有预期快，但自那之后她取得了巨大的进步。我可以看到她妈妈脸上的悲伤。我知道这样的情况让她变得更加坚强，即便我压根儿不清楚之前的她是什么样的。

他们强调了选择一家合适的康复中心的重要性，并且站在过来人的角度否定了我们原本很中意的一家。他们还提醒我们，他们的女儿经历过的康复过程是非常非常缓慢的，在这个旅途中她的母亲时时刻刻都陪伴在左右，鼓励她，把她重新带回到自己身边。我知道我已经准备好了去做同样的事情。我也知道凯斯，艾弗里和坦纳会知道并且尊重我陪伴泰勒的决定。这家人不停在和我们重复的一句话便是，"永远，永远不要放弃"。虽然我们都已下决定尽我们所能让泰勒恢复，但是能够从一个完全清楚现实的严重性的家庭听到这样的话也是非常有必要的。

我印象最深的时刻是当这位母亲提起她第一次感受到女儿还"存在"的瞬间。他们的女儿在费城的儿童康复医院里。治疗过程当中有一项是音乐疗法。有一天，理疗师正在播放音乐，他们的女儿突然开始涂鸦一个笑脸。在数周的沉默之后他们的小女孩终于开始和外界沟通了。我感到了一丝希望，尽管我奢求的东西是如此的微小。

能够听到一些积极的消息还是很让人振奋的,但是我还是一直提醒自己他们已经失去了原来的女儿,取而代之的是一个新的孩子。我知道泰勒很有可能重新和我们说话或者再次张开眼睛。我很难彻底理解他们的失落,因为我们还没有进行到那一步。他们明白我们的故事将如何展开,而且他们尽量在一个小时之内让我们可以完全准备好。

那天晚上我在脸书上写道:

在创伤性脑损伤的处理过程中需要做很多很多的工作。今天完成了几件,因为每件事情完成的难度都很大,所以这种感觉挺好的。今天发生最感人的一件事情是同样有过此类毁灭性的创伤的一家人过来和我们聊了聊。凯斯和我发现他们非常务实,充满希望,给人力量。

我们要继续感谢每一个微小的进步,和围绕在泰勒身边每个人的关爱。今晚每个人都和我们一遍一遍地说着,"不要放弃"。我们不会的。

那天晚些时候,我从朋友那儿收到了一条感人的短信。"那些生活在不堪环境,正在经历苦难艰辛和疾病折磨的人,他们的日常生活却可以释放出最轻柔的乐曲来慰藉他人。"她继续写道,"这不禁让我想起了你的家人。尽管你们正在经历一段难以名状的恐惧,但却把最美好的精神带给了周围的每个人,让他们安心。"泰勒坠落的事让我们觉得人生很艰难,无论是家人还是个人我们都有自己的麻烦事儿需要处理,但我下定决心不会让这次的困难毁了泰勒,毁了我自己,或者是其他任何我深爱的人。泰勒必须为自己奋斗，我们也一样。

泰勒的康复之路终于跨出了里程碑式的一步。医护人员开始准备摘除泰勒的呼吸机。呼吸机运作时你可以清楚看到这台机器每分钟呼吸的次数，以及病人具体呼进去气体的数量。此外机器还能够测出呼吸的深度。泰勒治疗团队里有一些成员曾经是呼吸科专科医师。他们会走进病房，查看读数，更改设置和管子，然后操作其他事项。

摘取呼吸机的具体过程还是有一些考量，因为像泰勒这种长期治疗的病人很容易对呼吸机产生依赖。泰勒一直患有严重哮喘，所以这次意外无疑增加了他的依赖程度。我之前一直不清楚原来摘除呼吸机在重症监护病房里是最重要且最危险的事之一。当医生开始讲解具体操作流程时，他一直反复提醒我们他们正在尽全力确保泰勒可以自主呼吸。他喉咙的那根大管子最终被成功取出，气管切除术的管子通过其他的途径将纯氧输送到他的肺部。

终于泰勒的康复过程进入了理疗阶段，理疗师们开始参与其中。他们用一个大型的起重机将泰勒抬起来放到一张椅子上，他每天需要在椅子上维持大约一个小时的坐姿。在忍受范围内，频率会提高到一天两次。理疗师也会通过按摩手臂、大腿、双足和双手来刺激他的肌肉和身体无法发力的部分。

理疗师们反馈说泰勒右侧身体的使用情况远远比左侧身体好。他的左侧部分似乎忘记了自己的存在，没有任何生命迹象，总的来说就是一般人自动反射的情况在他身上完全不存在。这种情况称之为半身瘫痪，形容某个人某一侧完全无法移动的状态。

思考一些我们根本无从找到答案的问题着实吓人，同样看到泰勒的左侧身子无法动弹毫无反应也很吓人。泰勒的右脑因为遭受了大部分的撞击，所以左边身子损害相当严重。

一连几周我们都不能经常碰触泰勒，而且需要保持沉默状态，但我们还是觉得很高兴，现在终于有可以帮得上忙的地方了。我们甚至可以告诉他自己正在做什么，尽管他没有任何的反应。从理疗师那里我们学到了很多。最优秀的理疗师们走进房间，依次向我们和泰勒介绍自己。当然如果他们没有和泰勒表明身份的话，我也会要求他们这么做。他们中大多数人会和泰勒解释每一步的过程，我们相信他是可以听到其中一部分内容的。目睹泰勒忍受这些我们还是会心里难受，看到他没有任何反应的心情和看到他忍受痛苦是一样的。和理疗师们渐渐熟悉之后，理疗过程中他们会友好地要求我们出去，这样我们便有了一次休息的机会。

大多数腿部的锻炼需要一个小时进行一次。我们会慢慢转动泰勒的双脚做圆周运动，进行类似模仿双脚踩压油门踏板然后松开的练习。我们还会将泰勒的双脚弯曲朝上对着上半身，甚至摆动他的脚趾。但可以明显感觉到他上半身肌肉的紧张程度，他的胳膊非常僵硬，很难弯曲。我们会将他的手肘弯曲，然后转动上臂和肩膀。为了让泰勒的胳膊能够弯曲，我们花了不少时间。

泰勒的看护必须非常小心。在他病房里有一张牌子，上面写着，"骨瓣缺失"。这个警示是说在泰勒的绷带以及刚刚被剃过的头部下面，没有任何的骨头可以用来保护他原本就很脆弱的脑部，之前这里应该有完整的骨头。所以这个地方被认为是很危险的，和婴儿出生时的囟门很像。

在重症病房临近结束的一天，我记得当时注意到了外面灿烂的阳光。过去的三周大部分时间我们都待在医院的下层，那种感觉仿佛时间都是灰色的。除了坐车我很少出去，整个世界对我来说昏暗无比。泰勒房间里有一个简单的窗帘，已经拉上好多天了，现在医生允许我们可以拉开窗帘，让阳光照进来。让我吃惊的是，大千世界依然在转动，尽管我们认为自己的世界已经停止转动了。

我的流水账

在泰勒这次的事故中我没办法连贯地记日记。虽然做不到，但我还是努力了。下面这些都是在kindle上下载的一个专门记日记的软件里写的一些想法。我坐在加护病房泰勒的床前，将内心所想转化成文字语言。

12月4号

这是如此复杂的状况，无法用言语表达。我们正在学习为最小的欢乐而庆祝，却要担心那些巨大的挫折。我们很容易就能感受到心碎和失望，但却要求自己忽略它们。我们需要不断学习如何在小事和大事间寻找平衡。我们要将听到的话语吸收，然后衡量哪些是我们期望的，哪些又是事实。时时刻刻都有新的术语等着我们解释和明白，然后征得我们的同意。我们正在竭尽所能学习，这是现在唯一可以做的了。

12月5号

把你的手握在手心的感觉真是美好。今天看到你能够轻微地摆动和移动把我高兴坏了。即使昏迷着你也很坚强。医生们允许我最近可以锻炼你的手臂了。能为你做点什么的那种感觉棒极了，我唯一希望的就是可以为你做更多。

一想到为你再次准备晚饭的情景，我就只能流泪。虽然很傻，但是泰勒，我真想念为你做饭的日子啊。如果需要，我可以一连削几个小时的土豆。我甚至可以从头学习怎么做夹心面包。

这是第十四天。你还在和高烧奋斗。这是一场持久战，没有止境，让人心力交瘁。前不久你刚刚摘除了八十六颗钉子。很不幸脑组织液渗漏，又不得不重新缝上。这让我很伤心。最近几天接二连三所有事情都让我心碎不已。

12月6号

昨晚大约十点钟的时候，奶奶和我回家了一趟。坦纳在家，我呆呆望着你的房间。坦纳和我说，没关系，你哭吧。我真的太想念你了，泰勒。一想到这个我浑身上下每寸地方都能感受到疼痛。金吉（我们家的狗）也很想你。她一直咬着你的床单，不停嘟哝着，撕扯着你的靠垫。她担忧不安，想知道你去了哪里。我在医院的日子虽然没有安排得很满，但每天也是忙碌而疲惫。

坦纳和艾弗里也很想你。你的父亲非常难过，沉默不语。这对于我们一家来说是最难接受的事实了。我们从未遭遇这一切。它让人受尽折磨，又极度恐惧。所以，醒醒吧阳光——我多想重新看见你那美丽的双眸。

12月7号

真希望人们可以停止和我讲述：一切都会变好的。我感觉他们好像忽略了我们的痛苦以及面对的困境。生命中不是每件事情都会面对阳光沐浴月光的。有些时候只有无穷无尽的黑暗。那些把"一切都会好的"放在嘴边的人需要知道现在的情况一点都不乐观。很可能以后都会这样了。我亲爱的儿子躺在医院的病榻上为了生命而战斗，告诉我一切都会好的实际上什么用都没有。这句话给不到我任何的安慰。

12月8号

今天是你第一次稍微能够睁开眼睛。虽然花了好久，但你还是做到了。

没有任何人可以取代你在我心目中的位置。回来吧，我亲爱的儿子。回家吧。

12月9号

我亲爱的儿子：

很快就到了你二十二岁的生日。请从此刻的黑暗中走出来让我们能和你再次共享光明吧。在过去的十八天时间里我脑子里塞满了各种各样的问题，但此刻大多数的问题我都没法问出口。我只确定一点，这样的事情不应该发生在我开朗强壮美好的儿子身上。以前我以为自己曾体会过不可预估的痛苦，但实际上没有任何事情可以让我对此有所准备。没有任何事情。

我会为你变得坚强，对此我别无选择。我会做我该做的一切，只为了让你重新醒来。对于那些不断变化的事情，我们会一天一次把它们都解决掉。真正的家庭是这样的：一人遇到危机，全家人共同面对。一人遭受磨难，全家感同身受。我们都是一样的，泰勒。我们的生活已经支离破碎。我们希望你可以回来。回到我们身边吧，泰勒。

我希望你可以再次变成一个整体。我想念你，想念你没有考虑任何人就把一袋橡皮糖撕开的样子，想念你对土豆泥和肉的无比热爱，想念你看到鹿肉棒时脸上的狂喜，想念你不求别人感谢就把事情做好的潇洒。我好想念你，你不在的时候这种想念让我感受到悲伤、疯狂，以及每一种情绪。

爱你的妈妈

》第五章　转院

》2012年12月9号到12月14号

在重症加护病房待了几周后，泰勒被送到了特护病房里。通常来说如果被移到特护病房里，就意味着病人在血压、心率和整体稳定性方面都处于危机相对较小的情况。病情变好的另外一个主要指标就是他们不再需要呼吸机来辅助呼吸。摘掉呼吸机是泰勒整个康复过程中迈出的最大的一步，转至特护病房也是。一般来说，如果一个病人转到特护病房里，那他们的病情状态就从"危险"变成了"稳定"。

死亡的想法总是时时困扰着我们，我脑袋里总是有一种感觉，泰勒有可能就快不行了。重症加护病房的医护人员为了这次转房拼尽全力，但这毕竟不是一个简单的调整。泰勒房间里有一扇大窗户紧挨着护士站。值班的护士时不时就会过来看他一眼，这给了我们很强的安全感。这个房间比之前更大，不仅可以让泰勒住得舒服，也给了来访的客人更多空间。

在重症加护病房的时候泰勒非常脆弱，但现在他的身体状态好多了。之前插在他身上的很多各式各样的管子都已经不再需要，这真是朝着正确的方向迈出了关键性的一步。泰勒身体内的每一根管子或者其他外来物体其实都是增加了一条感染的途径，因此设备越少也就意味着风险越小。

他的头上还是包裹着厚厚的白色纱布，这样可以防止伤口暴露出来。我们很少看到他的伤口，因此也没有适应他外形上的巨大变化。但在很多方面他还是我们认识的那个泰勒。他的弟弟们取笑他胡子长得很不错。

我们搬去特护病房的第一天是最令人头疼的。那天早晨在我们走之前，医护人员就过来说当我们还在睡觉的时候他们已经把泰勒搬过去了。我和母亲压根儿不知道要去哪里，因为自从泰勒摔下来的那天到医院后我们就一直走这条路，现在必须换一条路线了。

泰勒被安排的房间比原先的重症监护病房要更加宽敞。阳光透过窗户照射进来，我们可以更清楚地看到他。实际上正因为这些光线的存在，原先围绕在重症监护病房的那些昏暗感消失了。此外，他的新病房还有一间很宽敞的浴室。

这里的护士对泰勒发生的事故不是很熟悉，他们也不认识我们一家，所以对所有人来说都需要时间适应。我们已经喜欢上了重症监护病房的护士了。在这场征程中，他们和我们分享了许许多多事情，给予了我们无限的信任和安慰，我们还没有做好失去这些的准备。这样的转变不是头一次，以后我们都得适应各种新的面孔和不同的人。

特护病房的护士对我说的第一件事情就是："我们必须要小心，我不想他摔下来碰到头部。"我觉得自己快要精神错乱了。我们不能忍受还要担心那些照顾泰勒的人。后来我们发现这名护士是病房里最善良最富有同情心的人之一。我后来得出结论，她那时候因为要照顾泰勒太过紧张了，因此她仅仅是把自己的恐惧说了出来，这当然是可以理解的。

这次换房间应该是在泰勒康复路上迈出了一大步，但是感觉上却并非如此。我很担心他会受伤，或者没有得到相同级别的照顾。我又一次开始感觉所有事情都不在我的控制范围内，也不确定自己是否在朝着对的方向前进。我想解开泰勒身上绑着的机器，抓住他的床，然后重新运到原来那个把泰勒照顾得井井有条的地方。我感觉周围的每一堵墙都在崩塌，我不安焦躁的情绪正在突破天际。我已经做好准备当医护团队来查房的时候告诉他们这次换房间是个错误的决定。尽管我哀求着重新回到重症加护病房，但事实上，泰勒已经不再需要那种级别的护理了——在这点上我们都非常庆幸。我只要解决好周围一切新的事物就可以了。这场征程中的一部分就是要能够轻易处理那些变化，我也开始真正了解到这点。

我们在特护病房才待了几个小时，医生和护士们便走了进来，同行的还有安排给我们的社工。有些人我们很熟悉，有些我们从未见过面。我的神经有些衰弱，觉得自己有必要说出自己的担心和不安。一名不认识的医生帮泰勒检查了身体，我在旁紧紧观察着。他开始说道："早上好，泰勒，你能睁开眼睛吗？"泰勒的反应和往常一样。根本没有任何反应。我密切关注着这位医生，决定他一旦结束了例行检查我就会说明自己的担忧。

我询问了社工因为所有人正好都在可不可以说一些话。在这个时候，我脑海里总会闪现那部老电影《母女情深》里最震撼人心的一幕。电影主要讲述了黛博拉（一个癌症晚期人物）的故事，雪梨·麦克雷恩扮演黛博拉·温姬的母亲。有一次，电影里黛博拉急需要止痛片，但是医护人员却不慌不忙慢悠悠地去准备。观众们可以非常清楚地看到黛博拉那不断加深的疼痛。雪梨，片中母亲的扮演者，崩溃了。她头发蓬乱，面色苍白，发疯似的一边砰砰敲打着护士台一边尖叫着,她的女儿现在就需要止痛片!

那一幕如此富有力量又让人难以忘怀,我想很重要的一个原因就是它所传达的真实情感。身为母亲看到那个场景,不管她是否选择那么做,都会感同身受并且充分理解一个妈妈看到孩子那样时的绝望。每当我有那种情绪时我都会和我妈妈说:"我可能需要一会儿雪梨的时刻了。"我们会哈哈大笑或相视而笑,但是我们彼此都清楚我的意思是指内心的小火山即将要爆发了。我的母亲深深了解,同时会提醒我,和情绪失控的人相比,一个冷静而讲理的人所说的话别人会更加容易接受。你不需要向全世界展示此刻你觉得世界有多么不可理喻,但是你需要以一种可以被接受与理解的方式表达出来。我用颤抖着的声音说了出来。在关于泰勒的看护上,我必须要把重要事项一一列出。

我的恐惧、挫败感以及不安其实都来自于我内心深处的某个地方。这个私密的地方和护士没有任何关系,也并不是他们的失误造成的。对于泰勒的看护我有一个自己期望达到的水准。这个期望其实是我对这场噩梦有所控制的一个方面。看着眼前的那些专业人士,即便内心充满恐惧,但我还是感觉有股力量。我首先介绍了自己,然后开始讲述了我们的期望。

我冷静地解释了对于这次换房间的忧虑,我需要他们了解泰勒家属的想法。考虑到那些医护人员一天要照顾一百个不同的病人,我不希望泰勒的照顾一团糟。他是儿子,哥哥,孙子,对许多人来说意味着很多。他是一个独立的个体,所以那些照顾上的细节对我们很重要。在我心里没有任何人仅仅是一个数字,但是泰勒是我们的儿子也是唯一的重心。如果需要我必须站出来为他表明这一切。

我继续说道，给泰勒问候以及讲话非常重要。我们希望每一名医护人员互动的时候都可以告诉泰勒在做什么，并且叫他的名字。当他们在进行个人护理的时候，除了泰勒的父亲或者兄弟以外我要求任何人都不得待在房间里。在重症加护病房的时候曾经有一次在转移泰勒并帮他清理的时候，另外一户家庭刚好在现场并且帮助了那名护士。这对我来说是不行的，因为我知道如果有非直系亲属的人护理时在场的话，泰勒会觉得很不舒服。更重要的是，我强调即便泰勒没有清醒或者和其他人沟通，我们还是能感觉到对于房间内发生的事情他都是很清楚的。最后，我希望整个团队要尽可能地讲话，就仿佛泰勒可以听到那样。当我把所有的要求都说出来的时候，我并不是很确定反应是什么样的。我没有哭泣，也没有喊叫。我只是把自己要说的那部分说了出来，然后医生回答道："谢谢你。今天我觉得我们都需要被这样提醒。"我感到松了一口气。医护团队离开以后，我看着墙角的母亲，她很清楚如果现在拥抱我的话，我会控制不住自己，所以她只是给了我一个飞吻，然后默默地鼓了鼓掌。她是我最重要的啦啦队队长。

在我的"演讲"结束后，我真的感觉自己的话不仅被听到了，而且被理解了。再次建立彼此的信任是需要花时间的，但是对于泰勒的新环境我们都可以接受。我在学习更多为泰勒挺身而出的方法。如果接下来的每天我都想和他待在一起，那么我就必须在必要时刻站出来。

泰勒的身体现在已经可以接受大部分的练习。我们经常移动并按摩他的双腿。我们还会给他的双臂做练习。我们会摩擦他的双脚，然后在他的身上涂些乳液。我们会给他剪手指甲和脚指甲。一天当中有好几个小时，我们会把他放在椅子上端直坐着。他坐着，但是晃动得厉害，所以我们总是需要移动调整他的身体。这些都是让他重新回到正常生活的小的步骤。医护人员还允许我们在参数范围内鼓励刺激他。泰勒的眼睛睁开不能超过一两秒。一开始有人告诉我们第八天或者第九天的时候泰勒可能苏醒，但是已经过去那么久了还是没有任何复苏的迹象。眼看着进入第三周了，泰勒还是没有丝毫反应。我们需要将泰勒体内沉睡的巨人叫醒。

一天下午，当我像以往无数个日日夜夜那样站在泰勒床边，静静看着他躺着的时候，我摩挲着他的手臂，弯下身子抱着他，说道："泰勒，是妈妈。"当需要引导他做出反应的时候，我们经常站在他的右侧，因为他僵硬的左侧根本无法配合。这个午后，泰勒环抱住我的身体，开始轻轻地拍打着我的背部，伸手玩着我的头发。我太高兴了，连哭泣都忘记了。在那一刻我体会到了喜悦和一丝希望。这是目前为止我们做过的最有目的性的动作。虽然不是人命令的，但是他有正确的途径和明确的目标。

那天稍晚些的时候，他睁眼的时间是我们见过最长的。事实上，这是我第一次看到。他眼睑的动作仿佛每只眼睛都在承受重压。他看上去就像一个极度疲惫的孩子，眼睛撑不过三秒钟便又闭上眼睛睡去了。能够看到泰勒有这样的进步已经够鼓舞人心的了。虽然时间还不够长，我们还不能进行交流，但是看到他新的进步总是令人兴奋不已。可以说对我们而言每一个细小简单的东西都需要耗费泰勒身体和心灵上巨大的努力。

　　这次的事件标志着泰勒新模式的开启。他的行动无法预测，但是非常自然。看上去他很喜欢拍打人的背部或者屁股。当他对女护士这么做的时候我们总会开玩笑其实泰勒完全清楚自己在干什么。他还不会在要求下睁开眼睛，但是时不时他可以张开几秒钟的时间。此类的反应都是他的大脑自动产生的，即便如此，能够看到他有所反应并和其他人交流我们都感到很开心。

　　我们对泰勒的目标和希望是他可以越来越有意识，对不同刺激物的反应可以增加。尽管他的眼睛睁开了，但是周遭的事物他还是不清楚。处在这种状态下，泰勒根本不能在康复过程中前进。对于一个处于昏迷状态的人来说，任何事情都是无法预测的。虽然脑损伤会有相似和相同之处，但是和指纹一样每个人都是独立的、不一样的个体。

　　在这个时候，我们会继续给泰勒命令。神经科医师或者医生助理每天早上会先开始。他们会站在他身旁，用响亮的声音说道："早上好，泰勒。我是塔加特医生。你今天早上可以动一下双脚吗？"然后会有一段时间的等待，让泰勒处理这个指令。紧接着会下达第二个指令："泰勒，你能不能握住我的手？"接下来，神经科医师可能会说："很好，现在，泰勒，你能睁开双眼吗？我们需要你睁开眼睛。"每天重复这样的流程。有些时候我们会看到一些反应，但其他时候医生们都无法确认。这些测试的时间点很重要。医生们认为我们发布命令的时机还不成熟。作为家人，我们仅仅只是和他聊天。医护人员会鼓励我们和泰勒沟通，但是下达指令或者让他做一些类似于摆动脚趾，握住双手的事情，他们希望会有一名理疗师或者医生在场。其中一个原因是一旦有了进展，需要记录下来，这是和康复设施对接非常重要的信息资料。另外一个医护人员不希望我们参与指令的原因是泰勒无法给出连续的反应。这种不连贯性表明他在做出反应的时候，对泰勒自己是一种压力。因此必须限制口头指令的时间点和频率，这样才能在康复过程中得到泰勒实际进展的全面了解。

泰勒的每日评估和刺激锻炼开始增加。一天，一个四十出头，容光焕发，笑容欢快的女士走了进来，她自我介绍叫劳拉，是一位语言病理学家。劳拉有着亮丽的面容和感染人的笑容。她总是能带来一种积极向上的氛围，因为有她在的时候我们都会感到非常愉悦。

看到劳拉的第一眼我便对她一见如故。她告诉我们自己会通过不同的举动来让泰勒产生意识，从而帮助他苏醒。我承认对于言语治疗如何让某一个连嘴巴都张不开的人说话还是心存疑惑的。劳拉鼓励我留下来观看，并预示说我最后可以帮到她。

治疗的过程先以一些简短的陈述开始。劳拉向泰勒介绍了自己。她解释说泰勒发生了一次事故，现在正在基辛格医疗中心康复。最重要的是，她向泰勒表明自己是来帮助他的。

在医院待了几周之后，我们了解到需要时不时地让泰勒意识到自己在哪里以及在做什么。我们得到可以和泰勒说话的允许，一天当中会有好几次类似的沟通："泰勒，我是妈妈。你出了事故，现在在医院。每个人都很好。你的弟弟们和爸爸都没事。你会好起来的。"即便泰勒想要有所反应，让他有导向性并且保持冷静是很重要的。同时确保他了解没有其他人受伤，提醒他自己正在接受治疗的过程中也是非常重要。劳拉也知道这个的价值，她和泰勒沟通就仿佛他已经苏醒过来，这点我很喜欢。

泰勒开始能够握住毛巾了。他似乎很喜欢手上有些东西摸着或者忙碌着。劳拉会在泰勒手上放干的、湿的和冷毛巾，还有小球或者其他材质的东西。她会告诉他每样东西是什么，泰勒很喜欢这样的过程。劳拉似乎有种让人安心和舒适的魔力。我开始有种感觉，劳拉能够完成其他人做不到的事情——将泰勒叫醒。

医生们和理疗师经常使用的另一种方法就是朝着泰勒大声讲话或者在他脑袋一侧拍手。这种方法需要在一个控制设备下完成，并且他们不希望其他人参与。劳拉在进行这些锻炼时就没有那么吓人，最响的一次听觉刺激是劳拉嘭地关上了泰勒房间的一个壁橱。他的身体自动给出了一个惊吓的反应，这是一个很好的信号。劳拉说话温柔，态度和蔼，而且在与泰勒和我们互动的时候看上去非常可靠。有一天，当我夸奖劳拉我觉得她做这份工作做得非常棒的时候，她笑了笑，然后说道："等你到了康复医院的时候，你会接触到真正厉害的理疗师和技术的。这次的言语治疗只是日后漫漫长路的一个开始。"

几天之后，劳拉走进房间，手里还拿着一盆冰水。她解释说准备把泰勒的双手都放进冰水里。放进盆子里之后，他的左手没有任何反应，但是右手却有了称之为耙运动的行为——他的右手就像小的耙子在冰袋上划过。在其他人看来，看到这个小小的进步都让人欣喜若狂。

在做冰水练习的时候神经科的其中一位医生走进来和我们一起观察。我原本以为看到这样的进步他会和我们一样高兴，但是接下来他说的话却让我觉得自己被人痛扁了一顿。他谨慎地宣布:"你们要知道这很可能是泰勒所能取得的最好的进步了。"他解释说泰勒在同一个点上挣扎了太久,尽管所有这些反应都是好的,但它们还不足以让他开始康复计划。如果泰勒身体上恢复了但是反应上没有变化,我们可能就要试一下另外一种环境——他指的是疗养院。我气愤不已。我想要大声训斥医生。我心想,他根本不知道我们,也根本不清楚泰勒的情况!但是现实,就摆在眼前。泰勒的进步可能随时到达顶峰,所有前进的行动都可能戛然而止。泰勒还没有完全脱离危险,虽然这位医生不清楚泰勒的情况,但他知道像泰勒这样的伤势可以有多么残酷和无情。

劳拉开始让我参与到泰勒的疗程中来。她告诉泰勒我会来帮忙,并且解释了接下去要做的事情。他对一块稍微浸湿的温毛巾反应很好。他喜欢把它放在脸上或者嘴唇边。他最喜欢的活动是用"海绵喝水"。劳拉会用一块小的海绵,上面滴几滴水,然后用海绵湿润他的唇部,这时候他就会张开嘴,像是幼鸟一般。泰勒是不允许喝水的,但是他的肢体语言表明这种少量的水他是很喜欢的。在这些练习中泰勒的双眼始终是紧闭的,也没有证据显示除了直接的物理反应外泰勒的身体是有意识的。他还处于昏迷状态,因此对于物理刺激的反应也是有限的。

泰勒的进步虽小,但是都很重要。那天晚些时候,当和一个社工聊天的时候,我告诉他泰勒是不会进疗养院的。不管我是不是有办法控制,但我都不会让这件事情发生。那名社工试图告诉我泰勒也许仅仅只需在类似疗养院的环境下待几天或者直到他有了进展,但在我看来那都无疑是死刑判决。医护人员需要看到泰勒对于指令有反应，和自动或者反射反应完全不同。

作为家人我们没有和泰勒在房间里讨论过这个话题，我们只是告诉他需要战斗。我们告诉他一定要苏醒过来，我们提醒他大家非常非常地信任他。朋友和家人也告诉我们在这条征途中他们会一直与我们同行支持我们。艾弗里在大多数晚上，从九点到半夜一两点都会陪在泰勒身边。护士们非常清楚我们的情况，也很高兴我们可以在场。我们不会妨碍他们，仅仅觉得有必要时刻守在泰勒的周围。我们也相信他是需要我们的。12月12号，艾弗里在脸书上给家里每个人都发了一个公共提醒。他写道：

马丁·路德·金曾说过："我们必须接受有限的失望，但我们决不可失去无限的希望。"我们都经历过大风大浪，但是没有哪次有这般凶险。如果是孤身奋战，我想我们大家现在都已承受不住。但是只要能够团结一致，我们就能够勇敢下去。

我很同意他的说法，绝对不会放弃泰勒的康复治疗。我必须相信无论怎样，终有一天他都会找到办法回到我们的身边。泰勒必须达到一定的反应水平才能搬去专注于创伤性脑损伤的康复中心而不是疗养院，这是很清楚明白的事情。我感觉自己无法再次忍受更多的失望了。

脑损伤康复……在此之前这些字对我来说什么都不是，但是在接下来的几天里，它们会占据我思考的很多时间。

当身体处于脑损伤康复阶段时，可以通过不同的分级测量进步的快慢，而这正是我们需要学习掌握的。我们需要关注的叫作认知功能分级。这种分级是一种广泛应用于家庭成员测量家中病人进步的工具。一共有十个水平。在接近三周时间之后，很不幸，泰勒还处于第一阶段。

医生们向我们推荐了这种分级，而且我们也了解到，为了可以让泰勒被专注创伤性脑损伤的康复中心接受，他必须有能力展现出比现在做到的更多，可以听到并遵循某种指令。

泰勒能去的地方其实是有几个选择的，但是考虑到泰勒目前的进展不大，所以可以选择的空间也十分有限。有一个选择是去南方保健，它和基辛格医疗中心相邻。它的第一个优势很简单，离家近，这点很重要。塔加特医生想让我们清楚地知道亲人和朋友在泰勒的康复中起到的关键性作用。第二个优势是泰勒离全州最好的医院很近，而且这家医院之前把他治疗得很好，所以应该不会有差错。塔加特医生希望泰勒在自己的照顾范围内，南方保健可以允许她这么做。但不清楚的是，泰勒目前的情况南方保健是否同意收他入院。

第二个选择是宾夕法尼亚州赫尔希康复医院。这家医院会远一些，但是它有一个成功的计划项目。虽然只成立了短短几年，但是它在康复项目上颇有建树，而且在合作的医疗中心那里也有良好的记录。塔加特医生说如果泰勒要去那里，她有一个同事可以帮忙。

最后一个选择是布林莫尔康复医院，坐落于宾州主干线郊区一个叫莫尔文的地方。这个地方距离我们家最远，但是它的名气很大。该医院在这种康复项目上的纪录非常出色，他们在创伤性脑损伤治疗上使用的方法是基于新老两种研究得出的有价值的数据。如果泰勒要去这家医院，塔加特医生便没有办法照顾泰勒了，因为医院不允许。而且泰勒和我们家会有三个小时的路程。

我们花了大量的时间思考、调查、研究不同的因素来做决定。因为我们坚信这个决定在泰勒的康复初期是会极大地影响到疗效的。最终我们想到了一个可以做出正确决策的办法。首先，我们问医院方是否可以让我们联系上其他曾经参与过这类特定疗程计划的家庭。接下来，我们和周边的朋友或者熟人打听他们有没有对创伤性脑损伤康复这个领域有所了解或者联系的地方，然后我们收集了他们的意见。基辛格医院的许多医护人员也热心地和我们分享了他们有用而中肯的看法。

我们还在网上看了不同计划项目的视频，在每家机构的官网上细细查询了一遍。最后我们通过电话或者实地拜访的形式，看能否给泰勒提供一个新家和一个可以进行康复治疗的地方。一天晚上，我从医院大老远赶回家，在油管上面找所有地方的视频。然后我看到有来自各个家庭和专家上传的关于创伤性脑损伤康复的不同方法。

谁会想到是油管上的那些视频让我们第一次看到泰勒的康复会是什么样子的呢？我试图想象泰勒会和我在视频上见过的病人一样进行康复活动。他们当中有些人需要在别人搀扶下行走。他们可以开口讲话，但是很多人的脸看上去耷拉下垂着。泰勒可以走路吗？他能说话吗？他还可以再吃东西吗？最后剩下一个最困难最让人沮丧的问题，他还能够从昏迷中苏醒吗？任何一个和泰勒一样得了创伤性脑损伤有过如此严重而绝望经验的人都明白我们会知道什么，但是还是无法理解。他们知道那个摔倒前的泰勒已经不复存在了，即便他能够重新苏醒过来，那也是一个完全不一样的泰勒了。

第六章 每个人都在关注的那张分级表

本书后面的附录部分是美国脑损伤协会发布的一种参考工具，叫作认知功能分级。泰勒最起码需要证明自己身上拥有第二级水平活动的迹象才能够接受康复疗程。很多疗程只有当患者符合了第三级标准之后才可以进行。因此泰勒的看护团队所有成员都以这套分类级别为准，我们也在学着依靠它生活。这是一套很具象的工具，可以让我们理解如何测量泰勒的恢复情况。

认知功能分级是我们所知的最有效最强大的工具之一，它可以帮助我们理解创伤性脑损伤及其对人体的影响。它的分级非常精确，可以让患者家属清楚地明白我们希望泰勒达到什么样的目标，同时也帮助我们理解由于他的伤势而造成的行为常态。

泰勒转入基辛格特护病房后不久我们便开始采用这套认知分级。它的作用越来越重要，对于同样的级别有两种截然不同的解读。泰勒第一次来特护病房的时候，双眼无法睁开，目的性反应的迹象很不明显。在那里待了九个晚上后，根据级别标示，他已经从一类水平进展到了二类水平。我相信这种进步主要基于若干因素。自11月22号以来，泰勒的身体一直处于一种完全放松的状态，他所有的能量和体力都仅仅用于维持自己的生命，因此大脑不允许身体去进行任何反应。

泰勒的昏迷状态维持了一个月。我们实在太幸运，他开始有了复苏的迹象。事故发生当天，我们就被告知在接下来的八天或九天里他应该醒过来——但一直都未发生。每一种脑损伤的情况都是不同的,所以让医生们做到准确推断是强人所难。所以我们需要谨记,在泰勒康复过程的任何时间点都有进展突然停止的危险,这点至关重要。这个事实意味着我们需要时刻做好准备,泰勒整个康复过程中任何阶段都有可能停滞不前无法继续。但是没人知道什么时候会发生。

　　但是整个围绕着泰勒的看护团队以及所有的亲人朋友,他们缓慢而坚定地一点一点把泰勒拉进现实世界,他们付出的努力我觉得泰勒可以感受得到。我们和泰勒聊天,他的弟弟们嘲笑他那已经失控生长的胡须。我们帮他剪手指甲和脚指甲,每天帮他在床上沐浴。我们对待他仿佛他仅仅只是熟睡了,但同时我们也会有意识地轻轻唤他。医生和理疗师们努力希望引起一些反应。尤其是他的言语理疗师,她是如此富有创意,坚持不懈希望把他带入二类水平中。

第七章 深陷泥潭的心

》2012年12月9号到12月17号

　　大家还在继续寻找合适的康复医院,随着日子一天天过去,焦虑不安与日俱增。艾弗里已经回到大学继续学习,凯斯也全身心投到工作中去。现在我们一家人的首要任务就是替泰勒和我找到一个临时的新家。我们计划亲自拜访两家康复医院,这两家距离我们都只有不到两个小时的车程。我们一般都是通过口碑而非网络来调查这些医院。

　　我的母亲陪着我参观了一家地处偏僻但是却离我们镇最近的医院。刚到那儿,我们就被其中一位行政主管带领着简单了解了一下医院的设施,这让我们感到非常没有人情味,尽管我觉得这并非他的本意。这只是我的本能反应罢了。这家医院并未给我们留下很深的印象,灯光昏暗,气氛冰冷,整体的环境看上去了无生气。陪伴我们的先生一直滔滔不绝地讲述该医院如何给中风患者进行成功治疗,但是泰勒没有中风。我知道创伤性脑损伤和中风都与大脑相关,但这两者之间有天壤之别。

　　这位行政主管特意提了好几次这家医院在中风治疗领域中的地位,但对于一位母亲或者是医疗领域的门外汉而言其实没有任何意义。我对于这个机构的了解仅限于它是医疗保健领域的某种资格认证。我特意询问了主管在过去一年时间里,他们接待了多少位三十岁以下创伤性脑损伤患者,对此他无法回答。单这一点就让我感到非常不安。

　　我还依稀记得这家医院墙上的装饰仅仅是一些俗气的批量生

产的东西，毫无思想和深度可言。它不是那种可以给我带来治愈或者幸福的艺术设计。我认为墙上以及公共区域的这些陈设尤其可以反映医院设施的一个整体感觉。我们全家人都处在一种担惊受怕，郁闷不安的状态下，我知道明亮多彩的艺术设计是治愈的另一个重要因素。我可以想象那些绘有树木鲜花的作品象征着成长，或者儿童的绘画可以让看的人会心一笑。

这次参观给我们留下不好印象的最后一点是我们不允许进入脑损伤患者待着的病房。如果我不知道我的儿子会在哪里睡觉，待在哪里，我又怎么能够判断决定呢？结果我们仅仅被带到走廊另一边，观看了几间普通病房的情况。我觉得，这间医院还不够好。直觉告诉我泰勒应该不会在这里接受治疗的。2012年的时候泰勒才二十一岁，我希望他可以得到更适合年轻人的照顾。但这个地方给我的整体感觉就是适用于那些更大年纪的人。离开的时候我情绪很低落，但内心还是暗暗希望我的选择是对的。

在征询各方意见的时候，一个年轻朋友和我讲了一些情况。她是一名语言病理学家，事业刚刚起步。她还有她身为医师助理的未婚夫会考虑一些关键问题。她提醒我，我们是想要一个更加现代，设施也许更加齐全，纪录良好，名声不错，但是历史也许很短暂的医院吗？又或者，我们更喜欢一个纪录辉煌但是设备不那么现代的医院？这是个里程碑式的决定，也是我所做的最艰难的决定。通过那些问题我感觉这些事情在我面前清晰了许多：如果没有医术高超的医生，再现代的装备也一无是处。

坦纳陪着我去实地调查了名单里的第二家机构。对于他想要参与其中的急迫我很欢迎，毕竟他可以给到很多我想不到的意见和建议。同样是年轻小伙子，坦纳能够明确什么类型的设施是必须的。他的看法和代表的一切对我非常宝贵。坦纳是我最小的孩子，所以当他告诉我，他觉得泰勒接下来几周住的地方需要有一种宁静安全感的时候，我意识到他已经长大成为一个大男孩了。

自从泰勒受伤后的几周里，我们尽可能多地收集关于康复设施的信息，因为我们知道找到一个合适的地方对泰勒而言有多重要。我们一般从下面几点来了解医院的相关信息：

1. 结果和成果；
2. 治疗计划；
3. 典型病患的年纪；
4. 资金选择和保险相关情况；
5. 使用设备。

我们了解到如果一个病人从医院到急性康复机构接受治疗的整个过程中有家人相伴的话，通常最后的结果都会更好。虽然关于这件事有过讨论，但在我内心深处我知道泰勒的每一步都会有我的陪伴。我不会让他独自一人面对这场征程的，在这个时候泰勒还是没有办法以任何的方式和我们沟通。很明显，想让他此刻睁开双眼，让一切都安然无恙是不可能的。我希望泰勒可以经常从我的声音里得到安慰。我希望当他感到迷惑或者害怕时，他能知道爱他的人们就在身边。我不希望当他清醒的时候在想家人在哪里。泰勒现在变得异常脆弱，这也让我很担忧。我害怕他受伤，即使是轻微的忽略，也会让他的情况更加糟糕。泰勒是如此无助，所以我们当中至少得有一个人时时刻刻在那里帮助他。在治疗过程中需要有一个声音的陪伴，这点至关重要，不管这声音属于家庭成员里的谁。

在前往第二家机构的途中,坦纳对我说了一些我一辈子也忘不了的事情。他承认无论泰勒会去哪一家医院,只有我陪在旁边,他待在家里或者学校里才会感到安心。他很清楚地告诉我,如果我不打算陪着泰勒,让他独自一人的话,他不确定自己有没有办法接受。总而言之,我们两个的心头都萦绕着一种惴惴不安的情绪,生怕泰勒哪天醒来,却不知道自己身处何处,发生了什么,或者他怎么会在不熟悉的环境里被一堆陌生人围着。

我终于知道,我陪伴在泰勒身旁,不仅对他的康复有益,对我们整个家庭都很重要。只要我在泰勒身边,每个人都仿佛有了安全感,知道他被一个最爱他的人好好保护、照顾着。我知道如果没有我的陪伴,我们大家都不能好好生活,那种不安和焦虑会滋生得很快。当然理解是一回事,现实又是另一回事。我们需要收入,坦纳需要继续他的高中学业,艾弗里要完成他大学学期课程,这些我们都知晓。凯斯需要回去米夫林堡,照看我们的家,我们的狗,付账单,照顾坦纳,继续全职工作。我知道他的担子也很重,他和我一样都很担心泰勒,不能陪在泰勒身边对他来说是个挑战。只要有空,他每个周末都会来看泰勒。

当我们走进第二个康复中心的时候,我们立马感觉到它的不同之处。扑面而来的温馨感,工作人员非常随和,已经为我们参观做好了准备。这周早些时候,我曾和一位母亲聊过,她的小女儿在那家康复中心待过,根据他们的经验这家中心是个不错的选择。首先建筑本身就很漂亮。周围的一切仿佛都是新的,非常干净,而且一眼看上去就很整洁。

我和坦纳两人在附近闲逛，找到了餐厅、健身房和其他有意思的地方。每一个房间都和我预想的一样。健身房尤其令人印象深刻：空旷，干净，而且光照很好。里面的健身器材就是一个康复医院应该具备的。有双杠、大的平衡球、健身器材，还有一些小的桌子，各种各样的活动都可以进行。在其中的一个桌子上，理疗师和患者正专心地一起训练着。

最终，我们遇到了一个工作人员，他带着我们走进被锁住的脑损伤病房。那时候我们并不知道这些病房按规定都是要锁住的。我们只有按门铃才能在这些为脑损伤患者设计的病房里进进出出。因为那天是周日，所以病房里非常安静。整幢楼里只有少数参观者。

在护士站我们和几位护士简单做了自我介绍。他们都很友好，大多数人看上去都相当年轻，刚刚参加工作的样子。当我们从走廊下去的时候，我看到大厅里有一群人坐着轮椅。他们都是脑损伤患者——看到的一切让我吃惊不已。真希望那个时刻我的情感是麻痹的，但这不可能。我感到很不舒服，我那健壮、聪慧、健康的儿子坐在轮椅上会是什么样子呢？在来到这个地方之前，这些患者是什么样子的？这就是我希望给泰勒的吗？每个患者的眼神都很空洞，虽然待在一起，却更加显得孤独。他们之间没有任何的沟通。毫无疑问他们和这个世界似乎断了所有的联系。

在他们之中有一个特殊的患者。她是个女人，看上去四五十岁。穿着医院的褂子，不像其他人穿着运动服之类的衣服。她的头发凌乱，眼神看上去空洞且怕人。她没有完全坐好，有点耷拉着朝一边倾斜的样子。她看上去连内衣都没有穿，这让我感到自己似乎侵占了她某些私人的部分。我对她满是同情，我在想她是怎么被送到我和坦纳站着的这栋楼里的呢？她是怎么进来这个地方的呢？

我开始询问工作人员一些简单的问题。当我试图问起如果泰勒待在床上或者没人照看时的安全问题时，我内心某处开始崩溃了。我几乎没办法大声说出泰勒的名字。那种熟悉的绝望的感受突然间毫无征兆地出现了。我不得不竭尽全力让自己冷静下来，来控制那股力量，后来我把它叫作沉默的怒吼。沉默的怒吼就是歇斯底里的尖叫声想要从我的嘴里和身体里释放出来。当我的整个世界被混乱和无法控制的事情搅得停滞不前的时候，为什么我眼中的一切都显得那么正常，人们可以如此冷静呢？我脑海中的这些想法总会以同样的方式开始：为什么泰勒身上会发生这样的事故？我无法与他沟通交流这件事情也让我非常挫败。我很想念他，即便我一天二十四小时都坐在他身旁。泰勒的身体对我而言只是副躯壳而已，里面的灵魂没有回应。我想要找个安全的地方，将内心的痛苦和难受都释放出来，但如果真的这么做了，我很清楚它会成为什么样子。

当我们结束了探访，往停车场走的时候，坦纳和我都明白那个特别的地方的某一点还是不太适合泰勒。我们的感受并不是针对机构的好坏，我们需要在四面墙之间找到某种生命力。我们需要看到年轻、活力和希望。作为泰勒的母亲，我想要某样东西可以直达我内心，告诉我在这个新环境里泰勒能够康复过来。我需要找到某个地方，它可以向我展示，泰勒的康复，是有可能的。

我们开车回到了基辛格,在医院附近吃了点东西。我不仅想念泰勒,还有曾经那些美好的日常。以前我喜欢和儿子们出去"约会"。我开始意识到和泰勒待在一起也就意味着我会和其他家人分开。我很担心没有了我他们会怎么样,同样一想到没有他们在身旁我也焦虑不安。我和坦纳很亲,他的学习、运动,以及成为他生活里的一部分都让我很享受。他是我的宝贝,我很想去珍惜他高中生活所有的"最后一次",最后一次的运动、活动,所有相关的东西。一想到泰勒的事故对我们生活的其他各个方面都产生了连锁反应,我的内心就感到十分沉重。我们需要时刻关注泰勒,但是这种需要并不容易实现。每个人都必须为这个决定付出相当多的牺牲。

午餐之后,坦纳和我回到了特别看护病房,在那儿凯斯和我妈妈正在焦虑地等待着。坦纳和我,我们彼此拥有着一些相同的回忆,一些我认为会彼此铭记一生的东西——我们看到脑损伤病房的第一眼。它动摇着我的内心,也让坦纳显现出无比勇敢的一面。他想要给泰勒最好的,对此他就算拼尽全力也要让他的哥哥得到。即便他是最小的孩子,但是现在坦纳不需要哥哥的照顾了。他们的角色互换了。

接下来的几天里我们就需要做出果断的决定。结论并不是那么轻松就可以得到的。选择一个康复中心需要权衡很多的因素,其中就包括开销问题。社工的主要工作之一就是确定泰勒的保险费用能否用于支付他的疗程费用,可以支付多少,如果保险单规定的那一部分配额用光了会发生什么。社工最早发现的事情之一便是泰勒不仅有一份很丰厚的保单,同时还支持认知疗法的费用，这对于泰勒的康复是非常关键的因素。许多保险计划都没有意识到认知能力在病人不断康复中的决定性效果。

而当我第一次听到布林莫尔康复医院的名字时，我内心有种感觉：就是它了。我们从基辛格的工作人员，无论是护士、员工，还是为数不多的打过交道的理疗师那里都听说过这家大名鼎鼎的医院。自打我们开始选择医院起，这个名字便一直在我们的名单最显眼的位置。

布林莫尔康复医院坐落在费城以西一个较偏远的地方。地理上虽然很靠近城市，但是完全没有城市的感觉。有人告诉我们那里有一个池塘，医院周围还有沿途小路，位于一片私密之地，远离城市的喧扰。在看完了两个都是钢筋混凝土的构造，被停车场和商业区包围的机构之后，我们更倾向于外部环境安静的地方，因为我们知道泰勒这个乡村男孩也会喜欢的。

我和塔加特医生提起，希望可以和做出相同决定的其他人聊聊。她帮我们联系上了一名在基辛格工作的护士，她的女儿在开车途中也遭遇了严重的脑部创伤。她的女儿最初的治疗就是在布林莫尔度过的。由于她女儿受伤的时间没有过去很久，所以她的建议和经验对我们无比珍贵。同时因为她也是一名经验丰富的护士，所以在我看来她完全可以真正理解经受的整个过程哪些是最重要的方面。

我们详细探讨了在她女儿康复过程中那些好的方面。我仔细听着她所说的东西，但是由于缺少经验，我很难消化她所说的和解释的具体代表什么。从我们的谈话中我所能获取的最主要的内容便是对于家里人决定把女儿送去布林莫尔的做法她感到非常满意。

谈话快结束的时候，我让她告诉我最差的部分是什么，机构也好，工作人员也好，只要是她能想起来的不愉快的经历。她当下的第一反应就是，根本想不出来一件不好的事情。关于积极的好的一面她已经给我说得非常明白了，但是我真的也需要负面的观察。最后，在思虑片刻之后，她指出唯一她觉得不足的地方就是医院接线员很糟糕。这点我们肯定可以忍受。

最后她还告诉了我一点信息，布林莫尔有个叫作月桂树的地方，在那儿像我们这样的家庭可以享受免费的住宿。免费的寄宿是根据比如患者的年龄、状况以及家庭住址的远近来决定的。我们家到医院的车程需要足足三个小时，所以有个歇脚的地方对我们来说非常重要。住宿费是一笔巨大的开销，我们一直在预估着这笔费用。一想到我们可能不需要担心这笔费用了便感到巨大的安慰。我反反复复计算着费用，八十到一百美金一个晚上的价格对我们来说负担太重了。

在接下来的几天里，我们全家在油管上观看了康复医院上传的关于脑损伤项目的视频，关于一些小的问题我们在电话里和工作人员进行了沟通，我的妈妈还和家庭住房的协调人详细探讨了一番。每个细枝末节拼凑到一起后，最终大家都觉得还行。我们从未亲自拜访过那个机构。但是我们坚信布林莫尔康复医院就是可以给泰勒提供最好最全面看护的地方。这个决定中一部分是基于我们的直觉，我们觉得就是它了，其他则是根据我们手上搜集到的资料。当然完全相信我们的直觉是非常不容易的，可是我们做到了。我们已经做了决定。

下一步就是看布林莫尔可不可以接受泰勒这样的病人了。根据认知功能分级，泰勒一直表现出第二级别的反应。很多地方都需要患者达到第三级别。

社工帮助我们将推荐函发给了我们这家医院。我们的压力很大。我们都很清楚无论什么原因，也许是某个未知的保险问题，或者泰勒进展不够，又或者其他看不见的挑战，他都可能被拒。我们希望可以发生奇迹，并且试图不去想象最坏的可能性。

在经历了紧张的二十四小时的等待后，我们终于收到了好消息，布林莫尔医院愿意接收泰勒了。那时候大概是12月10号，我们已经做好了下一步准备。我不确定是不是所有人对于这个喜讯都有所反应，我只记得我妈妈笑着说："太棒了，这就是我们一直盼望的。"走到这一步对我们家庭的所有人来说都是种挑战，当然是不同方式的。

泰勒的进展有些缓慢，所以我们不得不等一等。这段时间我们常常挂在嘴边的一句话就是"向前一小步，向后两大步"。接下来的几天，当我们正在焦急地准备离开的相关事宜时，泰勒有些发低烧，这有可能是潜在感染的某个征兆。离开基辛格医院，泰勒必须合格通过身体检查才能进入下一个恢复阶段，同时在二十四小时之内他还必须无发烧迹象。五天过去了，然后是周六和周日。在那些天里，我们紧锣密鼓地做着很多准备。我母亲和我一直在打包行李，还要时刻准备好，一有通知就走。需要离开的消息可能瞬间就来。其实医院就是一个感染源的滋生地，基于此，塔加特医生才急于让泰勒离开这儿。周一，在被布林莫尔康复中心接收后的第七天，我们被告知泰勒可以准备离开了。

终于，12月17号，泰勒离开了基辛格医疗中心的看护，赶赴这场马拉松的下一段旅程。接力棒在一个个传递。如果没有大量艰苦而具有创造力的工作，根本不可能实现从医院的特护病房到脑损伤康复中心的这个转变。尽管泰勒的身体还处在毫无知觉的状态，但是他的治疗还在继续。大家尽全力给他鼓舞和动力，让他可以有所反应，这对那些评估的人员来说很重要。一切的辛苦都值得了。这正是团队合作努力最佳示范。对于基辛格医疗中心所有人员的决心以及对泰勒无比的关怀和照料，我感激不已。

就在我们即将离开的前一天，在加护病房第一个负责照料泰勒的护士给泰勒写了封便条：

我希望不久的将来你可以睁开双眼，亲自看到我写的东西。我衷心希望幸运可以伴随着你还有你的家人，让你完全康复。我坚信，只要祈祷，有积极的心态，有你的家人无尽的爱和支持，你能够翻山越岭走出困境。加油，永远不要放弃。加护病房你的护士，阿曼达。

就在泰勒二十二岁生日前两天，我们将离开这里去往一个新家。我们将他在医院的一切打包，其实没有多少东西，又从家里带了一包东西。他们告诉我们要帮泰勒准备一些舒适的衣服，比如四角裤、宽松运动裤、T恤衫和袜子。泰勒还是没有多大起色，在我们看来，他完全不知道发生了什么。

泰勒被放在了救护车的轮椅上。我还记得裹在泰勒身上的毯子是为了唤醒乳腺癌意识的粉色。这个司机非常专业，他明白我们担心泰勒在医院外面的健康状况。凯斯和坦纳在前一晚上已经道过别了，艾弗里赶过来送别他的哥哥和我。那是一个满是泪水的早晨。自从事故发生以来，艾弗里每天都陪在泰勒的身边。在其他人都回去休息的时候，艾弗里总是花时间陪伴在泰勒左右。我会和泰勒一起走，而他的爸爸和兄弟们只能待在这里，相信泰勒可以被照看得很好——不仅仅是我，还有那些完全不认识的人。我可以感受到他们巨大的痛苦，因此对于他们交付的重任，有一种强烈的责任感。

泰勒被送去布林莫尔的那天，艾弗里在脸书上写道：

有时候苦乐参半的道别是必须的，因为你会迎接一个崭新的开始。现在泰勒正在去往费城一处康复医院的途中。尽管我原本就已被撕裂的内心又支离破碎，但我清楚，时间可以治愈一切，尤其是我们深深爱着的人。今天是泰勒6—8周康复的第一步。我仍然相信着泰勒，整个周末仿佛有过一丝从他那儿得到的力量。他睁开了双眼，和全家人有过非常短暂的眼神交流。尽管还没有清醒过来，但这给了我们接下来几周坚持不松手的理由。

我很感激作为家人所得到的力量，没有什么是比精神更强大的了。我感谢你们所有人，是你们给予我们无限的支持和鼓励的话语，让我们可以探寻更深，找到那些我们自己都不知道掌握着的能力。我坚信泰勒会继续创造奇迹，一步一个脚印，缓慢但又坚定地回到我们身边。对于泰勒来说另外一个意义重大的一周即将到来，如果可以，请天天记着他。尽管过去的一周告诉我们世界真的很邪恶，但是我们仍然可以依靠彼此的爱。记住紧紧依靠你所爱之人，告诉他们你对他们的爱永远不会停止。

对于基辛格加护病房的所有人员，因为他们已经爱上了泰勒，对他只求付出不求回报——和我们所有人都一样。这周晚些时候我争取再更新一次。在那之前，我们全家人会继续昂起我们的头，尽管我们的内心早已坠入深渊。

去往莫尔文的路途遥远，而且很多道路都迂回曲折。我比自己意识到的更加疲劳，我很高兴，妈妈这一路都陪伴着我。我们走了很多乡间小道和不熟悉的高速。那是个阴天，而且多云。尽管雾蒙蒙的，我们还是尽量跟着救护车，但是最终还是走散了。在外面开车的感觉很好，仿佛又见到了整个世界。除了一些例外，一个月的时间我每天都走着相同的道路。是时候做些改变了。也是时候看到泰勒有个新的开始了。尽管面对未知的恐惧，我知道这比疗养院要好，我很欣慰。

傍晚的时候我们到了布林莫尔康复医院。就在还剩几公里的时候，我问妈妈："如果我犯了一个错误怎么办？"她回答说："那么我猜我们可以立刻打包，再搬到其他地方去。"然后她笑了，继续说道，"亲爱的，你没有犯任何错误。"从自动门一走进医院里面，我们便得到了最友好的接待。站在接待处的两位女士都带着微笑，面容姣好。我告诉她们我们正在找泰勒，我们猜他应该已经到了。得到的答复是正在安排将他安顿下来，然后她们便指引着我们病房的位置。当我们准备离开的时候，其中一个女士笑着说："来到这里，您的选择是正确的。"我们两人都深信不疑。

就在我们朝着电梯方向走的时候，我首先注意到，每一面墙都很明亮，上面有各式各样不同类型的艺术画。在泰勒的周围如果能有一些艺术作品的存在这对我来说很重要。

我们上楼去找正在安顿下来的泰勒。他被安排在一个类似加护病房的地方。泰勒的病房叫作枫叶病房。他所在的房间是仅有的五间安装了玻璃窗的房间之一，这样就可以及时看到里面的情况。他就在护士站的对面，这样护士们可以实时观察。这样布置的主要原因是泰勒还插着气管，同时夜间还是需要吸氧。在枫叶病房的每一个病人都是需要特殊护理和监管的，但是根据泰勒目前的身体状况，他需要更多的重症监护。

待在病房里的头几分钟，感觉既可怕又带着希望。脑损伤加护病房的样子和其他种类的康复病房不同。它比你想象中的要更加安静，尤其在晚上。枫叶病房就是这么一个不同寻常的地方。在那里我深刻意识到自己仿佛是离开水的鱼。我无暇顾及自己对环境的接受情况，抑或是看看其他的病友，我径直望向泰勒，其他所有的东西都没有办法关心了。我的视野和注意力有限，现在回想起来，我猜这应该是我内心排除其他太多事物干扰，以防对我形成影响的方式。那时候我觉得自己大多数的感官意识都暂时关闭了。

当我们穿过走廊时，两位护士进行了自我介绍。这两位女士将对泰勒和我们全家意义重大。她们的名字分别是德纳和克里斯汀，当然也可以称她们为"活力二人组"。那时候克里斯汀轮班刚结束，但是她还是留下来，见见新的病人，泰勒。后来关于那一晚她是这么向我描述的：

和泰勒的第一次见面记忆犹新。他是在我轮班结束的时候送进来的。尽管脸蛋和双眼都浮肿着，但还是难掩帅气的轮廓。虽然异常安静，但我知道你很紧张。我记得和你们解释病房的日常，你问了很多问题。我记得在做评估的时候需要张开泰勒的眼睛，我需要检查他瞳孔的状况。当我拉开右眼睑的时候，他转了下眼球，直勾勾地看着我。我说道："快看那儿，他就在这儿呢。他正在看着我们，他知道自己在哪里。"

她还说泰勒有双美丽的蓝眼睛和英俊的相貌。虽然直到后来我才知道她也是三个男孩的妈妈，但那时候我就清楚，德纳和她可以把泰勒照顾得很好。我妈妈的护士经验也让她深信泰勒可以得到很好的看护。我甚至觉得可以离开泰勒一会儿，让自己休息一下，这种自信让我自己都吃惊。

漫长的车程，漫长的一天，漫长的一周，漫长的一个月。我非常疲惫。我的神经脆弱，我知道我需要休息。事实上我渴望安静，自从11月22号我被叫醒的那刻起，我的大脑便一直处于急速转动的状态，一晃二十四天已经过去了。

我妈妈帮我在布林莫尔的月桂树收拾好我的房间。她和泰勒道了别，我送她去火车站。她已经和我们待了几周了，所以做出让她回家的决定很困难。但是内心深处我还是需要一些独处的空间。我几乎想不起来自从事故发生后我有过几次独处超过几分钟的时间。我需要和自己的思想还有感情交流，但同时我又很害怕。那时候我感觉自己像只雏鸟，渴望自己飞翔，但是不确定翅膀有没有成熟。我会体验到第一个充满孤独的夜晚，在随后的数周数月里我会渐渐地习惯这样的存在。

在送完妈妈后，我回到了枫叶病房。这时候我才开始接触了解周围的环境。我和德纳聊了聊，当看到许多的床都像婴儿护栏那样设置以后松了口气。区别在于这些床都是封闭的，在病人身旁围绕着网和护栏。我害怕的事情之一便是泰勒会在毫无意识且没有保护的情况下从床上滚下来。有趣的是我们还不禁会想:"如果泰勒站起来怎么办?如果他醒了,在寻思发生了什么怎么办?"在泰勒的案例里,那些所谓的如果甚至都不能成为担心。泰勒非常虚弱。他的左侧很可能无法痊愈,至于他的苏醒,不知道是何年何月,即便发生了,也会是很缓慢的过程。我逐渐了解到布林莫尔是个非常安全的地方,德纳是非常可靠的人。

我回到自己的房间里,开始熟悉住处以及自己的内心状态。我所在的房间有两张单人床,两个床头柜,以及一个简单的浴室。有一个公共厨房。因为快累得不行了,我早早入睡,完全不知道接下来的几个月会是什么样子。我即将要接触并了解到几周前我从未听说过的东西。我需要快速适应成为一名脑损伤学的学生以及周围那可以杀死人的寂静。

第二部分：莫尔文

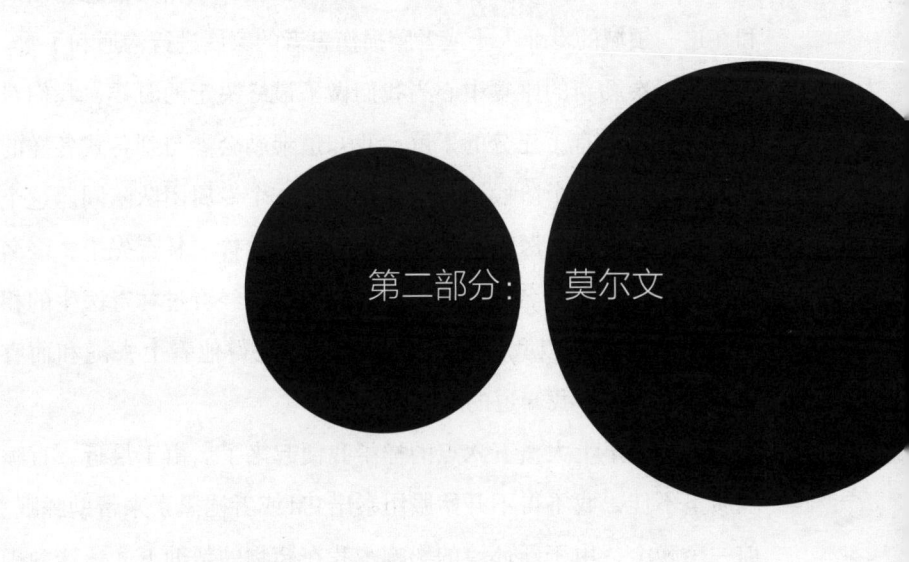

第八章 悲喜交加的地方

>> 2012年12月18号

在泰勒出事之前我对于脑损伤康复一无所知，但是到目前为止我已经通过不同的渠道对它有所了解了。基辛格医疗中心的医生给过我们一些阅读资料，同时我们也在网上查询了相关信息，以及和在这一领域的专业人士或者脑损伤患者的家属进行沟通和了解。

关于泰勒新的康复中心当我们做了最终决定的时候，我们对于布林莫尔也有了充分的了解。我知道泰勒会参与到各式各样的疗程中去，每一个阶段、每一步都会有一个专属团队陪同。这个团队里一共有三名医生：神经科主治医生德鲁·林奇先生，一名内科医生，以及一名神经心理学家。我们曾经看过林奇医生的相关视频资料，所以我听说过他的名字，觉得他看上去随和而睿智。除此之外，我知道的不多。

第二天早上大概五六点的样子我便起来了。由于最近一直睡眠质量不佳，我不得不开始服用泰诺PM或者褪黑素来帮助睡眠。前一个晚上，由于新环境的影响，我在药物的帮助下才迷迷糊糊睡了会儿，醒来的时候谢天谢地感觉好多了。在那时候，能拥有四个小时以上的睡眠已经非常不错了。

几乎刚睁眼的功夫我便打电话给德纳，她告诉我半夜的时候给泰勒换了带有防护网的床。这个床其实就是医院普通的病床，用四个杆子做成顶棚的样子。在每个杆子之间安装上游戏围栏，最上面覆盖好。理论上说病人像被拉链锁上了一样。

在我前一个晚上离开病房的时候，泰勒还只是放在一张普通的医院病床上。德纳注意到泰勒经常会挪动,她很担心他可能会掉下床去。当然他不可能自己站起来或者走下床,因为他还没有那样的力气。但是他完全可以在没有意识的情况下改变自己的体位,从而掉到地上去。看到他被如此悉心照料着让我放心了不少,而且对于泰勒反应出活动的级别德纳明显很高兴。在脑损伤病人的照顾这一方面德纳有过数年的经验,所以她知道泰勒的这种表现是在往好的方面发展。

布林莫尔迅速地带领着泰勒进入康复的下一阶段。前一晚我听说林奇医生和团队成员早上八点左右会来查房,我应该试试看能不能见他一面。我着急地冲了个澡,换了身衣服,拿起一杯咖啡,就去看泰勒了。我很高兴这里也有每日查房的习惯。因为这可以让我感觉自己和医院里每个帮忙的工作人员进度相同,对于即将见面的团队我很乐观。

跨入枫叶病房,我按了门铃,穿过上锁的门,开始朝泰勒房间的方向走去。眼前的一幕让我惊呆了——泰勒竟然一个人坐在轮椅上。之前在基辛格医疗中心佩戴的老式而又难看的塑料安全帽不见了,取而代之的是一个更加赏心悦目的东西。新的帽子是由质地柔软的牛仔布做成的,可以把他整个头部完全包住。帽子贴合却不紧绷。下巴从左到右系着一个可调节的带子。帽子的后部把他的后发际线全部盖住了,帽子中心又正好覆盖了他的耳朵和整个头部。帽子的顶部刚好停在前发际线那里。因为我之前对于他戴的那顶塑料帽子就颇有微词,看到这顶新的"头盔",我立马好受多了。泰勒的外貌已经比事故以来这些天的样子看上去好多了。

泰勒的轮椅放在靠近沙发的地方,和标准的立式轮椅还有所不同。在之前搜索研究康复中心的时候我就知道这里给每一个病人都会定制一个和自己身体相适应的轮椅。尽管泰勒现在还不能自己坐起来，但是不管怎么说这都是进步，而且看到他坐在椅子上感觉特别好。

泰勒不仅坐在轮椅上，而且眼睛还是睁着的。当我朝他走过去的时候，他依然睁着双眼。一秒，两秒，三秒，四秒，五秒，六秒，七秒，八秒……我穿过走廊至少花了八秒钟，在这八秒钟里泰勒的眼睛一直是睁开的。但是他没有盯着任何地方，他看到我走过来了，也没有给我任何的指示。当我走到他面前弯下身子的时候他的眼睛始终睁着，我说："早上好，泰勒，是妈妈。"我在他脸颊上亲了一下。他以前总会把脸剃得干干净净，但是现在已经有一个月的时间没有碰过剃须刀了。他的弟弟们虽然笑话这个，但我觉得看到泰勒不能够好好照顾自己还是让他们烦恼不已。

泰勒蓝色的眼睛虽然空洞缺乏任何情绪或者想法，但是睁开的。那双曾经明亮机警的双眼现在黯然无光。有句老话，"灯虽然亮着，但人却未归"真的是非常有道理。我不知道泰勒有没有看着我，但我很确定他看不见我。他的表情很空洞。我无法描述看到泰勒进入新的状态的感受是什么。我很高兴他睁开了眼睛，我只是希望如果可以知道他在感受什么经历什么就好了。我猜想他应该没有任何思考或者有任何思考的过程，但这点无从考证。这个早晨是自事故发生以来泰勒双眼睁开最久的时间。没有人迫使他这么做，除了他空洞的表情以外，我感受到了一丝希望。

我有一点强烈的感受，那就是和泰勒相处的点点滴滴都是礼物。在一个小时接着一个小时，一天连着一天，一周挨着一周坐在他的身边，看着希望越来越小之后，能够看到他睁开双眼真的令人不可思议。但现在还不是庆祝的时候。我只能把这一个小小的胜利私藏，暗自欣喜。

康复机构的工作人员立刻用各种各样的方式促使泰勒产生意识。像泰勒这样的患者，每天都会接受少量但有帮助的刺激活动。医院人员会把他放在一个普通的躺椅上，每隔六个小时左右的时间让他清醒三十分钟。泰勒正在一步一步缓慢地被唤醒回归日常生活。这就像是一个挚友从遥远的地方向你轻声呼唤："泰勒，我知道你很疲惫，可是为了我，你可以醒过来吗？"想要叫醒某个失去意识很久的人是一门技术也是一种科学。

我慢慢地学会活在当下。只要愿意，我可以投入更多的感情精力追溯从前或者想想以后，但是这不值得。任何事情周围都有太多的细枝末节。虽然很难解释，但我逐渐学会接受正在发生的一切，尽管还是要争取更多，尝试想得更深刻，我还可以活在当下发生的那一刻。我的大脑需要尽可能保持清楚和灵活。

所有那些已经发生，正在发生和可能要发生的事情，感觉就像是所有事件、想法和可能性汇集的大海。我需要在随着河流流入海洋的细流之间看清楚大海的形态——如果一切对于我来说就是大海的样子，那么我就不可能在里面畅游了。那些小溪河流和在我们面前无法预知的大海相比，可以让我更容易地去思索和思考。

早晨我注意到在泰勒隔壁的房间里，有一大把气球、匹兹堡钢人队的装饰品，以及其他很多看上去像普通高中男生的东西。气球上写着"美好十六岁"还有"生日快乐"的字样。看到病房里的这些装饰品，让人根本感觉不到美好或者快乐，相反，只有一种深深的悲伤。我们全家会慢慢认识这些邻居，我的儿子会和他们成为室友。我们会一起分享那些没有人能够想象的时刻。我们也会共同经历那些让我们微笑的瞬间。

当我看到隔壁病房气球上的"生日快乐"时我意识到泰勒的生日也快到了。我可以看到这个男孩的妈妈还有她疲惫不堪的样子。他们是怎么办到的？作为母亲我们是怎么走进这个满是伤痛的房间的？当人们看着我的时候，他们也会和我看这个母亲的眼睛一样，看到一双悲伤心碎的双眸吗？

每个妈妈都会害怕。就在我的儿子们出生后不久，我身上就发生过这样的事情。你感受着新生命的惊喜和奇迹，同时某种意义上（至少对我而言）你也会担心。这也就是为什么新手妈妈们都会看着她们的宝宝睡觉，或者一遍又一遍地检查着她们的宝宝。我们不得不承受我们的脆弱和无助。这么多年以来，我的脑子里预演过各种各样的情形场景。作为一个母亲，我时刻都会注意是否有事情会发生在儿子们身上。在我们内心深处藏有一份害怕清单，我们希望永远都可以不去触碰。你需要学会把关于疾病、死亡、伤害、虐待、绑架、恐怖事件等等这些想法从这个清单中清除。母亲们根本无法去想，因为时不时一些假想的最坏的事情就会不停地出现。在我所有的臆想中，在我那些悄悄出现的最坏的假想里，我从来没有想过创伤性脑损伤这件事情。我甚至不知道这个词是什么意思。

每天都有大量的评估和休息时间等着泰勒。首先进行的测量之一就是检查泰勒在昏迷康复的哪个级别。在这个评估中，医师会测评病人的双眼是否能够跟踪物体，对于声音是否有反应，他们掌握哪种动作技能，对于不同刺激的反应是什么样的。泰勒处于植物人阶段。听上去虽然不像，但这也是种进步。

这是接下来每时每刻和枫叶病房的特护人员相处的开端。泰勒需要完成一些你我看上去轻而易举，但对他非常有挑战的小任务。比如说能够坐进轮椅里，保持头部笔直的状态，对于一些简单的口令有一些小的反应，但就这些就足够让他筋疲力尽。泰勒的身体感受着正在发生的一切，但是他的思想却不在那里。这趟旅程对泰勒来说是次长途跋涉，他会如何从困境里走出来却无人知晓。

从泰勒这样的伤势中康复过来的程度有许多种情况。不断有人告诉我们，每个人的情况都不相同，每一种康复情况也不尽相同。影响创伤性脑损伤康复的几个因素有：

1. 在进入植物人状态前患者昏迷了多久？
2. 他们身体的其他部位健康状况如何？
3. 一开始的伤势到了什么程度？
4. 现在的情况是患者第一次创伤性脑损伤吗？

一开始我们并不能完全了解或者判断这其中的某些因素，随着患者慢慢发生一些阶段性的变化——或者某些情况下，没有丝毫进展——更多的因素就可以被确定了。

康复计划并不简单易懂。看着它我就像在看拼图，因为我是那种对于无法完全了解透彻的事情，就需要把它与其他熟悉的事物相联系的人。一开始，一个很棒的治疗小组把康复计划分成了零星的部分，方便病患家人的理解。创伤性脑损伤的康复需要许许多多细小微妙的事情组成，一点一滴。康复就像是拼图游戏，有成千上万个碎片在你面前。目前的阶段，我们还是看到了简单的角落。拼图的四个角落分别是：物理疗法、职能疗法、言语疗法和认知疗法。所有在康复阶段进行的项目都是根据这四个基本角落开始，旨在一点点完成所有的拼图。第五个因素是休闲疗法，这个在进行到更深入阶段的时候会有所介绍。

我曾经想象过康复中心的样子。在泰勒这次事故之前我去过康复医院的次数一只手都可以数得过来，而且去也仅仅是因为髋关节置换这样的原因。所以根本无法比较。我原先以为康复会不停地敦促并挑战每个人的极限，但其实不然。在这里一切的交流都是轻声细语，并且带有极大的耐心。每个词都是经过深思熟虑的，每个措辞都简洁、直接、不啰嗦。不仅仅泰勒得到的照顾温柔而礼貌，我也受到了同样的待遇。在布林莫尔的工作人员都明白大多数来这里的家庭都在经历新的噩梦般的生活，而且几乎无法碰触他们的伤口。

我之前根本不知道可以通过刺激的方式将人从昏迷状态中叫醒。我的祖母在我大学的时候曾经陷入昏迷状态，多少年过去了她还记得我在她床边哼着《奇异恩典》的曲子。这段回忆让我忍俊不禁，因为她从来没有真正喜欢过我的歌声。我当时才刚刚十八岁，压根不知道她怎么样才能从昏迷中苏醒。她昏迷的原因和泰勒完全不同，恢复情况也是，她现在已经完全康复了。

克里斯汀，负责泰勒的其中一名护士，解释了从昏迷状态中刺激或者叫醒某人的过程：

我们总会先"测试"用各种各样的方法刺激某人，然后选择其中一种，加以使用。如果他还在昏迷状态，话语或者抚摸都没有任何反应的话，我们可以使用伤害性的刺激。伤害性是指一些气味性或者烦人的刺激物比如按压甲床或者胸骨，因为这些有时候会产生痛感，但如果它能引起某些反应那我们就可以进行下一步了。如果操作完还是没有反应，那说明患者还没有处于这个阶段。

我之前才了解到泰勒能够坐直，并且靠自己呼吸，对他的身体来说就相当于跑了一场马拉松。身体每一个极小的活动对于他的大脑来说都很费劲，而且身体是完全根据头脑来反应的。如果你在这种医疗场所，你就会注意到每一次体能活动的前后，护士都会记录病人的血压。泰勒正在以一种更加彻底和清醒的方式回来，但这是一个极度缓慢的过程。

对于眼前发生的一切，我的双眼需要几天的时间才能调整过来，同样我的耳朵也需要几天才能适应我听到的一切。但是更需要花时间的就是我的内心，试着去理解这是泰勒和其他许多人生命中需要走过的道路。

有时候我试着把自己想象成一个新闻工作者。我假想自己是CNN的丽莎林，正从布林莫尔的走廊上走过，我试着了解每个人和他们背后受伤的每段故事。康复的过程中会出现许许多多不同的阶段。有些人可以讲话，而另外一些人则语无伦次。有些人可以一瘸一拐地走路，而另外一些人只能坐轮椅。有些人表现得非常困惑，而另外一些人看上去理直气壮，不觉得有什么不对。我会目睹各种有趣的零星的信息和奇迹般的转变过程。当然肯定会有心碎的时刻。在我们这个暂时的家的走廊上，发生了很多悲喜交加的故事。

在急救病房最左边有一个看上去曾经服役的男人。他沉默不语。他的双脚摆着一副芭蕾舞演员脚法的姿势，看上去就像被冻住了。他的双臂弯曲，紧紧地贴着他的胸口，手指僵硬地弯曲着。他看上去一直在吸气，但是却似乎从来没有呼出过气。在他的房间里有事故发生前他和他年轻貌美的妻子的海报。后来我才得知他的妻子还在上学,而且住得很远。她经常一个人来看他。我永远不会知道是什么让他来到布林莫尔,但是我发现自己对于这个问题想了很多。

在他的隔壁是一个笔直坐在轮椅上的可爱的小女孩儿。她有一头漂亮的长发。口齿清楚,但是内容和顺序却没有任何逻辑。从外表看她的体力似乎恢复很快,但是内心却明显很混乱。她怒气冲冲,不停地说着脏话。她的手上戴着一副白色宽松的保护手套,以防情绪激动的时候会伤害到自己。她的情绪非常焦躁不安,行为也很难去控制。有时候坐的轮椅会被她弄得脱离地面,但是照看她的医护人员非常有耐心。说实话,有时候我感觉她的举动很吓人,我一直在想我的儿子会不会也有这种情绪化的爆发。

我印象最深刻的就是一个坐在公共区域的年轻男子。他的朋友们过来看望他,他们在一起聊天。对话内容没有任何的深度或者实际内容,有逻辑性的都是他朋友说的话。他们在玩一个简单的纸牌游戏,而他仅仅想要跟上大家的步伐。在游戏进行中间,这位患者松开了他头盔上的锁扣,并摘了下来。他右眼上方的整片到头顶上隔角部分的骨头都不在了。他的头骨之前是圆形用于保护他的大脑的,现在有一个巨大的缝隙。看上去就好像某个人把他右脑完全打碎了,或者踩在他的脑袋上,留下了一个永久的压痕。

随着时间的推移我会渐渐了解并熟悉这些家庭的名字,知道更多故事的细节,但现在对于我们来说他们都是陌生人。我的人生没有哪个部分可以让我对眼前的绝望有所准备。这是一个让人战栗的地方。一想到凯斯、艾弗里和坦纳几天后就要看到这些场景我就很犹豫。我知道他们每个人的心智都已成熟，而且一直以来都表现得很稳定，但是这里的状况是不同的。我压根儿没去想他们对此的感受会如何。当大脑破碎或受损后，一个人从里到外的一切都发生了变化。

在康复中心的第一天渐渐进入尾声。那天的最后一项活动就是给泰勒洗澡。这是自从坠落事故发生以来他第一次不用擦身的方式沐浴。

泰勒被指派了一个新的助手约瑟。约瑟是泰勒所在区域的护士助理。约瑟很为自己的工作和专业度自豪。他对我说的第一件事情就是，他会像照顾自己的弟弟一样照顾好泰勒。他带着轻微的西班牙口音，和我说："不用担心妮可。我会好好照顾你的儿子的。"我把自己买好的婴儿沐浴露给了他。泰勒的皮肤变得很粗糙，我希望温和的肥皂和乳液可以对他有所帮助。泰勒是那种总希望自己干干净净的人，我希望强生沐浴露不会让他觉得不快。

泰勒坐在一张专为无反应不能活动人士安全沐浴的椅子上。约瑟在确保浴帘拉好没有任何人包括我在内可以看到泰勒的情况下帮他脱了衣服。他和我保证泰勒不会有事的，他不会让头上任何一处伤口浸到水。一想到在经历了这么多周只能用海绵擦拭的日子后，可用温水洗身子的感觉，我不禁笑了。同样我也很欣赏约瑟对泰勒隐私的保护。在发生了这么多事的情况下，我知道时刻记住泰勒的尊严是多么重要。

我的思绪暂时回到了事故发生大约一年前泰勒某天下班回来的时候。他一天都待在一个狭小、闷热、脏乱的空间里。从头到脚满是灰尘，脸上都沾了不少污垢。那天漫长而辛苦，他告诉我吃饭前需要冲个澡，但同时心情很不爽地向我诉说肚子有多饿。几分钟后，他冲完澡出来，浑身干净而舒爽。想到那个瞬间我笑了。我们是如此容易被生活中的大事件牵制，但我很感激，这些日常发生的小细节我还记得。

当泰勒沐浴完，我在他的胳膊和大腿上抹了乳液，然后用被子裹好。在床上泰勒不需要戴着头盔帽，但是睡觉的时候他需要戴着一副白色保护手套。不仅仅是因为他可能会抓伤或伤害自己，他头上还到处是伤疤，而且都处于愈合状态，更因为他的气管导管是塑料的，可以轻易拔出。这是一副连指手套，可以把整只手都覆盖住。要很好地戴上手套，不会太紧同时又不会太松，还是需要些技巧的。幸好约瑟做得很好。在泰勒身旁又坐了半个小时后，我觉得疲惫不堪，于是回到了房间里。

老实说，那晚我到底有没有睡着已经记不得了，但是我清楚地记得因为第二天是泰勒二十二岁生日，所以心里总有种压力。每当儿子们生日的时候，我总会花时间和他们，有时候仅仅在自己的脑子里，回忆孩子们出生的日子。当然我很清楚今年的这一天会比往常糟糕许多。泰勒并没有以大家希望的方式和我们待在一起，但换个角度想，更坏的可能是他永远离开我们了。在死亡里，是没有希望或者梦想某人可以变成什么样子的——而泰勒活着。我时刻提醒自己希望的力量。

在基辛格医院时，泰勒床头上挂着的标语是，"让他休息吧，因为醒来他就可以创造奇迹"。这句话还是让我非常认同。但是现在他更需要彻底地清醒，这样奇迹才可能发生。我知道泰勒一直以来都是果断和充满决心的人。我希望他可以自己把这些品质展现出来。

第九章　麦香鸡

>> 2012年12月9号到12月23号

　　泰勒是在预产期两周后剖腹产出生的。他生下来时九磅十一盎司，有二十一英寸长。那是段很长的产程，而且并不如计划的那么好，主要因为泰勒太大了。我当时躺在休息室里，并不清楚周围的一切，突然凯斯弯下腰来在我床边轻声说道："我不能在这里待太久，但是护士说我可以进来告诉你，我们有了一个非常漂亮的儿子。"泰勒是三个儿子里的老大，我们立刻爱上了他温和的性格。他的脸颊粉扑扑的，显得那么完美。在我们结婚一周年纪念日，也就是圣诞节前两天的时候，我们把他从医院带回了家。我们两个人都深深地爱着我们的小男孩。他就是我们收到过的最好的圣诞礼物。

　　孩子们每年生日的时候，我都会告诉他们出生时候的故事。二十二年以后，泰勒的生日却是一种我永远都不会预料到的情况……这个生日我根本体会不到快乐，但是，我觉得感激。泰勒还活着，我每日都在加倍想着他，他的生日让这种感觉更加强烈。我一直以为12月9号会是幸福快乐的一天，但现在却充斥着悲伤。

　　他的护士克里斯汀给他做了一块牌子，上面写着："今天我二十二岁啦！"牌子挂在泰勒轮椅的后面。制作并展示这块牌子的举动我觉得自己根本完成不了，但这恰好又是我们需要的。当看到它的时候，我为泰勒的生命感恩。我还为他的出生感到庆幸。那些缠绕心头的就快失去他的警告依然深刻，此刻他活着的事实就如同恩赐一般。我们不得不继续生活，并且为泰勒的重新生活开辟道路。感恩并且小范围地庆祝他的生日很重要。这个了不起的护士还有布林莫尔团队通过很多方式赢得了我们的好感，这只是其中之一。

虽然很不愿意承认，但是我希望泰勒在他生日的时候可以被爱还有礼物包围着。我没有承认他可能压根儿不知道有人给他送礼物这一事实，我不在乎。我希望有人可以给他送气球或者卡片，当然这不过是我处理自己情绪的另一种方式罢了。我感觉他仿佛被人遗忘了，但那根本不可能。我处在巨大的痛苦之中，悲伤开始侵袭。实际上，泰勒生日的时候很多我们亲密的伙伴都穿着定制的T恤衫，前面写着，"泰勒之队"，后面印着，"创造奇迹，一步一步"。泰勒的一位名叫谢尔比的挚友牵头负责这款T恤衫的设计并出售，以此表达人们对于泰勒康复的支持。我自身的疲惫加上泰勒的伤势以及与世界的脱离让我产生了孤独和孤立的感受。这可能只需要几周时间的调整，但我却希望自己早日恢复坚强。去年泰勒二十一岁生日的时候，我曾经拜访了他和朋友的小小聚会。他笑得很开心。我知道有许许多多令人兴奋的事情正等着他，我渴望今年他也可以感受到这些，但是我知道这个愿望终会落空。

一整天我都在思考着该做些什么来为泰勒庆生。我能给他什么呢？尽管会有人反驳，我的存在，已经是给他最好最珍贵的礼物了，我还是着手制订了一个计划，因为现在我非常需要一个转移注意力的东西。因为我们就住在费城边上，所以附近有很多商店我可以去碰碰运气。

离开前，像往常一样，我需要参加泰勒的一些疗程讨论。刚到布林莫尔的时候，我和一个个案工作者聊了两句，她负责监督日常操作。她替我选了不同种类的课程。第一天是关于物理治疗法，负责人是一位叫苏的女士。这是后来苏回忆起来告诉我的：

我第一次见到泰勒时，我们的运输者（帮助无法走动的病人从A处运往B处的人）把他放在体育馆里，我立马就知道他是谁了。他非常的年轻，和我在他的记录表里看到的描述一模一样。他坐在一把红色的可倾斜的轮椅上，戴着用于保护脑壳的头盔帽，穿着灰色宽松运动裤和海军蓝的T恤衫。轮椅后面挂着一个牌子，上面写着："今天我二十二岁啦！"我认出来字迹是克里斯汀（泰勒的护士）的。她知道我负责他的疗程，也清楚无论是我们负责的病人或是工作人员过生日了，我都坚持热情响亮走调地唱一首生日歌。泰勒的双眼间歇性半睁着，而且他才刚刚开始和周围的环境接触，我猜测他压根儿没意识到这是他的生日或者我们大家在为他唱歌。

唱歌的时候，我还记得打量了他。我注意到他的个子很高，有五英尺十英寸左右，他的上半身还有很多肌肉（当人们长期待在医院并且很长一段时间都处于低水平运动状态，他们的肌肉很容易会松下来）。泰勒有些不安，身体的右侧抖动得很厉害，左边则几乎没有。我们唱歌的时候，我脑袋里想着如何才能最安全最好地移动他。和病人第一次见面的时候，你必须了解对方的舒适程度，同样他们也需要如此。

我想我已经准备好把泰勒放在一个长枕上了。在疗程中，我们可以借助它完成各种各样不同的事情。我想看看这种温柔的摇晃能不能够缓解他的不安，看他是如何受动作以及周围环境的变化的影响。我想看看他的平衡反应，观察他会怎么做。当我们正在准备的时候，我注意到一个和我年龄相仿的娇小安静的女士走了进来，看上去有点不知所措，但是很冷静。我立刻就知道了这是他的妈妈。第一次为某人治疗的时候，如果有家庭成员在场的话会有点吓人，因为当你试着接触病人和病况时，你不知道他们的反应是什么样的。你不希望自己是猝不及防的状态。脑损伤治疗有时候是无法预估的，尤其是第一次疗程，当你尝试了解一个人，并选择最佳方案的时候。

我先自我介绍了一下，然后询问她是否有问题。那个时候她回答说没有，我知道后面肯定会有的。我问了几个类似于关于脑损伤你知道多少还有泰勒处于康复的哪个阶段之类的问题。我已经不记得她具体的反应了，但我记得和她说我会解释自己在做什么，如果觉得有问题请告诉我。我和她解释了我在做什么以及为什么，我还记得泰勒坐在长枕上（看上去就像骑着一匹马），我坐在他的身后，一边扶着他，一边和妮可解释，我还记得当时脑子想着这对妮可来说肯定很怪异，看着一个陌生人扶着她的儿子，姿势看上去并不安全，或者长期下去会不安全。关于脑损伤，关于行为和康复我可以聊很多，但这样的信息太多负荷太重，而且妮可看上去筋疲力尽，所以我记得自己说话的时候非常小心。

在任何情况下，你说的东西都不如别人听到的东西丰富。我想我和妮可说过关于分级测量的事情，泰勒看上去处于第三级别，很有可能发展到第四级。我记得希望她提前了解一件我觉得很重要的事，那就是在这个阶段里，在一切开始有所好转之前，看上去会更糟糕。

然后我把他从长枕上扶起来，在左脚踝上用绷带裹好固定工具，让他的右臂放在理疗工具上。我扶着泰勒的左侧，帮助他用左脚迈出一步，然后迅速地固定住他的膝盖以防弯曲，接着鼓励他迈出右脚。他做到了。在耗费了三个人的精力尝试了几步后，我们让他坐到了轮椅上，我看着妮可。我想让她看到一些积极的好的东西，因为我知道之前说的那些对她的冲击太大也太沉重了。她的眼里满是泪水。

我读着苏关于那天的描述，那些瞬间一下子涌进脑海里。我仿佛看到她抱着摇晃的泰勒。她非常厉害，看上去对自己信心满满，这点我非常欣赏。看着她和泰勒的沟通交流，我立马觉得她特别适合我的儿子。换一种环境，泰勒也会喜欢她的，我一直希望我们俩的眼光是一致的。看着泰勒在生日那天"蹒跚学步"让我有一种他好像重生的错觉。本质上来说他确实在经历小孩在正常发展的不同阶段。

我真希望自己可以把协助泰勒走路的样子画出来给你们看。这需要每一个参与的人员很多技巧和体力。物理治疗是一门艺术。之所以称之为艺术是因为你需要在患者无法告知自己的情况下了解他们的需求和承受能力，与他们步调保持一致。

在物理疗程结束后，泰勒很累了，于是他被送到自己的房间休息。他一安顿好，我就离开了。把导航仪设定好，我开始了自己的任务之旅。我买了一些冬日景色的包装纸，雪花的装饰，还有一棵大约十英寸高的镀银圣诞树。

我的计划是在泰勒的房间腾出一块地方用于他和亲戚朋友们拍照，还挂上一些别人寄过来的卡片或者鼓励的话语。我其实很想让泰勒看到这些，提醒他今年的生日。我希望这些东西可以进入他的内心某个地方，我知道它们可以做到。当他可以集中注意力并且看到这些的时候，我想让他明白有很多人爱着他。当我回去装饰房间的时候，我确保每样东西都是在他床的右侧，这样他躺着就可以看到。在装饰物旁边，布林莫尔还提供了一份信息采集表。这有点像你第一天去学校的时候需要填写的内容。上面写着：

我的名字是……

我的朋友们都叫我……

我的兴趣爱好是……

和我一起生活的人是……

这个表格里的每一处地方都是为了让工作人员多了解一点泰勒。我在硬纸板上还放了几张他最喜欢的照片。所有的这些事情都让我感觉很高兴，很有成就感。泰勒的房间看上去感觉少了一点病房的味道，多了一些私人空间的感受。

第二天苏还是会和泰勒待在一起。去布林莫尔之前，有人就提醒我们需要打包T恤衫和舒适的衣服，同时还要确保带一双好的运动鞋。我把泰勒高中毕业班设计的那件"2009级"T恤衫带了过来。背后还有泰勒的昵称，"宾"。泰勒接受物理治疗的时候就穿着这件T恤。苏看到以后就问我她是否可以称呼泰勒为"宾"。因为很多朋友都那么叫他，所以我知道他会同意的。这个时候，我迫不及待地想要看到这个新疗程的效果，同时还很焦虑凯斯、坦纳和艾弗里周末的来访。疗程内容和前一天的差不多。苏通过控制泰勒的上半身，让泰勒的躯干形成了一个更加弯曲的姿势。同时她还试着弯曲、伸直泰勒的双腿。因为他的所有肌肉都非常僵硬，所以这种活动是很有必要的。

日子一天天过去，我已经越来越熟悉这里的工作人员了，当然我还是继续努力让自己更适应新的环境。泰勒的护士和理疗师们没有太多变化，我很高兴自己只需要和几个关心我儿子的人建立关系。某种程度上他们为我们织起一张网，主要是为了泰勒。为了痊愈，他必须对周围的一切放轻松并且完全信任。

我遇到了语言治疗师唐娜，初次见面让我有些不安。她让我想起了一位严厉的老师，她的话我一直都不知道该如何解读。更重要的是，我不确定泰勒和她能够相处融洽。团队里的第二个理疗师叫凯利，她是职能治疗师。唐娜三四十岁，很有经验，而凯利看上去很年轻，非常单纯。团队里还有一位初级物理治疗师叫劳伦，之前我见过一面但是现在出去度假了。最后是乔西，他负责协助整个理疗室。每个人的接近方式都不一样，但有一点很清楚，他们对于自己在康复中扮演的角色都非常重视。要一下子记住这么多的新名字对我也是一种挑战。当我没办法记住一个护士或者工作人员的名字时我总是觉得很尴尬。

有一天晚上我跑去另一个楼层的病人食堂，因为听说那里会有一场圣诞音乐会。食堂里来参加的病人没有脑损伤患者，他们都来自比如中风病人、脊髓损伤或者截肢患者的病房。唱诗班的孩子们都很小很可爱。他们的歌声里有一种美，一种纯净，让人感动，如此精致。他们并没有表演很多首歌，但是听到他们的歌声，泪水就从我的脸庞不断滑落。这些歌曲都是为了圣诞节准备的，但是对他们表演的地方来说却又是那么应景。每首歌都有深刻和美丽的地方。这场音乐会给了我一个短暂却充满意义的回顾的瞬间。

我坐在那里听着歌声，无数的思绪在脑海里涌现。我知道此刻的我没办法进入任何一个节日的氛围,但是对于泰勒这个全新的开始我心怀感激。其中一个服务人员大概五十岁或者六十岁的样子。她有一头漂染过的金色的头发,涂着暗色系的口红。她注意到我落泪了,给了我一杯苏打水,我欣然接受。当演出结束过来收玻璃杯的时候,她紧紧地拥抱了我,关切地询问我的情况。这个举动虽细小但暖心。几周后我才知道她的儿子几年前就去世了。她没告诉我他是怎么死的,但对于一个母亲的悲伤,她最清楚不过了。

理疗的严苛性立马就体现了。泰勒治疗方案一开始最主要集中在三个地方:物理治疗、职能治疗和言语治疗。认知疗程在他有所进展之后会加进来。这些治疗方案从各个角度接触泰勒的大脑,给他方向从而让他重新学习那些由于坠落事故差不多忘记的部分。

物理治疗的一个主要目的在于建立患者的力量、肌肉张力、灵活度和平衡感。大部分集中在身体的中下部,主要解决双腿和核心肌肉群的具体问题。由于全身虚弱,缺乏协调性,或者简单来说他的大脑已经"忘记"如何去走路的事实,泰勒的步伐不正常。他身体的左半部分也有损伤,似乎已经抛弃了所有的东西。

职能疗法着眼于一个人认知和视觉感知的技巧。一开始,泰勒的职能疗法包括用双手捡起事物,抓住或者握住不同的物体。职能治疗师帮助患者进行日常生活中最普遍的行为动作。最终的任务会增加,但现在他们从很小的部分开始。初步评估制订好了,主要是针对比如穿衣或者刷牙的活动。通过测量患者们能够独自完成这些动作的程度评分。现在这个阶段,泰勒每个部分都需要全部的协助。

我对言语治疗非常感兴趣。我想,"一个不会讲话的人如何接受言语治疗呢?"言语治疗师需要在三种能力上表现出众。他们必须拥有技巧、耐心还有创造力。言语治疗师或者病理学家需要帮助个人找到沟通的不同方式。他们鼓励各种各样的沟通形式,不管是笔头、口头、手势或者是键盘。他们同时还会研究患者口腔和喉咙的肌肉在帮助他们吞咽的时候表现如何。现在,唐娜会评估泰勒吞咽还有发出小的声响的能力。

接下来的几天里,泰勒的计划表并没有多大变化。以下是2012年12月最后几天中某一天的情况:

早晨7:30,护士或者助手会帮助泰勒起床,穿好衣服。他们会替他刷牙、洗脸,还有做其他一些独自一人无法完成的事情。这些任务包括涂抹除臭剂,穿好袜子和鞋子。泰勒还无法咀嚼进食,所以他的早饭只能通过胃管进入。

早晨8:00,在餐厅买好咖啡后我就会过来康复中心。大多数早晨当我进来的时候,泰勒已经从床上起来,坐在了轮椅上。我对工作人员提的一个小小要求就是尽量在我来了以后再安排起床换衣服的任务。我希望在开始泰勒的一天生活之前每天早晨我可以和他有一些互动,这样他就知道我在这里。所以时不时我会过来帮忙,比如替他刷牙或者穿鞋子。

早晨9:00—10:00,职能治疗。

早晨10:00—11:00,物理治疗。

早晨11:00—11:30,言语治疗。

早晨11:30—下午1:00,休息时间。泰勒会回到床上,门一关他就会睡着。这段时间我也会过来帮忙。

下午1:00—1:30,职能治疗。

下午2:00—2:30，物理治疗。

下午2:30到大约5:00左右泰勒会再睡一觉。

这个时间表会有所变化，有几次泰勒需要更长的时间休息。很明显这些疗程对泰勒而言既费体力也费脑力。虽然无法开口，但他显得非常疲惫。下午5点左右的时候我会过来。即便白天的时候我已经停留过好几次，但我还是急切盼望见到他。我会在他的房间里待一会儿，然后和他一起去到医院楼下。

泰勒住在枫叶病房单元，整个二楼都属于这个单元。在这个单元里有一个厨房，连着一个很大的餐厅，一个健身房，一个观察室，和一个为病患家属准备的很大且舒适的空间，里面有电视，沙发还有座椅。整个病区有四个走廊，但对我来说还是感到太小了。我想要和泰勒四处溜达一下。

我得到许可可以把他带到医院的主要楼层。那时候正好有一个鼓舞人心且十分有趣的艺术展示。这个展览叫作"艺术的能力"。这个活动是和各种身患残疾的艺术家合作的，里面有丰富的艺术表现形式，例如照片、画作、雕塑、素描和珠宝，艺术通过不同的媒体被创造出来。这些佳作都被展示出来，不久的将来用于出售。

当我推着泰勒在走廊上上下下的时候，我欣赏着这些艺术。我选择了一些符合我的口味的作品，想着可以放在家里哪些地方。我和泰勒一边聊着，一边停下来给他展示他可能喜欢的作品。我们走了很多的走廊和过道。艺术启发了我，在这些作品旁边，经常会有一个背景介绍，关于如何创作它们的简单的故事。

有一个作品立刻吸引了我的眼球，那是一个三只狮子的铜雕像。它让我想起了我的三个儿子。我还找到了一幅让人心旷神怡的水墨画，看着画像，想着每一笔是如何操作的，我很容易就迷失在这里面。

有一些作品非常明亮，令人振奋，它们的主题都是让人愉悦的事物，比如说用色大胆的动物绘画或者是富有童趣的主题等。另外一些作品则表达了某些遗世独立或者身患残疾的艺术家内心的孤独。这些作品以一种有形的方式描绘出悲伤的样子。每一幅作品都如此唯一和特别，并且为徜徉在走廊里的我们送上了一份礼物。

由于临近傍晚，很多工作人员都结束工作离开了。其他患者和家属都聚集在大楼通常比较热闹的地方，那里还有两个接待员以及管理和维护的人员。布林莫尔的人都很友好。他们经常打招呼，并且常常面带笑容。他们对很多人都如此，极富有同情心。他们一点也不羞涩，我想他们很愿意将自己的关心传达出来。我发现晚班里很多的工作人员都希望我知道一点，他们都非常了解我的困境和挣扎。

有一天晚上，我走过接待区，三位女士正在前台聊天。前几晚的时候，我曾经好几次经过她们身边。其中一位女士的笑声很响亮，我刚走到拐弯处就听到了。我也轻轻地笑出了声。泰勒朝下弯曲着身子坐在轮椅上，当我推着他走近时，我忍不住说这个笑声是我这么长时间里听过的最棒的声音。她们非常和善，说道："有你这样的母亲，你的儿子真幸运。"这是一种肯定。

周五傍晚，凯斯和孩子们就到了，我急切地盼望他们能看到泰勒在健身房的动作。我把每一项锻炼内容都告诉了他们，但是我很确定由于情绪太激动，我肯定没有分享太多。那时候，泰勒的状况已经不能用一两句话简单解释了。你只有自己亲眼见到才能明白。

描述泰勒状态最好的方法就是再看一遍认知功能分级表。泰勒一直都处于第二级别，有时候他的表现可以反应第三级别的部分内容。下面这两段是从分级表里直接摘录下来的：

级别二　普遍反应

病人以一种不明确的方式对刺激源进行不持续且非自觉性的反应。仅限于本能反应，且无论刺激源是什么，反应通常相同。反应可能是生理变化，整个身体的运动和（或）发音。通常情况，深度痛觉的反应最迅速。反应可能会有所延迟。

级别三　局部反应——全程协助

对于疼痛的刺激源想要躲避或者发出声音。对于听觉的刺激采取转向或背向的方式。当有强光穿过可视范围时会眨眼。在可视范围内会追随移动的物体。通过拔出导管或者束缚从而对不舒服的地方有所反应。对于简单的指令不持续反应。对于某种类型的刺激源可以直接反应。可能会对某些人有所反应（尤其是家人和朋友），但是对其他人则不会。

有时候当泰勒睁开眼睛的时候，他就直直地盯着某个地方，他的内心看上去并没有对某种刺激或者某个特别的人有所反应。可是其他时候，他会看着工作人员或者我，我们会告诉他，他正在接受视觉连接。泰勒其中一个理疗师给我分享了下面关于理疗师如何评估病人眼睛的信息：我看过很多双眼睛。有时候会有这种完全空洞的双眼，仿佛他们根本不知道发生着什么。他们能够固定在一个事物上吗？他们可以用眼睛跟踪事物吗？她记得当泰勒睁开眼睛的时候，是空洞困乏的，但是他却有盯着某个物体并且目光一直追随着。这个发现正好证明了泰勒是可以看见的——这对我们是多么巨大的安慰！

我们遇到过好几个脑损伤幸存者，他们的伤势会让他们失明，有些是暂时的，有些则是永久性的。至少一个家庭是不会主动发现他们的至亲失明，直到事故后的几周他们来到布林莫尔康复中心。这种发现的滞后是因为处于昏迷状态的人是不会有类似视觉追踪和视觉锁定这样的基础活动的。如果一个人处在一种几乎无反应的状态，是很难去评估脑损伤的所有可能的结果的。

我依然记得一个母亲的绝望，她的儿子脑损伤伤势非常严重，几周后她不得不接受儿子失明的残忍现实。关于泰勒康复中的不同阶段和模式我想过很多，同样我也试着去想象一个刚刚从昏迷中苏醒的人双目失明是什么感觉。

那天晚上看到一家人都聚在一起我感到了安慰。凯斯，艾弗里和坦纳对于枫叶病房的情况很适应，不用多久他们就掌握了那里的日常工作情况。我们都住在月桂树住宿区，房间里有两张单人床，还有床垫，我们把它拆了下来铺在地板上。虽然非常的拥挤，但是我们还是凑合着用了。周末的时候我们轮流陪伴着泰勒，有时候我们四个人也会短暂地待在一起。我们推着泰勒的轮椅在走廊周围走了很多路。

关于圣诞奇迹这件事我记得和某个人聊过。他们告诉我他们正在为泰勒祈祷，希望奇迹发生。我也会偶尔认识其他的家庭，他们的痛苦我完全可以体会。关于他们的故事我也零零星星地听说过一些。我认识的人当中有三个妈妈是因为自己的儿子或者女儿的车祸待在这里。其中有两个患者在康复中心待了超过六周了，他们当中没有谁的行走或者连接迹象可以最终被判定。

大厅内另一个房间里的一个年轻女孩总会经常哭泣。她的哭声非常响亮，每次走廊里都会传来回声，让我微微发抖。很难判断她是由于痛苦而哭泣或者是身体正在释放某种自动反应。每一声哭喊都像一种尖叫，但又有一种原始的本能的声音在里面。仿佛是从她身体很深的某个地方发出来的。她的妈妈筋疲力尽。她布满红血丝的双眼说明了一切，每次我们遇到时，我们都会打招呼。

另外一个母亲是来陪自己的十六岁的儿子的。一个成年人酒后驾驶致使她的儿子遭遇车祸。她的母亲很安静，不发一语。她经常陪在儿子身旁，慢慢成为母爱、忠诚和保护的美丽象征。她脸上的痛苦时常在我脑海里浮现。我想要帮忙，也很清楚她正在经历的这种痛苦。看到她这么难过我心里也很不好受。

当我看到这些妈妈和她们的孩子们，我感到深深的无助。我知道他们的祈祷，我也同样为他们祷告。我知道他们有多么恐惧，因为我也如此。我希望每个人的孩子都可以完整无缺地回到母亲的身边。我希望这些妈妈可以不用再感受到痛苦和绝望，同样希望自己也如此。

泰勒比这两名患者的恢复更快一些。他已经可以坐直了，他的眼睛是睁开的，而且也有一些和外界的连接。毫无疑问泰勒已经开始苏醒了。

当为我祈祷的人谈到圣诞奇迹的时候，我突然以一种颤抖的口吻打断他："如果上帝准备给泰勒一个奇迹，那我希望他可以给全部楼层的人一个奇迹。每一个患者都值得拥有。"当我在给泰勒祈祷的时候，我开始习惯性地提到那些我认识的其他患者的名字。当我看着泰勒，恳求他赶快醒来时，我也会对其他人做同样的事。我记得每个人大脑受伤的地方和程度都不同。看到这么多的煎熬和痛苦，不仅仅是幸存者的，更多的是那些爱他们的家人，绝非易事。

12月23号那天发生了一件不可思议的事情。这周早些时候我曾经为泰勒买过素描本和记号笔。我会先画几张简单的图画，然后拿给他看。旁边我也会写上简单的几句话，比如"我爱你"或者"冬天来了"。后来在其中一个笑脸上，泰勒潦草地用颜色笔涂了一头浓发。他还开始写一些字母，有时候是一两个单词，但都没有实际意义。23号的时候，当凯斯、艾弗里、坦纳和我陪着泰勒待在病患用餐区，他在我的基础上写完了。他写下了一些和他的生活背景相符的有意义的单词！

我把日期写在白纸的最上面，然后写道："我想干什么？"他接着手写回复道：

1.买了几

2.去大列

3.休7矣

4.割草

这个单子看上去棒极了！我们不知道他突然清晰的逻辑来自哪里，但我们纷纷开心不已。这是一种暗示，泰勒还和之前一样。在事故发生前，他就经常列单子。我只是在纸上写了问题和日期——他竟然把它做成了单子！他既写了数字，还有单词。我们都在试着猜测每个部分写的什么，这其实花不了多少时间。泰勒写的所有的东西换种方式来看都是有意义的。

1.麦乐鸡（他喜欢吃这个）

2.去打猎

3.休息

4.割草

生活有时候会感觉无比的黑暗和没有希望,但是有时候看到希望的微光又会觉得无与伦比的美妙。我想起了在积雪覆盖的地上经常看到的番红花。虽然那时候感到寒冷和死气沉沉,但我总是认为每个冬天过去总会有春天到来。泰勒必须熬过现在的阶段才能进入下一步。他开始通过一种我们可以理解的方式书写和交流。

想要了解脑损伤康复阶段和步骤很重要的一件事就是康复的过程都是追随着"向前一小步,向后两大步"的模式,这我之前提到过。泰勒所经历的最主要的前几步路之一就是当他列出单子的时候。这个单子说明他的认知达到了某种程度,他的沟通能力也有了进步。

我们想起了 J.R.R. 托尔金说过的话,"一步一步,走向奇迹"。我们可以看到泰勒的某些旅程,但是大部分都发生在我们无法看到的时候。

第十章　寂静的夜

》2012年12月24号到12月31号

哦，我多么希望可以写一篇有趣且内容丰富的假期游记，也许可以登在贺曼频道或者人生电视网上，但是现实才是真实的。它是残忍的，实际上每一天痛楚都在增加。这其中会有一些让人无比喜爱的温馨时刻，但是也有些瞬间是如此的残酷无情，你甚至怀疑发生的可能性。在泰勒受伤的第一个月我一直在怀疑这是不是一个噩梦，并且最终会有梦醒的一天。我想有天我会醒过来，发现这些发生在泰勒和我们身上的恐怖事情只是一个梦而已。但是我从来没有这样醒来过，当台历上的日子一天天过去，我越来越清楚也许只有在梦境里我才能躲避现实的残忍，躲避那如梦魇般的真实。无论如何，梦一旦结束，每天发生的事都一定在我眼前，我必须再次记住它。

根本上来说，过去几周我们的生活恰恰反映出当最需要彼此的时候，我们一家人会一起度过。虽然在互相依靠的过程中，每个人都会有不可否认的痛苦。我们心碎无比，内心满是负担和担忧。我们会互相分享很多想法，但是很多情感还是会深藏在内心深处，让自己默默承受。

我不太记得关于圣诞前夕的一切，但是部分内容还记忆犹新。凯斯、艾弗里、坦纳和我白天和晚上大部分时候都陪着泰勒。早上我们一起参加了他的物理治疗和职能治疗。

物理疗程让我们产生了复杂的情感。看到泰勒现在可以在别人的帮助下走路是一件令人兴奋的事情，但同时也很痛苦。就在几周前，泰勒还是那么强壮，健康，充满活力。看到他现在完全依赖其他人让我们很难调整心态。这正验证了我们用来鼓舞泰勒康复的那句话，"一步一步，走向奇迹"的字面意思。我们在康复中心学习了解到的就是一个个非常小的成就能够走向最终的目的地。我们只是不知道泰勒需要走多久。

在职能疗程里，看到泰勒处于如同婴儿般的状态，我们内心深处都很难接受，而且由于感情负荷太多，我们笑得都不太自然。治疗室的凯利会在泰勒面前放很多瓶子。其中有水瓶、洗发水瓶子，还有其他泰勒可以轻易用手握住的小塑料瓶。泰勒开始简单地进行选择，碰触这些瓶子。然后他开始打开瓶盖，闻一闻里面的味道，最后把它们放到嘴边。他想要喝它们。现在还不能让泰勒的嘴唇接触液体，但看到他和这些瓶子的互动是一件很有趣的事情。他的举动让我想到鸟妈妈喂食时小鸟的样子，但是那时候他没办法通过嘴巴进食任何东西。

午饭的时候我们离开了泰勒，这样我们可以去吃个饭，泰勒也能休息一下。我们每个人的神经都很紧张，而且易怒。我们疲惫不堪，过去几周的所有剧变似乎影响着我们的情绪。我们很感激能够在月桂区有一间房，但是所有人都挤在一个很小的空间里确实有点不太舒适。我可以感觉到大家开始有些松散，这和我们想象中的度假完全不同。

艾弗里事实上2012年圣诞节准备去非洲。我们家里的一个亲戚曾计划带着艾弗里去那里庆祝他的生日。对于此次梦幻的旅程艾弗里盼了好几个月。就在秋季后的几天里，其中一位医生遇到我们，询问我们有没有什么担心的事情。我提到了艾弗里的旅行。虽然需要很多计划和金钱，但更重要的是我很清楚这次旅行对艾弗里来说有多特别。我们讨论了很多，但是在这次讨论之前艾弗里就知道自己不能去了。想着泰勒还躺在医院里，即便待在非洲他也无法享受片刻的宁静，而且他也不愿意把我们其中任何一个人落下。那天医生说服艾弗里的方式非常简单，她如实告诉我们泰勒很可能会死，她不赞成艾弗里去。行程之前已经预订了，但是幸运的是，在我们把医师关于泰勒的身体状况的文件交上去之后，旅行社并没有任何的不满。

没有了在非洲欣赏各种动物和部落的机会，艾弗里圣诞前夕在康复医院推着他哥哥坐的轮椅。那时候，泰勒手上会握着各种各样小的软球，但是他什么都没做。我们轮流推着轮椅，似乎可以给他一些安慰，让他平静下来，这有点像推着婴儿车的感觉。那一夜，悄然无声。

我和泰勒早早地说了晚安，然后就往医院的出口走去。当我们走到半路的时候，碰到了家政的一个新朋友，我把她介绍给了坦纳。她拿着一个很大的篮子，里面装满了苏打水、糖果、咸味小吃和其他各式各样吃的东西。这些东西都包装精美，她说是医院送给员工的礼物。坦纳和我说了声晚安，当我们正准备出去的时候，她追了上来，把我们叫住了。

她把篮子放到了我们手上："圣诞快乐。你们比我更需要这些。"坦纳和我都愣住了，一个我们几乎不认识的人竟然对我们这么好。我们被她的慷慨大方深深感动，自愧不如。我知道她有家庭有孩子，在之前的几次短暂的对话里她告诉过我。当我们走开后，坦纳和我探讨着假期真正的意义就在于刚刚那些举动和瞬间。

凯斯和艾弗里很快也回来了，当我们聚在一起时，空气中便又开始弥漫着一股紧张的味道。但幸运的是，艾弗里有个朋友正好住在附近，周末她不在家。她已经同意把房子借给我们。考虑到每个人都需要一定的空间，艾弗里和我住到他朋友家里，凯斯和坦纳待在月桂区。

　　虽然我尽了最大的努力好好照顾所有家庭成员，但是大部分的精力还是都花在了泰勒身上。尤其对于凯斯、艾弗里和坦纳，我感到有点疏离，所以现在可以有时间和艾弗里单独待着也是很好的。然后我收到了一份很棒的圣诞礼物。

　　我住进月桂区的第一个晚上很感激可以有地方免费让我和泰勒住得这么近。我们得到了很多经济上的帮助，这真是一大笔资助。当我在房间里四处看的时候发现这里没有浴缸。我减压的最简单最常用的方式就是洗个热水澡。冬天的时候，我每天下班回去都会泡个澡。第一天晚上，因为没有浴缸我哭了好久。相信我——我知道这个反应显得很荒谬，但是我觉得自己需要一个热水澡来放松，让我可以逆风前行。

　　从那晚之后，我一直渴望可以有个完美的治愈性的泡澡。当我们来到艾弗里朋友的房子里，看到有浴缸的时候我几乎高兴得跳起来。我做的第一件事就是往浴缸里放水，好好泡一泡。我感觉像得到了皇室般的待遇。艾弗里的朋友不仅提供了一处避难所——实际上我们用了好几次——而且还给了我一个真正需要的东西——在热乎的浴缸里好好泡个澡带来的放松。在泰勒摔下来之后我从来没有坐在浴缸里，闭上眼睛，迷迷糊糊地睡去，这感觉好极了。好好泡一个热水澡正是我急需的。

艾弗里和我简短地聊了聊，我们还坐在一起看了电视——感觉就像平常那样，这种日常的感受是个很好的转变。这个圣诞注定不会那么简单地度过，但是我也不想让它过得极度痛苦。

对于泰勒来说圣诞节是平淡无奇的，对于枫叶病房的其他人来说也是。医院为每一位访客提供一顿免费的早餐。下午，我们把泰勒安顿好让他好好休息，就去了一处露天的餐馆。那是一个氛围不错的亚洲菜餐馆，开在路边。食物对我来说没有什么味道。因为人们劝我必须吃点东西，但对我而言这仅仅是个职责。那一餐紧张而尴尬，那一天很煎熬。我们没有人感觉到假期的愉悦。从11月22号以后我们就处于旋风的中心，我们必须慢慢地回到地面上。

我们已经和大家都说了"不过圣诞"，但是我们的朋友还有一些家庭成员不同意。吃完饭后，我们回到了月桂区，打开了一些礼物。我的爸爸和继母送的东西让我们足足笑了几分钟，感觉到了他们深深的爱意。我妈妈的礼物也很体贴。最后我打开了慷慨的社区朋友们送来的礼物。一个很好的朋友在自己家的室内装修店里做了一个"爱之树"送给了我们。她的礼物既实用又很得体，坦纳和艾弗里的朋友买了一些礼物卡让他们给自己买东西。这些举动是如此强大，我非常感谢他们的支持，他们的这份关爱让我们稍稍有了力量。

在享受完了午餐之后，我们全都回去看望泰勒。我们继续着日常程序，开始推着他在走廊走动。散步的时候，凯斯为我们和泰勒照了一张照片。过去的几年里，时不时有人会对我说："你就像是一个老的电视节目——我的三个儿子。"听到这种评论我总是会忍不住大笑。现在我感觉自己好像失去了一个儿子。我很想往好的方面去想，但是我知道很多事情都发生了变化。我还是有三个儿子，但其中一个在某种意义上不在了。我很想念泰勒，想念关于他的所有一切。

照片上艾弗里和我笑得很开心，但是坦纳看上去有些忧伤。泰勒坐在轮椅上，戴着他的牛仔帽。轮椅上有一根淡蓝色的骨盆带绑着他，从远处看很容易被误以为是尿布。他眼神涣散，显然处于另外一个世界。

需要很长一段时间我们才能够听到泰勒说话，但是几天以后他就可以开始流利地书写了。事实上那天早些时候凯斯在一张纸上写道："今天是圣诞节。"泰勒回复道："我们很想念它！"但是他书写的时间并没有维持很久。泰勒的注意力很容易分散，而且没有任何迹象表明他可以书写对话，但是他简短的答复是很好的开始。那天晚上凯斯和孩子们就回家了，我继续住在月桂区。

第二周早些时候，耳鼻喉科专家来到了枫叶病房。克里斯汀说我应该陪着泰勒去做检查。这次的约访是关于气管造口管是否需要摘除的讨论。克里斯汀、泰勒、我和医生一起走进了一个小房间。他必须要用一个长长的工具伸到泰勒的嘴里查看他的喉咙。通过这项检查医生可以了解病人的吞咽反应和作呕反应是否在工作。泰勒发出了吓人的声音。这表明他不仅感到疼痛，而且还很害怕。我不停地告诉自己为了他要保持镇定。

一开始听到泰勒发出这样的声音是很难受的。它们听上去充满了原始的恐惧和陌生。这些声音我之前从来没有听过。当我站在那里看着这一切，我不停地提醒自己我站在这里最主要的一个原因就是要真正地"陪伴"着他。所以我必须开始学会把个人的情感放到一边，变得坚强起来。我很高兴周围没有任何一个熟人在目睹这个检查。如果他们在的话，我就会立刻抱着他们的胳膊，让所有的痛苦都释放出来。

终于，泰勒那骇人的声音慢慢减弱，检查结束了。医生决定可以将泰勒的气管摘下来。这个举动是巨大且重要的一步，因为只有气管被移开，泰勒才可以重新接触食物或者液体，他才能够开口说话。有一些长期插着气管的病患他们只能通过一个特殊的阀门才可以说话，庆幸的是，泰勒不用面对这样的选择。

下面是克里斯汀给我们解释的关于移除气管的说明：

一旦耳鼻喉医生清理好一切做好了拆除的准备，过程便开始了。一开始会用到一个说话瓣膜，让病人适应半闭合的气管气孔（气孔就是脖子底部的那个切口）。这个瓣膜有一个单向阀，可以让病人通过气孔吸气，然后用嘴巴呼气。这种呼气的方式可以让空气穿过声带从而发出声音。

白天会使用一个气管帽，从而可以紧密观察监督病患的情况，如果没有问题，就会慢慢过渡到夜间。为了帮助呼吸会输入一定的氧气，晚间同样会紧密观察。在至少三天成功的加盖以后，护士会把气管帽移除，在伤口上贴上免缝胶条。胶条必须保持整洁干燥，同时大多数时候都是密封的。

在和耳鼻喉科医生初次见面大约一周之后，泰勒就不用再带着气管了！这个消息是如此的振奋人心，因为这意味着他可以开始接受言语治疗的刺激过程了，我很肯定他的反应会很出色。而这方面的进步也意味着泰勒在言语治疗上迈出了巨大的一步。

圣诞后的几天我给泰勒买了一些礼物。我挑了一本儿童书《我会永远爱你》，开始每晚都读一段给他听。我觉得单词和词组都要尽量简单易懂可以跟读，这就是我尝试的。

我还给他买了一些婴儿用的彩色连环圈挂在他的轮椅上。泰勒手上的活动开始多起来，他会不停摆弄那些色彩丰富的连环圈，并且不会让它们从轮椅上掉下来。他最新的玩具很快变成了一只紫色的玩具猴，头上有一片鲜艳的紫色头发。泰勒开始把所有的东西放到嘴边，然后经常塞进嘴里，所以他的物品必须是安全的。当我安静地推着他穿过走廊的时候，泰勒紧紧握着那只猴子。

我知道泰勒不是婴儿，但我同样感觉他内心可以接受的刺激也仅仅是很少量的。当我去买这些玩具的时候，我尽量让自己看上去无动于衷。泰勒已经二十二岁了，我做梦也不会想到我会买一些婴儿玩具作为生日礼物送给他，但那正是我在做的事情。我多么希望他可以尽快进步摆脱现在的这些事情，但对脑损伤的了解和学习让我明白这可能就是这条路的尽头了。

目前为止泰勒时不时会在我给他的画板上写东西。12月24号那天，他写道：

谁知道

无距离无　没用　黄油

快乐第一

后来我给他写道：

你的朋友们都很好。

你的朋友们都很爱你。

他回复道：

他明显一只脚在旁边

你的药呢?

给我什么时候:)

后来有一次我写道:

你想要见到谁?

他回道:

诗奴度 wtf

Scham MV

Tcavadm vary Eviby

回来

在某一天同一个时间段他写道:

对不起每个设备

好的回聊

好好的移动

LKA 抱歉再狠一次

412-1685

也许最容易看懂的一次是:

有道理

爸爸我讨厌一切。太多工作了。

稍后

又一次,在我写完"我爱你"的字条后,他回了一句"爱你",相信我,这是真的。

泰勒的书写里有方向各异的箭头,断断续续地出现在字里行间。我们继续用这种方式和泰勒沟通。我们会写一些问题,或者画一些物品出来，以此激发他的回忆。泰勒写下的大量东西都是没有意义的胡乱的东西，但这是一种与他联系的方式。

除夕的时候，我开车回到了米夫林堡家中，凯斯过来陪着泰勒过周末。当我驱车到达小镇主干道的时候，我能够感觉到那种怀念的情感一下子涌了过来。我一直怀念着朋友、同事还有小区里的人。我怀念着正常生活中的一切。坦纳和艾弗里在家里等着我。泰勒和我在莫尔文虽然只待了差不多两周时间，但我无比想念着我们的家，我们的狗，还有其他极其简单的事情，比如在厨房正经煮饭而不是用微波炉。

我在家里准备待上一天半的时间，有这样的休整我心满意足。离开泰勒会让我不安紧张，但是有凯斯的照顾我很放心，而且我知道他还有医院的专业人士、品质一流的团队的帮忙。

坦纳、艾弗里和我出去好好吃了一顿，去电影院里听了新年的钟声。我们开玩笑说自己是狂野一帮，但无论是时代广场坠落的彩球，一个无比精彩的聚会，还是其他周密的计划我都不关心。我在意的是和我的儿子们在一起，我日日思念和孩子们在一起的时光。当午夜降临，我真心希望我们会迎来一个开开心心的新年。回家虽然还不到四十八小时，但是待在非康复中心或者是医院的其他场地对我来说焕然一新。

从家里回到布林莫尔以后我感觉休息得很好，又重新有了力量。这次的休息在那时候比我预想的还要重要，因为另外一场暴风雨正在泰勒的身体里酝酿。这场暴风雨会把我们身体里仅存的力量席卷干净。一场对泰勒而言即将到来的折磨同样也意味着对我们的折磨也即将到来。

》第十一章　新年伊始

泰勒在不断进步。因为很快熟悉了医院的流程和日程表,所以我可以根据泰勒的日程表安排时间方便来回。我自己也有一个很详细的日程表,每周的情况都很一致。我尽量在每日的行程安排里制订一个模式,这样我和泰勒之间就可以有一些独处的空间,我会感到很舒服。泰勒的疗程从早上九点到下午三点差不多会花三到四个小时,中间他会有一些休息时间:每一个疗程课之间会有一次休息,同时午餐过后或者每天最后一堂理疗课结束都会休息一会儿。周一到周五我每天早上八点半左右到医院。通常我会待到一节理疗课以及后面的休息时间结束,一般是早上十点左右离开。靠近中午的时候再回来待差不多一小时,然后下午五点左右最后回来一趟。周末的时候因为泰勒的日程表没有那么满,一般疗程会开始得比较晚。这两天的休息对于他的治愈至关重要。

每天早上见到泰勒我总会感到安慰。他坐在轮椅上待在门外,等着开始新的一天。每天早上看到他的时候总是干干净净,精力充沛,被照顾得很好。早晨的社交是从在房间里的护士和病患们开始的。泰勒还没有办法用言语描述或者对明确的沟通有反应,但是工作人员会和每个病人交流,努力与他们搭建一种关系。他们开始了解泰勒,这正是他们卓越才能的一部分。泰勒在照料者那里看上去非常放松,你可以感觉到他内心的平静,这点让我非常安慰。

在征得坦纳和艾弗里的同意后,约瑟为泰勒剃了胡子。泰勒看上去更瘦了，一连几周没有吃东西的代价看上去非常明显。他面色苍白，瘦了大概二十五到三十磅，但他原本的情况会更加糟糕。

新来的护士告诉我泰勒在基辛格被照顾得非常好。我一开始还没明白这是什么意思，后来我才知道他们是指泰勒的皮肤保养得很好。如果有人长期卧床不起，那么一定要保持病人皮肤干净和整洁。每天都必须帮他们翻身以防褥疮这类皮肤病的发生。就我在事故刚发生后几天的观察来看，泰勒的确在基辛格接受到了特别认真的看护，但是亲耳听到布林莫尔的工作人员肯定了这个事实对我来还是有所不同，尤其是当我知道未来我们会在这里待上更多的时间，这种顶级的看护在布林莫尔康复中心还会继续。

一般泰勒的疗程都是从早上九点开始。偶尔理疗课程会提前开始，这时候职能理疗师会过来，她会建立一个标准，比如穿多少衣服，怎么穿戴或者其他泰勒力所能及的活动。虽然泰勒仍然需要最大程度的帮助，但是一些比如抬起左手或者左腿把它们放到正确的衣服或者裤子里的动作也算在治疗内。康复理论的一部分就是让病人回归到过去的生活中然后建立一套日常规则：早晨你醒来的时候，你会准备好去工作，开始一整天的生活。泰勒的大脑需要重塑这样的日常规则。

职能疗程和物理疗程都在枫叶病房的健身房里进行。那里有一个宽敞明亮的开放空间可以进行匀速运动。泰勒大多数的活动都在健身房里，只要他的情绪和注意力允许的情况下。让一个脑损伤患者待在一个有太多刺激物的环境里对他们而言是极度不适的。工作人员对于每个病人的情况都很清楚，所以如果他们觉得有必要换一个地方，他们一定会这么做的。

每天早上我都会把泰勒推到第一个疗程课的地方。我会把轮椅靠着墙固定住直到理疗师准备好了。总是会有好几个病人同时在等候着，年龄和性别都不一样，每个人的伤势情况也有很大区别。泰勒还算是幸运的了。当他跌下来的时候，他没有伤到四肢，身体其他任何部位也没有很大程度的损伤。康复医院里有一些病人，他们在脑损伤的同时还会有股骨、盆骨断裂，手腕和胳膊摔断了。这些附加的破损会让整个康复过程更加复杂。

一天早晨当我在等疗程开始的时候，另外一个年轻的病人开始和我还有泰勒聊天。泰勒的右腿总是会有不间断的活动。他焦躁不安，他的右腿一直在抖动着。速度非常快而且难以控制。不知道什么原因，这种抖动的样子让旁边的年轻人很心烦。

关于脑损伤患者，一个众人皆知的事实就是他们总是面无表情，这让人们很难判断他们的心情。当他们说话的时候，总会用给人一种不太友好的感觉的方式，因为他们的声调缺乏适当的情感。这个年轻人对泰勒越来越恼怒，他不停要求泰勒不要再抖动腿了。但那时候泰勒对于许多指令是没有反应的，也没有任何暗示他会对那位病人的话有所反应。我感到不知所措。另一个病人突然问我："你到底为什么要让他那么做？他需要停下来！"他怒气冲冲，非常焦躁。

对这种类型的爆发我还没有完全适应。突然的爆发和愤怒的语气是某些脑损伤患者需要经历的。这些患者通常没有办法控制他们的反应。他们的情绪可能是当下的，可能是恰当或不恰当的，但一旦感觉到它，他们就会表达出来。这种爆发恰好表明了这个病人恢复的水平以及在那个时刻他是如何处理周围发生的一切的。在那个时候我并不熟悉这些，所以无法判断。我没有经历过这些。我被吓坏了，也感到担忧。

因为当时有很多病人在场所以我没办法把泰勒推远一点。我挡在这个年轻人和泰勒之间，这个年轻人直勾勾地盯着泰勒，这让我吓了一跳。我不确定到底泰勒哪一方面让他不舒服了，但是他的敌意非常直接。当分开的课程终于开始的时候我松了一口气。

在泰勒康复的这个阶段，理疗师会调查、探索很多东西。他们探索的其中之一就是泰勒对于噪声或者疼痛的反应是什么。对于刺激他会如何反应？他会接近刺激物还是试图推开？泰勒正在越来越焦虑。注意到这个变化后，理疗团队使用了一种方法。泰勒两腿叉开后背靠着理疗师坐在她的双腿之间，看上去就像理疗师正在模仿一把椅子。她会轻轻地来回摇晃泰勒。这是一种很有效的方式帮助泰勒舒缓下来。由于左侧损伤，光是好好坐下来就可以帮助他不少，但是就在事故发生后的几周内，泰勒还没有办法自己笔直坐起来。他容易朝着一边靠着，躯干部分也需要很精心地照看。坐着的动作需要很多不同肌肉组织的共同参与。这种摇晃的方式让我看着很放心。在理疗师的帮助下泰勒可以得到放松，我可以看到他正在体会一种安静。他的身体不再那么僵硬。很显然这招对泰勒管用了，并且为他提供了一种舒缓刺激的方式。

在坐姿治疗之后，泰勒会被平躺放置着。苏，我们的理疗师，把这种方式描述成一种婴儿的成长发展。泰勒可以抬起他的头吗？他可以翻身吗？泰勒可以膝盖不动然后抬起自己的胳膊吗？这些二十一年前已经发生过的一切进展很不幸现在需要再次经历。和婴儿一样，在完成一些更高难度的动作，比如自己站起来、走路、平衡、弯腰这些之前，你必须掌握一些特定的技能。

说到走路，虽然有一些简单的进展，但是还远远不够。对于那些根本不知道泰勒情况的人我会谨慎使用走路这个词。泰勒的双腿在移动，他笔直站起来了，但是他不是在走路。他是在被动走路。在那个时候，除了主治物理理疗师或者助理其他人都不可以对泰勒进行任何类型的走路练习。他还处在一种非常低水平的运动状态，即便他可以参与到双腿的活动中来，但是要让它们动起来还是需要很多准备活动。因为他跌下来的风险很大，这也是除非有医护人员在场他总是坐在轮椅上的原因。当理疗师在的时候我并不担心这种风险，因为泰勒身体上发生的一切他们都很清楚，也总是配合得很好。他们全身心关注着泰勒的变化，注意力都在他身上。

负重运动同样可以帮助泰勒加强手臂和腿部力量。泰勒大脑的内部传感器并没有发出信号让他要像之前一样使用身体左侧部位。他的左边膝盖和臀部都被包裹住了，这样可以方便他使用右侧。总会有人在旁边扶着一侧或者两侧支撑着。虽然走不远，但他可以走好几步了。看着泰勒的走路对我来说也很新鲜，对于现在发生的一切我既着迷又十分感激。

"重复"对于像泰勒这样的病人来说是紧密的伙伴。如果他们想要再次走路，他们就必须一遍又一遍重复相同的动作。在布林莫尔的一个工作人员告诉我，日常的那些简单的动作，比如坐下去或者站起来，对于脑损伤患者来说需要完成成千上万遍的重复动作。

在职能治疗那块的进展并不太多。职能理疗师会帮助患者回归日常生活，这个疗程里经常会用到的一个词就是日常活动，或者ADL。在某些日子里，职能理疗师早晨会叫醒泰勒，开始一天的日程训练。其他时候，他会和护士或者护士技术员一起完成这些任务。每天的训练都是一样的，但是陪伴的人每天都不一样。因为泰勒还需要最大程度的帮助，所以总会有人陪伴着他，但他还没有做好和职能理疗师每天训练的准备。

就在几个月前，泰勒早上四点半会被闹钟叫醒，起来去工作。根据那天的情况而定，有时候他会喝上一杯咖啡，拿上午餐，出门。然后和几个同事拼车一起去工作。

很多脑损伤患者很难回忆起事情发生的顺序。这种顺序叫作排序。对于脑损伤幸存者而言，能够记住日常的行为和模式，在脑海里组织好需要完成的不同任务的步骤这几乎是不存在的。一些日常活动的完成，比如刷牙、扎头发、洗手、系鞋带突然间没有了任何意义。流程的次序在工作，但记忆力不复存在。

在早期的康复过程中帮助排序大概是这种情况：早晨理疗师走进泰勒的房间，泰勒还穿着前一天晚上睡觉时的睡衣。理疗师开始帮助泰勒脱掉睡衣，换上干净的衣服。接下来依次是睡裤、袜子，最后是穿上鞋子。然后会带着他刷牙、洗脸，有时候会涂点除臭剂。现在泰勒还没办法清醒地参与这些，这个过程最好的描述就是这看上去就像是有人在梦游或者在熟睡的状态下进行活动。泰勒的记忆也许只是简单地伸胳膊或者帮忙把袜子穿到脚上，但是他的记忆输出是如此的重要，身体的行动也是。我之前就说过，泰勒还处在需要最大化帮助的阶段。

言语治疗最开始的目标很简单，但是肯定需要相当多的投入和技巧。在言语治疗中涉及两大方面。泰勒还在经历言语障碍的早期阶段,也就是说他没办法流利或者有效地发出声音。同时他的脑损伤还造成了他的语言障碍,他没有办法理解或者表达想法、感情或者进行简单的沟通。

泰勒一开始的目标是可以安全地吞咽液体以及建立某种形式的交流。从某种角度我很难理解为什么泰勒不能够喝水或者吃冰片,但是医生强调仅仅是出于安全的角度考虑。如果液体的东西吞咽不当,就会产生严重的后果,因为它可能会进入呼吸道,引发吸入性肺炎。

言语理疗师一开始的目标不是让泰勒开口说话,而是让他可以恢复到能够正常摄入食物和液体的状态。然后,我们可以通过其他的方式进行某种沟通了。这种沟通必须回忆起来,并且拓展到两个级别:感受性言语和表达性言语。

说到安全吞咽,计划首先让泰勒尝试蜂蜜稠度的液体,然后是花蜜稠度,最后是水状液体。一开始的几天会给泰勒一到两汤勺调味的蜂蜜稠度液体,但是唐娜,我们的言语理疗师会评测泰勒吞咽的能力。

尝试蜂蜜稠度的液体有两个目的。第一,加入的调味剂唤醒了味蕾的作用,而这是水做不到的,因为平常的水都是无味的。而且一般来说水都很稀薄,也就是说当它被含在嘴里的时候大脑可能还没有时间反应。当大脑记住了这种稀薄且快速流动的物体时,水已经被吞咽下去了。第二,调味的浓稠的液体一方面可以唤醒味蕾,另一方面这种浓稠的厚度可以让液体在大脑中产生存在感,从而更有利于延迟反应。

理疗师希望可以看到全部完整的吞咽过程。为了达到这个目的,唐娜把自己的手放在泰勒的喉咙前,去感受整个吞咽过程。这个举动需要很多的引导,和喂食婴儿的感觉非常相似。我从来都不曾想过当泰勒二十二岁的时候还处于婴儿的状态。唐娜的指令清晰而简单,泰勒看上去执行得不错。根据吞咽的情况,她会不时有所反应,"做得很好!"或者"我们再试一下。这次试着完整地吞咽一次"。

当泰勒第一次尝试蜂蜜时,他立刻就表现出了喜悦感。当然我想让他多吃一些,但必须一步一步慢慢来。

那是一月的第一周,泰勒在布林莫尔康复医院已经待了十八天了。他在一小步一小步地前进,虽然我们没有高兴尖叫到掀翻屋顶,但是我们看到了希望和他的发展。看到泰勒有了真正的活动,和他通过书写交流,知道他醒着和睡去的具体时刻,这些都是前进的步伐,但这些也都不足以说明泰勒可以回来。

作为家人,我们发现向那些不在事态发展中心的人们解释发生的一切和让他们理解是个很复杂的工作。我想某种程度上那些出于关心和真诚的喜悦的反应在我们看来是被夸张和不正确的。从泰勒发生事故以来,就有人评论说,"他压根不需要到康复中心""他会完全康复的""我知道他很快会醒过来,还是和以前一样"。我们心里明白这些话都是出于帮助的目的,但其实他们很伤人。这些话也是出于人们对泰勒的爱,他们希望他可以没事。但是我们也希望自己的内心可以得到保护。人们无法接受生命如此无常,它可以如此轻易地从你身边夺走某个人。可以想象泰勒的朋友,我们的朋友还有所有的亲人们,他们都深陷这场接受与否认的自我战役里。同样我认为那些认识泰勒、知道发生了什么的人也会想一想自己的命运。这个事故可以发生在泰勒身上，它也可能发生在任何人身上。

把你对于正在发生的事情的感觉和其他人分享，然后让他或者她产生一种错误的希望是很困难的事情。老话说，"凡事皆有因"或者"上帝不会强加于我们"，这些听上去都像刺向我们内心的刀。作为泰勒的母亲，我听到那些议论的反应就是感觉内心仿佛在经历一场战争。"凡事皆有因"在我看来就像在说，"你做了一些东西最终导致了这一切"。"上帝不会强加于我们"就像某人在说"这一定是上帝正在给我上的某节课"一样。这些话语有时候会让我在夜里辗转反侧。这怎么会成为泰勒生活里的一部分？我们究竟做了什么会让这一切发生？如果上帝真的不会把我们不能忍受的强加于我们，为什么我觉得自己正在被摧毁？

我希望我的家人和朋友能够和我一起感受痛苦。我不期望他们说一些漂亮的话。一句简单的"我爱你"或者"我在这里"就足够了。事实上，对我而言最让我振奋的一刻是我和一个多年好友相处的时候。自从泰勒发生事故以后她就没有见过泰勒，当她赶到基辛格的时候泰勒已经被转入了加护病房里。我们是很多年的朋友，她也有三个儿子，年龄和我的孩子们差不多。当她走进来看到泰勒的时候，她开始放声大哭。她用手捂着嘴巴，但是眼泪还是止不住地落下来。眼前的一切她根本没有准备好，所以这是她感情最真实的一面。她说了一些话，大概的意思是，"天哪，我不敢相信这发生在泰勒身上"。她抱着我哭泣，她说她很抱歉，她没有试图用一些好话让我感觉好些。她的悲伤是如此的不予掩饰，同样也让我吓了一跳。而且她在我面前放声大哭，这是我很少看到的。她愿意把悲伤和我分享这就像是个礼物。她的眼泪暗示着因为我是如此难受，所以她也感到很难受。

自事故发生以来这六周时间里发生了太多太多的事情，我们的内心和情感有太多需要处理的东西。我们不是不抱希望，对于泰勒的进步我们的确欣喜若狂。但是在布林莫尔康复中心，周围有些病人的康复情况突然就停止了。我们都在与这个赤裸裸的现实纠缠，那就是我们不知道在这场旅程的终点，泰勒会是什么样子。我们知道保持这种谨慎的乐观对我们很好。信念是这么多年来维持我们的生活和家庭的纽带，但是我们也经历过一些痛心的时刻。艾弗里经常向我表达他很感激我是个现实主义者。是的，我的确是。当你看着你的儿子，头骨破裂，大脑多处损伤，当有人告诉你最好的，最坏的，中间的情况是什么样子的时候，你很难不成为一个现实主义者。同时我需要接受这样的压力，也就是作为泰勒的母亲，我在不断设想泰勒可能会痊愈的程度，这也很辛苦。

作为泰勒的母亲，我会和凯斯、艾弗里还有坦纳一起找到前进的平衡点。我们在这条道路上会坚定不移地走着，我们会一直保持坚强，继续我们的这种平衡——当然向前的动作也是必需的。这需要我们尽全力把一只脚放在另一只脚之前，很多时候，当我们中的一个人极度疲惫的时候，另一个人就会走出来，接替他或她的位置。这趟旅程需要我们每一个人的内心都有力量和平衡。

第三部分：佩奥利

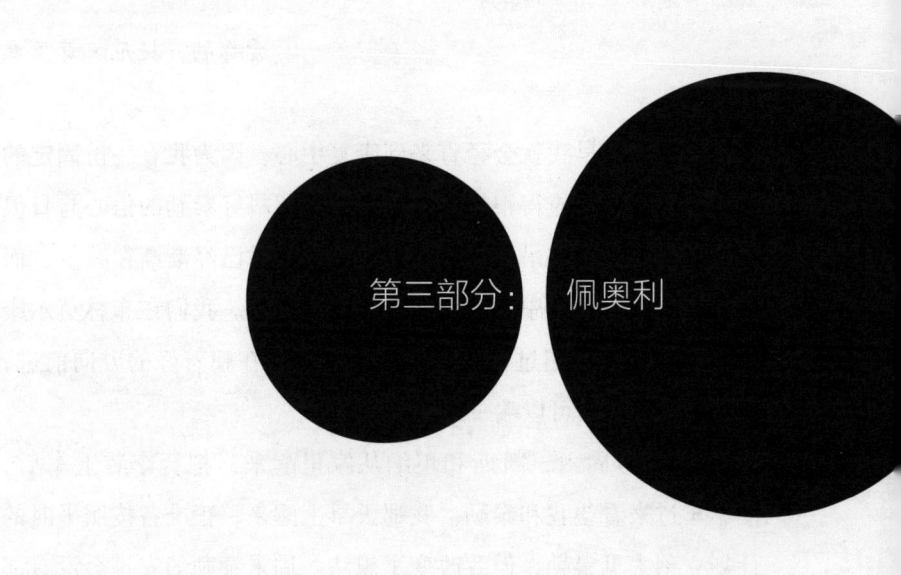

第十二章　一个新的怪物

>> 2013年1月5号到1月15号

"长大对于妈妈来说算什么？孩子终究还是孩子。他们会长高，他们会变老，但是长大？那是什么意思呢？在我心里，它什么都不是。"

爱你的，托尼·莫里森

现在一大早我就会径直来到康复中心，因为我有一份固定的日程安排。我适应得很好，我对他们能照料好泰勒的信心与日俱增。那种时常提心吊胆或者焦躁不安的感觉已经渐渐在减少，而且对于泰勒所处的康复阶段我也正在适应中。我们在布林莫尔康复医院已经待了超过三周的时间。事情正在朝着好的方向前进，我至少感觉自己可以喘一口气了。

1月5号周六，凯斯和坦纳从家里醒来，把行李装上车后，便驱车过来看望我和泰勒。我那天早上醒来，正准备按照平时的计划立刻去见泰勒，但我改变了想法。周末泰勒的安排会没有那么忙，我猜他可能还没有醒过来。我之前去过电话询问过，他还在呼呼大睡。现在回过头来看，我不确定我晚些去见泰勒的决定是否经过深思熟虑，但是因为坦纳和凯斯要过来，我必须去买点食物过周末。月桂区有一个很大的公共区域，里面有电冰箱、餐桌、椅子、带有水池和微波炉的厨房，这些都会帮上大忙。忙碌一天后如果可以坐在房间里或者在公共区域的桌子旁吃点东西，这比总出去吃东西好多了。

在去见泰勒之前，我开车去到维格曼，享受了会儿购物的乐趣。原来的每周任务比如去杂货店买东西已经从我的日常计划表里被删除了，这让"去杂货店买东西"成为了一种乐趣。我从来不知道在杂货店买东西可以感觉这么有意思，但是在一片嘈杂混乱中，正常的生活简直是一份礼物。我还清楚地记得自己想着以任何一种方式感到寻常的生活都是极富挑战的。看着那些新鲜蔬果和其他产品，我深深地沉迷其中，而且维格曼里的东西比起米夫林堡小镇杂货店的要更多更全。我沉浸在给凯斯和坦纳挑选食材上面，我知道他们肯定会喜欢的，还有给自己的"真正的食物"。

当我走到店里最后一个过道的时候，我注意到有一个未接来电。店里的信号很差，我没有听到手机在响。当我走到店的前门的时候，我看到我有一个语音留言。电话是枫叶病房的秘书塞尔西打过来的。电话那头她的语调很平稳，她要求我听到留言赶紧回电。听到她的留言的时候，我没有被吓到。我在杂货店的一个通道旁停住，开始打电话。塞尔西把我的电话转到了一个叫克莉丝的护士那里。我认识克莉丝，她之前有几个轮班和泰勒待在一起。她开始和我叙述一个和泰勒有关的事故。这次紧急事故导致了泰勒的多次癫痫，现在他正被送往最近的医院。当我回过神来，我只记得自己的反应：我瞬间感到恶心想吐。

一听到克莉丝的话，我全身的每个部分都开始颤抖。我直觉上知道泰勒有危险了。我处在歇斯底里的边缘，一大群购物的人围着我。就在我想要大声叫喊出来之前，我试着询问泰勒是否安好，同时让自己冷静下来。我没办法控制自己的情绪。克莉丝的话坚定而温和:"泰勒没事。我们需要你立刻赶到医院。你会在那里看到救护车。"我可以从她的语气里听到同情,这让我迅速镇定下来。我在一个陌生小镇一家陌生的店里,周围挤满了陌生人。如果他们中的任何一个给我一点安慰,我会毫不犹豫地接受它。我几乎可以肯定我的情绪把他们吓坏了。我非常震惊,但是和上次可怕的事故不同,这次我大概知道会发生什么。

我的手颤抖得特别厉害,以至于有几秒钟没办法把手机放在耳朵边或者嘴边。颤抖影响了我整个胳膊,让我的脸颊在抖动。我的心脏扑通扑通跳动着,内心充满了恐惧。护士人员做了一个非常明智的选择,她并没有告诉我过多的细节。他们没有告诉我癫痫有多么糟糕,但我知道如果泰勒是被救护车送过去的,那一定非常严重。这次的危机比泰勒跌倒那晚更加严重,而我对此的反应和之前相比也多了更多的恐惧和害怕。泰勒已经在医疗机构待着了——如果他还要被送到其他什么地方,那说明他现在非常危险。

克莉丝安慰我说泰勒的护士,我绝对信任的克里斯汀现在就在泰勒的身旁。当我告诉她我现在的位置时,她说维格曼离医院离我只有几英里的距离。这真是一个重击,我答应她我会好好开车。她做得非常好,成功减轻了我的歇斯底里的程度。

就在电话挂断前,克莉丝告诉我还在做把泰勒转送到医院的准备工作。她个人认为我不用回到布林莫尔,直接在佩奥利医院见他是最快最好的方式。她没有提到的是泰勒已经经历了三次痛苦的癫痫大发作,一个接着一个,很难停下来。在转运到医院之前必须让他能够稳定下来。我可以想象在泰勒最需要我的时候我不在场。为什么我会决定来杂货店呢？我开始自责。

我跑到店里的顾客服务台前，向他们解释了我的儿子遇到了紧急状况，他们告诉我沿着这条路一直开，医院很容易就可以找到。我把买的东西都放在服务台，然后给凯斯和坦纳打电话，此刻他们正在开往布林莫尔的途中。当我到达医院的时候，泰勒还没到，但是他们告诉我救护车很快就来。我坐在急诊室前的等候区，独自一人着急地等待着凯斯和坦纳。

自从来到布林莫尔以后泰勒的状况相对而言一直比较稳定，从没有过危险或者紧急的情况。我确信癫痫的风险已经解释给我们听过了，但是因为泰勒距离他第一次手术才几周时间……这次的危机让我们所有人大吃一惊。

当担架抬着泰勒进来的时候，他已经服用了很多镇静剂和药物。看到泰勒出奇地平静我很高兴，但是我知道这些癫痫会对他造成很多很多的伤害。我很担心他的愤怒程度，也知道也许很难让他平复下来。主治神经科医生走过来问了一些关于泰勒第一次伤势的问题，以及在发生今天的癫痫之前发生了什么。他说他很惊讶这竟然是泰勒第一次经历癫痫。

当大脑突然有电磁波的干扰就会产生癫痫。脑损伤后如果超过七天才发生癫痫叫作后期创伤后脑损伤癫痫。泰勒这种情况的伤势有癫痫很正常，但是对我们而言则是不寻常的。

泰勒被送去进行检查，同时还抽了血以便记录他的身体里各种药物的水平。他服用过抗癫痫药剂，但是体内的水平并没有高到可以防止癫痫的发生。我们建议让泰勒留院观察几天。泰勒经历的癫痫很有可能会在几天后对他产生影响。不幸的是，这时候正好处于流感高发期,尽管泰勒应该被送到重症特护病房里,但他还是被放在了观察楼层里。

泰勒双丙戊酸钠的用量在增加,这表明和他的癫痫相关的治疗等级在增加。在接下来的三天里都是这个剂量,泰勒还需要持续观察。除了双丙戊酸钠还有一长单子的其他药物。名单非常的详尽,我需要尽我所能记录下来。那时候在佩奥利医院他服用的药物不少于十七种。名单中还包括人造泪液,因为他的双眼没有办法自己产生足够的眼泪。三种哮喘相关的药物,防止血液凝块、防止感染的药物,镇静剂,抗抑郁药,还有其他的。知道并且了解每种药究竟有什么作用的责任感让我不堪重负。从那时候起我尝试着记录泰勒服用的药品以及它们的作用。之前我都没有密切关注过,这对我是个警钟。每一个细节都很重要,这样我才会对大方向更加清楚。在这个情况下,知识就是力量。泰勒的康复情况部分取决于我们对每一个细节的知晓情况。

凯斯和坦纳终于赶到了,我们一起把泰勒安顿好。我很感激这场事故正好发生在凯斯和坦纳过来见我们的途中。独自一人处理这样的事情让我很恐慌。我回到布林莫尔去拿了一些泰勒需要的物品。其中之一就是用来保护双手的手套。佩奥利医院也提供连指手套,但是泰勒几秒钟之内就能把它们脱下来。康复中心的手套更加牢靠一点。

克里斯汀和约瑟都在,看到他们真好。我很内疚在癫痫发作的时候没有在现场。我一直以为克里斯汀是第二个适合陪伴泰勒的人了,但事实上,她是第一。她告诉我当时在想着我去哪儿了以后的第一个念头就是,还好我不在现场。克里斯汀是个护士,更是一个母亲。她明白如果对她而言目睹了那一切都如此困难，更不用提对我而言有多么的痛苦不堪了。

克里斯汀是布林莫尔最专业的护士之一。我知道她很关心我们一家，她承认即便有这么多年的工作经历，看到泰勒所经历的癫痫大发作还是让她很难受。她把这个定义为很糟糕的事件。她很庆幸我不在现场，我猜她知道看到这一切对我来说太难接受了。在这场痛苦的折磨中我从来没有见过自己这么脆弱，我一直觉得自己可以为泰勒变得非常坚强，但是现在我很清楚我的脆弱，以及在旁人看来我的脆弱是多么明显。单单想象泰勒经历了那些事情就足够恐怖了。如果当时我在现场，我可能会彻底崩溃。

泰勒在佩奥利医院待了四天。即使晚上他也不能独自一人。我们中会有一个人睡在泰勒房间的躺椅上。凯斯第一晚，剩下的两晚我来。医院的医护人员并不熟悉泰勒的需求，所以对于如何照顾泰勒没有任何准备。周日，当凯斯和坦纳离开的时候，我万分惊慌。我非常担心泰勒的安全。

值得一提的是就在泰勒事故发生后的几周内，基辛格的一名护士告诉了我们一个非常重要的事情。几年前他的哥哥也遭受了创伤性脑损伤，他亲眼目睹了自己的父母不仅备受煎熬，而且在试图控制他哥哥的看护的时候经历了额外的挫折。他找到我们，建议我们好好想一想是否需要获得泰勒的监护权，不仅是法律上的还有医疗方面的。我们还需要拿到关于泰勒财务、商务和决定权方面的委托书特权从而为自己建立法律意义上的监护。要成为泰勒的监护人，我们必须上法庭请求获得这些法律特权。在泰勒坠落二十天之后我们便开始着手处理。法官富有同情心且很公正。他帮助我们减少了流程上的花费，同时让事情比我们一开始预期的简单了很多。这份监护权在后面无数个情况下对我们非常珍贵。在危机时刻，比如泰勒的住院治疗，监护权和医疗决策权至关重要。

1月8号，泰勒的一位密友在脸书上写下了下面一段话，以此支持泰勒和我们全家：

宾，现在的你比过去更加坚强。内心的你正在经历的战争鼓舞了许多人。有些人很厉害，但是你证明了自己是最厉害的。所以说，继续向前吧，我们坚信，一次一小步。

这段文字是写给泰勒的，可惜他既不能读出来也无法理解，但是我可以。我也坚信着这段话。

幸运的是佩奥利医院提供网状床，大多数时候我们会把泰勒放在里面，密密实实地拉好。但是这样的束缚却让泰勒表现得焦躁不安。有一次，一个治疗师跑过来把泰勒从床上放到轮椅上。我知道她是说一会儿就回来，但她没有。泰勒还是缺少骨瓣，他的头骨也处在非常脆弱的状态。在布林莫尔，安全预防措施总是很到位，在那儿有各种协议，而且大家都小心遵守着。比如说，从来不会放着泰勒一人无人看护，只要泰勒在站着的状态下被移动或者安置，他总会戴着头盔帽。在这家医院，这个楼层里，像头盔帽、安全带和其他与安全保护相关的东西并不属于日常看护或者治疗计划的一部分。第二天，我就和病人权益协会的人提了两次。

事故发生以来，我从来没有一个人把泰勒从椅子上移动到床上去过。在布林莫尔，只有受过专业训练的工作人员才允许做这些。把他扶起来，让他的平衡依附于你，这都需要一定的技巧。但是当治疗师离开后，泰勒试图自己站起来。他想要回到床上去。我知道他完全没办法自己支撑或者掌握平衡，所以我按了按铃，并尝试着模仿之前在布林莫尔看过无数遍的做法。我想要大声呼救，但是考虑到泰勒的反应，我没有大声叫嚷。泰勒一直有很好的平衡感，但即便他想象着可以靠自己的力量站起来，他还是不行。泰勒的安全掌握在我的手里，这让我很惶恐。如果跌下来对泰勒而言就不是灾难那么简单了。最后当我搀扶着他平安送到床上后我松了一口气。同时我也知道需要尽快把泰勒送回布林莫尔。

还有一次，我需要给泰勒戴上连指手套。手套可以用来保护他以及周围的东西。他的行为有点失控了，没有日常规划、新的药物，没有专业训练的医护人员，这些都在影响着他。泰勒没有办法对周围发生的事情理智看待。我把他的网状床拉开，给他套上手套——这实际上不太好弄——事情变得越来越糟糕。他不喜欢手套，开始抓着我，并且拼命摇晃他的手臂。泰勒还是很有力气的。在脸上被他打了几下后我放弃了，这时泰勒突然抓住了我的耳坠，差点从我的耳朵上把它扯下来。当他抓得越来越紧并且开始往外拽的时候，我握住他的双手并且开始勒紧直到他松手。我一方面想要帮助泰勒，同时也不希望自己受伤。我的脸上刺痛，耳朵受了伤，我的恐惧和挫败感在不断增加。

那真是漫长的一段日子。周二的时候我的继母康妮小姐从亚特兰大赶过来，我得去火车站接她。算上来回需要三十分钟左右，所以我安排了一个工作人员在我不在的时候照看泰勒。我走的时候理解为有人会在我离开的整段时间里都待在泰勒的房间里。幸运的是，泰勒睡着了，在床上他是安全的。早上的时候我和医院主管聊过关于安全的担忧。当康妮和我回来的时候发现没有一个人陪着泰勒。我开始更加积极地主张要让泰勒出院，终于那天下午晚些时候，他可以出院了。我的声音终于被听到了。每个人都迫切地希望泰勒回到康复中心去。

回过头来看，我知道泰勒的照看问题并不是护士的问题。在我看来主要是因为这里的护士对于脑损伤的关注和了解太少。我很庆幸泰勒这段时间并没有受伤，现在"我美丽的家"指的应该就是布林莫尔康复医院了。佩奥利医院的医生们安全地调整了泰勒的药物，他已经有好一阵子没有出现癫痫的状况了。

我继母的到来真是既温馨又有力量。我经常叫她"康妮小姐"。几年前，她的儿子拉尔夫在弗吉尼亚威廉斯堡因为一起随机的驾车枪击案被射中后身亡。拉尔夫仅仅是在错误的时间出现在错误的地点，一群愤怒反叛的青年开始了他们五个小时的连环射杀，刚巧拉尔夫骑着自行车从家里去公司，被射到了后脑勺。

我亲爱的康妮小姐对我来说就是一辈子爱的象征。她是智慧、灵敏、仁慈和勇气的象征。她也是全世界最漂亮的南方俏佳人，我们家的铁娘子。她儿子的死亡，在许多方面击垮了她。对于他的死我很难过，但说实话，看到康妮小姐的遭遇我更难过。看到我生命中本该成为美好源泉的人经受了这些让我久久无法接受。这个过程花了我几年的时间。我很讨厌看到自己深爱的人遭受任何变故。我知道康妮小姐可以理解我的痛。我知道当她的儿子被杀的时候她的内心肯定仿佛被打碎，破裂，被碾压，最后遍体鳞伤。如果现在要找个安全的地方大哭一场,那一定是她的肩膀。

就在泰勒坠落前几年,我收到了一封迄今为止最让人心碎的信件。这是我人生中不多的我感觉可以见到某个人灵魂深处的时刻。康妮小姐优雅而有尊严地处理着自己的伤痛,但是只有真正亲密的人知道她有多么痛苦和难以走出来。她写信说当拉尔夫被杀的时候,很多事情都从她的生活中消失了。她再也没办法从平时的活动中找到乐趣。多年来她的钢琴一直弹得很好,但现在她根本没有办法触摸琴键。园艺和种植玫瑰是她之前热衷的项目之一,但现在,她觉得提不起兴趣。她喜欢唱歌,还加入了唱诗班,但现在她找不到任何乐趣。由于儿子毫无征兆地死亡,她的内心仿佛出现了一个大洞。但是我的悲伤不一样,泰勒的情况也完全不同,即便这样我也会和她分享一些其他人都无法言说的东西。我们倾诉着这份悲伤和失去的重量,这些只有我们彼此知道。有些东西目前是无法准备和处理的,而我们两个都体会到了这些。

泰勒经常把康妮小姐叫作妮娜,把我的爸爸叫作姥爷。她是独自一人来陪我,看望泰勒还有尽力帮忙的。她还有我爸爸是和我的奶奶一起生活的,我的奶奶已经九十多了,住在好几个州以外,所以他们没办法一起过来。泰勒还没办法讲话,但是他在试着发出声音并且经常笑。他时不时地会尝试讲话,但是吱吱呜呜的声音并没有任何意义。

我感觉他已经认出妮娜了。这个时候,除了凯斯、艾弗里、坦纳和我没有其他任何人见过泰勒。在医生的建议下我们还没有允许大家来布林莫尔探望，我们自己也认为这是对目前最好的方式。康妮小姐是他双眼睁开后现阶段见过的第一个人。当我们都在泰勒的房间里，我提醒他说："这是妮娜，她来看我们了。"泰勒竟然咧嘴笑了，然后对着妮娜夸张地眨了一下眼睛！！他们在交流！然后妮娜举起手准备和他击掌，但是泰勒把她的手握住然后亲吻了一下。稍后她在泰勒的访客日记里写道，在那个瞬间她感觉自己的心融化了。她还说自己原本做好了康复需要很长时间的心理准备，但是她现在急切地希望泰勒可以完全恢复过来。

尽管一年半过去了，但是现在当我闭上眼睛，还是可以看到康妮小姐推着泰勒在枫叶病房走了一圈又一圈。她的双腿显然疲惫不堪，我知道她身心俱疲，但是她还是继续推着泰勒。那一瞬间，我仿佛可以看到在我继母的心里的悲伤和爱护。这是她的孙子，她一生挚爱之一，她对他付出的爱如此让我动容，我会永远记住并一生珍藏。

泰勒会再次进入布林莫尔住院，同时会再次接受评估。流程相对顺利，接待人员记得这是我们第二次来到接待登记处。这不会是最后一次。

1月11号，我在脸书上更新道：

在收到你们当中几个人的询问后，我需要说明一下泰勒的状况和进展。泰勒还处于一种医学上称之为微意识状态的阶段。但是在康复中心生活还在继续往前。昏迷醒来后你需要让大脑记住原先一些寻常的事情。比如说刷牙。大脑也会像自动导航仪一样完成这些事情。在康复中心有很多助手以及特殊的仪器完成这些。泰勒并没有按照我们认为的那样醒过来。他处于一种逐渐清醒的过程。所以很难更新并且说明白泰勒处于什么阶段。每个创伤性脑损伤患者的情况都不同，这就像每个人的指纹一样特殊。没有哪两个是一模一样的。

如果泰勒看到你，他可能压根儿都认不出你来。他不会指着你打招呼。当他参加疗程课的时候，他的身体正在积极参与着，这需要极大的努力。我不想为你们描述一些不存在的画面。我和很多家庭都聊过，他们普遍的想法是没有谁可以和我们感同身受。有时候我想，身处我的位置我在尽力同时保护你们，我的家人还有泰勒，但同时我也努力对泰勒康复阶段的情况做到诚实应答。

接下来的一周康妮小姐都在陪伴着我。在如此寂寞的时刻她的陪伴简直是一种恩赐。就在癫痫症状发生后一周的周六，我们一起开车回了家，凯斯过来陪泰勒。我们花了一天半的时间和坦纳、艾弗里待在一起。康妮小姐为我们做了一顿丰盛的大餐，坦纳和艾弗里用吉他为我们演奏了美妙的音乐。我又重新享用了一个热水澡还有我自己柔软的床铺，我尽情感受着家的熟悉和温馨。康妮小姐和我周日晚些时候回到了布林莫尔，第二天一大早她就回去了。她把自己内心所有美好的坚强的东西都赠予我。她提醒我一定不要忘记希望，有了她过去几天的陪伴我简直太感谢上帝了。和她道别对我来说是最困难的。

在布林莫尔时间就这么一点点地过去。新的怪兽——癫痫，在第一次就展现了它丑陋的一面。而这还仅仅是个开始。但是看到泰勒药品的调整渐渐有了效果这是一大安慰，起码现在，这个怪兽看不见了。

1月15号,我进一步解释了现况:

泰勒还是处于一种微意识状态。每个人都在问"他醒了吗?"这个问题实在太棘手。泰勒每天都会参加各种疗程让自己更加清醒有意识,但是准确地说他还处于昏迷状态。目前他可以做的事情,都是记忆回顾所致。他还是很迷惑,完全不知道发生了什么。泰勒遭受的是一场毁灭性的脑损伤,几个月之内我们是不会知道真正的影响的。我们没有预计能力。进步缓慢而微弱。但是现在有你们的支持会帮助我们很多,减轻很多负担,我们衷心感谢大家。

第十三章　没有什么是万无一失的

在癫痫症状过后,泰勒似乎遭遇了瓶颈。工作人员给我们打过预防针,这种没有明显进步的情况可能会发生,但是幸运的是停滞的阶段很快就过去了。谢天谢地泰勒终于可以完全脱离气管了。但是,还是有许多工作要进行,这样他才可以最终用嘴吃上食物和营养品。进食管还在身体里,但是现在的目标是尽可能少地用到它。我们不希望这根管子对泰勒是必需品。而现在还不能把它拿下来,因为二月初的时候骨瓣会被重新放回他的头部。现在这根管子保留着是为了减少麻烦,万一由于某些原因状况出现了反复,泰勒又不能自己吃东西了。而且泰勒现在还无法自己吃进足够的营养品,通过进食管可以补充一些。

当事情进展得不错的时候,言语治疗师唐娜把我也加进了治疗计划。唐娜解释让泰勒开始非言语的练习是非常重要的,我可以配合他们。泰勒已经做手势了,比如在走廊里当问到他想走哪条路的时候,他会指向一个特定的方向。他似乎很喜欢主导一些东西,同时了解一些情况。作为三个男孩子里的老大,以前在家里泰勒就是个领导者,但是他一直是安静的领导者。在受伤之前,泰勒总是那个不会主动引起注意的人,但有时候他要求很高。他对自己和其他人都有很高的期望。他从来没有对我表现出爱指挥的一面,但是很显然他是那种有计划就要去执行的人。在疗程中这种思想进展也是存在的。

不难理解他想要表达什么意思,或者什么会让他平静下来。

现阶段泰勒的思考是有限的,所以要解读他的想法并非难事。

泰勒并不太欢迎我出现在他的言语治疗课程中。但是在物理疗程中,他却似乎很喜欢我在旁边看着。当他和他的理疗师在四处走动的时候,他经常注意着我,还时不时会站得更高一点。但这种积极的态度在言语疗程中却没有出现。在经历了几次亲眼目睹他变得越来越焦躁之后,我决定给我们俩一些空间。如果我很想观看,我会站在一块玻璃后面或者角落里,这样即使我根本看不到,还是可以听到发生的一切。理疗师解释说泰勒的这种愤怒很正常。交流的缺失很让人沮丧,而且泰勒或多或少明白自己的处境。当只有我们俩的时候,他还是很乐意和我进行各种各样的交流练习的。

理疗师建议的另外一个工具就是制作一套个性化的闪亮卡片。这些卡片都包含着既和泰勒相关又能唤起泰勒记忆的内容。卡片大致包含下面的内容,分别是卡片前后:

家乡——米夫林堡

年龄——二十二

兄弟——坦纳和艾弗里

工作——灰熊(一家电压混成自动控制公司)

小狗——金吉

高中——米夫林堡高中

父亲——凯斯

母亲——妮可

团队——野猫队

我们还做了一本相册,这些都是在事故发生前在泰勒的生活里直接有关联的人。每一页都有一到两张照片，打印出来的照片上的每个人都非常清晰，因为他们都和泰勒接触过。有些照片还有泰勒自己，每看一遍我都如鲠在喉。我总忍不住在想，自己还是否有机会再次见到这些照片里的那个人。

泰勒很幸运，总是会源源不断地收到亲朋好友送来的各种各样问候的卡片。这些卡片也是泰勒康复的一部分。我们会一起看这些卡片，我会把里面的内容都念给泰勒听。他允许我一次只读两到三张，然后他今天的活动就结束了。他的注意力有限。如果他觉得结束了，那他的身体语言会非常明显。他会表现出愤怒和焦躁又或者彻底地开小差，反正无论哪种方式我都知道是时间到了。

晚上的时候我总会和泰勒一起做一些临时的治疗。和平时一样，我会一连几个小时推着泰勒的轮椅在康复楼闲逛。那些晚间时刻让我能够目睹和参与泰勒一点一点的进步。早期，我们会沉默不语。轮椅的移动会让泰勒放松下来，而且我也知道他什么时候需要安静什么时候需要和我聊天。

在推着他的时候，我会和他探讨挂在走廊上的那些艺术品。我觉得有一些特定的作品他会喜欢，所以我会在它们面前停下来，和他聊一聊。如果一幅图片或者绘画作品概念简单的话，我会把它指出来。比如，有一张图片是鲜绿色的叶子，还有一些露珠挂在上面。我和泰勒解释了图片的内容，并提醒他我们现在就生活在被绿树围绕的丛林里。有时候，我会提到艺术作品上的色彩。还有一幅帆船的水彩画，这让我想起了我们几年前在海边度过的时光。我用周围的物体作为工具和泰勒产生联系，希望可以帮助他重新和这个世界连接。

每个晚上,我都会走到一个特定的窗口(因为那里手机的信号会比较好),然后在那里给家里打电话,有时候也会打给其他家庭成员。想到泰勒也会想念家里的其他人,我也会把电话放到他的耳边,让他听一听凯斯、艾弗里或者坦纳的声音。虽然泰勒不会说话,但是他在听。他们的话简明扼要,而且总是令人振奋。我坚信保持这种方式的联系是非常有必要的。

渐渐地,泰勒开始进行一些更加复杂的活动。在走廊的墙上会有一些横杆,他开始用右手扶着它们,一边往前移动的时候一边滑动右手。但是他的左侧还是没办法做相同的事情。他还开始投掷一个直径约四英寸的泡沫球,然后试图去捡起来。我们会选一个安静偏僻的地方,每一个小时有十分钟的间隔玩这个游戏直到他变得焦躁。泰勒坐得还不是很好,所以大多数时候还是我在推着他的轮椅移动。

走廊里的大多数时刻都是寂静无声的。在事故发生之前泰勒经常沉默不语,尤其是当他沉思或者心事重重的时候,但是现在这种沉默的状况太多了,我多想他可以和我说说话,和我讲一讲他会问的一些问题,比如,"我在哪里,到底发生了什么?"我推着泰勒,默默为他祈祷。我曾想过我们现在的处境,也试着想象他可以走多远。我开始沉迷于派迪格里芬的歌曲,我的iPod里还有很多其他抚慰心灵的歌。那些我听了一遍又一遍的派迪格里芬的歌曲有《高山上》《我不会放弃》《雨》《你不是一个人》和《做馅饼》。每一首歌我都能找到或多或少的同感,但最主要的,我是被歌里的温柔所安抚。我开始让悲伤袭来,任由眼泪坠落,这种方式让我感觉到安全和舒适。很多歌词都能够让我联想起泰勒，而音乐的力量又能够治愈我一部分的遍体鳞伤。最能够和我满目疮痍的心灵相沟通的是派迪的那首《来之不易》：

公路上红灯闪烁

我在想我们是否可以回家

我在想今晚我们是否可以回家

每个地方风浪都会凶险

即便拥有最好的意图也完全不够

我在想今晚我们是否可以回家

但如果你身处困境

我会开车出来找到你

如果你忘掉了我的爱

我会尽全力提醒你

当一切都来之不易时我会在你左右

对我们而言没有什么是轻而易举的，对泰勒也是。但是在我们周围有时候会发生一些更加让人心碎，不愿轻易谈起的故事。那时候我内心的痛苦会加剧，也会希望帮助到其他人。一天天过去，我想要帮助泰勒有所进步的决心与日俱增，对其他和我们情况一样的人们的关心也在日益增加。即使步伐缓慢，但是泰勒一直在进步中，对这点我感激不已。

到了1月的第三周，泰勒坠落后的第九周，他开始可以用言语表述了。一开始他还没办法说出一整句话，只能是一到两个单词。他的声音和之前的完全不同，听上去有些刺耳，就像轻声耳语一般。你可以轻易看出讲话这件事让泰勒非常吃力。虽然没有完全失去语言的能力，但是还是有很多明显的不足。他知道我是他的妈妈，他叫了我。他也可以清楚地认出爸爸。至于他的弟弟们，虽然还不太明白，但是我肯定他很愿意见到他们。当他在周末的时候看到爸爸来了，可以从他的眼睛里看出喜悦。我完全没办法解释我怎么看出来的，因为泰勒几乎没有什么面部表情，但是我知道他认出了那个深爱着他的爸爸。凯斯给泰勒带来了一个鳟鱼形状的大枕头，凯斯不在的每个晚上，当我给他盖被子的时候，我总会提醒泰勒他的爸爸有多么爱他。

1月20号的那一周，我们和泰勒的医疗团队商量后决定可以让直系亲属以外的朋友们过来看望泰勒。每周伊始都会有一个团队会议，大家会就泰勒的恢复计划进行讨论。团队会议的时候每个看护他的人都会聚集在一起。在这样的例行会议中，精神病医生和神经心理学家变得越来越活跃。当泰勒从沉默中苏醒后，解读他的感觉变得十分重要。同样，医护人员们需要了解在坠落前泰勒是什么样的，他脑子里想的是什么，这至关重要。让泰勒有访客这件事是大家一致同意，觉得对他有益无害的。

第一批开车三个小时赶到布林莫尔的是泰勒从小学时候就认识的两个哥们，特弗雷和波比。他们见过昏迷时的泰勒，但是从泰勒开始稍微有意识以来就再没见过。当看到两个好朋友的时候，泰勒的嘴巴咧成了一条缝。他认出了他俩，并且说了一些和他们相关的正确的单词。在探访中途某个时刻，泰勒和波比还玩起了拇指摔跤的游戏。泰勒很喜欢和他的爸爸还有弟弟们玩这个游戏。波比故意输掉了比赛,当游戏结束,泰勒知道他打败了波比,他喊了一句小猫咪。这句话认识他的朋友都会知道,这是之前泰勒经常使用的单词。那个瞬间我永远都不会忘记。

他们的来访对泰勒很有帮助,而且看到他那么开心,所有人都觉得很幸福。当我、特弗雷还有波比推着泰勒在走廊里的时候有点尴尬。我不知道该说些什么,但是作为泰勒的母亲,我觉得我必须说一些东西,所以我和男孩们打趣说你们就当我不在这里好了。泰勒很容易感到疲劳,所以我和男孩们一边走一边聊着天,分享我们的感受,泰勒打了个小盹。那一刻对每个人来说都很有感触。我脑子里思绪万千。我很感激这两个年轻人,泰勒的好朋友,他们选择过来探望而不是走开。我知道这对他俩来说都不容易。这需要胆量、同情心还有勇气。当探访结束的时候,我立刻了解到这对泰勒的康复有多重要。他的朋友们可以到达泰勒内心一个我无法碰触的地方。

那一周泰勒还有四个探访。每个过来看望的人都在增加他的词汇量和回忆。接下来的访客是泰勒的叔叔瑞克和阿姨凯利。他立马认出了他的叔叔,并且称呼他为瑞克叔叔。当瑞克问他下次能不能再来的时候,泰勒说:"可以。"泰勒花了很长时间才认出了阿姨,但是她的存在同样对他非常重要。

当他的朋友布雷特和谢尔比过来看望的时候,泰勒很开心,这从他们的欢声笑语里就能听出来。中途泰勒还把自己的帽子摘了下来递给了布雷特。布雷特把它戴在自己的头上,这引来泰勒一阵狂笑。他的笑声和以前不一样,有一种怪异的活力,但是我们都知道他在表达什么。

随着时间的推移，泰勒逐渐感到有些疲劳，而且这些拜访似乎在消耗他的体力，尤其这些来访都是一个接着一个的。

泰勒感觉到疲劳这一点并不难觉察到：他就是单纯地不再进行眼神交流或者口头交流。他把自己封闭起来。这是他告诉我们需要减速的方式。他的康复过程对我们而言是一种寻找平衡的举动。泰勒的朋友们都十分关心他，想要，或者从某种意义上说需要见到他。但是考虑到泰勒目前的康复阶段，他需要慢慢来。从泰勒被送进基辛格的重症监护病房起，一个一直在讨论的因素就是大脑的痊愈是一个缓慢、有时候冗长乏味的过程。我们永远要记住重要的一点，太多的刺激因素可能会适得其反。

在一月的最后一周情况开始有所好转。泰勒的饮食里开始接受大量的蜂蜜稠度的液体，他的吞咽反应也在提高。他很享受他的言语理疗师让他尝试的不同的液体。这种愉悦，还有更频繁的沟通，都是往正确方向迈出的一大步。他开始询问一些具体的事情。他经常反复询问"紫色"和"一只乌龟"。他还要剪刀和他的信号枪。

我还注意到他的身体也开始逐渐强壮起来。泰勒物理治疗的时候在训练器上花了很多工夫。这种工具可以让他待在轮椅上运动，他的双脚放在自动踏板上，机器开启时可以带动泰勒的双腿，让他处于一种循环运动的状态。当泰勒开始可以自己转动踏板，自动系统就会停下来依靠双腿肌肉的力量。泰勒还会在垫子和长枕上做很多练习。他还处于利用最基础的加强器械来增加力量的阶段。在物理疗程中他需要每天行走，久而久之，他已经可以上下楼梯了。他使用的楼梯井在一个封闭的走廊里，其他病人和理疗师都没有办法进去。这让他就近完成任务成为了可能。我从没有感觉到泰勒的安全问题是敷衍了事的,整个团队给了他全部的关爱。

在认知能力的改善方面,他现在可以认识一些特定的人和事物。他一眼就认出了一个好友送他的大枕头,上面印着我们家小狗金吉的一张放大的照片。如果我可以为每一个病人都预订一个带有小狗头像的枕头,我一定会这么做的!泰勒的枕头给每个看到它的人都带来了很多乐趣。

泰勒现在处于认知功能分级的第四阶段。由于泰勒大脑受到的伤害,我们还没法看到内在运作产生的影响,大多数时候我们都是依靠外在看到的东西来认知。泰勒的伤势已经确认对他右侧大脑产生了极为严重的伤害,因此导致了他左侧身体的生理缺陷。他极度脆弱,几乎没办法通过左侧身体做任何事情。而对于心理功能方面,比如逻辑、性格、记忆和推理等,我们还无法确定哪一个会有所恢复。

还有一个问题摆在我们面前,泰勒工作时候的保险快要到期了。我可以把他的保险转到我的保险上,但一切都悬而未决。我现在是FMLA(家庭与医疗休假法案)休假阶段,没有工资但是有救济金。泰勒被指定的个案管理员帮助我在这片危险的水域里前行。他们是我在商务或者医疗机构见过最忙碌的一群人。他们的电话铃声从来没有停过,而像我这样的人似乎一直处于等候的状态。他们给各个家庭传达好消息、坏消息,还有不好不坏的消息。他们经常扮演医生和患者家属之间沟通者的角色。个案管理员很清楚地告诉我他会帮助和支持我,他们也确实这么做了。他们为我提供了一处我可以随心所欲讲话,不用在乎其他人是否懂我的地方。我和他们中的一个工作人员走得很近,她非常有幽默细胞。她脚踏实地,无论我带着何种心情去找她,她都会给予帮助。几秒钟之内我们就会从号啕大哭变为破涕而笑。这是一个可以讨论所有发生事情的地方。脑损伤糟糕透了——这是一个我们永远在讨论的话题。她亲切地叫我"萤火虫",因为她觉得无论我走到哪儿都会带着一束光亮。

我开始和月桂区以及康复中心大堂里的其他家庭渐渐熟识。我一整周都独自一人待在那里,尽管社会化来往程度特别低,但我们之间还是形成了某种联系。我们会在休息室或者电梯里聊天。泰勒有一个室友,我和他的母亲成为了朋友。泰勒和这个叫大卫的年轻人共用这个房间好几周了。大卫十五岁的时候,一个酒驾的成年人开车撞死了他的朋友,同时使他也处于微意识状态。我还遇到过一对父母,有一天他们接到一个电话说他们的女儿没有去上班。不去上班这件事太不寻常了,于是当他们急急忙忙赶到家的时候,发现女儿已经没有了意识。他们根本不知道发生了什么,没有任何理由可以解释,但是她就是处于昏迷状态。在布林莫尔的时候她几乎没有任何的反应,这让人心碎不已。我还遇到过一个男人和他的未婚妻,当他决定不戴头盔骑车的时候他们的人生都发生了转变,一个没有注意到他的摩托车撞了上去。像这样的故事还有许多许多。

泰勒的康复和其他许多病人相比已经进步很多了。他已经能够站起来,在别人的帮助下走路了,这比其他很多人都好,但是还有很多病人也在进步。他们在健身房走来走去,几周内就可以出院。还有一些人和泰勒情况相似，自从来到康复中心后他们的进步可以计算，未来还有很长的路要走。在康复机构没办法进行预测，只有关于未来的猜测，以及根据之前案例的总结的建议，但是没有什么是预期的，没有什么是万无一失的。对有些病人来说，时间仿佛静止了，但对某些人来说，时间在流逝。没有任何方法可以了解什么时候什么人可以康复，或者根本没办法康复。

在我思考所有问题的时候，忽然有了给我儿子写东西的念头。下面就是我写的，取名为《泰勒之歌》：

你还是我闪耀的星星

你还是我最深的喜悦

即便你离我那么遥远

你总在我的身边，我最珍爱的男孩

我会等着你回来

我会期待你醒来

我会接受你每一步的前进

即使它是多么微小不足道

我们会永远握住希望

我们会等待生命全部绽放

我们不会坐着悲伤

我们坚信爱的力量

我知道你会比这个更坚强

我知道你会比这个更勇敢

我知道未来的你会更加闪耀

回来吧，泰勒

回家吧

但是我内心的悲恸无法改变。我想要泰勒回家。当我推着泰勒在走廊里散步的时候我会把这首歌最后一部分一遍又一遍唱给他听。有时候我会会心一笑，想着他是否会说："嗨，妈妈，够了！放一些乡村音乐吧。请不要再唱了。"

第四部分: 丹维尔2

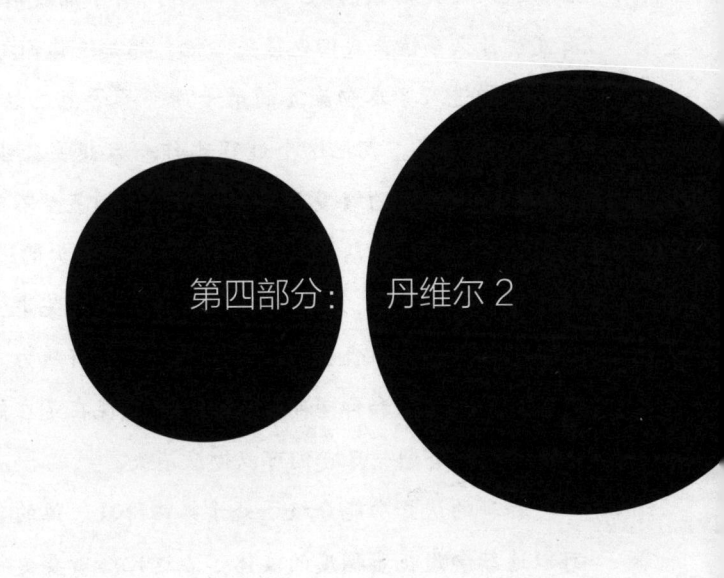

第十四章　蜗牛和非洲

2月1号我在脸书上写道：

在听到你们当中几个人的想法，知道你们多么重视更新之后，我决定是时候再写一篇了。这周有个朋友对我说："即便没有发生什么事情，我们也很关心他，想知道你们都怎么样了。"

我们进入了泰勒康复的第十周，尽管他已经跨出了很多步，但还远远不够。我把这个过程比作一只想要徒步走去非洲的蜗牛。过程是如此的缓慢煎熬，有时候我们甚至不确定会不会到达目的地。但是我们期待走得更远，期待着更大的进步。

在现实生活中，我们正在处理保险的相关事宜，这种几个小时又几个小时的沮丧，让我尤其觉得紧张有压力。这些事情的工作量巨大，所以和仰望高峰不同，我们现在是在搬运着一块块的石头，希望有朝一日它们可以彻底消失。

泰勒的认知功能分级还处于第四阶段。他的食谱已经升级到可以连续食用花蜜稠度的液体了。这比蜂蜜要更稀薄，对于泰勒来说是个不错的进步。泰勒现在可以简单地吃一些蔬果泥。

总而言之，泰勒所有的疗程进步虽然缓慢但是持续。

作为家人我们会常常提醒泰勒他的力量、进步，他的朋友圈还有我们有多爱他。生活中的很多事情都没有权宜之计或者容易的答案。我们只能用最好的方式解决。幸好我们不是孤身作战，这让事情不再那么困难。谢谢你们支持着我们。

那天稍晚，艾弗里过来看望泰勒。他是周五下午过来，睡一个晚上。他大学学期还没结束，还要兼顾学分，但他还是空出时间风尘仆仆地赶到布林莫尔。我还记得那天下午当我朝窗外瞥了一眼的时候看到艾弗里在转来转去。他戴着一顶熊猫宝贝的冬帽。哦，我真的太爱他了，尤其在这个时候。在你快要失去他们的时候你才会更懂得珍惜你孩子们的生命。他们随时都会走掉的事实总是摆在我的面前。这顶熊猫帽，其实是给小孩子戴的，引来了每个看到他的人的阵阵笑声。

每个周五晚上，在帮泰勒盖好被子后，艾弗里和我都会出去吃点东西。经常我一连几天都是在月桂区的房间里吃盒饭，能够出去吃点新鲜美味的东西也算犒劳自己一下。我们在当地找到了一家很棒的泰国餐馆。第一次进去的时候，艾弗里穿着运动裤，我穿着牛仔裤和T恤衫。这家餐馆装修得很精致，但是我们选择它是因为我们真的很想吃泰国菜。当我们走进餐厅的时候，我们立刻和服务员致歉因为我们穿得太休闲了，同时解释我们刚刚在医院探望家人，所以想要穿着尽量舒适一些。餐厅的工作人员纷纷表示理解，尽管很多桌的客人都穿着很正式。我们享受了美味的食物，同时在店外还分享了芒果甜点和一份椰子冰淇淋。如果我和你说这是我吃过的最棒的食物，我没有开玩笑。有时候我们会尝试其他餐馆，但是那间泰国餐厅迅速成为了我们最喜欢的地方。餐厅的老板和工作人员一直对我们非常热情和友好。有时候，他们会免费送给我们一个开胃小菜或者一勺额外的冰淇淋。

晚餐过后，我们回到房间里，聊天或者坐着一起看电视。这段时间我和艾弗里的关系更加亲密了。他比我想象的更加成熟，对我来说也是很好的依靠。我的三个儿子从来没有见我哭得如此频繁。谢天谢地他们还能忍受我的眼泪。我也很感激艾弗里的拥抱。这些拥抱里总是充满着力量，我非常感谢。日复一日我的感情很难控制，我需要一个安全的地方可以倾诉。和时间或者倾听相比，艾弗里经常给我的礼物之一，就是他愿意把脸书上的更新和我分享。我真心觉得从另外一个角度看事情对我而言非常重要。1月4号，当艾弗里过完周末离开的时候，他在脸书上写道：

我最近都没有怎么更新泰勒的情况，因为很难找到准确的词语来描述现在的状况，不是太乐观就是太悲观。泰勒处于第四阶段，已经开始能够做更多的事情了。他已经开始进食少量的东西，但是所吃的都是一些土豆泥或者其他类似的食物。重要的是这些东西都不需要经过咀嚼可以直接吞下。理疗师需要在他尝试更大块的食物之前确保他的吞咽功能正常。

泰勒的物理治疗进展很顺利，但是过程非常缓慢。他现在在试图重新掌握平衡，学习走路，但是由于完全不能控制左边的身体而受到影响。泰勒已经开口说话了，但是他的语调和过去我们熟悉的完全不同。

他说的话有些能听懂，有些则完全不明白意思（至少对我们而言，也许在泰勒心里意思再清楚不过了）。他那独有的幽默感还是没有失去，过去几周我们略有体会。在我还有其他见过他的人心里我们知道"他回来了"。

泰勒的记忆还算完整，只是有时候需要一些提醒。医院的医护人员建议我们可以向泰勒重新介绍亲朋好友，因为他们都是泰勒生命中最重要的存在——既然他那么想要记住他们。

有时候泰勒看上去很不安或者看到某人特别开心（他的表情

就好像快要哭了，但实际上他没办法这么做）。下次如果你想要见到他，记住这和上学放假回家或者是野外旅行交流完全不同。它会让你揪心，但是如果你为了泰勒可以足够坚强，那就是他现在最需要的。

回头想想，我觉得如果要艾弗里把自己内心全部的感受袒露出来，那他可能只会简单地写着："有人知道我有多想念哥哥吗？有人明白这有多么艰难和恐怖吗？"

但是这些话语要说出来或者承认实在太痛苦了，更不用说要和其他人分享。所以艾弗里做了一件大家都准备去做的事情——画了一张其他人可以看得懂或者说最容易让大家理解的画。我们家里的人对于戏剧的东西都没有天分，我们不需要创造任何戏剧，事实就是这样的，我们不需要做任何的融合或者编造。我们的情感就像是过山车，而这种情感很少会有好的方面。

当周末结束的时候，我妈妈过来布林莫尔了。我们计划一起待一阵子，花些时间陪泰勒。我的妈妈希望她可以帮我减轻点压力，但是事情总是变化得很快。我们都知道泰勒马上需要进行骨瓣替换手术，但具体的时间还没有安排出来。我的妈妈是周一过来的，周二的时候我们得知手术安排在这周四。

妈妈最后一次见到泰勒是在他被布林莫尔接收的那个晚上。那时候他最多只能睁眼不到几秒钟的时间，而且完全没有反应。这次当她走进来的时候，他坐在轮椅上准备迎接一天的开始。我们把他推到餐厅，我说："泰勒，你记得这是谁吗？"他回答说："来。"然后停住了，我试图提醒他："奶。"他想起来了回答说："奶奶。"这个瞬间我妈妈至今还记得。考虑到泰勒之前的状况，再看到现在的进步,她太高兴了,但是还是有些悲伤。这是我们很多人都曾陷入的矛盾状态。我们如此想念我们深爱的熟知的人原来的样子,同时看到他有一部分恢复过来我们又感到如释重负。

泰勒和其他人的交流顶多马马虎虎。如果你看过他之前的样子,那看到现在的他你会感到安慰,但也只是短暂的瞬间。有一个概念我们一直很难理解,那就是泰勒不懂得你很想念他。他不知道周围发生的一切,他地狱般的处境,以及他深爱的大家所遭受的痛苦。

我妈妈到的那天,事情开始变得有点措手不及。基辛格的团队希望手术可以在 2013 年 2 月 7 号周四进行。我们正在和好几家保险公司谈判,中间的流程审批遇到了些困难。泰勒工作时候的保险已经被终止了,所以换成了我的雇主这边的保险。在过去十周里我一直在催促我的保险公司。为了泰勒追着加快流程的进展是一件非常费劲的任务。这意味着需要与不同的人员反复沟通,而我是所有这些交流沟通的中心。我负责把信息从 A 点传达到 B 点。

关于账单和医护人员的行程安排我打了无数通电话,我感觉自己不是一个患者的母亲,而是医院和保险公司的雇员。我一直在打电话,来来回回,反反复复,处理所有的拒绝和挫折。医院的团队想要尽快给手术确定时间表。为了处理这个,结算部门必须知道钱是会付给谁。我必须及时确保所有的安排都顺利进行,如果没有,那泰勒的治疗就会有问题。

支出的费用堆积如山令我们不堪重负,所以除非万不得已我不愿意给大家增加额外的负担。我曾经被要求签署了一份准予函，上面说如果出于某种原因新的保险没办法赔付，我们就需要自己承担所有的花费，算上去一共得有几千美金。我们面对各种各样的条款和滑稽可笑的问题。某一天一大早，我发了一大通脾气，我的妈妈在旁边站着，目睹了一切。我正在用固定电话给布林莫尔打电话，并在电脑上查找一些关于保险单的问题。电话那头的女士和我说我必须准备再通过另一轮的考验，当她把这个信息披露给我的时候，我把电脑一下子扔到了小房间里。我感觉自己就像潘趣和朱迪秀里面的一个木偶，难堪极了。关于我情感的爆发妈妈说："释放总比憋在心里好。"幸运的是，电脑还好没有摔在地上，它掉在了床上。

我一直坚信就算所有相关程序和步骤都通过了审批，也还有很多其他问题，比如救护车运输，凯斯需要请一天假等等，这些也都需要计划。我觉得自己快疯了，这感觉就像要把拼图的每一片都找出来然后放到合适的地方。

我们在尽全力跟上事情的进展。妈妈和我个人的计划都要放一放了。那天当我们计划好准备动身做手术的时候，泰勒比以往都更加的活泼。他脸上的笑容看上去好像是发自内心的。看到现在的他和"过去的泰勒"如此相像，这让我非常害怕把他送到手术室里。他在进步，我不希望他有一丝一毫的退步。对于即将产生的结果有各种各样的理论，但是神经外科医生塔加特医生，和康复中心的其他工作人员都一起鼓励着我们。相似的情况他们经历过很多，总体来说从手术室里出来的人都有所改善。

泰勒的手术之所以这么重要是因为头骨对他的大脑起到了保

护作用，这就好像武士的盔甲。它可以把所有东西包含进去，同时某种程度上保护里面的软组织。一旦泰勒的骨瓣好了，他大脑的实体结构会更接近他原来应该的样子。

十一点的时候终于传来了最终的消息，保险公司最终通过了手术审批。那时候是周三快接近中午的时候，泰勒在约瑟的陪伴下，在下午晚些时候被推上了救护车。约瑟是泰勒的老朋友了。泰勒和他每天都有很多交流，我知道约瑟可以好好照顾他。妈妈和我自己开着车跟在救护车后面。

2月7号周四的时候，泰勒需要进行头颅造型术和骨瓣植入手术。塔加特医生是主刀医生。医学辞典里关于头颅造型术的解释是，针对头颅缺陷或畸形的一次修复手术。在这种情况下，泰勒需要重新接上那晚坠落后被冰冻起来的头骨。首先将这片骨头放在正确的位置，然后外科医生会用微型骨钉将它和周围的骨头连接起来。连接完成后，向后折叠的大片骨瓣会被缝合起来。

塔加特医生是一位有爱心、有经验且有技巧的神经外科医生。她一直关注着泰勒的情况，并表示很高兴有机会替他治疗。

这台手术有很多显而易见的风险和担忧，最主要的一个是泰勒的身体可能会对骨瓣产生排异反应。医生们和我们解释说，这种可能性虽然不常见，但也有一定的发生概率。从现在开始，我们必须把所有的担心放下。换骨瓣并非可以选择的手术。最好的办法是用泰勒自己的骨瓣而不是假体。

最让我难熬的事情之一就是想到泰勒即将接受又一次的开颅。他之前的刀口还没有完全愈合，脑袋上刚长出的一些碎碎的头发现在又要被剃掉了。我依然记得那些缝线，那些钉子，以及那种痛苦。我很害怕。我害怕现在的泰勒会知道发生的一切,并且能够感受到疼痛。我害怕任何可能产生的错误。我害怕泰勒会拒绝必须要做的一切,我不想让他更加迷茫。

妈妈和我晚上就待在离医院只有几英里的酒店里。晚上大概十一点我们才回到酒店,第二天早上五点半又要赶去医院。和往常一样,我泡了一个长长的热水澡。凯斯早上就会赶过来,在泰勒手术之前他和我都会一起陪着泰勒。泰勒醒了而且很清醒,但对于发生的一切还不是很清楚。他没有焦虑不安也没有害怕恐惧,他只是简单地接受着医院人员和他解释的一切。由于他的沟通能力有限,所以比起他来说,我们感到更多的恐惧和担忧。

手术进行得很顺利。虽然比预期的要久一些,但是塔加特医生对结果很满意。看到浮肿、一脸迷茫的泰勒虽然让人不舒服,但总而言之,我们都感觉这个过程是成功的。就在泰勒事故之后,他的头曾肿得有篮球那么大……谢天谢地这次没有肿得那么厉害。接下来的几天,泰勒都是昏昏沉沉的,只有少数时间是清醒的。他服用了很多镇静剂,还有更大剂量抗癫痫的药物,这些都会让他昏昏欲睡。在术后第五天,他和我都回到了布林莫尔。

克里斯汀在等着我们,当看到泰勒的脸还是肿着的时候她很担心。他的眼睛太肿了,几乎都快睁不开了。但是比起在医院,在康复中心泰勒的心情更加放松,很明显在布林莫尔他感到更加舒适。这里对他而言很熟悉,对我来说就是第二个家。我希望这些可以帮助泰勒迅速康复。回到布林莫尔就像走到一间全是好朋友的房间里,被拥抱被理解。

接下来几天里最大的惊喜是泰勒吃了一些魔法杯子的东西，那是一种营养补充品——冷冻的甜点额外加了一些蛋白质。有些东西并没有随着泰勒康复的过程而有所进展，有人认为这是因为他从基辛格医院转到布林莫尔的时间太快了。布林莫尔的工作人员都密切观察着他，我也是。这种细致的观察意味着无论白天还是晚上我都会花更多的时间待在他的身边。他的一个朋友送给他一个超级可爱的迷彩图案的泰迪熊，泰勒把它紧紧地贴在自己肿胀的脸和浮肿的双眼前。虽然担心，但我相信他会没事的。

在回到布林莫尔三天后，我在脸书上写道：

泰勒还在艰难地从一周前的手术里恢复过来。我知道这次手术的量级对我们而言还是未知的。今天当我看着泰勒的时候，我能感觉到那种疲惫。我开始回忆之前他所经受的一切，不仅仅是上一周，还有几个月前。他是一个出色的战士。

那些了解泰勒的人都知道他总是对自己的体能非常自豪。这点上的放弃对他而言会是一种折磨。他还不清楚自己现在身处的状态。

请相信作为泰勒的家人，我们正在竭尽全力用最好的方式让他恢复。一个好朋友对我说，她相信会有一个很好的结局，让所有童话故事都黯然失色。如果真的期盼这样的奇迹，那需要很多很多的辛苦付出。

一天晚上泰勒突然发热，并且持续到了第二天，所以就在泰勒回到布林莫尔的第五天，我们不得不再把他送到基辛格去。一辆救护车负责运送，我再次紧跟在车后面。我的妈妈已经回家了，所以一路上只有詹姆斯·泰勒的歌曲陪伴我。当詹姆斯唱到

"在我心里，我想去加利福尼亚"的时候我笑了。我也希望现在自己可以去加利福尼亚！三个小时的车程变得越来越难熬。我消耗了每一分气力，感觉自己陷入了困境。咖啡因是必需的，如果太过疲劳，我需要可以使我保持清醒的东西。

泰勒到了之后就被送到了急症室。一整晚我们都待在急症室里，因为医院里没有准备好的病床。泰勒和另外八个病人一起安排在一个开放的地方，中间只有蓝色的窗帘相隔。那里很嘈杂，到处都是各种骚乱和吵闹。在这种噪声和一直闪烁的荧光灯下，很难让泰勒的刺激水平尽可能地降低。夜深了，人们不是入院就是回家。我感到很受挫，并和医院的工作人员沟通了一下。印象中泰勒一到就会立刻安排住院，但是在流感高峰期这几乎是不可能的。他还需要接受当班神经科医生的检查，尽管我们知道塔加特医生已经同意他住院了。工作人员明白我的困扰，并且大家都明白为了让沟通更加流畅，同时也需要试着了解另一方的角度和想法。护士已经尽了最大的努力了，和他们发脾气对于事情的有效解决并没有任何帮助。

那天稍晚的时候艾弗里过来陪着我并帮忙处理事件。我们当中必须有一个人时刻陪伴在泰勒左右，因为他被放在轮椅上而不是安全的病床上。早上就在艾弗里要回去学校之前，护士在急症室里找到了一个单人房。他们找来了一个舒适的椅子，公共区域只有一把金属座椅。在艾弗里离开前，我赶紧去喝了一些咖啡，吃了一点燕麦。泰勒因为换了一张更加舒适的床，所以可以好好休息了。我尽量抓紧时间多睡一会儿，但我也就是断断续续一些短暂的小睡罢了。

我们住的房间对面正好就是我们第一次意识到泰勒情况严重性的地方——当时我们坐在房间里面，牧师过来解释说这有可能是我们最后一次见到泰勒了。从某种意义上来说是这样的。泰勒看上去就和坠落那晚的样子很像。

我可以看到穿过大厅的那个空房间，故事从那里开始。靠近它的此刻我胸口感觉仿佛有一块大石头压着。后来那天早晨，我听到一家人哭喊着送别自己的挚爱。门是开着的，我能听到里面的人们在电话里焦急催促着家人和朋友快点赶到医院，因为医疗团队没有办法确保还剩多少时间。他们声音里的悲痛让我想起了第一天晚上我们内心的恐惧和震惊。我不想再看到那个房间了，因为我心里已经去过那儿无数次。终于，特护病房里空出了一个房间，真是让人宽慰了不少。

泰勒接下来几天还是在持续发烧，但是原因一直不清楚。这次的发烧被诊断为"不明原因的发热"。泰勒有过几次癫痫，生理上也有轻微的一些退步。在走路、弯腰和全身运动等方面虽然有了进步，但是在其他方面的进步还是没那么容易。泰勒还是需要时间休养恢复。最幸运的是泰勒在受伤之前身体很结实，这说明他的身体抵抗力还是可以的。

但是现实是残忍的。没日没夜的疲惫，而且在医院如此嘈杂的环境中，我们很难好好休息。我脑海里一直在重复着这句话，"这不是最后的冲刺，这是一场马拉松"。

我知道一定要满足泰勒医疗上的要求，这样他的康复计划才能最大化实现，这点非常重要，但是我十分想念那些熟悉的面庞。我想念护士德纳和克里斯汀。我想念布林莫尔的理疗师们。

总而言之，我想念那种有所进步的感觉。但是基辛格的医护人员对我们也很好，生活因为他们而变得轻松了。其中有一位助理护士，他很年轻，大概三十出头。他做事冷静，并且总是非常愉快。他经常在我出去喝杯咖啡或者透透气的时候提醒我吃点东西，而且一直告诉我就算花点时间做自己的事情也是没问题的。凯斯的兄弟和他们的老婆也会经常来探望，看到他们感觉真好。在这种艰难时刻，他们的出现总是备受欢迎。凯斯最小的弟弟是一名注册护士，所以他会陪着泰勒，给我们一些时间休息。

每一天我都要给布林莫尔打电话，我会试着和克里斯汀或者德纳沟通，我实在非常想念这两位特别的女士。德纳和我一起度过了很多个夜晚。她虽然很忙，但是总是能抽出时间与我沟通交流。德纳有最温暖的笑容和真诚的内心。她总是询问家庭里其他人的情况，关心着我们所有人。最近几天我会把苦闷的时刻和德纳分享，她总能很好地安慰我。在德纳那里我有了安全感，我们像是多年好友。她是那种非常真实的人。每一件事她总是尽心尽力地做好。随着时间的推移，泰勒会让她给自己盖被子，她也很喜欢那些特别的沟通。德纳把泰勒和他的室友亲切地叫作"我的男孩子们"。轮到她值班的时候，你就知道今天会有充满微笑和温暖的陪伴。

德纳对我也是极度地保护。有一天晚上，一个我不认识的泰勒的朋友发来一些让我十分不舒服的短信。德纳一直在安慰我，她帮我去处理这些一点也不恰当的短信，这位"朋友"所做的事情残酷而刻薄。德纳非常有幽默感，她用睿智和幽默平衡发生着的一切。还有一次在和不熟悉的工作人员之间不愉快的沟通后，德纳找到了我。看得出我很不开心，她想弄清楚原因。当我由于气愤掉着眼泪解释所发生的一切时，德纳一直很平静，可靠且专业地听完一切。第二天，护士长安排了和我的一次见面。德纳为了帮助我度过这次危机花了很大力气找到她寻求支持。她不仅关心着泰勒，还在确保我也得到足够的照顾。

六天以后泰勒就回到了布林莫尔。这是两个月里他第四次办理入院手续。由于保险和法律上的问题，我必须重新走完所有的流程。接待顾问把她的推车送到了泰勒的房间里，我们都笑了。

在回去布林莫尔之前，有人告诉了我一些本该是好消息的东西，但是我却完全没有这样的感觉。克里斯汀告诉我，当泰勒回来以后，他会被送到一个不同的病区去。泰勒之前待的地方属于那些身体状况不稳定的病人区域。那些病房有更大的窗户，而且一眼就能看到护士站。但是现在泰勒的气管已经摘除，他可以转到新的病房了。过去几周发生的另外一个改变是泰勒可以使用洗手间了。这个变化也是搬去另外一个房间的原因之一。泰勒还是会有失禁的时候，但是只要他醒着就没问题，他会告诉你什么时候他需要上厕所。

我确信对于这种情况克里斯汀肯定经历过很多次了，但对我们还是头一次。我不想要泰勒搬过去。我不想有一组新的护士来照顾他。我想要这个安全舒适的小窝。我想要熟悉的面庞和声音。我想要约瑟、克里斯汀、布兰恩和德纳。我之前就不喜欢改变，现在这个简直把我吓坏了。新房间只有两个好的地方，一个是每天晚上的散步时间让我认识了许多值晚班的护士。泰勒的新护士是其中唯一一个男性。泰勒很喜欢他，每次路过他那片的时候都很开心。另外一个好的方面是这次的换房说明泰勒进展不错，他已经渐渐地在身体上独立了。

我们把泰勒在新房间里安顿好，头几天他还没有室友，这还算一件好事。一开始几天甚至更长的时间里，我几乎看不到克里斯汀。当我走过她的护士站时，我眼里噙着泪，如鲠在喉。我有点感觉被抛弃了。她是我完完全全无条件信任的可以照顾泰勒的人。原来当我白天不在的时候，她一直都在。她的出现就是一种安慰，我不想让她离开。我很害怕，感到非常受伤。

我知道感到受伤这件事情可能很难理解，但是克里斯汀、德纳还有约瑟都是我们的朋友。约瑟帮泰勒沐浴，他知道泰勒很不耐烦，他知道当他给出信号要上厕所时，那意味着马上。克里斯汀和德纳知道怎么样用一种泰勒可以接受的方式接受依诺肝素的注射。德纳是除了我以外唯一一个给泰勒盖被子的人，其他谁会知道泰勒需要那个呢？她和克里斯汀了解且关爱着泰勒，我不确定其他人是否也可以达到这样的标准。克里斯汀告诉我她大部分的病人都会转给弗里达和尼克，他们会是他的主管护士。她向我保证他们会给泰勒出色的照顾。她提醒我她就在几步之外。对于她的离开我很生气，更重要的是我必须和泰勒待在这里，这让我感到愤怒。

我一遍一遍地告诉自己，泰勒的生命里有那些无法让他们离开的人是件好事，这说明他们都是杰出的人。虽然工作人员并没有纵容我因为离开他们而产生的不满，但他们理解且安慰了我。我想念我的儿子，我想要他回来，彻彻底底完完全全地康复。我不想要再多一分的痛苦或者悲伤。我担心再多一点我就会彻底崩溃。

弗里达明白我的担忧,她试着让所有的沟通都公开透明。泰勒迅速和夜班的护士尼克熟悉起来。泰勒叫他马特,表现得就像老朋友一般。后来我们才知道泰勒实际上把尼克当成了高中时候一位叫马特的朋友。我们一直告诉泰勒这是两个不同的人,这让泰勒感到很困惑,但大多数时候在他心里他认定尼克就是马特。泰勒还会问他关于他的父母和房子的事情。我们没有接他的话茬,但是尼克非常有耐心地解释着他到底是谁。尼克对于我们全家而言就是一份礼物。我把他叫作"晚班的尼克",我很爱他。他富有幽默感,作为一名男同胞,他也很理解泰勒。

在2月末的时候,我们看到了泰勒一些明显的进步。但泰勒还处于认知功能分级的第四级别,没有任何的变化让我们都感到有些挫败。但是在治疗方面却卓有成效,从生理角度来说,他从需要两人最大限度帮助转为两人最少限度帮助。这个定义是就行走,从轮椅上移动,起床上床,以及其他相似的场景变化而言。虽然每一项身体的行动都还是很费力,但是泰勒自己一个人可以承担大部分的工作了。

在言语疗程中,泰勒还是继续着花蜜稠度的饮食,但是可以加入少量的酱汁或者水。他可以一次饮用一盎司的稀释液体。他现在还可以食用一些浓浆,第一餐他吃的就是鱼肉泥和土豆泥。他的理疗师正在尝试往食谱里加一些混合食物,但是还不太成功。

泰勒开始认识和说出一些物体了。他有一些失语症和很多的困惑。失语症是一种语言障碍,是原本可以正常使用语言的人因得病或者受伤后大脑受到损害所造成的。失语症人群遇到的困难包括无法找到正确的词语用来完成说、读或者写。唐娜作为泰勒的言语理疗师需要打破泰勒交流障碍的圈子。她反复提示泰勒对于刚刚他所说的话语进行理解，以及再一次教他如何自己讲话。想法、声音的形成以及所有的一切一起组成了人类复杂的语言。

泰勒受伤的另外一个特征现在已经很明显了，而且很恐怖。泰勒从很早的时候就经常混淆他的弟弟们的名字。他经常使用艾弗里的名字。他会喊艾弗里然后表达他不在周围的失落，但其实他似乎错认了坦纳。

坦纳是三个孩子里最小的一个。他体格健壮，所以泰勒常常喜欢和他聊天。泰勒喜欢观看他每周五晚的足球比赛。泰勒几乎很少错过替坦纳助威的机会。我们经常开玩笑说泰勒把自己的希望都放在坦纳身上了，但是看到泰勒为自己的弟弟感到如此自豪还是很欣慰。他穿着写有坦纳名字和号码的球服，只要可以就喊上自己的好朋友为坦纳和他的团队加油。现在突然间，泰勒好像就只有一个弟弟了，他没办法分辨出艾弗里和坦纳。如果艾弗里不在而坦纳在，泰勒要不然就是无视要不然就直接喊他艾弗里。我们必须不断提醒泰勒坦纳是谁。

第十五章　精英

大约是在2月底和3月初的时候泰勒在说话方面更有表现力了，但是他交流的能力还远远不够。他把一堆东西都叫错了名字或者种类，比方说，他把漱口水叫作"蓝色"，他叫拖鞋"涂写"，有时候当他要吸管的时候他会说要一个"长条"。他的想法需要花很长时间去运行，等待他将所有分散的信息整理好，然后表达出来，所以这经常成为一种耐心的测试。我想这就是为什么一开始他如此频繁地喜欢用中指来交流。当挫败感慢慢积累，就会变成愤怒发泄出来。

泰勒还是稳稳地处于认知功能分级的第四级别，但是有一些新的变化表现出来。我用"稳稳地处于"并不表示我们有多希望他是这样的，这只是对现状的一种描述。第四级别的日子看来没有尽头。看上去就好像他被永远地困在这个阶段了，但是事实上这也只不过才几周的时间。泰勒表现出了更多的心烦意乱、挫败感，以及越来越没有耐心。我们被告知要经过这种混乱的阶段需要几周的时间，还有一种可能就是也许他根本没办法熬过这个阶段。似乎他的内心正在贴近不想要跨过去的想法。

我详细记录了泰勒表现出的特别的举动，并把这些和分级里的级别做了直接的联系。很明显泰勒现在正在试图除去一切束缚或者管子。从正常的语言表达上来说，泰勒已经不再"受约束"了，但是出于安全考虑，还是会有安全带或者其他的工具防止他从轮椅上摔出去或者从床上掉下来。虽然他曾经站起来过，但是他还是没办法找到平衡。而且他花了更多精力在自己的食管上。他还表现出对于疼痛的刺激有过度的反应，这种反应大多数都集中在晚上注射依诺肝素的时候，但有时还会出现在做他个人护理的时候有人"按压太重"导致弄疼他了。他还表现出有好斗行为，与此同时，他的情绪会从极度快乐转到极度敌对，并且没有任何明显的原因。

所有这些行为表现都说明了泰勒的沟通有问题，但是对布林莫尔的医护人员来说这并不陌生。事实上，在和同病区其他家庭交流以及自己的观察后，我发现有很多病人都有相同的行为特征。泰勒的信任等级正在消失，同时不信任的水平越来越高。一些工作比如替泰勒洗澡变得一团糟。尽管约瑟在另外一个病区，但是他还是被安排在泰勒的时间表里，因为他是为数不多的让泰勒有安全感的医护人员之一。如果周末凯斯在的话，泰勒会愿意让他来做这些。医院的规定是病人需要两天一次沐浴，所以对泰勒来说保持这样的频率是很有必要的。

涉及清洁相关的沐浴问题也变得越来越重要。泰勒的伤口很大，看上去和闻起来都有些奇怪。伤口长出了新的红色的东西，不时会有少量的液体溢出。干净的排水是正常的，但是如果液体过多或者有异味的话就要引起注意了。在休息完或者每天早晨的时候，从泰勒的枕头套上可以看到明显的液体溢出的迹象。我们用棉签从溢出的液体里取样，检验结果显示泰勒得了大肠杆菌感染。这个发现说明不仅要外涂还要口服抗生素。细菌感染总会发生。泰勒不清楚自己摸到了什么东西，尽管每天都会定时给他洗手（尤其是上完厕所以后），但是病菌还是会传染到身体其他部位。局部使用的药膏没有让泰勒感觉不适，但是口服的抗生素却让他的胃很不舒服。他还处于正在了解上厕所时身体发出信号的阶段，所以抗生素的使用增加了更多挑战。虽然这次细菌感染的源头并没找到，但是最终所有的迹象都表明已经好了。血液检查也显示细菌已经不在了。

3月6号我在脸书上写道：

认知功能分级还处于漫长的僵持阶段。昨天在和医护团队见过面后，他们也表达了希望看到泰勒越过这个阶段的想法。这个算是急性康复过程中最长的一个阶段了。一天天一周周过去，漫长的时间让我们感到如此难熬。

在我们遇到的众多挑战中，最大最困难的挑战也许是泰勒没有办法理解他发生了什么以及为什么在这里。这意味着我们需要不停地向他解释，他却总是忘记我们的解释，没办法理解。泰勒对于自己的伤势，自己对安全的需求还有目前所处的真实情况都没有概念。

好的方面是，泰勒已经可以吃布丁了，并且现在准备尝试其他的食物。他尝了架子上Handi-Snacks和Jell-O所有口味的布丁。我从来不知道还有冰淇淋三明治、香草巧克力粉以及奶油草莓这些口味。言语理疗师还增加了一些巧克力味的薄荷冰淇淋（没有巧克力），以前这一直是他最喜欢的口味。他还尝了一点点巧克力曲奇饼干屑。泰勒正在尝试更多种类不同材质和稠度的食物。

医生们在一点点拆除泰勒的缝合线。长的伤口区是极度敏感的，所以拆除这个地方的缝合线会让泰勒有痛感。两名医生在其他几位医护人员的帮助下合力一次拆除一些。

最近来看望泰勒的一个朋友给他带来了两样东西。她带了一些芍药花放在房里的玻璃花瓶里。她告诉我之前有一次泰勒是如何送她鲜花只因为他想让她过得开心的。她还带来了一只柔软的招人喜爱的英国斗牛犬玩具。泰勒给它起名为狙击手。

感谢大家对泰勒还有我们全家一直的支持和关心。

我所写的以及和别人分享的文章旨在帮助大家能稍稍了解我们在布林莫尔的生活。但是会有很多我感觉不是那么舒服的分享。当然会有好事发生,过来探访的好朋友都是非常特别的存在,但是每天我们也都会经历非常悲伤的时刻。每一天,那种完全的绝望都存在且在不断增加。我想要也需要人们了解泰勒怎么样,我们怎么样了,但是这并非易事。

当坦纳和凯斯过来的时候,我们必须为泰勒性格里不好的那一面做好准备,他现在就是这么和其他人交流的。坦纳长得很帅气,他标志之一就是一头卷曲的金色头发。坦纳的头发很长,泰勒开始盯着他的长发一直看。当坦纳走进来准备见他的哥哥的时候,泰勒突然向他发火表示厌恶。他用了一系列很难听的词,比如"傻帽""蠢蛋"和"笨蛋",有时候他会说一些更糟糕的词语。泰勒掌握的新的词汇库里有很多骂人的和不恰当的单词。听到他说这些让人感到难过又尴尬。最难受的莫过于尽管泰勒在伤害着坦纳,但是坦纳还是想念着自己的大哥哥,并且尽力想帮助他康复。我感觉有人把我们的心放在了研磨机上——它们本来就已经千疮百孔了,感觉再也不会痊愈了。

泰勒的另外一个坏习惯也养成了。他经常会竖起身子这样他可以出于愤怒而重重地撞击轮椅。他换了一把普通轮椅，可以让他四处闲逛。但是这把轮椅却让他有伤害自己的可能性。不久我就被要求要随时待在泰勒身边不准离开枫叶病房了。

我还清晰地记得有几个晚上自己感觉尤其受伤、惊讶还有尴尬。病房里有一个新的病人看上去进展不错，尤其是和其他人相比较而言。他才十六岁左右，表现却比其他病人更有现实的意识。他老是微笑着和其他人挥手。他会坐在轮椅上四处转转，那样子就像是小镇上的一个镇长候选人。他很健谈而且友善。他的言语温和，说话得体。我认识的大多数病人，当他们一开始在布林莫尔住院的时候，他们说话的能力都不会有这么好。

这个年轻人总是有很多的访客，他们把提供给亲朋好友社交的地方都占满了。我不知道他的身上发生了什么，但我的猜测是和其他同病房里病友相比，他的脑损伤算轻微的。尽管如此，轻度脑损伤还是会改变患者的一生，并且需要治疗。很幸运这个年轻人在医院待的时间并不久。

一天晚上，我正推着泰勒的轮椅走着。他最近的行为举止很奇怪，所以我不能带他走出病区。当我们走过访客区的时候，这个年轻人对我微笑，然后用他的招牌动作挥舞着镇长候选人的双手，给了我一个"你好"的问候。他和泰勒之间的行为形成了鲜明的对比。

那天晚上泰勒的心情很糟糕，所以我试着尽快把他推回房间。他在轮椅上动来动去。我说的动是指他在某个特定的方向阻止我移动轮椅，同时用他的身体和力量向我相反的方向移动。我们那晚不能够离开病区，泰勒一点儿也不喜欢这个规定。

当我们走过年轻的镇长先生以及他周围欢快的人群时，我挥了挥手，努力挤出一个笑容。泰勒开始扭动他的身子想要从轮椅上下来，同时大声叫嚷着："你这个愚蠢的荡妇。你就是个婊子，一个丑陋的臭不要脸的荡妇。"我们匆忙走过人群，泪水挂在我的脸上。尼克就在旁边，我对他说："对其他人来说这很美好，但对我们来说不是。"我喜爱尼克的原因之一在于他总是提醒我泰勒有我这样的妈妈是非常幸运的。他告诉我他有多么喜欢和我的家人待在一起，他也很清楚眼前这个年轻人不是泰勒原本的样子。在泰勒结束了口中的谩骂后，尼克鼓励我今天晚上出去转转，我同意了。我的内心有一种日益增加的担心，那就是这个阶段不会结束。我的内心受到很大的打击，但是我还没有准备让其他人看到。

我一走出医院，就给凯斯打了电话哭诉。我告诉他泰勒的表现越来越离谱，我感觉自己快承受不住了。我想要逃跑。我想有人可以治好我儿子破损的大脑和我破碎的内心。我把自己所有的爱和一切都给了泰勒，但是他却对我恶语相加，我知道之前的他是绝对不会这么做的。离开不是办法，但是留下来却是如地狱般的煎熬。凯斯让我做一些可以让自己熬过这阵子的事情。

如果泰勒继续恨我怎么办？如果他继续恨坦纳呢？如果到最后他憎恨所有人所有事情呢？

第二天晚上我在帮助泰勒上厕所。那时候，我已经学会安全地把泰勒从A地点移到B地点了。当泰勒说要上厕所的时候，那意味着没有什么等待的时间了。有时候，泰勒其实不是真的想上厕所……他只是想起来，离开轮椅。我不能让他单独行动，但是整夜坐着对他来说太困难了。当我把他刚放到厕所马桶上时他发怒了。他不停地咒骂和喊叫着，然后叫嚷着一些我完全听不懂的话。突然，他停了下来。他就那么直勾勾地盯着我，我看到他眼里有东西在闪烁。他朝四周看了看，我知道他压根儿不清楚自己在哪里，为什么在这里，或者他的身边究竟发生了什么。他害怕了。泰勒坐在马桶上，我蹲下来看着他，问道："泰勒，你害怕吗？"他点着头，代表"是"。我告诉他他在一个安全的地方，我会一直陪着他，他不需要害怕。他冷静了下来——就那在一瞬间，我感觉自己终于和他有了沟通。我尽全力抱住了他，尽管我们所处的地方有些尴尬和不便。他深吸了一口气，我的泪水无声地落下，我轻声说道："我也很害怕。我害怕你再也不回来了。"

我感觉自己仿佛正在观看有关别人生活的一部电影，这个生活绝对不是我的。我的儿子在这里，或者说他的身体在这里。但即使这也已经改变了。他走路的方式不同，说话的方式不同，就连音调都变了。他的头骨下陷，他的笑容僵硬，眼睛里的光亮，曾经有过的闪烁和火花，都消失不见了。但是他还是泰勒——他是一个全新的泰勒。我是他的母亲，我知道在内心深处，我的存在某种意义上对他至关重要。

我和我二十二岁的儿子站在洗手间里，他需要别人的帮助才能上厕所。上完了以后他没办法自己清洁，需要有人帮他洗手。当他开始洗手的时候，擦肥皂这个动作在他手里就要重复几分钟。然后他也许还想再重复一次又一次。由于经常清洗他的手已经皲裂了。我们怎么走到这一步的？我们可以回家吗？

有一阵子我们越来越觉得仿佛在一点一滴地失去泰勒。看到泰勒独自一人在某个离现实非常遥远的世界，分不清什么是真实存在的，这让人备受煎熬。他的脑子里是有明确的活动，但那看上去是一堆不同的东西，当组合在一起时就是一种混乱。它就像是一个冗长复杂的代数方程，太难解开了。

那个周末我回了趟家，凯斯赶来布林莫尔陪泰勒。前一周的时候，泰勒在电话里哀求凯斯过来把他带回家。每天晚上，电话里的主要内容就是凯斯什么时候会过来，以及泰勒是不是可以和他一起回家。有时候，泰勒会请求我带他回家。当这个不奏效的时候，他会求我不要离开他。有些夜晚他会变得非常暴躁和挫败。我知道我需要离开一阵子让他可以平静下来，但离开他并不是一件容易的事情。

泰勒对我发脾气是因为我不能把他带回家，现在他的爸爸也说不可以了。当我离开的那个周末，泰勒的两个朋友过来看望他，但是这次探望并不顺利。泰勒很高兴看到他的朋友们，但是他还是一心扑在回家这件事情上。泰勒的行为难以预测，从高兴到生气的波动没有任何明显的预兆或者缘由。

既然凯斯明确告诉他回去是不可能的，泰勒开始尝试说服他的朋友们带他回去。凯斯一直都密切关注着泰勒对于朋友们离开的反应。朋友们一走凯斯就把他带回了房间。当泰勒反应过来谁都不会把他送回家后，他开始挥手去打凯斯，击打他的下颌。凯斯的反应很快，但即便如此还是会感到痛，更重要的是，它伤到了凯斯的心。我们都很爱泰勒，给他我们所有的呵护，现在他似乎正处于一种经常性的恼怒和挫折感中。

这种不当的行为还在进行着，我们不得不对泰勒的访客进行了严格的限定。没有任何征兆，泰勒会变得有敌意，有时候甚至暴力。这一康复阶段简直是噩梦中的噩梦。我祈祷着我们可以早点醒过来。这是最难以逾越的障碍，因为一切似乎都没有尽头。当看望泰勒的时候人们根本无从得知他们会遇到什么状况，他情绪的波动都处于脑损伤和康复阶段"正常"的表现，但是他的行为举止却非常粗鲁，经常让人为难。我们同时也知道泰勒会对自己的行为感到羞耻难堪。

这种情况一天天持续上演。又有一次，泰勒开始发怒并且失去控制，我尝试着在离开前把他送去床上安顿好。情况变得棘手，泰勒拥有的一丁点的自控正在瓦解。我天真地试图想要和他商量："没关系，小伙子，咱们冷静下来。"我靠在床上试图把他拉过来，但是当我这么做的时候，他狠狠地踢了我的肚子一下，同时把他能拿到的东西都朝我的方向扔过来。幸运的是，他只有一条腿有劲，而且还受了伤。那晚有一个很好的护士陪着他，她给我上了重要的一课。好几个人过来把泰勒放在床上，开始试图让他冷静下来。我最好是离开泰勒一会儿，但是他还是很不稳定，把他突然放在那里不管就离开一点也不安全。他还是很害怕，这个想法让我很为难。

那个我记得叫作玛丽的护士，那晚对我来说就如天使一般。我试着离开这里但是却一步也跨不出去。泰勒会没事吗？他能冷静下来吗？他的愤怒会伤害到自己吗？

玛丽和我解释我们现在看到的泰勒都处于他康复过程的一部分。他这种激进的行为是大脑正在痊愈的不同的地方产生的。争斗总比沉默要好，挫折总比没有情感要好。她答应我工作人员不会根据这种情况来觉得他们是否"喜欢"一个病人。他们知道泰勒的内心深处还是那个摔倒之前的人，那个人还属于他的一部分。

玛丽告诉我，我需要考虑减少晚上陪伴泰勒的时间。她建议我早一个小时或者只要泰勒开始表现出不耐烦的时候就离开。她还建议我可以开始记录下日子。从现在开始，她感觉还要十四天泰勒就可以度过这个看上去愤怒不已的阶段。我听了她的话并且很相信她。她抱了抱我，我紧紧抱着她，告诉自己会没事的，会有人照顾泰勒的。玛丽知道我很了解泰勒。她确认作为母亲，我很了解我的儿子。但同时她也帮助我，让我知道她很了解脑损伤。这个布林莫尔最优秀的员工使用了一种饱含爱心和同情的方式。和说教的方式不同，他们和你沟通交流。他们让你可以说说患者的情况，反过来，你也需要学习关于脑损伤的内容，以及它对于你所爱的人的影响。

那天晚上玛丽给了我一个非常宝贵的意见。她解释说在她和脑损伤幸存者相处的经验里，如果把身边的刺激源移除通常可以安稳他们的焦躁情绪。作为泰勒那晚的护士，她把所有的灯都关了。医护人员把泰勒放在房间黑暗的一角并且保持绝对的安静。然后泰勒自己就平静了下来。这种移除刺激源的做法后来一次次被验证非常有效。即便在尼克不当班我感到很焦虑的情况下，玛丽都是陪伴泰勒的最佳人选。她有耐心，冷静，有理解力并且非常聪明。

我每天还是会看望泰勒，但是降低了频率，而且我待的时间也缩短了。在白天，当他准备好休息或者吃饭的时候我会尽量不过去。那些时候他看上去更加放松。在午睡前他喜欢我轻轻地揉着他的背或者就坐在他的身边。我为泰勒感到心碎。我感觉他有点像被关在笼子里的发疯的动物。晚上一开始泰勒总是很高兴见到我,但是之后的某段时间里,他会开始失控。当我决定离开的时候,他又会祈求我留下来。这真是太可怕了。尼克总是好心提醒我私人空间是很重要的。他希望我保护好自己,并且履行了好好照顾泰勒的承诺。

还有一些其他的事情需要调整。比如说,泰勒开始对陪他上厕所的人非常挑剔。只有尼克、约瑟和另一个他认识的男性可以帮他上厕所。有一些女护士即使他真的非常信任,但通常他都不想接受她们的帮助。当泰勒不喜欢某个人的时候,只要可以都会迅速换人。医护人员更清楚需要遵从他们个人的喜好。他很喜欢一个名叫布里奇特来自牙买加的助手,她很温暖而且心地善良。布里奇特有着最漂亮的黑色皮肤,她的笑容仿佛是照射灵魂深处的灯塔。她轻柔的魔力般的口音让我想在临睡前听听她讲故事。

几英尺之外就能够听到布里奇特那充满欢乐的笑声。这笑声一听就是发自心底的。布里奇特很多晚都是泰勒的看护,也就是说她也是我的看护。泰勒被安排一对一的人员配置,也就是说总会有人陪着我们。布里奇特看到过泰勒最好和最坏的一面,她身上的某种特质深深吸引着他。

布里奇特有一种母亲般的慈爱,但同时她也有威严的一面。她会用一种不容置疑的声音说:"现在泰勒,你不准和你的妈妈那样说话。"他会听她的话,我感觉自己好像有了一个大姐姐。

一天晚上，泰勒睡着了，当我离开的时候布里奇特过来坐在他身旁。当我经过时，她叫住了我，用手臂圈住我说："我为你和你的家人感到心碎。"我们大多数的谈话都是关于牙买加，她的家乡或者一些她做的美食，但是在那一刻，她让我知道她是我的朋友。

布里奇特并不是布林莫尔唯一的天使。还有一位叫作特弗雷的很棒的男士，他和我的父亲特别像。他意志坚定，开朗乐观。还有一名年轻的女孩叫瑞切尔，她的脾气非常好，总是轻声细语，但是总能恰到好处地提醒泰勒。她是周围人的开心果。还有那些每个夜晚我们都偶遇的无数的工作人员，每个人总是打着招呼，他们单纯的友好就已经能够让我的世界多些温暖。

布林莫尔康复医院的日日夜夜在我面前打开了一个新的世界。大多数和我们一起的病人还有他们的家属每天所经历的一切简直就是"情感过山车"的活生生的缩影。一个人可以上一秒还对生活充满希望，但接下来就体会到了巨大的挫败感。当你面对每天的挑战时，就会体会到那种始终存在的焦虑和迫在眉睫的恐惧。在康复中心强大的爱和极度的痛苦并存。我和我的朋友们一起悲恸一同庆祝。

大多数周日、周一、周二、周三还有周四晚上我都是和泰勒独自在布林莫尔度过。白天我也会过来看望他。泰勒正在痊愈中，无论是身体还是内心都在接受最全面的照顾。我从来不愿意回顾一天里发生的事情和涉及的一切。我的生活和经历很难用言语描述出来。我身处的世界全是心碎的家庭，痛苦中受折磨的病人，茫然的孩子们，还有疲惫不堪的伴侣。我亲眼见过那些得知自己所爱的人的保险用完，他们在康复中心的时间快接近尾声时的人脸上的恐惧。我看过一些家庭，他们日复一日看不到一点进步，一点进展和一点提高。我见过一些妈妈，她们用尽全部的气力想要记起自己美丽的孩子们的名字，但是不是记不住就是她们的大脑不允许她们叫出这些名字。有好事发生，同样也有很多痛苦不堪的事情。

在这些事故和事件中有很多种关系：母亲和父亲、手足、孩子、朋友和亲戚。甚至还会把自己的小狗带过来看望。对于那些在布林莫尔待了数周、数月的人来说，我们建立了一种关系。我们每个人都有不同的恐惧，不同的故事，最终，不同的结局，但是我们都有相同的联系。我们变得像家人一般。医护人员也是我们的家人。他们是理性、安慰和安心之声。就像艾弗里说的，当"我们的内心破碎一地时"，他们帮我们愈合。我们因为未知的状况相遇，心里都清楚当我们感到孤独的时候，我们还有彼此。

泰勒在这个阶段的进展并不如我期望的那么快，但是我有能力接受这些，因为我爱他，我也知道其他人也爱他。

第十六章　无处可逃

在理解一个受损伤的大脑之前，我们需要对健康的大脑以及它如何运作有一定的认识。韦氏词典里把大脑定义为身体最顶部用来控制功能、行为、感觉和想法的器官。

大脑是人体中最复杂的部分。这个重达三磅的器官是智力所在，感官的诠释，全身动作的引发者和行为的控制者。它被包裹于骨壳之中，周围是起到保护作用的液体，大脑是决定我们人类属性的源泉。大脑就是人体镶在皇冠上的宝石。

大脑是由神经细胞构成的，被称之为神经元。每个人出生时都有着大致相同的神经细胞，但是一个被广泛接受的理论认为，这些神经元一旦破坏就无法修复了。神经元构成了神经束贯穿一个人的大脑，这些神经束还可以通过传达信息让我们的身体进行不同的动作。

如果把人体想象成一个管弦乐队，那大脑就是它的指挥官。它要指挥的"部门"很多，但是一切都必须井然有序，这样身体和心灵才可以按照本能共同协作。大脑通过给我们身体的其他部位发送信号进而控制我们的身体。由于大脑的作用，我们可以眨眼，我们知道如何阅读和书写，如何说话，并且理解我们生活的这个世界。我们的大脑就是围绕在我们身边的所有感官刺激的处理器。

大脑同时还是我们身体所有系统的调节者，它监控着我们的呼吸、心率、体温、新陈代谢、思维过程、行为、个性、感官知觉、语言能力以及许许多多的事情。大脑的每一个部分都是简单和复杂功能的指挥者。为了让音乐被读取，理解和演奏，所有的乐器必须协调一致，而这个负责指挥的人要懂得如何演奏。对于那些大脑哪怕只有轻微或些许损伤的人来说，他们"管弦乐队"的很多乐器都不能协调一致（某种意义来说），所以对演奏水平有所影响。

泰勒的伤势主要影响了他大脑的三个地方：左半球、右半球以及额叶。受伤最严重的部位是他的右半球，但是其他部分也有或多或少不同程度的损伤。对于大脑而言任何程度的伤害都是危险的。当泰勒从昏迷中苏醒后处于微意识状态时，对我们而言他就像一个陌生人一样。这个人无论是思维过程还是情绪感知都有极大的不足和缺陷。这个人和坠落之前我们认识的泰勒迥然不同。

这种转变出现在各种各样可以辨认的方面。当我在搜索左半球或者右半球受伤的通常表现时，我发现简直就是在描述泰勒的情况，这一点很有趣。左半球除了明显的身体变化之外影响最多的就是逻辑思维。

逻辑思维的影响是说和泰勒讲道理极富挑战。比方说，如果他去完厕所，戴着安全帽回到轮椅上，五分钟之内他会坚持要再去上一次厕所。很难和泰勒解释他已经去过一趟厕所了，他的膀胱几乎不可能在这么短的时间内变满。他无法理解如果刚刚排空了膀胱，那么就没有东西可以排出来这个逻辑。他做过不止一次尿路感染的检查，因为他老是要求去上厕所，如果我们让他等一下，他就会变得非常焦躁。我们开始把他上厕所的频率缩减到十五分钟一次，接着是半小时。把泰勒从轮椅上扶进扶出也是非常耗时间的，如果碰巧他在病区外面，我们就不得不坐电梯回去，找到医护人员，然后带着他去他其实并不需要去的厕所。

泰勒同时还在经历着沮丧和不安。这种情感的组合即便看上去不明显，但是确实存在的。沮丧很难去判断，但是不安的情绪却从他的行为举止可以看出来。这些特征需要通过药物控制，包括依他普伦、卓乐定和布斯哌隆。这些药物没办法根治，但是可以让这些症状得到缓解。另外一个治疗的途径就是彻底解决它们。泰勒一周有好几次会花半个小时和波拉克医生待在一起，波拉克医生是一位杰出的神经心理学家。她会帮助泰勒尽量理解已经发生的一切。她还会考虑在坠落之前泰勒对于生活的想法是什么样的。因为那个人还存在于泰勒身上。问题包括：在坠落前泰勒开心吗？他的生活正在经历好的还是不好的？在个人生活和职业选择上他的追求是什么？他对自我的认识是怎么样的？在事故之前他又会如何评价自己呢？这些问题的答案至关重要，因为当泰勒对自己的处境越来越清楚时，他同时也会表达更多的情感。泰勒精神和情绪状况的拼图需要用仅有的可以认知的情感来拼凑完整。

波拉克医生在我们生活里扮演着重要的角色。她帮助我们更多地学习和了解脑损伤以及它对我们每个人的影响。我们不拒绝承认泰勒的受伤对我们个人产生的负面影响。因为我们即便看不到它，但是我们还是可以感觉到自己沉陷其中。波拉克医生不仅仅负责泰勒的一切，她还照料我们一家人。我发现有波拉克医生在身边会感到安心，我总是可以向她倾诉。她有多年和类似我们处境的家庭打交道的经验，而且她明白我们感觉到不自然的东西实际上就是像我们这样的家庭的特征。

我和波拉克医生讨论的有些重要话题对其他人难以启齿。对于泰勒发生的一切我有很多愧疚。作为他的母亲，我觉得这应该是我的责任——去保护他免于遭受像这样绝望的伤势，他之前的整个人生都曾处于我的守护之下。

我发现时不时我就会被困于一系列问题中难以自拔：这场事故是我的错吗？我是不是本可以避免这场坠落的？我为什么没有察觉到这一切？这一切是怎么发生的？上帝是憎恨我的对吗？我们是在遭受惩罚吗？就像我之前提及的，人们会对我们发表一些看法，比如"凡事皆有因""上帝不会强加于我们"。这些话，让我觉得是因为我做的事情才让这次灾难降临到泰勒身上。这是一种巨大的、沉重的、让人毛骨悚然的负担。大多数时候我都能够用逻辑和现实来平衡自己的情感，但有时候我无能为力。把这种挫败感和波拉克医生分享后，她给了我宽慰和舒心，她告诉我的不仅仅是关于泰勒是谁，还有我是谁以及作为一家人的我们是谁。

波拉克医生会和泰勒待在一起，了解他渐渐表露出的真实情感。研究这个阶段的泰勒非常重要。泰勒可以了解最简单的情感，但是让他抓住根源所在或者试图加以理解都是不可能的。有一次他悄悄告诉凯斯他希望爸爸可以把他的手枪带到康复中心来，这样就可以打他了。他对凯斯说："爸爸，就对着我开枪。"这个事情让凯斯瞬间清醒，并且吓了他一跳。泰勒对于所有发生在他身上的事有什么感觉？对于这些已经成为他生活一部分的感觉他能够适应吗？

　　右侧大脑的损伤同样也是巨大的。负面影响之一就是泰勒总是认为康复中心的某个人是他以前在家里的熟人，但泰勒记不起熟人的名字，又很困惑……而我们根本不清楚发生了什么。视觉记忆障碍一个最明显的例子就是他把护士尼克认定为老家一个叫作马特的朋友。因为泰勒的这种混淆对我们说过，所以至少我们明白。但是有时候，他会描述他很熟悉的两个人，然后想着为什么他们对他不友善或者不经常和他讲话。他把唐娜，他的言语治疗师，误认为他好朋友布雷特的妈妈。他还把病房里天天见到的另外一名医护人员看成了另外一个朋友的妈妈。他不记得这些女士的名字了——珍妮特和迪，这些都是他认识了好几年的人，但是在他的混沌世界里，他认为这些人每天都从他身边走过，对他不予理睬。一想到他在经历着失落和混乱就让我很难过。在现实世界里，这些女士从来没有忽略过他，但是他的脑海中却不是这样的。几周来他一直没有把这种混乱的状态告诉我们，所以我们一直不知道它的存在。

　　泰勒对自己生理缺陷的意识也在减少。他不知道自己没办法走路或者身体的左侧基本无法行动就好像睡着了一样。他认为自己和以前一样，我们必须一遍又一遍地告诉他，他曾经发生过事故，现在他在医院里。要把这些话不断地重复给他听，看到并体会他的反应是一件很痛苦的事情。

　　泰勒面临着多项挑战。这些挑战包括但不限于：思考速度的迟缓，混乱，无法集中注意力，精神疲劳以及在所有区域里认知技能的受损。如果你问泰勒一个问题，你需要给他足够的时间才能得到答复。比如说，这种说法就是不明智的，"你饿了吗？你想吃什么？"一次超过一个问题对他而言太多。在提出一个问题之后，你必须给他足够的时间去思考运行，然后才能提出第二个问题。你必须说，"你饿了吗？"然后等几秒钟看看他有没有回答。有时候同样的问题需要再问一遍。如果把泰勒的脑袋比作一台旧式的运行缓慢的计算机，那就容易理解多了。有时候我在问完一个问题之后甚至会自己倒数几秒钟，这样能够保证我给了他足够多的时间。

泰勒在很多自己理解的事情上缺乏表达能力。他能看到周围的病友并且知道他们不是生病了就是受伤了，但是他并不清楚伤势的严重程度。他还是认为自己"很好"。在泰勒的脑子里还没有他已经严重受伤的意识。泰勒就像是在思考："我知道他们为什么在这里，但是我为什么呢？"

有一天，泰勒的室友听到他对我并不是特别友好，当泰勒去上厕所的时候他室友对我说："你应该走的。如果我那样和我妈妈说话，她绝对不会待在这里！"很明显泰勒已经把这个人惹毛了。事实上，我越来越担心泰勒的安全，并且和护士商量了一下。我亲眼目睹过泰勒生气时的样子，而泰勒现在成为这个人不屑的对象让我很担心。这个室友会牙关紧闭，用一副怒气冲冲的样子，神情紧张地盯着泰勒。通常当泰勒说话的时候，他会不停翻着白眼或者发出愤怒的叹息声。

病床上都会配有传感报警器，一旦病人发生了什么问题，就会发出尖锐的警报声，然后医护人员会赶过来。虽然泰勒并没有处于紧迫的危险中，但是保护的本能还是驱使着我。泰勒的室友，一名几周前意气风发的电脑工程师突然大脑出了问题，但一看就知道是一个非常聪明的人。他的母亲沉默不语，一直处于自己的悲恸之中。我们只聊过几次，我告诉她在哪里可以找到自助洗衣店和比较好的餐厅。当我们离开病区的那天，她向我坦白："我儿子告诉你你儿子不应该和你那样讲话真是太讽刺了。就在上周他还对我大吼大叫！"我们都笑了。对于这样一位不善言语的妈妈来说，这样的坦白太难了。我知道她还处于一件痛苦事情的开头。他的儿子由于大脑的偶发故障搬来布林莫尔才不到一个星期的时间。泰勒和我已经待了超过三个月了。我能看到并且完全理解她的痛苦。

泰勒的康复之路对我而言就是永无止境的压力。我不仅感觉泰勒在情感上渐渐疏远，同时他还陷入内心害怕和愤怒的无限循环中。他的这种混乱让康复进展停滞不前。我按照玛丽的建议，记录下每一天的日子。如果泰勒在特定的时间段里没有能够从这种糟糕的状态里走出来，我会惊慌不已。在那之前，我只有坚信他会走出来的。

有时候，尤其是晚上的时候，我独自一人时会感到孤独和害怕。那个曾经喜欢逗人发笑，特别注意自己的言行的人已经被一个截然不同的人取代了。从泰勒的嘴里和眼睛里就可以看出他对周围的一切都不满意。他对自己的家人没有半点同情，我们忍受着一次次焦虑的冲击。如果想得太多，我就会开始感觉到胸闷，肺部缺氧，心脏仿佛要从胸口跳出来了。我必须让自己保持冷静，让自己安心。我需要学会想一些开心的事情转移自己的注意力。我深吸了好几口气，突然记起几年前我的家庭医生教过我的一个老办法。她告诉我面对压力时，我可以闭上眼睛，让自己安静下来，想象着点燃一支我最喜欢的香薰蜡烛。然后我深吸一口气，闻一闻香薰的味道，尽量慢慢地有意识地吸气，接着，我试着彻底地慢慢呼气，就好像我在吹熄那根蜡烛。这果然奏效了，对于那段很辛苦的日子这是一套简单的应对机制。

有一个周末，凯斯和坦纳没办法过来看我们。艾弗里周五晚上会过来，周六一大早就要赶回去。泰勒正处于情感挫折期的最高峰，所以他的行为会反反复复。那段时间我经常用来形容自己的一个单词就是支离破碎。我甚至感到了绝望。有时候我会对泰勒的行为感到难堪。他会非常冷酷，经常心烦意乱，难以控制。我很担心这样的循环会继续下去，那个"我们的"泰勒会从此不见，被这个缺少逻辑和自控力，完全不顾别人的情感只关心自己所需的人所取代。

那个周末我到当地一个朋友家做客，她也是一名言语病理学家。她带我出去自在地吃了一顿。她听我诉说着各种烦恼，她有一颗宽大的心。后来她和我一起去见了泰勒。因为职业关系她对脑损伤很熟悉，所以对她我很放心。玛丽萨是有着金色头发、娇小身材和甜美笑容的年轻漂亮女孩。她是泰勒两个多年好友的姐姐。泰勒试了好几次才把她的名字说对，我们一起帮忙，但是后来他说了一些很好笑的事情。当探访快要结束的时候，我问泰勒他有没有什么话需要玛丽萨转达给她的两个弟弟。他眨了眨眼，笑了一下，看着玛丽萨说："告诉他们关于我们的事情！"我不知道这句话是来自一段没有点破的长期的迷恋又或者只是泰勒内心某个愚蠢的想法，但这是一份礼物。他让我们都笑了。

在那些感觉毫无希望无穷无尽的日子里,我的大哥埃里克过来陪我和泰勒过周末了。我内心的悲伤程度是可以察觉到的,有人分担这些我十分感激,尤其还是一个了解我的人陪伴着我,这是如此的治愈且让人舒心。我不需要伪装成没事的样子,我可以完全坦诚,把深藏内心的痛苦和折磨释放出来。我知道埃里克对我的遭遇感到伤心难过。作为两个年轻小孩的父亲,他完全可以体会如果泰勒是自己的孩子他会怎么样。我经常会想,我根本无法相信这样的灾难会发生在泰勒身上。对于那些深深爱着我的人们而言,他们脑海里的想法是:"我根本无法相信这事会发生在妮可身上。"他们是我在黑暗中无法逃离时最大的安慰。

泰勒的坏情绪继续延续着。在这段特殊的时刻爱着他是极大的压力。当埃里克来的时候,我们和泰勒待在一起。我的哥哥很现实地提醒我,为了让泰勒成功度过康复阶段,我需要了解自己的所需。我不仅需要照看泰勒,我还需要照顾好自己。这个周末有好些时候我都没办法放松自己紧张的神经,日常的一系列事情让我筋疲力尽。我很受伤,感到害怕。我需要有人提醒我,我可以做到,我能够做好。

3月的日子还在继续往前过着。我和一些人交了朋友,他们的挚爱也在布林莫尔继续接受治疗。在前几周里,我有幸见到其他病人和家属的喜悦或者悲伤。这有点像扔硬币来决定选择哪条道路,但是对于那些一直往前的人来说,我把它称之为喜悦的挣扎。我们会庆祝疗程结束和每天日常里的很多事情,但同时我们会十分想念事故之前我们认识的那个人。专家把我们这种情绪称为模糊的悲伤。我们到底在思念什么?如果一个人还活着你怎么去哀悼他的逝去呢？我们怎么知道他的哪部分会回来呢？这种包含着模棱两可悲伤的感情难以理解、解释和处理，这也是为什么我们如此幸运碰到了彼此。

有一个我逐步了解清楚的家庭对我很特别。他们是一对年纪很大的夫妇，他们的女儿莎拉由于缺氧性脑损伤住到了布林莫尔。这种损伤和泰勒的是不同的，缺氧性脑损伤是由于某人的大脑在过长的时间内缺氧所造成的。这位女士受伤的原因不详。她是在家里被发现昏迷不醒的，她的医生无法确认她已经昏迷多久了。她的父母非常绅士，说话轻柔，人很善良。他们的内心非常痛楚，但是他们不会错过任何探访机会，照顾着自己没有反应的女儿。

康复医院里最虐心的事情之一就是有些人没有任何的反应，他们就这么直直地躺着。这对夫妇的女儿对于所有发生的事情没有任何反应。她不能讲话，无法判断她的脑子里是否在进行某种思考。她的父母把她的小狗们也带过来，希望她可以有些反应，结果没有。她原先闺密团里的一些人也过来看望她，但她还是没有反应。这对夫妇为了让女儿待在康复中心里正在处理棘手的保险事宜并且已经和保险公司的人谈判了好一阵子了。病人被允许留在康复中心的一部分原因是他们有好转的迹象。很多时候这些迹象是看不到的，但是即便是很小的外部进步，比如动作幅度的增加也会被纳入评估范围。在这个期限内，这对夫妇被告知他们的女儿很快就要从布林莫尔离开，他们正在找寻一处离家很近的私人疗养院。

对于病人的家属来说，在康复医院的每一个小时都是馈赠。

医院里充满了生机。它是一处安全的港湾。那里有理疗师,还有希望。离开医院就说明病人的变化不是乐观的,尤其是那些没有任何反应的情况,有一天我正准备按门铃离开的时候,莎拉的父亲跑了过来。他满脸笑容,语速很快。"你猜怎么着?"他极度兴奋地说。我没来得及回答,但我知道这一定是个好消息。"莎拉今天手指移动了!她的手指能动了!"我抱着他,我们两个都哭了。

当我走进电梯准备离开时,突然想到我们在庆祝的东西对大多数人来说都很奇怪。莎拉的手指可以动了!我还记得当泰勒第一次苏醒时,他有多热衷于"竖中指"。这个粗鲁的动作就是脑损伤病人的奇怪癖好之一。谁知道呢?也许这是病人在诉说他或者她对自己的处境不开心的一种方式而已。但是沟通的任何迹象都是重大事件,而那个手指移动的动作可以让这对夫妇的女儿在这个地方多待几天,也许她可以在这里走得更远。我清楚地知道我们在庆祝什么!

3月26号,我在脸书上写下这么一段感到欣慰的话:

很感谢我可以给大家送来一些好消息。在连续数周的激动与焦躁不安后,泰勒似乎获得了某种平静。尽管情绪状态还是很不稳定,但是他不安和受挫的情绪越来越少。这种平和可以让他更专注于自己的疗程以及治愈过程。

晚上泰勒也不需要注射防止血栓的药物了。这意味着情况好了很多,因为这种腹部的注射非常疼痛,让他难以忍受。泰勒已经数月都在忍受着这种注射,现在我们大家都松了一口气。今天晚上,尼克、泰勒和我都在庆祝着"无注射"的喜悦。一同庆祝的还有淡味姜汁和软软的甜品。泰勒的食谱也已经升级到包括易消化的食物在内，这对他来说打开了一个新的世界。泰勒记忆的仓库也在一点一点打开。

上一个月过得很艰难。我发现眼泪已经成为了我最亲密的伙伴。所以现在我很高兴可以和你们分享这些好消息！

泰勒极度焦躁的状态突然停止了。尽管他还是会有误解和挫败的时候，但是他冷静了很多，愤怒和气愤的水平也降低了不少。我们对这种转变感到安慰。希望的光亮从水平线上升起，我们觉得这是最美的景色！

第十七章　闹钟、药品分离器和橡胶板

>> 2013年3月底到4月初

泰勒的情绪有所好转，尽管还是会有不开心的时刻，但他这种全新的态度已经容易相处多了。那个易怒的家伙不见了，取而代之的是一个更加理性和冷静的人。从那个黑洞里走出来后，泰勒比之前更加坚定要好好进行自己的疗程。

至于身体变化和疗程方面，他还是需要在一个人的帮助下行走。实际上晚上我可以陪着他散步，而不是单纯地推着他的轮椅四处转转。虽然我们的范围还是仅限于病房周围，但那没什么关系……我们在长长的走廊上走来走去。在苏还有劳伦的物理疗程中，泰勒专注于在楼梯间辨认方向，在外面行走时感受脚趾间不同的接触面，还有更好地掌握平衡。他必须适应人行道上不均匀的表面，以及草地和走廊水泥瓷砖的不同触感。他还会在康复中心的地毯上进行练习。这种对于康复阶段坚持不懈的付出终于带来了一些进展。他的躯干和双腿都得到了伸展，知觉和意识也有了进步。

泰勒走路时最喜欢的地方之一就是之前他待过的特护病房，因为这样他可以见一见前室友。这位前室友只有十六岁，由于一场车祸脑部震荡受损。他的女友在这场事故发生后几天由于伤势严重死亡。这场事故的罪魁祸首——一个酒驾司机却幸免于难，没有任何永久性损伤。但是她的心理创伤很严重，因为这个死于车祸的年轻女孩子是这个司机的亲生女儿，而这个母亲由于醉酒导致了自己女儿的离开。

每天晚上泰勒都特别期待去特护病房走走，因为最初的两个月他是在那里度过的。他的前室友自从住院以来还从来没有搬出那个地方。泰勒很喜欢走到他的房间里，向他的家人打招呼，然后和他一个叫作"波比"的祖父聊聊天。波比是一个非常随和的人，他几乎每天都会开两个小时的车来看望他的女儿和外孙。而这名年轻人的母亲每天看到儿子没有任何进展感到特别无助。她的儿子没有办法说话、吃东西或者交流，而且不确定他是否清楚周围发生的一切。他的眼睛是睁开的，但是他是否有意识则很难判断。

泰勒喜欢用床上铺的钢人队的毯子放在他伙伴的腿上。他的母亲、阿姨、叔叔和祖父母们都很欢迎我们的到来。他们很爱我们，我们也很爱他们。虽然无法明说，但泰勒正在用一种他们的挚爱无法做到的方式对待他们，我们都心知肚明。现状很残酷，有时候甚至会觉得特别不公。为什么这两个年轻人的康复状况截然不同？有一天被他们称为姆妈的祖母流着泪水对我说："只要能够听到我的孙子对他的妈妈说我爱你这句话我愿意做任何的事情，或者简单一句妈妈也可以。"我还记得那时候我发疯般地想知道泰勒还能不能开口说话，现在他可以那么做了。眼睁睁地看着心爱的人没有任何进展而步步妥协是一件特别心酸的事情。

有很多病人有所进步并重新获得了由于伤势而丢失的技能，当然也有很多病人停滞不前。这些病人通常都是处于一个再也无法逾越的瓶颈。虽然会继续为他们设定疗程课，但是每个人的道路都不同。一旦有所进展，疗程就有所突破，但是如果毫无变化，就必须制订新的方案。对一个病人有所成效的模式对另外一个则不一定有效。

当回到之前的病区后,泰勒很开心可以和克里斯汀、布兰恩、德纳以及他苏醒以来就朝夕相处的护士们见面。他们就是泰勒可以恢复得如此之好以及我们全家还在积极应对的部分原因。克里斯汀是早班,所以当我们走过来的时候,她会说:"早上好,泰勒,感觉怎么样?"泰勒会用一个词回答:"好。"布兰恩就好像一个精力过剩、声音洪亮的泰迪熊,他的方式更加热情奔放充满活力:"宾!最近怎么样伙计?"有时候还会与泰勒击掌和握手。布兰恩发掘出泰勒男性的一面,所以他总是很喜欢和他互动。这些互动可以让泰勒记起他也是一名男子汉。我很喜欢看到当泰勒见到布兰恩时的笑脸。

德纳是晚班。泰勒和我都很期待见到她。她的问候总是充满热情和温暖:"我的小男孩今天怎么样?"有时候我晚上离开后,她会过来帮泰勒盖被子。作为朋友她很珍贵,作为护士她很特别。她对我们全家都特别关心,让我有一种被关爱的感觉。这也是为什么布林莫尔是个特别的地方,在这里你感觉像融入了一个大家庭。德纳是目前我们遇到过的最具有同情心的人。从她所做的事和所说的话就能感到她的蕙质兰心。

由于泰勒情绪好转,我们可以再次邀请他的朋友们过来探望。这种互动有好的一面,但是那些曾经最亲近他的人需要做好准备接受一个截然不同的泰勒。对于这些探访泰勒很高兴,他会笑着感受多年好友们围绕一圈的陪伴。朋友们对他太好了,他们会给他带好吃的、T恤衫、杂志还有各种逗他开心的有趣的东西。还有的朋友给他寄过来发出放屁声的靠枕还有音乐卡片。所有这些礼物都说明了大家期盼着泰勒可以回来。泰勒和我会拿着放屁靠枕在走廊上散步,然后偷偷地把靠枕放在护士们的椅子上,当有人上当时就会惹来一阵欢笑。这很有趣,就仿佛失落和绝望的雾霾渐渐走远,生命的乐趣包围着我们大家。泰勒会咯咯咯咯笑个不停,那种欢乐的氛围感染着我们所有人。

在职能疗程里,泰勒终于学会更加独立地完成日常生活活动了。在以前需要最大限度帮助的环节,现在他只需要一些微小的协助即可。但是这种转变却把所有人吓住了。作为家人,我们已经学会如何在特定的方面予以帮助。比如说,我们学会怎么样帮助他上厕所。泰勒还是会严重左倾,如果没有人看着,他可能会因此从马桶上摔下来。一些自理活动,比如刷牙,把洗发水倒在手上,擦洗身子等都需要帮忙。严格意义上讲还没有哪件事情他可以完全自己操作,但是他正在努力变得更加独立。

我们鼓励泰勒自己穿衣服,记住事情正确的次序,然后以正确的时间顺序按步骤进行。尽管他左侧有了些力气,但是和右侧相比还是会显得沉重和迟钝。当穿袜子、四角裤或者长裤的时候,他总是要求我们帮他把左脚抬起来,而且他没办法自己掌握平衡。他正在学习穿鞋的技巧,谢天谢地已经没有第一次尝试时那么难了。有时候他会记起之前学习的一些动作,虽然缓慢而且不完整。尽管他几乎要重新学习所有的东西,但是这些事情在他脑海里会有点点滴滴的记忆——只是需要时间重新回忆。

言语治疗进展也很顺利。泰勒现在可以阅读并做词语联想了。他还有些失语症,经常指认或识别不正确。他会把毯子叫作"马鞍"或者把炸土豆叫作"叉子",我们必须搞清楚他究竟要什么或者想说什么。他的思维并没有保持正常的节奏,所以和他讲话的时候我们必须保持足够的耐心还有注意力。他还是只能吃一些易消化的细软食物,但是食谱已经增加了肉和意面,他的咀嚼和吞咽功能有所进步。

当事情有所进步的时候,泰勒开始想念他最喜欢的食物,而他的朋友们经常会送过来。每个人都很喜欢看他做着之前最爱做的事情——吃!

第一个惊喜就是他可以试着咀嚼一小块而不是单纯舔一舔一个好朋友做成爱心形状的夹心派的馅儿了。当然不管他吃什么都需要有人在旁密切监督,但这个进步太棒了。我们像给婴儿喂食一样把馅儿放在一个小勺里,然后放到他嘴里,他基本上就可以直接咀嚼了,这个动作花了快三周的时间。那天我掉了很多眼泪,因为我知道每一勺食物里包含了多少的情感,我们之前甚至不敢去想他还能不能这么做。另外一个特殊的时刻是当谢尔比给他带过来一些鹿肉和面条时,让他感觉自己像个皇帝,而她就是他的皇后。他告诉整个病区的人她有多爱他,他一口也不想和其他人分享。每一口食物都有他的赞美。另外一个周末,他的朋友杰姆开车带着艾弗里来看他,他们在沿途一家餐厅带了些东西回来。这个想法很周到,因为意面煮得很软,所以咀嚼并不费力。食物的味道很鲜美,所以泰勒很享受。但是真正开心的还是和艾弗里还有杰姆相处的时刻。泰勒感觉到了他们的爱,房间里的每个人也都看到了。食物并不仅仅是简单的吞咽,食物还是美好时光记忆以及宝贵情感的百宝箱。

食管还没有被摘除,出院之前他都必须带着。这种防范是必要的，防止万一泰勒的康复有了反复，没办法通过嘴部进食。我们会逐渐给他一些好吃的东西比如温迪玉米片和奶昔。从事故发生以来泰勒已经轻了五十磅，他需要增加一些体重。但是像生的蔬菜、莴笋、坚果或者其他那些咀嚼时很难完全咬碎的食物还是在范围之外。

去年12月中旬泰勒就已经住到布林莫尔康复医院，现在已经是4月份了。某种意义上来说，这表明泰勒有所进展才能够被允许待这么久，对于这点我们感到很幸运。4月2号的时候，我们收到了一些既让人惊慌又很惊喜的消息。在和他的个案经理、护士团队、理疗师以及医师开了团队会议后，泰勒的出院日期暂定为4月17号。接下来的两周为了让泰勒可以安全回家，我们有许许多多的工作要做。

在具体日期定下来之前，个案经理和我聊了聊。泰勒一直在问什么时候他可以回去。我们决定告诉他一个比预估日期更晚一些的时间。我们都知道一旦定下来日子是不能轻易改动的，因为延迟对于泰勒来说是个沉重打击。但是如果可以提前出院，他会欣喜若狂。

接下来的几周，我们一家人和泰勒一起参加了各式各样的心理辅导疗程。我们讨论了关于他安全回家以及把他带回去的每一处担心。我不安，紧张，感到恐惧。我没有人们想象中那么开心。我有点发慌，难过而害怕。让保险公司同意像泰勒这样的病人待更久一点需要考虑很多事情。出院并不意味着某人已经做好了回家的准备。这只能说明保险公司不准备花钱让病人在医院或者康复中心待下去了。我们带回家的这个人已经不是之前和我共度二十一年的那个儿子、兄弟或者同伴了。在医院外和脑损伤患者生活我们还有很长的一段路要走。我们正在着手一项新的征程——我们希望自己可以有所准备。

在物理治疗方面，我们正在学习一些泰勒回家后可以做的练习。包括必要情况下如何把泰勒安全地从地上扶起来，在照看过程中的一些限制和风险，以及如果出于某种原因他会对自己或者其他人造成伤害我们该怎么办等。课程提醒我们应急反应系统（911）的作用，还告诉我们一定要告诉周围的邻居泰勒回家的事，保证他们对泰勒的医疗状况有不间断的了解。

康复中心帮我们找了一间公寓大小的房间，可以在那里开展后续的职能疗程。那里有厨房、洗手间、卧室和客厅。病人和家属可以在那里过夜或者指定时间内生活。职能疗程旨在恢复日常的生活和规律，因此范围很广。职能理疗师凯利陪着我和艾弗里走过每一个房间，详细介绍房间里的各种物品。

在我们家里，泰勒、坦纳和艾弗里有一个单独的共享洗手间。我们需要在马桶上装一个安全座椅防止他摔倒。座椅上有护栏用以平衡。泰勒没有办法让自己完全坐直，所以上下马桶的时候他需要借助护栏。需要把浴缸改成淋浴房。淋浴房里还需要安装安全杆和长凳，这样泰勒可以坐在上面。我们还要装一个手持花洒淋浴设备，这样泰勒就不需要站着洗澡和淋湿身子了。我们必须确保浴室里的东西从长凳上就能够拿到，这样泰勒就不会因为伸手取东西而摔倒。

我们的前廊有两级台阶和一个下车点。除了那级台阶外我们必须放一个木头的障碍物，这样泰勒就不会不小心走上去。所有房间里的小地毯都必须换掉，谨防他绊倒。在泰勒跌倒的那个地方还装了一扇小门，挡住台阶。台阶上都铺了地毯，顶部和尾部都装了电灯和开关。这个设计是最受欢迎的变化之一。我讨厌那个楼梯井。我永远都不想再见到泰勒撞击受伤的木头或者瓷砖了。我讨厌那些楼梯。楼梯最下面的瓷砖地上也铺了地毯。有了这些改变，当我看到楼梯井或者上下楼梯的时候心里舒服多了。

泰勒卧室里家具也需要换掉。梳妆台、衣柜等等。很多抽屉都是半开或者全开的状态，这非常不安全。他还需要一个新的床垫，用来保护他的后背和身体，所以我们买了一个新的。我们把原先的床一侧靠墙，另一侧装了安全护栏防止他掉下来。他的地毯很旧了，而且有几处皱巴巴的，所以我们换了新的。我们把电视挂在墙上，摔倒之前买的电脑移到了另外一个房间里。泰勒一个人没办法使用电脑。他没有心理滤除能力，没有办法辨认社交标准和限制，同时认知功能还处于极低水平。现在他对于电脑没有半点兴趣，但我们都感觉是时间没到。我们用来庆祝他十八岁生日的枪支柜被搬出了房子。所有的枪、弹药或者和狩猎相关的东西也都被搬走了。

在房子的主要位置我们都必须建一些通道，这样可以简化每个房间的方位。我们还必须清理房间里那些杂七杂八和零零碎碎的家具以防引起问题。厨房和餐厅桌面的一些东西需要清走。其中一个躺椅从小房间里搬出来放到了泰勒房间里，这样他可以在上面休息，必要时我们还可以睡在上面陪夜。我们还买了四个门的警报器：两个放在前门，一个放在泰勒的卧室里，还有一个放在楼梯井周围。这四扇门无论哪个打开警报都会响起。楼梯井上还安了锁，钥匙出于安全考虑放在了泰勒拿不到的地方。我们所有的刀、药品和其他具有潜在危险的物品都放在安全或者上锁的地方。之前我们家住着一个十五岁，一个十九岁还有一个二十一岁的男孩子，像这样为房子做足安全措施已经是多年之前的事情了。现在我们不得不用新的眼光看待一切。我们有责任给泰勒提供一个安全无危险的环境。

我们还买了一个带有摄像头的婴儿监视器，这样我们可以实时观察泰勒的情况。我们买了一个床头警示钟，当泰勒坐起来的时候它会发出声响。安全措施的名单内容还在日益增加，物品包括药片分配器、橡胶板、新布板和其他很多与药物相关的东西。有很多人在帮着我们准备。泰勒的一个好友去准备床垫的采购。另外一个负责浴室的改造。三个朋友帮忙把所有狩猎相关的东西移走，而我正在敲定回家的时间以及试图理出一些头绪。把泰勒带回家是需要团队的努力。我们亲戚和朋友都很愿意来帮忙，这正是我们需要的。

凯斯正在忙着处理大后方的事情。他叫来了安装工人，定好日期，和运输队伍协调，同时他还有一份全职工作，并且确保坦纳得到很好的照顾。凯斯也被放到布林莫尔的日程安排里，他同样需要接受不同医师的培训课程。倒计时一步步逼近，马上就会到回到家的时候了。不管有没有准备好，泰勒的出院时间正在一步步靠近，我们都知道必须为那一天做足准备。

第十八章　牛肉捞面

>> 2013年4月初

泰勒有一些很清晰的目标。他随身带着一本蓝色活页笔记本，上面写着"宾的目标"。泰勒需要所有事情都有清晰的表达，简单的呈现以及具体指明该怎么去完成。

唐娜，我们的言语理疗师，做了一个图标用来记录。目标是每天要做的事情都可以清零。这些目标被定义为"我努力需要避免的行为"。其中包括：

1. 当别人正在说话时我打断了他们的对话。

2. 一个问题重复不止两遍。

3. 半个小时内不止一次要求上厕所。

4. 除非是日程安排，不要求打电话给妈妈。

下面则是自我评价部分。上面写道：

1. 我觉得自己今天做的____

　A. 很好

　B. 还行

　C. 很糟糕

2. 明天我会着重于

　A. 不绕着说话

　B. 不问同样的问题

　C. 不经常要求上厕所

　D. 不经常要求打电话给妈妈

这些目标是具象思维清楚的实例。唐娜用一种可以被理解的具体的语言告诉泰勒需要注意哪些方面。虽然都是很合理的预期，但是这让我感到悲伤。我不想我二十二岁的儿子被当作七岁的孩子那样对待。我很欣赏这种认真的做法，但是我讨厌这种情形。我讨厌觉得泰勒好像"做错了什么"。清单里列出的每一个目标都代表着泰勒在这个区域的问题。有一个工具可以用来明确期待在哪里，虽然很有帮助，但是这不意味着接受它很容易。

泰勒似乎适应得不错，正在尽量朝着期望的方向努力。他正在重新学习我们生活的世界里的边界和参数。泰勒的大脑似乎处于匀速运动中。他对答案的渴望就像海浪一直冲击着海岸线："我什么时候可以回家？我可以打电话给我妈妈吗？我可以去洗手间吗？"大脑是一个忙碌的地方，我也逐渐承认忙碌总比没有任何反应要好很多。泰勒的心理活动说明大脑正在找寻新的途径代替之前由于事故受损的部位，这样他的想法才能被接收和执行。

那周晚些时候医疗团队在泰勒的住院记录上写道：

这周病人有了杰出的进步。在和医护人员接触的时候他反应迅速，这样可以降低他持续重复动作的行为。在疗程里病人的积极性很高。他可以进食并且情绪很高涨。他没有任何急性抑郁症或者不安。当他不处于疗程中时，一对一的辅导还在继续，因为这样可以帮助他保持活力和条理性。

他持续重复一个动作的现象减少很多，但是他的注意力还是集中在回家、吃饭、上厕所和家人身上。在病区之外病人还必须坐在轮椅上。注意力有限的现象持续，活动也很简短。我们试图建立一种奖励机制鼓励病人完成目标。治疗过程控制在三十分钟之内。对他为什么在康复中心提供解释。提醒他功能和认知的局限性。说话尽量保持简单，比如，"你有脑损伤，所以走路困难，记性很差，你来这里是为了变好"。病人还有摔倒的风险，应当注意。

布林莫尔的团队正在尽一切努力在我们把泰勒带回家之前提高泰勒的身体素质。我们读到越来越多关于和脑损伤患者一起生活的信息，我加入了很多信息分享小组。凯斯还是继续整理屋子，保证这次转移顺畅无误。

除了转院和重新入院之外，自去年11月以来我们还从来没有把泰勒带出医院过。有一些脑损伤患者允许有一些当日来回的短途旅行，回家探访，或者短暂外出，但是泰勒从来没有被这么建议过……直到现在。今天周六，艾弗里前一个晚上就过来了。

把泰勒带回家需要做的一部分功课就是学习在康复中心这个温床之外的生活对泰勒而言是什么感受。对我而言，外面的世界已经变得很陌生了。我走过的每一个地方都有一种奇怪的陌生感和局促感。我不时地思考当我们的人生发生了不可逆转的改变时，其他人是怎么和平常一样继续他们的生活的。尽管我们的家乡如此欢迎我们回来，但是我还是体会着那些不确定说些什么或者做些什么的人的沉默。我和泰勒都被很好地保护起来了。是时候重新回归现实生活中了，尽管我不确定自己是否准备好了。

艾弗里正在进行培训，苏遇到了我们俩。她把自己的各种担心都告诉了我们，还给了一些建议。苏的心肠非常好，而且在创伤性脑损伤方面有丰富的知识。她提醒我们泰勒对于自己的极限并不清楚，并讨论了不让每个人受伤害的方法。她说要明白现在不能对泰勒太过严格,同时还要了解他身体和心理是否已经到达极限。泰勒现在还是很容易疲劳,我们必须从他的口头或者非言语方面得到线索进行自己的判断。

周五下午波拉克医生也见了艾弗里。前几周她和我进行了很多次谈话,并且她建议可以和家庭里的其他任何希望交流的成员沟通。波拉克医生让我感到很舒服,因为她让人感觉像是自己的老朋友。她红扑扑的面颊和鲜艳的外套总是让我心情很好。艾弗里和她聊了几分钟,这么短的时间内就让他打开心扉我想是不公平的。为出院做的准备项目越来越多。我们每天都在冒险进入一个之前根本不熟悉的领域。这些领域不仅仅限于对创伤性脑损伤的学习,还增加了我们对情感、悲痛、挣扎和担心的了解,以及对失去的担心和现在就在我们面前的人的珍惜。

娱乐治疗师为艾弗里、泰勒还有我在周六安排了一次短暂的外出。在路边有一家亚洲餐馆,就是那次我们吃圣诞大餐的那家。因为我们被告知不能把泰勒带到离康复中心太远的地方,所以我们选择了这里。我确信这对泰勒来说是充满欢乐的时刻。我们事前就探讨过哪种方式对泰勒有益。

我们讨论各种选择,以及哪一种环境对我们所有人来说都感到最安全最舒心的想法。我们选的这家餐厅很安静,播放的音乐很温柔,灯光也很温和。这里并没有很多人走动,即便在最繁忙的时间段,也不会让人觉得拥挤不堪。

外面阳光灿烂,空气里仿佛有一种春日的味道。我们离开枫叶病区,一起坐着电梯下去。艾弗里和我,还有理疗师和约瑟,我们最喜欢的助手之一。当我们走出电梯的时候,泰勒和我在一

第四部分
丹维尔2

225

旁等着，艾弗里和理疗师去取车然后开到门口。我们一起走向车子，艾弗里和我观察学习着如何帮助泰勒安全地进出车里。泰勒总是记不住进车的步骤，而且他的左侧还是很虚弱，这让整个过程更加难处理。我们不得不帮着他先把头低下来，这样就不会撞到车门框，然后帮他系好安全带。泰勒看上去非常兴奋，也有些紧张。这是自事故发生以来他第一次乘坐除救护车以外的车辆。他没有特别多话，只是在静静地接受这一切。

在泰勒这个阶段的康复中，他的身体情况有问题这点很清楚。我不知道外人会如何定义或者解释这种状况，但一切都很明显。对于之前从来没有接触过创伤性脑损伤的人，我所能说的就是，泰勒看上去不太健康或者身体不好。他的身体遭受了严重的创伤，整个人显得非常干瘦，他的脑袋看上去有些畸形，当他移动的时候，动作缓慢而僵硬。而且在今天这个特殊的日子里，有四个人围绕着他。如果他想讲话，听者很明显就能感觉到他在沟通方面遇到了很大的挑战。

艾弗里、泰勒和我坐在餐桌一侧，医护人员坐在另一边。当照顾脑损伤患者时你所学到的一部分过程就是作为照料者你需要做到心中有数。把一份有二十多个选择的菜单放到泰勒面前并且让他选择是不明智的事情。我们之前有讨论过他可能喜欢的食物，所以他知道自己要点什么。艾弗里和我在整个过程中都在耐心地教导他。当服务生走过来的时候，还没来得及和我们打招呼，泰勒就脱口而出："我想要牛肉捞面。"他吸了一口气继续说道，"我还要一杯雪碧。"艾弗里和我都在紧张地傻笑着。我喜欢有艾弗里的陪伴。

我的记忆回到男孩们和我出去过母亲节的时候。泰勒想要开着他那辆超大型道奇卡车去餐厅,并且一路上开得很快。我说了他几句,告诉他我还想活着到达目的地呢,让他赶紧减速。他对于这辆大型卡车很自豪,我想那天他很享受当司机的感觉。当我们到了红龙虾餐厅,我很兴奋可以和孩子们在一个他们之前从未去过的地方用餐。泰勒一直嚷嚷着说饿(他一直都这样)。刚点完菜,他就开始抱怨说出菜有多慢。泰勒不喜欢等待!尤其不喜欢等食物。他不耐烦的性子虽然一点都不好玩,但总是能让我暗自发笑。

那天等着牛肉捞面的过程就是耐心的训练课。虽然等的时间其实并不久,但是泰勒希望一点好就可以吃到,这一点上没有任何改变。当热乎乎还冒着气儿的盘子从厨房端出来的时候,他迫不及待地先尝了一口。我们必须帮助他以防他吃得太快,帮助他先把食物吹凉了然后再咀嚼。泰勒会被噎住的危险我们心里都清楚。艾弗里和我认识到在康复中心之外泰勒需要很多很多帮助。这顿饭吃得很成功,同时也是宝贵的一节课。总之,能够和泰勒一起走出医院感觉很好,但是回到安全的避风港一样的住院机构感觉同样也很好。

接下来的周末过得安静而无趣。我们正在倒数什么时候把泰勒接回家。艾弗里并不确定在泰勒回家之前他是不是还会过来,所以他和大家互相道了别。布林莫尔的医护人员开始变得越来越重要,我们对他们也同样如此。艾弗里是一个阳光的、聪明的年轻人,医护人员对他的爱护和珍惜与他对大家一样。一种彼此间的尊重产生了。一次次他们都在告诉我,泰勒的弟弟们是多么支持他，事实也正是如此。艾弗里和坦纳在我们眼里就是英雄。我对他们感到无比的自豪。后面人们管泰勒叫"超人"，但他的弟弟们也是超级英雄！

艾弗里那天晚上离开时，他和泰勒道了别。泰勒说如果他愿意，他可以待在这个房间里，两个人一起睡。他对艾弗里说："我喜欢你在这里陪我。"艾弗里无比真诚地回答了他。他的话体贴，周到，纯粹而温柔："伙计，你得在这里再待几天。你随时都可以打电话给我。妈妈在这里陪着你，我得走了。我得回学校去。"那个离别的夜晚对艾弗里来说一定很难。他突然间就成了泰勒的"哥哥"。他肩负起了原本泰勒在家里扮演的角色。角色有了转变，我们都知道泰勒作为哥哥的一部分特质也许永远都不会回来了。

艾弗里几乎从来都不哭，但是我会为他哭泣。他所有内心抑制住的泪水都从我的脸颊上流了下来。我为艾弗里哭泣，我为坦纳哭泣，我为凯斯和泰勒哭泣，我也为自己哭泣。我们所有的梦想似乎都已经破碎了，就像碎玻璃散落一地。生活的碎片掉在我们周围，每个人都在努力把它们拼凑到一块。泰勒从十三级台阶摔下来，这场可怕的事故发生才不到十三秒，现在我们所有人的生活都因此彻底改变。

泰勒摔下来的那个晚上我们不知道我们也会坠落。我们会坠入绝望、黑暗、抑郁和忧伤的深渊。我们需要在绝望中找寻希望。当上帝似乎离我们而去时我们必须为信仰而战。我们必须等待风雨过后会有彩虹。在我们破碎的内心里，我们必须依靠彼此才能拼凑成最初的模样。我从来没有像现在这样了解家庭对我的意义。我也从来不知道并肩作战的力量是如此强大，我们的爱可以忍受一切不可思议、无法想象、不能明说的东西，只要抱着想让某个迷失或者被偷走或者两者皆有的人回家的希望。

几天之后，泰勒和我和波拉克医生做了约访。这次约访的计划是讨论泰勒对于回家这件事的想法以及期待。泰勒还没有回到我们的世界里。我的工作假期延续到2013年11月，现在我的角色就是泰勒的全职看护员。

出院以后泰勒还必须接受一周三次的职能、物理还有言语疗程。他会继续在家里休息和康复治疗，他的生活已经有了妥当的安排和计划。泰勒不能够单独待着，不能驾车、工作或者做其他做过的习以为常的事情。这对我们所有人来说都是翻天覆地的变化。所以泰勒需要对未来的情况有个了解。

那天早上波拉克医生和我坐在泰勒身旁，我对于谈话的内容很期待。我很确定对于我俩这都会是非常宝贵的经验。当我们都坐下来后，波拉克医生开始和泰勒解释接下来讨论的内容。泰勒坐在我们之间。当泰勒开始有所反应的时候，我注意到他的嘴角有些抽搐，话语也说得很含糊。我知道出了一些问题，我迅速反应道："我觉得他开始发癫痫了。"我试图让自己冷静下来因为我不想吓到泰勒。波拉克医生立刻跳起来，拨了电话。几秒钟之内，泰勒就躺在了地上，我眼睁睁地看着另外一件可怕的事情发生了。泰勒全身都在颤抖并且不住地流着口水。他的上下嘴唇不停地在颤抖，看上去他的嘴唇边缘好像碰到了一个鱼钩一样。就好像一个看不见的操纵木偶的人正在以一种奇怪的节奏吊着他的嘴唇。泰勒的眼睛大部分还是睁开的，但大多数时候都在来回滚动。约瑟那个时候刚在就在这个楼层的旁边，他立刻把一些软的东西放在他的头下面。布兰恩开始静脉注射药物，癫痫终于停下来了。很多人都围在泰勒周围。我开始爱上和信任这些专业人士了。我朝四周看了看，告诉自己要冷静。泰勒会没事的。他很安全，我也很安全。然后我开始对自己说："如果是回家后只有我一个人陪着的情况下发生的呢？"泰勒会平安度过吗？我们可以照顾好他吗？不管有没有准备好，事情都在进行着，我们必须拼尽全力。

　　那天剩下来的时间就是劝泰勒休息。我们本来准备了一整天的活动，所以他不想躺下来休息。根据调查，患有癫痫症的病患，在病发后通常会感到特别疲劳，但是今天，泰勒特别兴奋。而我却感到很疲惫。没有周围医护团队的帮助，我还没有完全准备好独自完成这些。泰勒一直祈求着早日回家，但是我却很恐惧。我好像被扔到了一个世界，我是一个患有严重疾病的成年孩子的母亲。现在唯一的问题就是我是否准备好了。泰勒就快回家了，他的生命掌握在我们手中。

第十九章　我心底的抓拍时刻

>> 2013年4月9号到4月15号

　　我讨厌承认，我还没有为泰勒这次回家做好准备。但事实上无论我是否准备好，泰勒都要准备出院了。有时候这就是生活：你深吸一口气，接受面前的挑战，然后拥抱一切。你只能坚持到这里了。恐惧感不会将我完全吞噬。我们可以完成需要做的事情，泰勒在我们的照料下会没事的。毕竟，他是我们的孩子。从他呱呱坠地开始，凯斯和我就开始照顾他了。他第一次生病我们就在身边，我们学会了怎么处理他的哮喘，无论是小伤小痛还是骨折我们都可以照料得很好。我们帮助他走过了青春期，有了很好的职业生涯，并且走入了成年人的社会。我们必须相信自己有这个能力。我们将从很多方面再次抚养泰勒。

　　在我们最后一周周末的时候凯斯开始来到布林莫尔，并接受培训。我们不是对所有事情都清清楚楚，要承认这点并不难——我们怎么可能呢？脑损伤是一个很大的范围，照顾脑损伤患者的时候每一天你基本上都能够学到新的东西。我们正在慢慢地融入泰勒的日常护理中，但是这些要求对我们而言还是非常陌生。帮助你六英尺高，140磅重的儿子穿衣和帮助一个3岁小男孩还是不一样的。我们还要学会更加耐心，因为每一项任务都很耗时。有很多时候你都感觉像有一个放大时空的隧道，每一秒钟都有一分钟那么久。泰勒需要有思考的过程，生活仿佛在做慢动作。之前五分钟就走完的路程现在可能需要十五分钟。这些训练和课程提醒我们这些新的细微区别。一些建议比如"不要催促泰勒"

"约会需要有多余的时间""不要给他施加外部压力"（一次给他太多的指令），还有"不要急着发火"都非常重要。泰勒不仅身体非常脆弱，情感上也同样如此。康复中的反复也不是不可以想象的。

当凯斯周六赶过来的时候，我开车回到了米夫林堡。因为泰勒的归家，我们的行程很满。我有一帮子的朋友过来帮我协调和整理东西。我们被告知要让一切简化，所以我们正在忙着这个事情。整栋房子的每一个房间都被打扫干净，规整好。地上堆满了各种装着物品的盒子。有些东西捐掉了，有些扔掉了，还有一些被放了起来。这让我想起了"筑巢"的本能，有点像一个妈妈临盆前她就知道并且给她的新生儿准备一个家。我觉得和泰勒相比，我更需要将杂乱的家收拾整齐。这种清理的过程对我也是有治愈性的。当我们在进行归置整合的时候，我一个好朋友问我："你确定要把这些东西都扔掉？"我不确定，但是这些琐碎的东西让我感到不舒服。另外一个好朋友建议我可以把不确定要不要扔掉的东西放在她家。为了泰勒的到来我需要有一种全新的状态，而这种清理就是我获得的途径之一。

泰勒的朋友们正在想办法把他的房间弄得不仅安全，且有个性。他们确保他爱的东西挂在墙上，同时还增加了一些新的装饰。他一个最好的朋友给他买了一套迷彩的床单和新的杯子，因为他知道泰勒喜欢户外主题。以泰勒名义举办的筹款活动的照片和鼓励的卡片都挂在了墙上。这个房间比之前更加好看，并且给人一种舒适和温馨的感觉。

另一方面，泰勒之前喜欢的很多东西都没有了。我们把鱼饵钥匙挂架取了下来，之前他经常用来挂他的卡车、汽车和办公室的钥匙。枪支柜和所有的追踪装置都被收走了，同时还有他的作业工具以及任何可能被鉴定为不安全的东西。这个房间为了一个全新的泰勒正在重新改造。我们原本生活的很多部分也同样如此。这是一个全新的开始，但并不是我们期望的。

那天在家里待着我感觉很好。我没有被很多人围绕的感觉，他们都是之前我认识的朋友。现在我内心改变了很多，我的整个世界都被颠来倒去。我感到难过、害怕，这些人明白我已经不是六个月前的自己了，和他们待在一起感到很安慰。我很高兴他们没有走开。

在周末结束前，之前答应我们把泰勒带回家时愿意过来帮助我们的人们聚在一起开了一个小会。这中间有很多人还没有见过泰勒。我计划这一次帮助他们了解接触泰勒最好的几种方式以及他们可能看到的一些改变。把泰勒照顾好是一个重大的责任，我不能够让泰勒一个人待着，他对于自己的健康有困惑也有挑战，这会影响到他生活的各个方面。他缺少平衡、力量和协调能力。癫痫的风险还继续存在着。更重要的是，总有一些未知的东西在未来等候，在最意料之外的地方出现。

看到有那么多朋友想要过来帮助我，我感到很荣幸。我们小镇上一些最强壮、最勇敢和最富有同情心的人站在我们身边，用他们的方式支持着我们。我相信有了他们、凯斯、艾弗里、坦纳和我在照顾泰勒这条道路上不会孤单。

那个周日晚上我回到了布林莫尔，凯斯回了家。我们两个人又一次可能擦身而过的地方就是宾夕法尼亚高速公路。我很疲怠。我厌倦遥远的路程，厌倦不能和家人一起吃饭，厌倦对狗狗的无尽思念。最主要的是，我厌倦生命中匆匆而过的那些重要时刻。我错过了泰勒几乎整个高三时间，还有泰勒每个回家的周末。我想念和凯斯面对面默默流泪，而不是在电话里放声痛哭。我想念我的洗衣机和烘干机，想念早上用咖啡的香气开启新的一天。尽管我并不确定这一切最终要如何尘埃落定，但是我已经准备好向前起跳。也许跳的时候会撞到，尖叫，但是我已经尽一切所能准备好了。

不仅仅是泰勒回家，我也回家了。11月，1月，2月，3月，直到4月过半，我们都睡在一个不是我们的房间的小床上。每天早上起床，睁开眼睛看到的都是不熟悉的墙壁和物品，并且缺少我们熟悉的舒适和惬意。是时候回来了，尽管感到焦虑和不安，但是我开始意识到回家的感觉该有多好。

出院前，我妈妈从她曼哈顿的公寓坐火车过来花了几天时间陪我和泰勒。我妈妈4月9号写信给泰勒：

在你下周回家前我过来看看你。我喜欢看到你以及你巨大的进步。能成为你这段人生旅程中的一部分我感到非常高兴。

你有很多爱你的人们给你支持，有家人的也有好友的。你的妈妈每天都和你一起度过这段康复旅程，你的爸爸和弟弟们每周都会过来。你的朋友们是如此的支持爱护你，他们把之前你给他们的关爱全部返还给你。

每天早上起床的时候想到你和你妈妈我就感到宽慰。我爱你，泰勒。

外婆

我妈妈和我决定是时候搞一个特殊的庆祝仪式。几个月前，我有一个很喜欢的消遣的地方，无论什么时候朋友们过来拜访，我都会推荐他们迪克西厨房。事实上，快有二十多年没见的一帮大学同学曾长途跋涉赶到宾州莫尔文，那天提醒我我不是孤身一人。我们在迪克西厨房聚了几个小时，分享趣事。他们想要见一见泰勒，但我不太愿意。这会对他造成困惑，让我有负担感。我会永远记得这种关爱和感激，老友们驱车几百公里——其中一个开了超过六个小时——过来和我相聚并且表达他们对我们的关心。

迪克西厨房是一间很棒的餐厅，它会让我想起我在南部的生活。餐厅老板是一对夫妇，他们花了很多心思让这个地方看上去就像到朋友家做客吃饭的感觉，它在我的心里占据着重要的位置。主人在开这家备受欢迎的餐厅之前，曾经是加护病房的一位护士。医护人员都特别友好，所以久而久之他们也知道了我们的故事。巧合的是，前几年他们也有一位脑损伤患者的常客。虽然没有见到他，但是我听说了他如何站起来，调整好自己重新回到社会的故事。他的事迹激励着我继续前行。

为了庆祝泰勒回家，我和妈妈点了迪克西厨房菜单上一个叫作"翻顶蛋糕"的东西。翻顶蛋糕就是和纸杯蛋糕形状相同的小蛋糕烘焙好，然后倒过来放。不仅在顶部给它撒上糖霜，蛋糕的侧面也都会有。

我们点了一共五十份翻顶蛋糕。泰勒吃了三个，这在当时算很大量了。我们放了一个本子，这样医护人员可以在上面给我和泰勒留言，整个本子上都写满了许多温暖的话。我们准备4月13号的时候庆祝，4月15号我们就要离开了。那个时候，在我心里我感觉自己就像一个小孩子，用全身的力气紧紧抓着那些我不想分离的人的衣袖。那些助理、秘书、接待员、运输者、医生、护士、清洁人员、理疗师、社工，还有其他的病人和他们的家属，都变得如此珍贵。他们在我一无所有的时候给了我爱、力量、理解和勇气。我们为什么要走呢？虽然是时候了，但是我的心还远远没有准备好。

我一直在思考A.A.米尔恩在《小熊维尼》里写的那句富有哲理的话："我能拥有那些难以开口说再见的东西是多么的幸运。"德纳和我在离开前的一晚上聊了聊。我妈妈和我送给德纳一盆叫作橄榄石（植物之泪）的植物。对我而言，这是那些我人生最难熬的时刻她让我放肆哭泣的象征。德纳代表了太多东西，她在我们心里占据了很重要的位置。她的善良和友好给了我迎接第二天的勇气。她贴心的照料帮助我们愈合了破碎的内心和梦想。

布兰恩，我们亲爱的"泰迪熊护士"，在我们离开前几天经常坐下来和我们吃午饭。我知道我不会把这个人忘记。布兰恩热心地告诉我们对于像泰勒这样的脑损伤患者家人该怎么做的看法。他说与其逃离不如坦然拥抱这些可能发生的变化。他鼓励我充满希望继续坚持下去。他似乎想说回顾过去是可以的，但是不能因为太多回忆而忘记前行。每当和布林莫尔那些不仅仅是医护人员更多是朋友关系的人聊天时，这些人都会提醒我即便我们可能会感到孤独，但实际上并没有。我尽全力把这些时刻都记住，就像存在心底的抓拍时刻。我不停地告诉自己："永远不要放弃。"我承诺像之前一样为泰勒的康复奋斗，并且告诫自己无论之后的日子感觉多么悲惨，富有挑战和慌乱，我都会一直坚持下去。我不会让恐惧动摇任何的决心。

聚会那天，我把桌子装饰了一下，然后把泰勒的专用本子放在上面，这样大家就可以写下自己想说的话。翻顶蛋糕上还有一排字，上面写着："宾快要回家啦！"还有一个蛋糕是一座可爱的小房子，上面撒着糖霜。我给那些生命中至关重要的人准备了礼物，尽管我明白礼物根本无法传递我的感激，我看着泰勒，他正在试图跟上所发生的一切。回家的消息让他激动到无法集中注意力。当然他也很难理解离开布林莫尔的日子也许不会总是充满阳光和鲜花。

我们照了照片，大家都开怀大笑。我不允许自己在这个场合哭泣。其中一个年轻点的男护士把我拉到一边对我说，看到我们一家好转的过程对他意义重大。他问我是否知道为什么医护人员看到泰勒和他的治疗过程都很高兴。我知道每个人的角度都不同，所以我鼓励他再说一些。他解释说泰勒是一个成功案例。不是所有病人的结局都是如此完美的，我们作为家人的相互支持是获得成功的原因之一。他紧紧抱住了我，告诉我泰勒有我这样的妈妈很幸运。我的内心激动不已。那天很多医护人员都表达了他们对我们一家人的赞许和关心，这种情感是相互的。

泰勒的本子里记录了一些很温馨的话语：

布林莫尔康复中心的大家看到你从事故里渐渐康复，都对你的努力感到特别骄傲。你总是记得感谢护士和那些帮助你的理疗师，这点我印象特别深。你的妈妈和爸爸培养了一个很棒的年轻人。——波拉克医生

你的进步特别大，我的朋友。我对你感到特别骄傲和开

心。——护士助理

你的康复过程进步特别大,并且在各个疗程里都很努力。继续加油,我们都会给你呐喊助威的。——凯利,职能理疗师

宾!从我看到你进来的第一天我就知道你是一名战士,而且你会是这里的开心果!和你一起工作,看着你进步,一步步跨过眼前的障碍,接受挑战,最后回家是一件特别开心的事情!继续加油,挑战会继续,但是只要坚持不懈地努力,保持乐观,没什么战胜不了的。——苏,物理理疗师

对于你的努力和如今的进步我感到特别骄傲!很荣幸认识你。——护士助理

作为物理治疗专业的学生我只认识了你很短的一段时间,但是看到你所有的努力和付出还是非常令人鼓舞。——物理治疗专业学生

泰勒,你把微笑带给了所有你遇见的人。——医护人员

在布林莫尔见证你所有的进步是一种荣幸。你是一个特别强壮勇敢的年轻人。你的妈妈和家人永远陪伴在你身边。认识你们大家非常荣幸。慢慢来,多点耐心。——个案经理

知道你就快回家了我们都很开心,我知道我们都会想念你的。——护士医护人员

泰勒,我会非常想念你的。我不想和你道别,我只想祝你好运。——护士医护人员

看到你从食管进食到现在正常饮食是一件很棒的事情。——营养师

你对我的女儿和我是如此友好。虽然会想念你,但是我们都

很开心你进步了这么多。——另外一个病人的母亲

虽然这场可怕的事故发生在你身上,但我坚信上帝会陪着你度过这段折磨。很难说清楚你的康复阶段已经走了多久。你是一个奇迹。你有很棒的家人!我特别想成为你母亲那样的人。之前我并不认识你,但是看到这么多朋友和爱你的人不远千里过来看你,我知道你一定是非常好的人。我们都会想念你贴心的举动和你的家人的。我会特别想念你的妈妈。——护士

在家要乖乖的,谢天谢地你终于可以离开医院了。我会帮你把轮椅修好的。一定要好好的。——医护人员

泰勒,看到你的进步和康复太不可思议了。你做得非常好,即便在那些艰难的时刻你也一样努力面对。有这样一个爱你支持你的家庭是多么幸运,我很高兴你要和他们一起回家了。享受生活和爱你的家人吧。——医护人员

遇见你和你的家人真的很开心。我从来没有碰到过如此好的病人和这么给予支持的家庭。我会非常想你和你的家人的。——尼克,护士

你进步很大!希望你继续前进,拥有美好的生活。——护士

是的。很快你就会和你爱的家人、朋友回家了。我最喜欢艾弗里了。你的笑容如此迷人,我知道是遗传自哪里的了,你的妈妈,爸爸,甚至外婆。你要永远记在心里他们有多么爱你。爱是如此有力量。你的家人和朋友都在坚持着。是时候让所有人为你所做的感到骄傲了。我们都很高兴你做到了!我祈祷天使每天都看护着你。保持微笑,不要让过去阻挠你前行的步伐。未来会更美好。享受生活,拥抱一路上的美好吧。——秘书

我不知道从哪里说起，但是看看你的转变。我是你刚进来的时候第一个护士。那时候你还没办法吃饭，没办法走路或者说话。感谢上帝你进步了这么多。你有一个非常爱你的很棒的家庭。我看到了你的努力，请保持下去吧。你对很多人都很特殊。能够帮助你，认识你，我很荣幸。——护士

很高兴你最后终于可以回家了，但是我绝对会想念每天在这里见到的你的笑脸。继续努力吧，我知道你会越来越好的。——护士医护人员

当这天接近尾声时，我在想我们到底愿不愿意回家。我想知道这个建筑里是否有人了解我在担心会不会再陷入无尽的痛苦中。失去所有熟悉的东西就像一首悲伤的歌曲在反复播放。我应该欢呼："我的孩子可以回家了！我们可以把泰勒带回去了！"但那不是我的感受……我的感受是不确定，无法预期还有恐惧。那天晚上当我把头靠在枕头上的时候，我的脑子里有成千上万种想法，最主要的就是，为什么这一切感觉如此艰难？我能够不再感到难过吗？泰勒可以真正意义上回到我们身边吗？

第五部分： 米夫林堡

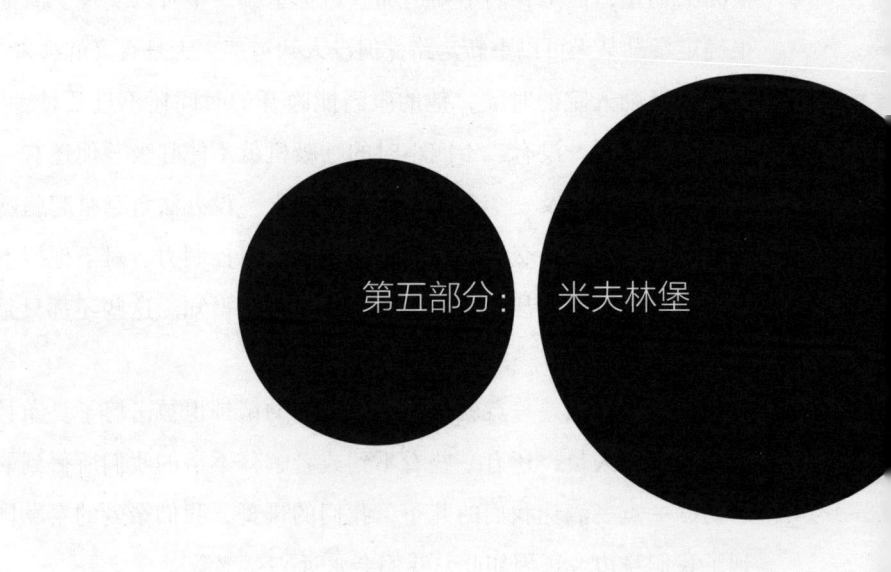

》第二十章　欢迎回家

》》2013年4月中旬

像泰勒这种情况的人进入一个康复机构，结果总是有待观察。当他第一次穿过那个成为我们临时住家的大门时，每个人都抱着很高的期望，但是我们不知道那些目标里哪一个可以实现。凯斯很确定泰勒某天可以重新走路，但没人知道那一天是否真的会来。

当泰勒入院的时候，他的眼睛能睁开的时间还不过几秒钟。他没办法说话。没有二十四小时的呼吸机就不能呼吸。他还有一个造口的气管以及一个食管。他不能站立。没办法自己举起胳膊或者双腿。他无法交流，对于身体没有任何控制力。对于他能不能重新做这些事情甚至能做得更多我们无从得知。这些还都只是生理问题，他还有一大堆认知的挑战。

泰勒的大脑差一点就全毁了，我们的精神也被击垮了。布林莫尔的工作人员，还有一些看不到或者解释不清的我们所得到的一切，一点一滴让我们的儿子，我们的哥哥，我们亲爱的泰勒回到了我们身边。正因如此，我们会永远心存感激。

总的来说创伤性脑损伤很复杂。每一个人和每一种伤势处于什么状况以及受影响的范围都是独一无二的。在初期伤势和最终痊愈方面大多数情况也都是没有办法清晰定位的。说来也怪，我们这趟旅程在很多方面才刚刚开始，泰勒的阶段成效很好，在很多方面都有进步。但是作为一个人来说泰勒已经改变了。这种类型的伤势每天都会挖掘出各种各样的不同。大脑对我们的一切产生影响，针对这个事实，泰勒几乎所有的一切都不一样了。这种区别在很多事情上特别明显，比如他双眼不再闪烁动人的光芒，他不受任何限制的动作，他突如其来的恐惧，以及他短期的记忆差错。他的行动也不一样了，微笑也有了变化，而另一部分无法定义但是归结为个性的东西，似乎也坠入深渊。至于认知发展方面，我们二十二岁的儿子不见了。他的伤势把之前多年积累的思想、模式、经验和知识都扫除干净了，而正是这些一同拼凑成了泰勒这个人。现在的他比之前似乎更年轻了，我们还在试图搞清楚和适应他的很多新的行为。这个时候，没有人能够准确说出他的"年龄"，但是我们知道他处于很低的年龄段。

　　作为家庭成员，创伤性脑损伤的康复治疗让我们把注意力集中在最重要的事情上，学会把需要解决和如何解决的事情优先级划分。我们需要经常做决定和改变，适应惊涛骇浪的氛围。我们还需要在把泰勒带回家的想法下给他导航，让他平安度过。

　　泰勒最初受伤后，我们不得不等着他从基辛格的特护病房转到医院的一般病房里。接下来，无论身体还是认知上，泰勒必须达到可以考虑进入急性康复医院的水准。这种设计的目的是让泰勒过渡到下一个阶段。

　　对于有些病人来说，下一个阶段就意味着回家，但对其他人来说，这意味着搬到另外一个机构去。这段时间被称为急性后康复时间范围。布林莫尔就是一家专门的急性康复医院，但是在那个阶段之后还有其他的选择。有些选择是基于资金、保险责任范围和家庭喜好或者别的原因来决定的。我们大致讨论了一下泰勒可以去的几家机构，但最终我们一家人都认为：泰勒可以回家了。

　　在泰勒出院前几个月我参加了人生第一个病人家属互助会。

我还亲眼看到许多患者自己走进互助会,所以我禁不住想几年后的他们会是什么样子。那天晚上我参加的那次会议,有大约十个人参加,有两个母亲和我的年龄相仿。每个人都有机会分享自己的故事,大家把内心的想法都说了出来。

一个看上去五六十岁的男士促进了这个小组的成立。他的弟弟是一名州警察,许多年前在一次例行交通检查的时候被流弹射中了头部。兄弟俩的父母很多年前就过世了,现在他照顾着自己的弟弟。病人在一个专为残疾人建立的机构里独自生活,但是有很多日常的事情没办法自己料理,比如购物、付账单等等。

还有一个母亲的儿子几年前经历了一场车祸。他在急性康复中心待了一阵子后就回家了。没过多久家人又做了一个艰难的决定,把他们的儿子送到一个长期机构里和其他病人一起,这家机构是一个急性后康复的团体,它为每个人提供不同的服务。这两个家庭虽然多年来一直都在和各自的不幸打交道,但是他们的坦诚还是非常明显。我倾听着一切,试图理解和吸收对我有用的东西。我学到的一点就是把泰勒带回家后生活并不轻松,认清这样的现实是走过这段路的一部分。

凯斯和我4月15号早早就起来了,泰勒的出院日期提前了两天。凯斯又回去康复中心一趟,把泰勒之前没有拿回家的东西都打包收走了。我试着在脑海里把即将发生的转变思考清楚。我想要把这一天记住,每一个时刻我都特别留心。终于我鼓足勇气来面对即将发生的一切,作为病人的妈妈最后一次走路穿过布林莫尔的大门。我由衷地感激爱可以让药品、同情和对卓越照顾的追求同时共存。

当我最后一次走进枫叶病房，我深吸了一口气，为每个将要走入枫叶病房的病人及他们的家人朋友祈祷。我真心希望这个地方不会再有存在的意义，但我深知它的存在对我们意义重大。

最后还有些手续要办，凯斯和泰勒就在旁边等着。弗里达，我们深爱的一名护士，正在整理泰勒的出院资料和药品清单。泰勒的药物治疗流程如下：

早上，泰勒需要服用依他普仑、卓乐定和丁螺环酮用来帮助处理抑郁和情绪障碍问题。癫痫相关的症状方面，他会服用狄兰汀和开浦兰。他会继续服用两种药物用以治疗哮喘。中午的时候，他只要服用一种，晚上的时候，除了依他普仑以外和早上的药品一模一样。我们知道药品和用量都是视情况而定，而且正确用药至关重要。

弗里达花时间和我们一起把药单上的每一处细节都仔细准确地过了一遍。她把药品图表给我们复制了一份，这样方便我们理解和记忆。这个图表显示在什么时间段要服用什么样的药品，药品用于什么目的以及一次需要多大的剂量。她和尼克提醒一旦有不确定的事情，可以随时打电话。他们说的"不要犹豫直接打电话"听上去非常真实和真诚。林奇医生和赫兹医生对泰勒和我们最后说了一番意味深长的话。林奇医生过来把泰勒腹部保留至今的食管取了下来。

尼克对我们以及泰勒解释移掉食管的危害。在泰勒肚脐眼东北方尾部外面的地方有一个小孔，食管就连在这个小孔上。这根管子被放在一个小的充气的类似气球的装置上面。林奇医生让泰勒坐直，深吸一口气，然后收紧肌肉就好像在做仰卧起坐。当泰勒按照要求照做的时候，林奇医生拿着管子，用力一拉，然后你就听到砰的一声巨响！管子已经被移出来了，这种移除会很痛，但是泰勒很高兴看到管子不在了。这是要移除的最后一根管子，大家都很高兴见到这个！泰勒后来告诉我们把管子移开的过程就像是有人往你的肚子上揍了一拳，这和尼克描述的感觉差不多。当把最后一根管子从泰勒身体里移除后，医生在小孔上贴上了一块邦迪。

过去几个月来发生的事情是不寻常的。在最后一个月，泰勒在康复中心微调的目标基本上都做到了。我们带回家的是一个和之前相比进步飞快的人。

在物理疗程中，泰勒已经能够安全、缓慢、独立地完成上下楼梯的任务了。虽然还需要有人在身边，但是他可以自己一个人完成整个走路的过程。在最初的时候，泰勒和他的物理治疗师劳伦还有我坐电梯下到康复中心大厅，走了很长一段路才到公共扶梯。那时泰勒还只能在封闭的楼梯井里走很短的几级台阶，身边有理疗师，有时候还有家人。

当他看到两排开放式楼梯的时候我能感觉到他的不安。他有点害怕，我也是。我知道他是安全的，劳伦就在我们旁边，什么事情都不会发生，但是对泰勒而言这些台阶意味着更多。那场坠落几乎夺走了他的一切，而现在有人告诉他需要上楼梯还要下楼梯。当我站在他身边，上楼梯的部分还是比较容易办到的。我们到达楼梯上方的时候泰勒要求休息一下，当他朝下面注视的时候我可以感觉到他的恐惧。我感到害怕，替他担忧。他问我是不是可以换一种方式下去。我知道旁边有一台电梯，但同时也清楚泰勒和我都需要进行这样的练习。我们一次一步小心地走着，大家明白挑战已经开始了!

关于在外行走,泰勒学会了听从理疗师的指导。泰勒的左腿还只能在地上拖着。和那些拥有粗糙表面的地方,比如草地或者水泥地比起来,在光滑表面行走更加轻松。医生给了我们好几页继续在家练习的说明,并且向我们展示如何正确地进行每项练习。让泰勒身体的核心部位增强力量这点特别重要。让他简单地自己坐直这件事就花了我们特别多的精力,我们都不想让这种能力倒退。

在职能疗程里,泰勒开始理解惯例的概念,一些日常的生活行为比如每天的换衣服,尤其是早上,我们都会一遍又一遍地练习。他会自己刷牙,一天用漱口水两到三次,这和前几周无数次的尝试相比已经进步不少。他很愿意参加每隔一天日程表上的沐浴事项,确保他是干净整洁的。每一天每一个安排都跟随着一种模式。一步一步,自理和其他日常的任务都会尽可能一致地进行。就是这样在对同一个模式无数次的重复执行后,他可以记住这些事情了。我们主要负责的事情就是让这种模式继续保持。

关于言语疗程,泰勒明白他一天要吃三餐。他会注意对食物充分地咀嚼,用餐完毕后注意把嘴巴里的残渣清理干净。我们需要让泰勒了解健康饮食的重要性。他现在努力做的就是让食物能停留在腮帮子里,但这样会有噎到的危险。他正在学习细嚼慢咽,小块咀嚼以及吃饭的时候不要讲话。

这种行为上的目标,包括一天不要重复多次想要离开康复中心,或者一小时内不能多次要求上厕所的目标达到了。泰勒正在积极地学习如何不打扰别人,还有有礼貌地表达自己的想法。他正在自愿学习和参与一些活动,比如为我们的小狗金吉做一顿好吃的，给我写一封感谢信等。

所有的这些活动都需要泰勒持续不断的决心和注意力。让泰勒集中精力做事情有点像把一盒子的乒乓球扔到空中，然后准确猜出它们会掉在哪个位置。泰勒可以成功完成的每一项小任务都值得庆祝。正是他不断的努力，别人给他的无限的爱，他所得到的一流的看护，还有各种看不到的信念和希望的因素，让泰勒走到了现在这个地方。现在是他闪耀的时刻，尽管他还没办法完全理解自己周身散发着何种光亮。泰勒还活着。泰勒准备穿过康复中心出口的大门了。泰勒准备回家了。我为泰勒感到自豪。同时我对每一个帮助他走到这里的人深表谢意。有一个因素在这场康复中至关重要，那就是坠落后泰勒自身的动力和决心。除此以外，他的伤势也是。有很多病人，他们的伤势把所有的能力永远地夺取了，因此不管他内心有多么坚定，都没法弥补伤痛造成的一切。

在我们离开前，我跑到餐厅和几个要好的工作人员道别。当我在等电梯的时候，我碰到了之前给泰勒治疗过的一名内科医生。他和我说了一些我一辈子都会记住的话。他望着我的眼睛说道："妮可，我希望你记住这些。泰勒已经取得了很不错的康复进展。这里面有很多原因，但是你和你对他的付出是其中之一。我相信没有你，泰勒不会有现在的进步。你对他的爱我们大家都感受到了，和你一起工作很开心。"这个不善言辞的人在我最需要的时候对我说了这样一番话。每一句每一字都深深烙印在我心里，让我一遍又一遍细细品读。

就在我们谈话快结束的时候，他补充了一件事。他说："别忘了——我觉得不应该让泰勒在家玩游戏。这会引发他的癫痫。"这让我哈哈大笑,因为我觉得泰勒不会在家玩游戏的。不管怎么样,泰勒如果想要出去,他应该会选择在树林里玩耍。

分别的时刻到了,没办法再拖下去了。凯斯和我先把车发动好,然后帮助泰勒坐进去。当我们从布林莫尔康复医院开走的时候,阳光灿烂,我知道我们的故事新的一章已经翻开。

当我们在公路上开着车的时候泰勒一直在笑。我坐在后座上,很感激凯斯来驾车。22年前抱着我们第一个胖乎乎的小男孩从医院回家,现在我们又一次带着他回家了。泰勒有一个全新的开始,他活着,这最重要。

车程过半的时候,我们在一个服务站停了下来。凯斯和泰勒去上厕所,当他们出来的时候,泰勒已经知道他要吃什么了。广场上有一家汉堡王,我和他一起走到柜台前。我可以感觉到每个人都在看我们。在我的一些指导下,泰勒慢慢地点了一份芝士堡、炸薯条和一杯可乐。点单对他而言已经很不容易了,但是他还记着自己的礼仪。他对收银员说了"请"和"谢谢"。他大口咬着汉堡,但是还不能吃薯条。

我们最终回到了自己的小镇,一切看上去似乎和以前一样,但是对于我们家来说一切都发生了变化。我们在如画般的街上行驶,这让泰勒记起了很多之前玩儿过的地方。虽然他看上去没有那么兴奋或者活泼,但是泰勒很高兴可以回家。他一会儿就会说一句,"我记得这个"。我们的房子在小镇中心外面,准确说我们要走过一条小溪,穿过一片森林才能到达。我在心里想象另一种场景的欢迎泰勒回家会是什么样子。这次回家是低调的,私人的，令人愉快的。没有各种热热闹闹的场面，气球或者任何吵闹的庆祝形式。

我们的邻居们，年龄和坦纳、艾弗里还有泰勒差不多大，他们制作了一个简单但感人的标牌，上面写道，"欢迎回家泰勒"。这句话已经足够了，它们读起来是如此的美妙。当我们开进车道的时候，泰勒的嘴已经咧到了耳朵根。在长长的6个月之后，泰勒就要打开家的大门了。我们从来都不确定这样的时刻是否会发生，现在一切成真了，我们都把它当作最无价的礼物。

我们打开了前门，德国短毛猎犬金吉出来迎接我们。泰勒不在的时候，金吉把他的床单拽成了碎布条。它一直在不停地嘟哝，现在它正慢慢地有条不紊地检查着它的伙伴。我希望它的本能在正确的道路上指引它，因为之前就讨论过它吵闹的天性会不会对泰勒造成负担。泰勒很高兴见到金吉，但是他的反应有些保守和自制。可能他还没有足够的能力来表达很多的情感吧。在门口站了几分钟后，他问道："艾弗里今天会回家吗？"

艾弗里在上大学，大概有一小时多一点的路程。泰勒第一时间就想到了他这让我感动不已。但是泰勒和坦纳之间的关系还没有那么融洽，这让我有点伤心。就在摔倒前几年，坦纳每一场运动比赛泰勒都会尽可能去给他加油鼓劲，但是现在他似乎忘记了他俩之间亲密的关系。

离开之前，布林莫尔的理疗师们替我们决定最起码一开始，必须得有一个人睡在泰勒身边。泰勒的床上有一个带有闹钟的床垫，他的房间里有带摄像的监视器，门上也有警报。这些防护措施都是必要的，但是我们家很大，所以还是需要密切看护好泰勒。前几个晚上，我睡在泰勒身边。几晚过后，我们在地上放了一个简易床垫，设了一个时间表。如果泰勒半夜起来，他需要一整套的例行动作。我实在太累了，在我想要睡觉的时候任何的例行程序都是最不受欢迎的。泰勒会首先醒过来，然后让我把灯打开。接着他会穿上拖鞋，然后我们一起走向洗手间。一旦结束后，他需要洗手。这一连串动作里每一个步骤都会花掉几分钟的时间。每一个小小的步骤都是慢动作，我的身体和内心都尖叫着需要休息。这是负责照顾泰勒和24小时安全的最主要的调整，但我全身都在反抗着。我只想要睡觉。

我们在家的头几天还算安静。有很多人都急切地想要见到泰勒，但是我们需要仔细安排时间表。在他心里，他想要立刻见到所有人，但事实上他没办法应付大批人群。

对我们而言最有帮助的举动是一个好友制订的饮食计划，她的女儿多年前由于白血病去世了。她清楚了解照顾一个因为疾病凡事都需要依赖他人的人意味着什么，这让我们迅速接受了她的好意，也让我们大家又重新相聚。每周一、周三和周五她会安排别人在她工作的地方把食物放好，然后坦纳上学途中去取。这份好意是一种巨大的帮助。它减轻了每晚既要安排又要准备食物所需要的精力，也意味着当有人突然来访时我们有食物可以款待大家。

4月21号周六，泰勒最好的朋友之一从大学回来过周末。我们看到她很兴奋，和她以及她的妈妈一起吃了早饭。她们带来了一份早餐砂锅，就在我们刚张口吃饭的时候，泰勒的癫痫发作了。我们之前有过特别指导，哪一种类型的癫痫需要打电话给

911。这次的情况就符合。我们需要注意发生癫痫的严重程度、时长和种类，在现阶段癫痫并不是一种常态，所以医生嘱咐我们不要轻视它们的发生。这类情况并不常见，而且我们还没彻底搞清楚癫痫。它们对我们来说是陌生而吓人的。

这是坦纳和艾弗里第一次目睹"事件"的发生。在医学界，通常用"事件"来表述癫痫，这个词语一直跟随着我。泰勒很讨厌癫痫这个词，所以用事件这个词会显得没有那么恐怖。癫痫听上去很吓人，事实上，它就像一个突然狂敲门的猛兽让人非常不安。

医护人员很快赶了过来，我在外面和他们见面。我尽可能平静且迅速地解释泰勒之前有过脑损伤。这样他们就不会冲进屋子里引起很多骚乱，因为泰勒对这种骚乱的反应很糟糕。在恐慌中，我不得不保持冷静，同时需要有效地告诉他们泰勒也需要他们保持冷静。担架放在门外，他们进来评估状况。他们检查了泰勒的生命特征，和他讲话，然后给急救室值班的医生打了电话。我和医生通了电话，听到不需要把泰勒送去急救室的消息我们都感到宽慰。当然，我们也接受了更多指导，下次碰到类似的情况我们需要怎么做。我心中一直有疑虑要不要打给911，但是我们在所有事情上都是新手。每次癫痫发作我们都要打电话给救护车吗？什么样的症状需要去医院一趟呢？医生们告诉我们，现在的状况我们是需要打电话的，我们需要自己消化那些不安的情绪。在癫痫的根本原因被更好地解释之前，我们必须以某种方式把它记录和检测下来。

在癫痫刚发生，还没有进入完全的颤抖前，泰勒表示他不希望他的朋友离开。他边用手做着手势，边试图用颤抖和痉挛的嘴巴说话。他尝试着叫他朋友的名字，但是只能发出"咔、咔"的声音。就在他手臂的舞动和说话方式间，我读懂了他是想告诉我不要让柯莉离开。这让我心碎。他需要见到自己珍贵的亲爱的朋友。他丝毫不记得之前在布林莫尔她的拜访，而他的内心不想让她立刻离开。所以我和柯莉还有她妈妈说了我们非常希望她们留下来。

急救队走后，泰勒恢复过来后坐下来然后我们大家一起吃饭。除了泰勒其他人都没有觉得饿，食物味道很不错，感觉很温暖舒适，我还记得自己当时在想怎么这么好吃。吃完早饭，泰勒准备休息了。朋友们都离开了，我们把泰勒安顿好让他休息一下。

当泰勒睡觉的时候，凯斯和我开始探讨发掘生活里这些变化的感受。那天晚些时候我写道：

在泰勒小憩的时候，凯斯和我花时间讨论了一下我们有多么难过。我们互相倾诉这一切多么令人伤心，我们有多想念之前的那个孩子。我们还说了自己有多么地爱着泰勒，对他的活着有多么感激。我们心里很清楚感恩节那天我们就可能会失去他。我们为他丢失的那部分悲伤。但是泰勒还在这里。他和从前不一样了，比我们想象中更需要照顾，但是我们感激他还活着。

泰勒一下午都在睡觉，醒来的时候突然想要找他最喜欢的皮带，还好我们找到了。我们发现泰勒身上正在经历一种非比寻常的转变，因为他突然开始记起事故之前的一部分生活了。回家触动了他，对周围熟悉的生活他开始有了很多的反应。每天有了家人、好友还有狗狗的陪伴让他明确感受到了一种截然不同的照顾和宽慰。

在回家之前，我曾想象过我也会感觉更好——但是并没有。现在我忙碌在泰勒的时间表里，每天和朋友、医生、药品、日常安排打交道，生活一般是早上七点开始到晚上五点结束。这是一个很重的责任。当他打盹的时候，我在琢磨门诊治疗怎么进行，试图处理些其他的事情，以及准备新职能治疗的动作。我不仅是泰勒的妈妈，我还是他的司机、主厨、陪伴、秘书、支持者和朋友。我二十四小时随叫随到。这是一份累死人的工作。

当泰勒的朋友过来拜访的时候，我总是想问他们是否介意我离开一下。不幸的是，现在离开他去休息会让我觉得不太放心。所以我经常离开去冲个澡，打几个电话或者处理一些文件，或者只是呆坐几分钟。他有几个朋友是护士，这对我来说是个惊喜。因为我知道一旦有什么不寻常的事情发生他们可以处理。

回顾那个阶段，我现在才意识到那时我还处于一种对失去的东西没有真实感受的模式里。这有点像努力处理一个不可思议的富有挑战的任务同时在为一场马拉松做准备。我努力完成着必须要完成的行动。实际上我需要花些时间感受正在发生的一切——但我的情绪处于随时要爆发的酝酿阶段。我记得时不时我会哭泣，或者和一个朋友倾诉我对所有的变化感觉糟糕，但是当时间流逝，我才明白真正的悲伤还不曾出现。

那是很早之前的日子了，好好照顾泰勒并且把他的所需放在第一位意味着我必须把自己的悲痛暂时先放一放。直到几周之后我才明白我到底失去了多少，事实上，我很感激这种延迟。我不可能为了泰勒随时保持投入，并且完全体会他所经历的痛苦。

》第二十一章　如果有如果

》4月中下旬到5月初

　　在回家的一周后，泰勒和我像预期的那样进入了一种日常行为模式。他会在南方保健康复中心继续接受门诊治疗，这个康复中心离泰勒一开始就医的基辛格医疗中心很近，但是离家仍有一个小时的路程。康复中心尽量把泰勒的日常表安排得相对方便，因为车程并不那么令人愉快。泰勒一周三天会参加职能、言语和物理治疗等总共九节课程。我们的目的是让所花的时间尽可能有效。因为出门坐车对泰勒而言也很困难。我们没有意识到有些东西即便看不见也会耗费大脑一整天的精力。对泰勒而言，这意味着为疗程做心理准备所消耗的精力和疗程本身一样。

　　这些课程并没有安排在很早的时段，因为泰勒早上不能够匆忙或者着急行动，而且下午他会疲劳。当指定时间表的时候，我们尝试找寻他可以适应的最佳时间点。我们可以早上8：45左右离开，在车上的时候，需要把收音机关掉，保持绝对的安静。泰勒准备接受整整三个小时的疗程，这几乎耗费了他所有生理和心理的能量。所以我觉得这之前需要给他的大脑足够的安静和舒适，这很重要。

　　我不喜欢安静，但是在前几个月里我已经渐渐习惯了。在他还没办法反应的时候，我常常独自一人或者坐在他身旁。这给了我很多时间思考，当然，有时候可能不会有所发现，这取决于具体的时间和日子。这种安静的时间确实给了我一种宁静，让我可以理一理那些亟待完成的任务。有时候沉默感觉像是孤独的警钟折磨着我。

这种连续的课程对泰勒来说很有挑战性，但每个人都在努力跟上时间表的进度。课上，我们从理疗师和医护人员那里得到了热情的问候，让人感到很舒心。起初和每个人碰面的时候，我还有些不知所措，我想要记住他们的名字以及在泰勒接下来的康复阶段他们担任的角色。过去几个月我们遇到了许许多多的人，而且这种趋势短期内不会停下来。为了让泰勒有安全感和活力，他需要感觉到我对他所在的地方和帮助他的人胸有成竹。

布林莫尔疗程课的要求很清楚，但是内容宽泛而不简明。泰勒第一节课都是评估。泰勒上课的时候我需要陪着他，至少在他对陌生人和新环境都适应了以后我才能离开。这些评估让医生对泰勒目前的身体状况和需要继续的目标有了一个大概的罗列。随着时间的推移，每一个理疗师都会了解泰勒身体和心理的状况并且确认如何更好地治疗他。这方面南方保健康复中心疗程和之前的团队方法没什么两样，我们都很喜欢。

在南方保健这样的机构里面，每个病人都会有单独的见面会，疗程目标也都会在特定形式的疗程中设定。泰勒被邀请对他的物理、言语和职能疗程的目标发表一些看法。泰勒还不能够准确定义他的目标，但是他想变得更强壮。他想要自己身体的一部分恢复得更好，他也知道这意味需要更努力。他还是需要很多鼓励才能回答问题，尤其如果问题和答案背后的概念是开放式的。他对现实的感知常常不是很准确，所以当要求确认目标的时候，他还是集中在开车、工作这些事情上。他想要重新回到这两个活动中，但是不理解这些并不是手头上最重要的事情。

疗程小组和他积极地沟通，因为他的思考、感觉和想法对这个过程很重要。在一周结束的时候,团队里开了个会议,主要讨论了下我所担忧的问题,他们会遇到的挑战,以及和泰勒进展相关的重要话题。

物理理疗师需要处理他的平衡、力量和耐力问题。我很高兴地看到在南方保健康复中心里有一些设备之前泰勒从来没有使用过。有一样东西立刻吸引了我的注意,那是一台跑步机。这台特殊的跑步机有一个背带可以绑着泰勒,同时还有一个安全栏杆提供额外的支持。泰勒对这个设备有一种又爱又恨的情愫。但是刚看到跑步机的时候他还是很兴奋。这里的健身房比布林莫尔要小一些,但是同时病人也会少一些。我感觉在泰勒康复阶段这个节骨眼上干扰水平的降低对他是更加适合的。和泰勒一起工作的物理治疗师是一个名叫布莱特的话语柔和的男士。他和泰勒因为运动的话题迅速熟络起来。我对他的第一印象就是他让我想起我的爸爸,只不过更加年轻,更加内向。我很喜欢他,我知道泰勒也会喜欢他的。

在职能治疗里,泰勒需要对自己手眼的协调进行调整,提高日常生活活动(ADLs)水平以及对个人安全的自身意识。一个名叫史黛西的热情友好的理疗师问候了我们。她说话轻柔,我立马就可以看出她富有同情心。她的笑容是一大特色,和她眼中的亮光相得益彰。她一开始询问的几件事情之一就是是否可以告诉她我认为泰勒在疗程中可以进行的一些活动种类。她想要了解泰勒这个人,知道哪些疗程他可能会喜欢或者厌恶。我告诉她泰勒一直都勤勤恳恳,是一个努力工作的人。他对户外活动很热衷,包括钓鱼和狩猎。他对自己的工作很在行。这些细节帮助她了解到泰勒是一个喜欢把事情做好的人。

第五部分
米夫林堡

言语治疗又一次被证明是个挑战。泰勒和他之前布林莫尔的言语理疗师在一定节奏下合作得很好，但是他一直都不喜欢读书或者书写。不知道出于什么原因，病人们把这种方面的疗程定义为课本学习。我知道他的理疗师一定会用非凡的创意让一切进展顺利，即便如此我们也很有可能会遇到困难。

泰勒有明显的沟通缺陷。言语疗程最主要的一个目的就是处理他执行职能、推理能力、问题解决以及记忆技巧的一些问题。这仅仅是众多缺陷里面最基本的方面。在我看来，这方面的问题是泰勒最难逾越的障碍。但我们第一次和言语治疗师见面时，我禁不住想他会让泰勒联想到古板的学校老师，了解了他的个性后，我担心进展会不顺利。整个过程里最烦人的事情之一就是知道有时候泰勒对某人的喜欢不会根据他是否是个开心的人或者勤奋的人来决定，从最初的见面我就了解言语治疗会比其他方面需要更多的鼓励。

尽管在过去几个月里我花了很多时间和泰勒单独相处，看着他一步步成长，学习到新的东西，我还是对康复阶段里的他感到惊讶。大脑不仅决定了我们是谁或者表达我们的情感，它还是让全身所有器官共同协作的重要中心。我们所做的任何事都依赖于大脑。看到新的成长或者新的进展都是让人欣喜若狂的事情。

门诊治疗第一周最重要的事情之一就是综合测评。这个过程中会用到各种各样的工具测评泰勒体力和认知能力的各个方面。他手上会放一个承重工具，用以测量他可以握紧的力度。泰勒会完成一次重复的挤压动作用以测量他的力气。通过图表记录一次动作可以重复的次数以及完成一个特殊任务所匹配的时间长短来评估耐力程度。他会被要求读一些简单的单词和词组，认出他所看到的图案。这些信息在几周内是无比珍贵的。这些评估会被当成出发点或者基线，目的是了解他进步的空间。

当我们逐渐适应时间表后真正的工作开始了，哪一个疗程先开始，哪一个放到最后面，这些都需要调整，也需要我们和医生对彼此更加了解。随着时间的推移，我不会参与所有的疗程课程，因为我想让泰勒培养独立性。我们首先让他在职能疗程中从和史黛西单独相处开始。他和她相处最舒服，即使有挑战，但和其他疗程相比，职能疗程里的活动没有那么令人沮丧。他很喜欢的一个活动就是一种改编的连线绘画。这是一项定时活动，泰勒似乎很喜欢这个过程和考验。他做任何事情都是从小的开始——一开始的绘画上只有不到十五个连接的点，后面会慢慢增加。

这时候一个更有趣，经常在课程中出现的模式开始凸显。专业说法叫作虚构症，这个词在心理学领域里被广泛运用。在升入高中之前，泰勒很喜欢打棒球。在他大概十三岁的时候，由于在比赛中的糟糕经历，他决定全身心地投入到狩猎和钓鱼中去。他的棒球生涯结束了。这对他而言不是个容易的决定，但他似乎对此感到很放松。

九年级的时候他踢足球。在赛季初由于摔断了手臂最终决定不再继续。在大二和大三的时候他对摔跤产生了探索的兴趣，时间同样不长。总之泰勒不喜欢被运动的时间表和练习所束缚，因为他不确定当真正比赛时间下来的时候他是否有空参加。但是狩猎和钓鱼则不同，因为他可以自己安排时间，以自己认可的方式取得成功。

当泰勒与布莱特和史黛西接触时，他非常清楚他们是初次见面，但他似乎开始为自己的新生活杜撰故事说给他们听。在过去他突然间成为了一个明星：摔跤冠军和本垒手。他在高中的时候曾经拥有一段辉煌的运动生涯，除了他其他人都不记得了。我不知道应该怎么应对这些故事，因为他说的这些似乎都是真实的。至于棒球，在小学和初中的时候他是一名优秀的选手。他总是被选入少棒联盟全明星队，是一个出色的跑垒员、击球手和位置球员。但是初中之后泰勒就从来没有参加过有组织的棒球赛了。他说的有些故事是基于真实事件，但其他的就不是了。

至于摔跤和足球方面，看上去他似乎只记得希望可以发生的事情，或者他弟弟经历的事情。他的记忆不是模糊的就是明目张胆的谎言。因为对心理健康领域知之甚少，而且在他的康复阶段也目睹了这类事情的发生，我开始思考这些夸张的故事到底说明了什么。

他反复讲的另外一个故事和布林莫尔一位理疗师有关。他提到的这个理疗师是一个特别耀眼可爱的年轻女孩。她有着牛奶般白皙的皮肤，漂亮的金色长发和甜美笑容。她很严格但是对泰勒语气和蔼，抛开年轻不说，她是团队里一笔巨大的财富。当我和她沟通交流时脑海里总会想起一个词，内向。她对泰勒很好，但是看上去并没有像其他理疗师那样适应自己的角色。

当泰勒开始和治疗师们回忆之前的时光时，他会说："有一个长得特别好看的女孩儿每天都过来帮我洗澡。她总是穿着黑色皮裤，她很希望帮助我。有时候她还会和我一起洗澡！"他总是笑着表达自己和她在一起的开心时刻。我一秒钟都不相信这个故事里的一个字！这就是脑损伤患者的话，泰勒可能只是想象这种场合成为现实。毕竟他也是一个充满男子气概的二十二岁男人！我会善意地提醒他这名理疗师实际上穿的是卡其裤，她过来纯粹是为了教他和帮助他的，但是他会咧嘴一笑继续说："不，她身材很棒，她喜欢我！"也许正是靠这种想象让他生存了下来，这种情况很正常或者有所耳闻，它并没有让我觉得很不堪。我曾经就亲眼目睹过医护人员厚着脸皮全心全意帮助脑损伤患者康复。

一个医生讲述了一个自己的故事，是多年前她帮助一个病人的经历。她是一名年轻的物理理疗师，被指定了一名事故发生时和泰勒差不多年龄的男孩。有一天当她正在帮助他进行日常生活活动时，到时候给他沐浴了。当她正在从旁协助的时候这个男孩看着她问道："你男朋友知道你在做这个吗？"当她讲完后我笑了，很容易就理解了这个故事。对于相同年龄脑部受伤的位置又很类似的人来说是有相同的思路的。泰勒关于自己理疗师的想法对于那些和他一起工作的医疗团队而言并没有什么新奇。

至于他所讲的那些新的故事，都是一种简单朴素的虚构症表现。罗格斯大学记忆障碍小组把虚构症定义如下：

虚构症是一种记忆障碍，它会在基底前脑和大脑额叶都遭受创伤的病人中发生……虚构症被定义为错误记忆的自然产生：可能是一些未曾发生过的事件的记忆，或者一些时间空间发生改变的真实事件的记忆……需要指出的是虚构症并不是说谎：他们并不是试图有意引起误会。事实上，病人们基本上对于自己的记忆的不准确都不清楚，而且会费力解释自己所说的就是事实。

泰勒并不是在有意散播虚假信息。他只是在分享记忆中他之前的生活和他的康复过程。医生们把他的虚构症解释为"费力地填满记忆中空白的部分",而自己却并没有意识到。

另外一种行为的常见模式也在产生。从某些方面来说,我们的生活开始有点像比尔莫瑞演的一部电影叫《偷天情缘》。这部电影主要讲述一个气象员发现自己日复一日生活在同一天。比如说,泰勒每天早饭都要吃幸运符麦片粥,如果我们出去了就成为问题。他每天洗澡的时间都是固定的,所以我们被在医院时制订的沐浴时间表捆绑住了。洗澡的时候泰勒还是需要有人监督和协助,所以凯斯和我必须有一人帮助他。我们必须提醒他不同的步骤和顺序。如果凯斯或者我从泰勒熟悉的模式中偏离就会引起他很多的困惑,我们都知道他对一致性的需求。他每次都需要在相同的顺序里执行每个步骤,他就是这样重新学习的。

有疗程课的时候他早上六点起床,洗澡,吃东西,回到浴室刷牙,多次洗手,最后准备好了才可以走。这种日常的过程非常缓慢,而且泰勒需要不断地提示。泰勒的行为中有很多重复动作,他需要事情井然有序。

在疗程课进行到一半的时候,他需要吃点东西,所以我总是会给他打包点吃的东西和水。结束后,他非常喜欢去赛百味吃个三明治。泰勒还是很瘦,所以看到他吃东西我们就会感到宽慰。去赛百味的时候,他总是会点和之前一模一样的三明治。如果我建议点些不一样的,他就会+礼貌地告诉我他知道自己想要什么。点餐的过程对泰勒而言是另外一种很好的理疗形式:排队等候,点单,然后把这个任务完成。他大脑需要每次点单的顺序都保持一致。

时不时会有一些准备进入不同领域治疗的学生到南方保健来实习。在言语治疗进行几周后一个年轻的女学生加入了我们。对泰勒而言这是个好事。他想要填满自己的记忆,我知道她的存在对泰勒会有帮助。

5月1号我写道:

今天在言语治疗的时候,泰勒和他的理疗师还有实习学生一起做了一个与动物相关的练习。泰勒需要按照"爸爸,妈妈和宝宝"组成三个词组。比如说词组可以是:母马,公马,马驹,或者母鸡,公鸡,小鸡。泰勒必须从之前合成一体的许多单词里选择。这对他而言不是一项简单的任务。他的伤势让这种归纳过程变得很困难。这个练习用到的方法有点类似单词抽认卡。

然后泰勒还需要回答一些和认知理解相关的问题。泰勒非常集中,试着把全部的注意力都放在问题上。他今天对其中一个问题彻底困惑了。实习生问泰勒:"有人可以画(涂色)一只老鹰吗?"他一直在探讨如果有人准备涂色的话,老鹰必须一动不动保持那个姿势。当理疗师给他展示了一张老鹰的图片,他还是没有办法理解"画(涂色)一只鹰"的意思。他还陷在活生生的老鹰怎么可能被一个人涂上颜色这个概念里。他的脑海里应该浮现出一个人拿着画笔抓着一只活的老鹰,试图给它涂色的场景。

这类练习可以让我们对泰勒的思维过程有充分的了解,事实上他对任何陈述都是看字面意思。这种具象思维随着时间推移会引起一些问题,但是这样的观察结果对我是非常珍贵的。

在5月初的时候,我们注意到泰勒产生了一些变化。他的胃口没有完全恢复,相反还变小了,他经常会呕吐,有严重的腹泻。同时他双脚也越来越不稳定。一开始对呕吐我们并没有过分担心,把他力气上的减少归咎为没有像平时那样进行物理疗程训练。某一个周一,他的理疗师也表示了担忧,并给他的神经外科医生发了短信。

在那个时候,泰勒整周都在期待参加一个为他准备的筹款活动。那天早上起来的时候他气色看上去好了一些,或者只是我的错觉。下午小睡了一会儿后,他的情况开始变得糟糕。他虚弱到几乎站不起来了。我给塔加特医生打了电话,在第二天他预约之外留了单独的时间安排见面。我们很幸运他那天的时间表上正好有预约!

5月22号是坦纳的生日,正好和泰勒的安排冲突。这6个月我们几乎把大部分的精力都放在泰勒的身上,所以我想这次给坦纳一个惊喜。我想让他成为瞩目的重点,让他感受到大家的爱和祝福。坦纳对泰勒总是特别慷慨和无私,但是我知道他也需要一定的认可。从去年11月以来他和艾弗里的日子就不好过。在我眼里他们是成长中的英雄,我想要他们不被痛苦、疾病和磨难包围,尤其是生日这样的场合。我想要他们感受并明白他们存在的重要性和力量,尤其对我而言他们是不可或缺的。

不幸的是,坦纳的生日并没能按照原计划进行。泰勒的情况继续恶化。几天前我和布林莫尔的克里斯汀聊过,她告诉我这些新的症状并不寻常。考虑到她和理疗师所表达的不安,我们立刻安排了见面。所以5月22号,艾弗里和我在基辛格碰头,我们把泰勒送去电脑断层扫描,然后和塔加特医生见面。在二十四小时的时间里,泰勒已经虚弱得不能把他单独放在一边了。

现在回顾那段时间,我在想为什么对于他不断恶化的表现没有引起足够的警惕。我不清楚是拒绝或者根本看不见发生在我眼前的一切。我不清楚自己有多疲惫不堪,也不想泰勒的回家最后以失败告终。我是他最主要的看护者，所以如果他病情恶化，是不是就意味着我没有好好照顾他？我清楚的一件事就是我不是一个情绪夸张的妈妈。真正的生活已经有太多情感的波折，谢天谢地我内心的歇斯底里都被很好地克制着。这种"沉默的叫嚣"一直是我自己的一场内部斗争。

自从回家之后泰勒会定期验血，就在几天前，一切都正常。但突然血检报告表明细菌在滋生。那时候塔加特医生已经和我们讨论了最坏和最好的可能情况。当艾弗里和我陪着泰勒坐在狭小的诊所房间里时，塔加特医生说最坏情况的可能性在增加。所有这些仅仅发生在几天之内。

扫描结果显示泰勒的身体正在再次吸收他的头骨。塔加特医生给我们看了扫描图，并解释说那块被安回去的头骨现在看上去就和蜂窝乳酪一样。骨头上原本不应该出现那样的圆孔。再吸作用并不是闻所未闻，事实上我们被清楚地告知过这种情况可能发生。再吸作用在像泰勒这样的年轻患者里面发生的可能性更高，这就是其中的风险之一。泰勒的身体并没能像预期那样接受他的头骨。

再吸作用表明泰勒的身体对这块经过移除冷冻最后再重新放入头部的骨头出现了排异现象。因此需要取出这块骨头，并且要尽可能快地安排手术。那天整个房间里的氛围异常紧张。对于一个二十岁的孩子来说艾弗里聪明且善于言辞。他问医生有没有其他可以尝试的选择。答案是没有。他还问医生如果我们什么都不做的话会发生什么。答案很简单，也让人痛苦：泰勒会继续快速衰退。艾弗里和我尽量把凯斯和坦纳可能有的疑惑也问出来，塔加特医生也明白会有更多的问题。

我记得自己那天坐在寒冷洁白的房间里。诊所里很安静。泰勒和我一下午都待在医院里。弄清楚情况比我们预期花了更久的时间。其他病人都结束了检查，医生们也都回到各自的办公室里工作。我们周围一片寂静。我们即将迎来另外一场危机，这把我惊呆了。当医生和我们说明情况的时候，我根本没有哭泣或者释放任何情感的时间。艾弗里和我必须保持冷静，为了泰勒也要控制自己的情绪。我们要看上去没事这样泰勒才会认为一切都没事。我想要大声叫喊："为什么会发生这样的事情？我不想我们再经历一次！"但是我并没有。我眼里满是泪水，声音颤抖，但是表现得和平时一样。这种情况不应该发生的，尤其是在坦纳生日那天。

计划是一旦原先的骨头移除后立即用一块人工骨头取代。这种定制的东西一般情况下都需要一个月左右的时间生产，但是塔加特医生神奇地让泰勒的人工骨头可以尽早完工。这个过程很复杂，需要先通过扫描来建造一个泰勒新的骨头，它可以完全适合所在的位置。6月初我们接到电话可以安排手术了，泰勒的新骨头已经到货了。手术安排在6月7号。

仍在滋生的细菌类型还是没有确定，但是塔加特医生已经做好了移除旧骨头，放上新骨头的准备。

如果生活也可以如此简单就好了。

》第二十二章　曲奇饼干的破碎

》2013年6月初

泰勒和我在家待了差不多七周的时间。头几个星期，他很享受和亲朋好友的相聚。有一些朋友是他出事以后第一次见面。当他还在布林莫尔的时候，我们对访客有严格的限制，所以泰勒很珍惜现在这些来探望他的朋友。我们很清楚和那些他在乎的人以及在乎他的人重新联系有多重要。

每个人过来拜访时，回忆都会如潮水般涌现出来。每一次泰勒都能记起过去的一部分生活，就像看到记忆殿堂里的又一扇门打开了。有时候可能只是浮光一瞥，但其他时候，那些细节会如洪水般涌向他。

我们的房子变成了一个有许多旋转门的地方。我有一个日计划表，里面写满了各种各样的名字、日期和约会。泰勒的时间表上有无数个约会，一些即便像每日血检这样的任务也很耗时。在有疗程课的日子里，我们会试图避免往日常表里增加其他内容防止泰勒过度疲劳。从南方保健回家后泰勒通常需要休息三到四个小时。康复中心的工作人员提醒我他还是需要大量的休息调整，这对大脑的痊愈非常重要。他通常下午早些时候感觉更有活力更加友善。另外一个好时刻是在下午五点左右。泰勒在那个时候进行社交沟通会更有成效也更加有意义。当然会有些"开小差"的时候，那时我会有礼貌地建议他的访客们拜访该结束了。

作为一名最普通的观众，我总是很有幸参与泰勒的各种重聚和探访。我经常待在厨房区域，而拜访会在隔壁客厅进行。有时候泰勒和他的朋友们会在他的卧室里聊天。虽然累人，但是看到他和老朋友聊得那么开心一切就都值了。泰勒很多的朋友因为很久见不到他而感觉伤心，而他们第一次见到泰勒的场景总是很令人心酸。

我们可以理解，很多朋友对于和泰勒的初次重聚总是有些担忧或者腼腆的，但是我们尽自己的最大努力提前给他们做好心理准备。泰勒的朋友大多数二十刚出头，还是年轻人的他们从来没有近距离接触过脑损伤患者。那些在布林莫尔见过泰勒的朋友会和周边的人分享反馈和指导。当拜访的频率增加时，我们都可以看到这样的探访对每个身在其中的人都有好处。这种互动对每个人的痊愈都有很大成效。

泰勒的朋友们即将见到的这个人和仅仅几个月前的那个他截然不同。他们亲切地称之为"宾"的伙伴经历了一场超乎寻常的变化。他的身体虽然完好无损，但是他的伤势对他的性格进行了彻底的改革。我经常在想泰勒的朋友会怎么理解他，很多年轻女孩子都是说着愉快的话题。泰勒记得每个来看望他的朋友，我们试图让他在内心深处牢牢记住每个访客。

其中最真诚的一次互动是和泰勒一个高中最好的朋友。他的名字叫乔恩。青少年时期泰勒和乔恩一起打棒球，他们也有很多次共同的冒险经历。当乔恩第一次过来看望泰勒时，他的关爱和担忧一眼就可以看出。他们有无数的回忆，高中几乎大部分时间都待在一起。这其中有下雪的日子，小溪边玩耍的日子，节假日，数不清的骑单车的日子，还有在对方家过夜的日子。由于伤势的问题，泰勒通常想到什么就说什么。正因为如此我了解到了许多关于他的朋友和毕业班级的事情，这比从任何一个访客那里知道的都要多得多。

在表达想法或者记忆的时候，泰勒毫无遮拦。他的伤势让脑子里的审查功能失灵，不会提醒他哪些话是不恰当的，粗鲁的，或者太私密的不能分享。泰勒的长期记忆比短期记忆要好得多。所以我知道了他对谁有过一见钟情，和谁在公交上亲吻等等。当乔恩加入时，他和泰勒一起的所有经历都会被重述一遍，而且是大声说出来。这也是泰勒治疗的一部分。

乔恩的举止羞涩，笑容狡黠，他是那些感到尴尬但是并没有因为泰勒的回忆而感到窘迫的几个朋友之一。泰勒一直在讲故事，而且并没有要停下来的意思！

乔恩的存在让泰勒满脸笑容，很容易看出来他们的关系很融洽。对于和他最近交往的朋友他的大脑似乎还需要搜索一些共同的经历，但是和乔恩在一起时这些回忆自然而然就出现了。泰勒开始追忆很多我之前压根不知道的恶作剧。当他仔细搜寻记忆中虚拟的名片夹时他的大脑几乎要超负荷了。我知道了他和乔恩曾经逃学坐在汉堡王门口待了一天，然后一个老年人冲他们大声嚷嚷。我知道了他们凭着"男儿本色"的信念生活，但最有趣的还是他们在小溪边度过的时光。

可怜的乔恩！这些回忆对泰勒来说是一份礼物。它们让他无拘无束地欢笑。我知道当我听说他们在半空中荡秋千荡到腿软或者去了不该去的地方结果和邻居发生冲突时乔恩有多么尴尬。我听到了鞭炮、钓鱼，还有许许多多大男孩们玩的游戏。对我而言泰勒重温这些瞬间并且大笑的样子很美好。乔恩不知道他的探望

第五部分
米夫林堡

意味着什么，但是他的确把泰勒从模糊的记忆洞穴中拽了出来。而且乔恩马上就要结婚了，他很希望泰勒在那个特殊的日子成为宾客之一。

有时候探访看着会很悲痛。泰勒另外一个比较好的朋友叫特弗雷，他们好几年都是形影不离的伙伴。特弗雷和他在暖通系统的技校一起上学，毕业后又在同一家公司找到了工作。就在泰勒事故前几个月，他们都买了一辆哈雷摩托车作为新的宝贝，这是他们一起分享的众多东西之一。泰勒和特弗雷的友谊在很多方面都很深厚。他们一起打猎、钓鱼，一起玩闹，一起长大。当泰勒从之前的状态里苏醒还处于糊涂状态时，他并不知道和特弗雷的关系有多亲密。我不喜欢给朋友们贴标签，但我知道特弗雷是泰勒最好最亲密的朋友。泰勒似乎不记得他们之间的关系了。某种方面来说，他缺乏感知这种情感的能力。这种变化对我来说很心碎，我知道对特弗雷也是。宾还能记得那个叫作"特"的朋友对他意味着什么吗？

在过去几周里泰勒已经有了过去生活点滴的回忆，但是由于这场意料之外的手术，谁知道又会发生什么呢？我讨厌看到他再次走进手术室里。我担心可能发生的一切结果，但试图坚信最坏的情况不会发生在我们身上。事实上，我已经做好了带泰勒去参加乔恩婚礼的准备。我永远记得乔恩的未婚妻流着眼泪询问我们可不可以过来的样子。

田纳西州纳什维尔一家专门从事制作头骨的公司已经完成了泰勒替换假体头骨的制作过程。3D成像工艺中会使用电脑断层扫描用来制造专门适合泰勒头骨的假体骨块。塔加特医生订了一个加急订单，现在一切准备就绪。手术安排在6月7号。泰勒是塔加特医生那天日程安排的第一位。

如果泰勒没有经历这么明显而快速的恶化，也许我们会对这场手术更加担忧，但是现在我们清楚手术的急迫性。6月7号一大早，凯斯、泰勒和我起来开车赶到基辛格医疗中心。在出发前，泰勒和小狗金吉说他几天后就会回来，然后我们径直开往医院。我们开了两辆车过去，以防事情会出现意料之外的变化。

在离开家之前，凯斯给我和泰勒拍了一张照片。泰勒的脸扭曲着，双眼看上去很难睁开。他身形消瘦，看上去很虚弱的样子。现在看着照片回想起来，可以看到那时我们是多么的害怕。

凯斯和我可以陪着泰勒待在手术前的等待区。我们在等候的时候见到了一个特殊的朋友——术前护士里有一个是泰勒高中毕业班的朋友。她不仅过来看望泰勒，还告诉我们她会是手术室里的陪同护士。一想到泰勒有一个熟悉的人在身边就给了我们极大的安慰。他还像个孩子一样脆弱，需要这个朋友提供保护。泰勒对自己目前所处的状况还很迷惑而且他有理由害怕。

幸运的是，他不能准确理解自己目前状况的严重程度。在那些特殊时刻，这种不自知既是诅咒也是恩赐。我们本可以告诉他一些东西让他有所了解——这场事故把泰勒身上太多我们和他自己熟悉的东西去除了，但是泰勒还不知道。这次的手术会让更多的他回到我们身边吗？我们的儿子真的可以回家吗？坦纳和艾弗里失去了他们一直认识的那个大哥哥了吗？

走到这一步泰勒付出了太多的努力，我不忍看到他再有任何的退步。

手术前麻醉师过来讲述她的工作和会使用的药品，塔加特医生和我们最后温习了一遍方案。泰勒被送到了手术室里，我们被告知手术完成大概要花四个小时的时间。他坐在轮床上，他的朋友凯莉就在他身边，泰勒微笑着。他的笑容浅浅的，充满了内心的纯真。当他从我们视线里消失时，我们都深吸了一口气，泪水掉落下来。我们彼此一句话都没说。要说出萦绕在脑子里的那几句话实在太痛了。我们的心里只有许多的"如果"和"请求上帝"。

因为之前就经历过这样的情况，所以我们非常清楚手术多半会比预期的时间长。凯斯和我走到餐厅里，要了一杯咖啡，然后计划早上就这么等着。就算过了原本设定的结束时间我们也不会感到惊讶。为了让自己好受点，我吃了一些燕麦粥，那是泰勒坠落后第一个月内我的肠胃唯一可以接受的东西。它吃上去暖和，黏稠而且微甜，吃完了也不至于感到恶心。

几小时过去了，当靠近第五个钟头时我询问有没有人可以告诉我们手术进行得怎么样了。有一个电子屏幕上面会显示一些信息，泰勒早些时候曾经被给过一个号码。屏幕上显示泰勒的号码还在手术室里，但具体情况并不清楚。大概三十分钟后，一个护士从手术室打电话过来说泰勒还在手术床上，塔加特医生会尽快给我们一个电话。她告诉我们手术中有一些并发症，他们会尽快给我们提供更多细节。

我想象着我的儿子披着无菌的蓝色毛毯在冰冷的房间里，周围都是陌生人，我多么希望他们知道他对我有多珍贵。我无法忍受任何关于泰勒情况不好的想法。手术前我对塔加特医生说的话很简单，我请求她好好照顾我们的儿子，她安慰我们会没事的。

她也是妈妈，她的儿子那天吃的也是幸运符的早餐。我知道她会为了泰勒奋斗。我知道作为母亲她的内心爱和关心也在激荡着……但是这种爱护加上她的技术足够吗？一想到即便没有意识但泰勒身边没有一个爱他的人握着他双手就让我心里很不舒服。我祈祷着他可以感受到我的爱。我祈祷他可以为了我，为了他的父亲，为了坦纳和艾弗里而战斗。我内心在尖叫着拒绝他离我们越来越远。

这名护士知道的有限，但是她对我说的那些说明情况并不好。我紧紧捂住嘴巴这样哭声不会太大，我的眼睛里噙满了泪水。当我和她对话时，我尽量让自己冷静下来。出了什么问题？泰勒没事吧？我祈求上帝，我不会和他讨价还价，我把一切都用来和他交换我的孩子的生命。我想要我的儿子活下来，我不能再失去他一丝一毫。

我们和其他家庭一起待在偌大的等候区。当我站在那里试图理解护士说的和没有说的东西时，我有点害怕。电话那头护士给了我安慰和冷静，我们准备等待更久。她只是简单地说明出现了一些并发症。我的双手颤抖的程度和2月那个早晨泰勒第一次癫痫发作时一样。

凯斯的同胞兄弟和他的老婆过来看望我们，陪着我们度过这段时光。我们默默地坐着，但是有他们的陪伴我深感安慰。我给坦纳的高中打了个电话，这样坦纳就知道泰勒还在做手术，他放学回家后直接开车到医院。艾弗里回了一条短信说下课以后就会过来。

等候室的铃声又一次响起，我们被喊过去接电话。这次护士解释道，在还没给泰勒头部切口之前，泰勒就开始癫痫发作了。

她说花了一段时间癫痫才停下来,手术团队必须等待以确保情况清楚后再开始。对于外科手术我了解不多,但不用想也知道当病人处于癫痫状态时你肯定不能在他的大脑上进行手术。

在手术前一天,有人告诉我和泰勒已经经历的相比,这个过程就像是"在公园里散步那么容易"。这样的说法引起了我内心的愤怒。他们怎么会知道?塔加特医生肯定会非常认真地对待,她所说的话没有一句表明这就是个日常手术。我觉得说这些话的人本意是想安慰我们,但是我宁愿听到一些话比如,"我知道这肯定很吓人也很困难,但是泰勒很坚强,他已经经历了这么多,让我们多些信心,他同样会平安度过的"。这一切并不是"公园散步"那么简单。

我们不得不继续等待着,最后护士终于打电话通知我们手术结束了,塔加特医生一旦确保泰勒在特护病房安顿好她就会过来见我们。护士还说这对于泰勒来说是一次漫长而艰难的考验,医生不愿意现在就离开他。

手术本来的计划是:泰勒自己的骨瓣之前曾经被冰冻过两个月,2月份的时候做了手术重新把骨瓣放进了他的大脑里,现在由于排异反应必须把它取下来。摘除成功后,会把一个新的人造假体骨放进去。伤口缝合后,泰勒会被送到重症加护病房待一到两个晚上,然后转到普通病房再待几天后才能回家。但实际情况并不是这样的。

泰勒住进特护病房后,塔加特医生过来找我们。她在走廊里朝我们走过来,伸出了双臂紧紧地抱住了我说:"我很抱歉,事情不该这样发生。"我能听出她声音里的焦虑以及疲惫。在我们的约见里她总是把泰勒称之为"她的男孩"。她对泰勒的关心毋庸置疑。我可以看出在泰勒的手术问题上她也备受折磨。她解释了手术过程中发生的一切。

在一开始的癫痫结束泰勒变得安静之后,手术开始了。当医生切开第一刀时,泰勒在病床上又开始出现了另外一种颤抖。麻醉科医生想办法控制住了,团队开始把原先的骨瓣取出来。骨瓣比之前预期的要感染得更加严重,所以取出的过程异常艰难。但在塔加特医生灵活的操刀下,最终骨瓣还是被取了出来。骨头上都是感染的物质。再吸作用意味着在这个环境里骨头上的感染物质会引起自身的溶解。

当原先的骨瓣移走后,和癫痫一样的那种颤抖活动又开始了。塔加特医生在清理骨头下面的区域的时候必须十分仔细和准确。这片区域一定要特别用心地清洗,因为只有保持无菌的环境,才能够抑制细菌的滋生从而防止更深层的损耗。

塔加特医生和她的团队等泰勒的身体基本上稳定下来后继续手术。感染的具体细节还无从得知,但是可以确定的一点,泰勒病情的恶化是因为骨头感染得越来越厉害从而影响了他的大脑。手术团队没有办法把假体头骨接到泰勒剩下的骨头上。感染的问题亟待解决,现在泰勒大脑的左侧又处于一种无保护的状态。事态处于继续往坏处发展的阶段。

泰勒被送回了重症加护病房,仍处于深度麻醉状态。由于注射了很高剂量的镇静剂和抗癫痫药物,所以他还没有清醒过来。他头上戴着呼吸机,和那天摔下来接受手术的样子一模一样。他身上到处都是管子,整个脸是浮肿胀大的。他头上缠满了白色的绷带。

　　泰勒发着高烧，一切看上去糟糕透了。现在的目标就是让他稳定下来。那天晚上，他看上去好些了，身体也开始处于更加稳定的状态，实验室也在加紧研究感染的原因所在。凯斯和我知道了事情稳定了些，所以决定回家休息一会儿，艾弗里那晚陪在泰勒身旁。

　　大概晚上十一点的时候泰勒又开始颤抖了。他处于一种非癫痫性发作的状态，这种活动称之为寒颤。泰勒的身体很僵硬但是有很明显的哆嗦和抖动的动作。这次的颤抖来势凶猛且剧烈，他会在床上猛地弹起落下持续好几分钟。凯斯一整晚都在和艾弗里发短信，我睡得也很不踏实。我服了一点药物帮助睡眠因为我知道我已经好几天都疲惫不堪了。

　　艾弗里坐在泰勒的身边，用他的话讲泰勒颤抖起来就像电影《鬼驱人》里面的画面。有些安慰的是医生们认为这样的抖动并不是癫痫引起的，但是他们还是极度地担忧。有许许多多的医生和护士在观察着泰勒，一些年轻经验较少的医护人员告诉艾弗里他们还从来没有见过这样的情况。一些经验较多的医护人员并没有对艾弗里置之不理，他们告诉他泰勒的寒颤很难控制，这是他们碰到过同类型的最坏的案例。艾弗里整个晚上都在向我们转播情况，他听到了很多声"哇！"还有许许多多的讨论以及对于病情的描述。

　　第二天一大早我就到了医院。艾弗里拥抱了我，然后把发生的情况大致讲了一下，他就回到自己的公寓里去休息了。这时候泰勒的身体状况已经控制下来，抽搐的频率也越来越少。但是原因还是不明。医生们认为泰勒会开始逐渐清醒，寒颤会减少，情况确实如此。但他还是发着烧，我们知道一旦过了某个时间点，这种高烧会代表着另外一系列的问题所在。

时间越往前推移，我们了解得越多。不管这个感染源是什么，当泰勒大脑被打开的时候它已经迅速入侵了。现在这种不明病菌已经进入了泰勒的血液里，他在和败血症斗争。医护人员已经把感染源的范围缩小到了一些特定的病原体中，还要再花一天的时间才能有进一步的检测结果。泰勒被注射了大剂量的抗生素，每个人都希望可以起到作用。当医生提到败血症时，我感到一阵头晕。我知道这个术语的意思，也知道它会产生的最恐怖的后果。

那天我们站在泰勒房间里，每个人脸上的表情都很阴沉。我问医生到哪个阶段我们需要感到害怕。我们怎么知道事情的严重程度有了变化呢？他回答说："你们现在就要既不安又非常担忧了。情况不太好。"这种感染会对原本已经经历过一场战斗的身体产生更多的负面影响……而且也许泰勒这次会挺不过去。他已经走了这么远，现在有一个声音在对我们说可能要把之前走过的所有步骤再来一遍。

凯斯那晚陪着泰勒。他坐在重症监护病房泰勒床旁边的一个金属把手的椅子上。他根本没有睡着。当我第二天跟他换班的时候，他看上去筋疲力尽。感染源被检查出来了，结果是大肠杆菌感染。根据鉴定出来的特殊菌株，我们有了很大的麻烦，有人告诉我们泰勒可能无法存活。主要是细菌的菌株很麻烦，泰勒的身体需要保存很多力量才能战胜它。他的身体能再次承受这样的战斗吗？

我很想知道在我的生命里还能不能再次轻松地呼吸。当看到我的孩子处于如此无助的情况下我很恐惧。这样的害怕会停止吗？这场危机如果有幸避免了会不会接下来又有另外的危机发生？在那个时候我只能想到一句话来定义自己：挣扎的麻木。不仅仅是泰勒需要找回力量——我也同样需要。护士给我搬过来一把皮质躺椅，我们已经渐渐熟悉起来。他说："看上去你和我还要再待上几天。"我笑着点了点头，闭上眼睛，让眼泪滑落下来。

》第二十三章　这样的噩梦会结束吗？

》2013年6月11号到6月16号

　　时间一天天过去，泰勒还待在重症加护病房里。这个病房和我们之前的病房处在不同的楼层，所以当看到一些熟悉的面孔时我们总是很欣慰。我们之前住院时认识的很多医护人员都会过来打招呼，询问泰勒的情况，以及提醒我们他们一直都很关心我们。自从泰勒摔下来后在这家医院我们就开始被爱包围着，并且越来越多。基辛格不仅仅代表着是一个物理治疗的场所，这里还有真正的关心和关爱。

　　第四天的时候，泰勒的恢复足够到医护人员在讨论是不是要把他从加护病房转移出来。抗生素对感染起了作用，极度危险的不利威胁也在消退。但是在他被转移前，需要做两个重要的步骤。第一步就是把泰勒的呼吸机摘下来，这已经完成了。在摘呼吸机前我从负责这个步骤的主要医生那里了解到一个有趣的事实，很多护士都把他叫作"老窦"。老窦说让患者摘除呼吸机的时间对于医生来说是做过的最重要的决定之一。如果患者还没有准备好，无法靠自己呼吸，过早摘除管子伤害会非常大。另一方面，如果管子放的时间过长，就会增加感染的风险。所以必须选择最恰当的时机摘除。谢天谢地，老窦和他的团队这一步做得很成功，泰勒可以靠自己自如呼吸了。

　　第二步，泰勒需要插入一根静脉导管。静脉导管是经外周静脉穿刺到中心静脉，用来给患者提供大量需要的药品，通常是在家治疗的时候使用。护士和老窦医生解释说这根静脉导管会把大量的抗生素传输到泰勒的身体里面。这个消息很吓人，因为这意味着我们现在需要对泰勒的药品负责了。团队成员让我们放宽心，因为他们会训练我们，同时泰勒刚回家的时候一名护士会过来帮忙。至少需要四周时间持续注射抗生素，而注射的剂量已经超过了可以口服的剂量，所以才需要用到静脉导管。塔加特医生，内科医生还有传染病医疗团队仔细讨论并制订了帮助泰勒在持久战中战胜感染的药方。为了让泰勒可以进入植入假体头骨的阶段，所有的感染都需要清除干净。

第六天，我们从加护病房搬了出来。泰勒的大脑又一次处于非常脆弱的状态，并且生着病又极度虚弱。我们在去年12月底，今年2月的时候都在这个病房里待过，医疗护士们又一次温暖地迎接了我们。泰勒越来越清醒，并且开始吃饭了，同样是先从一种冷的叫作魔力杯的营养食物开始。第一天他吃了三个，并且允许通过嘴巴进食。他是这些杯子食品的忠实粉丝，而这些食物既包含卡路里也有营养价值，这点我们很感激。看到他在吃东西我已经无法用言语来形容自己的感动了。

泰勒还是语无伦次，不知道之前几天发生了什么。我们悲伤地告诉他手术并没有如预期那样进展顺利。6月12号当我看到躺在医院病床上的他时，我忽然记起了几年前在我们家厨房发生的一段对话。当时我坐在吧台上，双脚晃荡着，这时候泰勒像个大人一样走进来。他那时候高三，对自己未来的计划有很多思考。突然我意识到了什么。那些在我之前就已经早早成为妈妈的女性朋友曾经告诉我时间过得有多快，她们是对的。我的"小男孩"已经成为男子汉了。这样的转变并不是一夜发生的，但是感觉上却是这样。我开始哭泣并对泰勒说道,尽管我对他感到特别骄傲,但是看到他成长得如此之快让我很难接受。泰勒很敏感,他没看我,向窗外看了好久。他的脸颊通红,我知道他内心汹涌的情感。

当他回过头来的时候,我可以看到他眼里的泪水。他抱了抱我,说道:"我爱你妈妈。我也不确定我有没有准备长大。"在那样的时刻,他从来都不会多话,但是从他的话里我得到了一种安慰……我怀念着那个年轻人。泰勒一直很坚强独立。现在我发现自己看着他却几乎认不出他来了,我的内心被悲伤的情绪填满。尽管我时常想着如果一切可以回到那些他坐在吧台上搅着巧克力蛋糕的面糊时不时舔一下搅拌器的时候该有多好,但现实是残酷的。我想要我的日子回来。我发疯般想泰勒对已经发生的一切有一些概念。我希望可以说出来当一点点失去所爱的人,看着他们失去自己同时根本不清楚发生了什么是一件多么艰难的事情。这就像是我们领着泰勒穿过厚重压迫又吓人的大雾,但是他却没有办法看到这一切。

在加护病房待了几天后泰勒被送去了神经内科楼层的一个单间里。每一次他换房间都代表一次转变,以及如何看护好他的改变。从特护病房到加护病房就是积极的一步。这意味着他走出了之前的恐怖海峡区域。从加护病房到神经内科的转变是因为这是目前对他最好的治疗方案。这个房间更安静,他在为自己接下来的阶段积攒能量。每一次的变化对我而言都越来越痛苦不堪。我必须没日没夜地待在医院里。我也想回家。

我们脑子里想的一个问题是从医院出来泰勒可以去哪里。有人告诉我们除了家以外有一个出院调养计划,患者会被指定一名社工,他会帮助家庭进行相关的安排。在这个时间范围内,新的被指派的社工会到每一个新房间或者楼层里了解情况。这很让人沮丧。之前两个社工我们都认识，但是现在我们必须和一个之前从来没有过任何联系的人合作，这感觉并不好。这名社工对泰勒过去的病情一无所知，和我们也都不熟悉。那段时间压力很大。我渐渐没有什么耐心了，我的情感也被消磨殆尽。

泰勒又一次处于没有头骨的状态，他的康复阶段不仅停滞了，还出现了倒退。因为这些改变，有了关于把他送回布林莫尔或者另外一个康复机构的讨论。考虑到保险以及其他方面，需要站在什么对泰勒和我们是最好的角度考虑很多事情。泰勒在用脚从A点挪动到B点的时候有过一段很难的经历。他的癫痫还是没能够控制住，会时常发生。

对于抗生素的治疗他反应很好，但是对他的身体而言还是很难去战胜感染。需要很多的力量他才能变好，这花费了他很多保存的体力。塔加特医生和我们解释说这次的感染就像是一堆火，之前只是很安静地潜伏着，突然一下子熊熊燃烧起来。剩下的灰烬还是热的，随时都有失去控制的可能。这场战斗让人觉得恐惧，简直想都不敢去想为泰勒安排接下来几周的治疗。

有一天，新指定的社工过来和我们讨论是否可以把泰勒放在一个私人疗养院里几周。我记得我站在走廊里和社工还有塔加特医生讨论着这个问题。泰勒刚经历另外一次癫痫，护士们正陪在他身边，来看望他的朋友们已经出来和我们一起待在走廊里。一听到要把泰勒送去疗养院的想法我就很愤怒且感到受挫。当凯斯出去工作，坦纳和艾弗里不在家的时候，他们很担心我能否照顾好泰勒。他们知道泰勒目前的状况会是一场持久战……我们在创伤性脑损伤的世界里已经待了八个月的时间了，这八个月对我们而言就是一系列残酷的危机。泰勒是个大家伙，有很多时候身体状况都需要严格的监督。医院的团队想要保护我，也让我理解照料他是一项非常艰巨的任务。他们想让我知道有哪些选择，所以叫我至少去看一看我们区域的几所康复机构。

对于过去几周发生的所有事情我都感到忧虑而气愤。我的信念遭受了打击，可以肯定是上帝在惩罚我们。我没有睡觉，身体很疲劳，我再也没办法忍受更多的坏消息了。我和塔加特医生站在医院的走廊里，我边哭边问："为什么这会发生在我的身上？我到底做错了什么？我们为什么会倒退没有进步呢？"

几周前当我把泰勒感染的消息告诉一个朋友时，他说也许是因为我们没有给上帝足够的公开感谢或者没有在脸书上说泰勒的康复是个奇迹。现在这些话又在我的脑海里回响……在那个时刻，可能是我的原因才发生了这一切的想法一直在我脑海中挥之不去。当那个人把这个想法大声说出来的时候，我站在他们面前，牙关紧闭，没有回应，但是每个字都深藏在我内心。他们即使把我揍得皮开肉绽，也不及这些无心之言对我的伤害大。如果泰勒的退化有我一丁点的原因，我会选择消失。就在那天晚些时候，一个很亲密的朋友过来看我。我仅仅只是想要有一些自己的时间，我在她面前放声大哭。我恨我自己。我有负于泰勒的想法在不断攻击着我的内心。她提醒我人脆弱的时候，会非常容易相信那些不是事实的东西。一直以来我都是很好的妈妈，我在一个无解的情况下尽了自己最大的努力。我不能再听到任何负面的东西了，因为这会让我责怪自己，内心受到谴责。

我十分不情愿地到当地一家疗养院参观了一下。我认识那里的一些医护人员和一名主任。那个地方不错，我确信是关心和爱护很好的结合，但是从我走进门的瞬间，我就感到不舒服。我不能想象把泰勒送到这里来的画面。我得找到一个让他和我们待在家里的方法，我们已经做到这个份上了，我们可以继续这么做。当塔加特医生和我分享她的担忧时我很感动。那时候虽然嘴上不承认，但是很多方面我都已经力不从心了。我的情感被耗尽，很多之前学会的东西现在都已经忘记了。但是泰勒哪里都不能去只能待在家里。没有任何余地。

6月14号我在脸书上写道：

我们悲伤、疲惫、受挫，还有许多别的感受。但是我们还是需要继续找寻力量完成必须要做的事情。我们深深地爱着泰勒。对于真爱的奇迹我心存敬畏。我们对于完美的结局还是心存幻想，那会是比所有童话故事更美的结局，但是现在我们似乎正处于饿狼的爪下。

第二十四章　柠檬汁和哈利麦片的故事

2013年6月中旬到7月

6月17号,在泰勒摔下来八个月,紧接着在基辛格待了很长一段时间后,我们作为一家人又一次回到了家里。我们又一次一连数天在数不尽的小时里猜测泰勒是否能活下来,我的情感麻木而内心刺痛。我们每个人都达到了各自的极限,从我们的行为举止中就能看出。我们在真实的悲伤,如刀片边缘般锐利的愤怒或者耗尽所有情感的表达里踟蹰不前。有太多需要解决的问题,我们都在尽着最大的力量。不管怎么样,我对能和我的家人一起继续这趟征程感到骄傲。

我们全都筋疲力尽,疲惫不堪,我极度渴望有某个时刻的平静可以持续超过几小时。我会闭上眼睛想象自己在一个安静隐蔽的地方。我可以听到海鸥的叫声,海浪带着它的温度轻轻拍在我的脚趾上,我怀念那个地方的宁静,在那儿我可以体会到最大的舒适感。我的身体像被掏空了。我内心深处的希望已经不复存在,我的灵魂找不到休息的机会,我的脑袋里装满了各种问题,也许永远找不到答案。

几年前,有人告诉我他们相信每个人本质上都有一个和自己灵魂最近的地方——在那儿保存着我们内心最真实最完整的部分。对我来说,那个地方永远是大海。在那些日子里,我渴望看到大海。只要远远地看到阳光照到水面上反射出完美的光亮我就很满足了,或者仅仅在退潮的时候呼吸一下咸湿的空气也行,也有可能是一个下午坐在海边破旧房子的门廊前。我一直在和内心想要的常态斗争,我想要的安静和平静不是在我二十二岁的儿子一整天打盹时我通过婴儿监视器一动不动仔细观察和聆听的沉静。我开始更加想念过去的生活了。我越来越清楚地意识到未来我们的生活蓝图已经发生了剧烈的变化。

当我想起让我感到人生最完整的地方时,我记起我的男孩们是如何在那个地方找到各自的舒适领域的。我的爸爸和继母在弗吉尼亚州一个叫作格洛斯特波因特的小镇待了好长一段时间。我在那儿完成了自己高三的课程,那里有我很多的回忆。在很多个暑假,我父母都会邀请我们待在他们约克河边的避暑别墅里。我爸爸会把露天平台修好或者上漆,或者整体修葺,这样我们一家人可以在那里住上一周的时间。

男孩们会在格洛斯特岸上钓鱼,向水母发射加农炮,然后尽情享受夏日阳光。当他们还在蹒跚学步时,晚上我会把他们放在弓形浴缸里,我还能闻到他们身上散发的婴儿沐浴露的味道。早上我们吃法式吐司和培根,中饭我会把花生酱和果冻三明治送到岸边。晚上,我们一家人又会再一次聚在带棚走廊里的大桌子旁。我们会炸鱼或者尝尝我继母做的南方美食。桌子上摆满了甜茶、培根、粗燕麦粉、黄油、千层面和许多我爱吃的东西。我渴望那个地方,比记忆中更加地想念。

我总感觉那个地方是地球上最有魔力的地方。因为我的父亲一家特别慷慨地允许我们在那里待了一年又一年,所以潜意识里我们已经把它当成了自己的地方。我们为它建了一座记忆殿堂,每一个瞬间我都十分珍惜。

我知道这对泰勒来说也是非常有意义的。在摔倒之前泰勒有段时间很喜欢一个年轻的女孩子，并提到在海边办婚礼是他一直的梦想。他想要在码头上说出那句"我愿意"。他想要一个妻子，一个家庭。我不知道他和这个女孩之前相处的所有细节，但是我知道在他年轻而柔软的内心里有了一个甜美的梦。他会把这个梦的一点一滴和我分享，我把这些想法视若珍宝。闭上眼睛我还能看到阳光照在他的后背上，或者看着他奔跑着然后以镰刀式或者加农炮弹式猛地跳入水中。我可以看到他在钓鱼，看到在我们最后一次过来玩的时候，他和好朋友特弗雷坐在码头上，其余的人都准备睡觉了。特弗雷和泰勒在漫天繁星下笑着分享着有趣的事情和生活。他们都曾是男孩子，现在也都长大了。我还记得假期有一天特弗雷和泰勒把最小的弟弟坦纳带到约克镇海滩上去见女孩子。所有这些记忆都让我忍俊不禁。我看到泰勒抱着我的小侄子威尔，把他放到冲浪板上，威尔满脸笑容。我看到他和我深爱的侄女艾丽在那个完美的夏日走在沙滩上找贝壳。那时候的生活美得不像话。但是我们再也回不去了。

现在泰勒已经成功度过了另一场战役。他让我想起了1970年的那部电影《洛基》……他曾经被彻底打败过，躺在垫子上，所有的形势都对他不利。尽管泰勒并不知道自己已经遭受的一切，但他还在不断反抗着。他在为自己而战。为了重新回到我们身边，为了重新拥有之前的生活，他在战斗着。

我觉得我更像是他的教练而不是妈妈。我感觉他所挨的每一拳似乎都打在我的身上，但我的疼痛却是直达内心的。我想象着自己躺在那里，全身都是瘀青和伤痛，但尽管如此我还是试着睁开眼睛。我感觉每一次当我试着抬起头，想着也许我可以陪着泰勒再战一轮的时候,创伤性脑损伤就会走过来在我脸上狠狠地踢一脚。可以哭泣或者发怒的时刻都是一种解脱。凯斯、艾弗里和坦纳平时工作日的时候都不在,所以大多数时候只有我和泰勒。想到我们被这次事故缠绕着,我就好像被人用拳头连续击打着。泰勒离我们越来越远了。一部分的他还留在楼梯底部,现在我知道我永远失去了那部分的他。

出院之后,泰勒的护士和理疗师一周有三天会来我们家。泰勒的身体还是太虚弱,不能出门参加疗程课。护士团队会按照要求检查他的缝合线,抽血供实验室检测,然后完成一些日常采集重要指标的工作。他们还需要确保静脉导管在正常工作。指派给我们的年轻护士举止冷静笑容甜美,泰勒和我都很喜欢。她刚刚当上妈妈,从她亲切的态度就可以看得出来她母性的光芒。物理和职能理疗师也会过来,看到泰勒一天在他们的照料下有四十五分钟是完全安全的也很不错。另外一个喜人的消息是尽管虚弱,泰勒还是在为自己的康复努力着。家访护士在的时候,我可以去洗澡、上厕所、打电话,或者就呆呆地望着蓝天——这也是一份不错的礼物。

对于泰勒的未来以及这个事故对我们全家人的影响我越来越不确定。在我脑海里有过去八个月来一系列的抓拍时刻,一想到未来的八个月我就有些害怕。我开始明白想要度过这段旅程我需要过好每一天。如果对于过去已经发生的回忆太多或者对于未来的忧虑太多,我都会感到不堪重负。道理很简单,我必须拼尽全力让我们所有人都可以度过今天。

几个月前,泰勒的几个朋友开始组织"泰勒之队"来表达对他的支持。他们会骄傲地穿上印着"泰勒之队:创造奇迹,一步一步"的T恤衫。我们的计划是不管前方发生什么,我们都会帮助泰勒创造奇迹。当我外出的时候,看到这样的T恤总能给我安慰,让我相信这种支持永远都在。

在前几个月还会有一些为泰勒举办的募捐活动,人们会相聚在一起为了帮助和支持我们。所有的捐款会用于支付医疗费用,不然这对于已经支离破碎的我们全家又会是一个沉重的负担。在这个时候我已经有七个月没有工作了,直到最近虽然没有收到一份薪水,但是我们所有的福利待遇都跟上了。我的雇主为我们一家承担了所有的健康福利金,这对我们是雪中送炭。

前六个月我尽管没有工资,但是却不需要为了我们家人的保险金付费。但是当我第二次请假时,我们需要承担健康、牙齿和其他的保险费用。为了留住那些保险金,我们必须付款。一想到财务方面的事情就让人头疼,但是如果不考虑同样也不可能。我根本没办法去想这些支出对于我们家会造成多大的负担。我只能继续坚信我们都会没事的。我们会无比感激永远感恩家乡小镇里用爱形成的支持。这样的支持越来越多,而且非常及时。

当我们回到家,焦急等待着泰勒的感染可以彻底痊愈,这样他的假体头骨就可以移入大脑时,我们的社区继续团结在我们周围给予我们帮助。几个月前,当地一家摩托车俱乐部举办了一次慈善骑行,很荣幸我被请过去说了一段祷告,然后看着骑行团队在指定的早晨出发。

前面提到过,在坠落事故前泰勒买了一辆哈雷戴维森牌的摩托车,和他的骑友们制订了很多伟大的计划。作为一个母亲,我不喜欢他这个想法,因为我们州并没有把戴头盔写进当地的法律里所以我一直很担忧。我和泰勒因为这个事情争吵了好几次,当然这只是其中一个原因。我非常担心他,他是一个超级喜欢开快车的人,还有"男儿本色"领域所能想到的危险事情他都想尝试。泰勒是个有责任感的年轻男孩,但是他也有缺点也不完美。他怎么会在自己家里伤得如此严重?我内心还是很难接受这样的现实。

当我看着那些骑行队员时发现很多人我都很熟悉,我感觉自己被关爱着。泰勒是他们关心爱护的人。我们一家人对他们也很重要。他们为我们所遭遇的一切感到心痛,但是同时也为我们加油鼓劲。我希望我可以用一种泰勒能接受的方式让他明白,有这么多人都在全力支持着他。我想让他了解他的生命和康复影响着很多人。那天我百感交集,感觉所有发生的一切都不是真实的。我还奢望有一天当我睁开双眼,发现这仅仅是一场恐怖又无法解释的噩梦——但是这就是我们的真实生活。不会有梦醒的那天。

我们的家乡米夫林堡对于美国独立日那天的庆祝活动是我见过的最诺曼·洛克威尔①式的。当我们刚搬过来的时候,根本不敢相信如此怀旧可爱简单的仪式还在继续。当地公园一整天都有各种各样的活动。有大人和小孩的跑步比赛,晚上在展示大厅还有诸如宾戈之类的游戏,舞台上有乐队演奏,还有小商贩卖着零食,其中有车轮饼、冰淇淋还有苏打饮料。童子军和教会成员们都会有特别的优惠,人们相聚一堂庆祝国家的独立日。2013年7月4号会永远镌刻在我心中。

隔壁一个叫作新柏林的小镇有一个著名的乌龟赛跑。这个比赛是为孩子们准备的,一直是镇上的高潮游戏环节。泰勒的一个

---

①诺曼·洛克威尔是20世纪早期美国的著名插画家,此处意指"怀旧风格"。

小伙伴想到了一个特别棒的主意！他把一张泰勒之队的贴纸贴在了他的乌龟壳上。那天早上他的妈妈给我发了一张她的宝贝儿子和乌龟壳的合影。我从没想过有一天我会支持一只乌龟赢得一场比赛，但是我为它打气。尽管那天这只乌龟没有获得胜利，但这个小男子汉的举动让我感动不已。

那天晚些时候，泰勒的一群朋友搭了一个柠檬水台子，专门用来出售鲜榨柠檬汁、泰勒之队的手环还有T恤衫。柠檬水被放在一个特殊的橙色杯子里出售，杯子上写着"泰勒之队"。我希望泰勒可以过来坐在我身旁参与到这个活动里，但他还是太虚弱了。他必须戴着厚重的橡胶头盔，这会让他大汗淋漓同时尴尬不已。我自己一个人过来因为我知道看到整个社区的支持会让我精神振奋。我看到泰勒的朋友们为了他聚集在一起，我还看到很多我们认识的朋友停下来提供帮助。他的朋友们全穿着专门的T恤衫微笑着，看到他们为了宾聚在一起对我隐隐作痛的心意味着爱和抚慰。有很多次我想站起来紧紧拥抱着那些过来买柠檬汁的人，但是我感情中的腼腆和羞涩阻止了我。

我在布林莫尔的走廊里经常对泰勒唱的一首歌浮现在我脑海中：

我知道你会比这更坚强，

我知道你会比这更勇敢，

我知道你的未来会比现在明亮，

回家吧，泰勒。

回家吧。

严格意义上来说，泰勒已经回家了，但是想到我们一家还是支离破碎的状况我就感到心痛。

第二十五章　抓住希望

>>2013年7月底到8月

毫无疑问，为了我没有任何防备的儿子我即便无比痛苦也可以或者即将走得更远。问题在于我的灵魂能够在这个不断变化的治疗过程中和创伤性脑损伤的康复中生存下来吗？

我怎么能够同时保持坚强和脆弱呢？我怎么能够成功地背负自己的疼痛同时还有泰勒现在承受的那一部分负担呢？这些都是我自己询问自己的问题。

尽管我爱着家的温暖，但是泰勒待在这里和以前相比变得越来越有挑战性。他又一次头部右侧没有任何头骨支撑，这种情况很难想象和描述。他头部的上部被完全挤压了。右眼上方位置有一个明确的凹痕，所以外表看上去有些吓人。失去的骨瓣所在的位置是一处很严重的变形，但是头盔可以很好地掩盖这一点。这对我们来说并不陌生，因为在去年12月，今年1月和2月这段时间内我们都已经见过了，但是无论怎么样我都不会轻易适应。这块柔软的没有任何保护的区域让泰勒处于更加脆弱的状态。他可以走动但是非常的不稳定。泰勒对于可能出现的危险并不清楚，因为他没办法意识到自己身体虚弱的状态。

接下来的几周几乎所有人都在为泰勒忙碌。当他的朋友们重新布置他的房间时，他们放了一把躺椅，在墙上装了一台电视。泰勒很少或者几乎不看电视，因为他对大多数的电视节目不感兴趣，但是他很喜欢看乡村音乐电视台。我开始比之前想象的更加了解杰森·阿尔丁，凯莉·安德伍德和埃里克·丘奇这些人，泰勒喜欢听到一些熟悉旋律的声音。躺椅是个安全的地方，所以当泰勒待在躺椅上打开婴儿监视器的时候，如有必要我可以走得远一点。当泰勒病情好转可以四处走动时，我们至少有一人陪在身边。凯斯、艾弗里、坦纳或者我陪着他去厕所，帮助他洗澡，整夜陪在他身边。我们一直给泰勒灌输戴安全帽的重要性，所以当他在房子里走动的时候他总会记得戴上。

　　泰勒最好的朋友们过来探望他，他们的陪伴鼓舞了我还有泰勒的士气。出于某种无法确切表达的原因，当我自己的朋友过来拜访时我内心会很挣扎。我有一个很小的朋友圈，他们会过来拜访或者帮助我。某种程度上，正是我感情上的疏离让我感到如此疲惫不堪。我不知道这种疲惫是如何影响了我的人际关系，我在别人心里成为了怎样一种朋友，但是我知道已经有了剧烈的变化。我的内心发生了变化，我还没有做好准备让大家见见那个新的自己。这是我一生中感觉最受伤害的一次，我需要在这个新的角色上找到自己的立足点。我处于情感极度混乱的状态中。我知道他们都很想念我，有些人对于我们之间的距离感表达过内心的不满，但是不是我不希望他们在身边。问题在于在这种悲痛中我不堪重负。我只是没有说话、解释或者表达自己感受的力气而已。事实上我渴望有人可以过来把我带出去吃顿饭或者喝杯咖啡让我放松一下。我想要有人看着我，抱着我，安慰我，但是我的疼痛太锐利了无法与其他人分享。我迫切需要一种互动交流，但是我现在还没办法从自己的安全地带走出来。

　　让泰勒的朋友们走入我们的世界却少了很多费力的事情。他们当中有些人是我认识了好几年的。他们和泰勒一起参加过教会活动，俱乐部，运动小组或者只是他社交圈的一部分，我和他们中的几个关系也很亲密。其中泰勒最珍贵的朋友之一是一个叫作谢尔比的女孩。谢尔比现在是一名专业护士，她就是"菩萨心肠"的完美诠释。当她过来拜访时，因为她的到来我能够发现一种内心的喜欢和平和。过去几年里，我和谢尔比之间也存在着一种友谊关系，在这个极度黑暗的时刻对我而言她就是一道光束。谢尔比是一个富有创造力的人，她总是能够制订有帮助的活动或者其他东西。有一次，她带过来一份有四种食材的晚饭以便她和泰勒为我们全家做饭。还有一次，她带过来一个木板，上面粘着一些水球，她和泰勒跑到院子里，试图用飞镖把水球击破。泰勒的兴趣和能量能维持的时间很短暂，但是这些活动激发了他的内心，刺激了他的大脑。谢尔比的存在就像是寒冷冬日里出现的温暖阳光。

如果泰勒认为和访客的沟通时间到点了，他会用一种非常有趣而幽默的方式向客人解释探访结束了。他会突然站起来，转向自己的房间，说："感谢到来，你现在可以走了。"然后他会自己走开。他还不知道要怎么把话题引到某个节点然后礼貌地说："我很累了，需要休息。"这种突然的打发人走的举动经常会发生在谢尔比来家里的时候，之后我会把他安顿好，然后我和谢尔比两个人会因为泰勒诚实的举动陷入一阵傻笑中。他很喜欢看到人们过来，也珍惜和他们相处的时间，但是他现在还缺乏之前曾经了解的社交技巧来指导自己的行为。当他说"待会儿见！"只是泰勒自己照顾好自己并且说出自己所需的一种方式。这就是他的治疗团队所提到的解决问题的一部分。在泰勒看来他的问题在于他已经很累了，他想要休息一会儿。他的解决方案简单生硬，或者说非黑即白：让访客直接回家。

周一早上，护士杰西卡过来检查泰勒的缝合线和他的静脉导管，以及完成其他早上例行的任务。她离开不久就到了泰勒洗澡的时间了。如果不是有临时打扰和变化，我们会尽量遵照日常时间表进行。我总是会把手机也放到浴室里，以防必要时找不到。

我把静脉导管的部分用毛巾裹好，然后用医生建议的真空超贴合塑料薄膜包裹住保持这块区域的干燥。我打开龙头放热水，然后帮助泰勒把衣服脱下来。他走进去，在刚装好的长凳子上坐下来。我握着莲蓬头，确保他可以冲洗干净。泰勒做事还是会有条不紊的，按照同样的顺序依次完成，因为这种模式是他重新学习的东西。温水冲遍他的全身，我知道他一定感到很舒服。他可以自己洗澡，但我还是需要从旁协助。

信不信由你，我们还会给泰勒洗头。我们十分仔细，伤口的部分还是需要保持一定的整洁。我们用婴儿洗发水和面巾轻轻地擦拭这块地方。我一只脚站在淋浴房里一只脚在外面，穿着衣服。我总是会等到泰勒洗完澡才会好好收拾下衣服，因为他沐浴的时候我肯定会弄湿。

没有任何征兆，泰勒的左手以半握紧的姿势开始蜷曲，我注意到他左侧部位有颤抖的动作。我看到的抽动是从左脸颊开始的。他的癫痫快要发作了。我已经记不清具体的过程，但是我知道我必须把他从湿的淋浴间和金属莲蓬头下弄出来。我们的情况糟糕透了。我丢掉莲蓬头，关掉水。我告诉他一切都会没事的，尽管他已经进入了另外的世界中。这是我见过的最厉害的一次癫痫，我害怕极了。潜意识里我知道我之前最担心的一种癫痫发生了。我对于即将发生的事情没有经验，但我知道，这和之前的任何一次都不同。

我把身子放在他的身后这样我的胸口就靠着他的后背。我把胳膊放在他的腋下，用我的身体把他和湿滑的淋浴室地面隔离开。我对自己和泰勒一直说着："没关系，上帝，帮帮我们。深呼吸。"我的声音颤抖着，但是还在尽量保持镇定。我感觉一切都是慢动作状态。我内心的警报在不断尖叫着，我恳求自己要保持平静。我右手伸到淋浴间外面，从柜子里拿出毛巾铺在地面上，然后用另外一只胳膊托着泰勒。他还在抽搐着，我需要把他放到地上，同时要保护他暴露的脑袋。

不管怎么样，我还是成功地把他放到地板上，在他的脑袋下垫了一块毛巾，他赤裸着全身颤抖着，癫痫的程度越来越加剧。我迅速拿起手机，给和我最后通话的人拨通了号码，恰好是我们的护士杰西卡。我告诉她泰勒的癫痫很严重，根本没有办法停下来……谢天谢地她离我们的家不远，说很快就赶过来。我从衣橱里拿出一叠毛巾铺在泰勒身上和周围。他没有穿衣服这点让我很困扰。我感觉自己看到了他永远不想让我见到的一部分。他是如此的虚弱，看上去无助极了。

他的身体冰冷，完全没有意识，我以为他快死掉了。当战胜了那么多不可能后，现在我要看着他在浴室地板上离开我们，而我却无能为力。这种害怕和彻底的恐惧侵占了我身体的每个部分，让我惊恐不已。

然后癫痫的症状渐渐减轻。

几分钟后，泰勒的双眼逐渐睁开，对我含糊地说着话。他的嘴里好像塞满了弹珠，我不知道他想要说什么。他试着坐起来，但是仅凭我们俩的力气根本办不到。他的左侧完全使不上力气，右侧也没有强壮到可以弥补不足。尽管只有几分钟，却好像永远那么久，杰西卡终于赶到了，在浴室里找到了我们，帮我把泰勒抬回他的房间。她检查了泰勒的生命迹象，我们给医生打了电话。杰西卡在离开前询问我是否没事，很明显我的感觉不太好，但是却不知道如何用语言表述。

这种吓人的时刻在短期内会成为我们生活的一部分。我不确定我是否可以适应，我也不想去适应。这些怪兽会继续出现，在最出人意料的地方冲着我们吼叫，狠狠抓住泰勒的身体和我们的心脏吗？

那个下午我哭了。我躺在床上，看着婴儿监视器上小小的屏幕，泪水浸湿了我的枕头。泰勒的每一次畏惧，我也都会有。有一部分的我被摧毁了，另一部分则非常坚强。我帮助泰勒度过了一次非常严重的癫痫。他正在休息，看上去还行。尽管内心恐惧，但我还是让自己保持冷静。现在的我没有感到一丝一毫的歇斯底里，我用所有的耐心和冷静经受着这场严酷的考验。那时候没有医生在场，当护士赶过来的时候，风暴已经过去了。尽管我经常感觉自己恐怕没有能力处理眼前的事物，但事实证明我可以。泰勒现在脱离了急迫危险的状态，危机时刻已经结束，这才是真正重要的事情。

我花了好几个月才终于在回忆那天发生的一切时不让那些画面萦绕在脑海中。我必须学会如何处理记忆图片以及将试图侵占内心的焦虑感牵制住。作为一家人，我们知道必须从中学习并了解癫痫的危险具体意味着什么。

泰勒之前和之后所经历的癫痫的类型不一样。虽然我并不清楚，但是癫痫的确有多种分类。对这些可怕的事件我们仍然密切关注着每一个微小的细节。我们把特殊情况都做成图表，这种追踪进展的想法可以帮助我们保持镇定。我们记录道：

1.它们持续多久？我们必须尽量把时间记录下来。

2.在癫痫期间发生了什么，换句话说，涉及泰勒身体的哪个部分。一些癫痫会作用于整个身体，其他的只有抽搐的动作，或者在患者身上表现出"浑然无觉"的反应。

3.癫痫过后泰勒感觉怎么样，他多久才能够清晰地说话，睡了有多久？

当和这些癫痫症状做斗争时，我们注意到通常它们会持续超过五分钟，而且会有反复。泰勒有时候会失去意识，但大多时候都没有。他的癫痫更多地是从身体的上半部分开始，对他左侧的影响远比右边要厉害。但是很难给出一个清晰的定义，因为每一次的情况都不相同。

另外一种经常发生的癫痫是局部癫痫。要注意到这类癫痫的发生通常需要注意力非常集中，而且准确诊断的唯一方法是和一名专科医生一起，他们可以通过观察和脑电图的检查辨别出来。

而根据癫痫基金会的说法则是：

这些癫痫通常从大脑颞叶或额叶的小范围开始。它们会很快地涉及大脑的其他影响警觉性和意识的部分。所以即便患者的双眼睁开，眼珠转动似乎可以看到目标物体，但实际上"没人在家"。如果症状不明显，其他人可能会认为患者只是在做梦而已。

有些人会有这类癫痫的发作，他们不清楚到底发生了什么。癫痫可以把发病之前或者之后相关事件的记忆抹去。有些癫痫症（通常是从颞叶开始）会先从简单的局部癫痫开始。然后患者会失去意识，目光空洞。大多数人嘴唇会颤抖，对着空气或者自己的衣服乱抓，或者表现出其他无目的的举动。这些行为都称之为"自动症"。

我们从泰勒那里经常看到的癫痫首先由嘴部轻微的抖动开始。当嘴巴继续歪向一侧时他会开始流口水。他的手会变得僵硬，之后延伸到手臂，最后整个胳膊都会抽搐或者挥动。考虑到时间和环境的不同，泰勒有时会试着站起来。癫痫伴随的活动通常会持续三到五分钟，主要取决于当时的情况和泰勒的感受，过后他会需要休息一段时间。

由于这些癫痫的发作，我们有几次打电话喊了救护车，有一次泰勒还必须在急救室接受治疗。这些复杂的事情包括清楚什么时候需要打电话求救，得知他是否需要立即的治疗或者癫痫症是否符合他伤势的进程。我们会不间断地和医生沟通交流癫痫的事宜，大多数时候他们都需要有一个随访。但是把泰勒送去急救室，把他放在一个完全嘈杂的地方对他来说不是一个很适合他的治疗方案。这个问题是我们一直试图学着忍受和处理的。

替换骨瓣的手术暂定于8月底，我们都希望这次一切顺利。作为家人，我们一直努力紧紧抓住希望，这个词也是我们吃饭的时候经常讨论的一个话题。当周围的一切让你感到不确定和脆弱的时候你怎样才能保有希望呢？我的结论是没有其他的选择，你只能相信一切会变好。我们知道现在没有什么是可以保证的，所以拥有哪怕一丝希望也比什么都没有要好。有些时候你会觉得看不到一丝希望了。我们的悲伤把我们带到一个地方，在那儿放弃希望比抓住一切害怕失去更加容易。

　　几年前有人送给我一个小的雕像，那是一个小男孩拿着一个气球，上面写着"希望"。我想到了那个雕像还有它代表的含义……如果我把希望放走了，我的手里就什么都没有了。我必须相信不管怎么样，在所有的痛苦中，总会有光亮，生命中还有好的事情发生。

第二十六章 激流

>> 2013年8月22号到8月30号

在漫长的3个月和难熬的10周过后，8月22号泰勒回到了基辛格医院进行手术，把一个假体骨瓣放到头骨右侧位置。虽然是第二次尝试，但是塔加特医生很有信心，她相信感染已经完全清除，手术会成功的。在这个时刻凯斯和我对于手术流程已经很熟悉了，我们在做着准备的同时也让自己心里保持些许谨慎的乐观。我们的内心还是感到沉重和颓废，但我们必须往前看。我们继续前行不仅是出于对泰勒的爱，还有对彼此，对艾弗里和坦纳的爱。

泰勒在术前区域安顿下来，我们和塔加特医生还有麻醉师一起聊了聊，然后看着我们的儿子又一次被轮床推着走进了手术室——这个场景我们非常熟悉，但每次看到都会感到心碎。你永远不会知道手术的时候或者可能发生什么。

深呼吸，擦干淌下的泪水，拥抱，把恐惧推开。我喝了杯咖啡，又一次在医院餐厅里吃了一份加黑糖和葡萄干的燕麦粥。这个场景我们之前就遇到过。这次会有一个开心点的结局吗？

生活总有让你惊奇的方式，而且没有什么奏效的方法可以控制未来。有时候生活会亲手奉上一些让你措手不及的东西，不管是好是坏，总有些时刻你毫无选择只能接受。拥抱痛苦。拥抱恐惧。拥抱阳光。拥抱黑暗。拥抱希望。拥抱一路上的关爱，并让它拥抱你。

就在泰勒摔下来也就是10个月前，我们有三个强壮、健康、充满活力的儿子。我们的生活没有任何的不安或者忧虑，但是对即将飞来的横祸一无所知。在过去10年我们一家人的生活轨迹中，我们经历了凯斯的一场疾病，凯斯父亲的去世，由于产后并发症我的继姐的突然离世，以及偶然的暴力行为致使我的继兄生命的终结。上面这些是最难熬的时刻，但是在这些生活重压中还有我们每天不时会碰到的各种问题。

对于悲伤和失去我们已经熟悉了，我们并不熟悉的是悲恸需要持续多久以及当发生的一切都是模棱两可，没有尽头，很难定义的时候又是什么意思。这就像是大海深层的逆流，它有横扫一切，让你感到孤立无援的力量。你在不停地旋转，只希望可以凭借水的力量让你战胜困难，但到最后只剩下疲惫不安的自己大口喘着气。

去年11月的时候泰勒已经二十一岁了，那时候的他正在全神贯注为自己的未来、职业生涯做决定，以及寻找自己未来的伴侣。周末的时候他会帮着爸爸打理家务，和他的伙伴们待在一起，最近是为了他最喜欢的季节——狩猎季做准备。最近的生活对泰勒而言会有些复杂，但是他会找到应对的办法。他在探索着自己的道路，发现更多作为男人的自己。所以他的人生才刚刚开始。

我现在想知道泰勒会不会经历恋爱、结婚、生子的过程。这样的礼物似乎也从我们身边被偷走了。我们正处于很多未知事情的风口浪尖上。

同时，艾弗里那时候十九岁上大学了，正在适应大二的生活，修了两门主科：初级教育和西班牙语。他对于人生的课程很兴奋，因为他很享受离开家的自由以及从高中到大学环境的变化。他正处于发现自我的阶段，憧憬着将会发生的事情。

坦纳，我喜欢叫他坦纳男子汉，正在忙着成为家里的宝贝。

他刚结束自己的少年足球赛季，这是他目前最重要的一件事情。他喜欢弹着自己的新吉他在油管上学新歌，并且做着大多数十五岁男孩会做的事情——长大，然后和父母渐行渐远。他是一名认真负责的学生，周围也都是很勤奋的人。

我很骄傲能够成为这三个人的母亲。每一个孩子都有各自不同的爱好和追求，但是他们是兄弟，这种联系随着时间的推移越来越强。我对于以"三"这个概念设计的东西有着无穷无尽的兴趣……一些首饰，彩色玻璃的设计等等。"三"代表着我的三个儿子，但是其中一个几乎快要从我们身边被夺走了。

我做梦也没有想到我们的人生会被快进到这个地方，我的每一个孩子身上都发生了明显的变化，有了快速的成长。我一直都为他们感到自豪。他们都是好孩子——虽然不完美，但是本质是好的。他们都是有趣可爱的人儿，有着慷慨和关爱的心……。不仅泰勒是这个故事里的英雄，在我心里他的弟弟们也都是。

在过去的几个月里，我不仅目睹了泰勒的力量和决心，还看到了他弟弟们永不放弃和不间断的爱。在任何情况下他们都不愿意放弃他。抛开他们自身的痛苦、悲伤、挫败、愤怒和混乱，他们一直陪伴在泰勒左右。有时候，他们自己的朋友会悄悄地走开，因为不知道该如何面对艾弗里和坦纳现在背负的重担。艾弗里和坦纳看到了太多的事情，对于那些会对人构成危险的环境他们比从前更加敏感。看到骑摩托车的人没有戴头盔，或者一个小孩子一边挥着手一边笑着骑一辆四轮车，头上没有任何的保护措施，都会让他们感到不安。对于酒驾者或者因为超速无法控制车子的人他们会立马知道后果。他们很担心癫痫和感染的发生，每个人都进入了新的角色中。在布林莫尔度过的那些周末带给了他们从来没有过的对生命的思考。

他们知道筋疲力尽的感受是什么样子的。他们知道最真实最原始的情绪是无法藏匿的。他们听到过自己的母亲发出的声音，那是任何一个孩子都不会听到的——一直憋着但在没有任何征兆的情况下爆发的哭声，从内心深处发出的痛苦、害怕和撕心裂肺般折磨的哭喊。他们已经熟悉了爸爸日复一日严重的疲惫，对于父母的痛苦感受他们也并没有回避……他们站在我们身边，他们很清楚地表明不会让我们孤身一人面对。

艾弗里把大学里的教育主修课换成了医学预科为主的生物，保留了西班牙语专业。他通过学习创伤性脑损伤的一切参与泰勒的每一次治疗。他大量吸收着我们获得的所有信息，并且渴望了解针对泰勒受伤的后果有哪些他力所能及的事情。他几乎每次都是留在医院熬夜的人，并且陪伴泰勒度过了很多关键时刻。他的课业也在继续，他并没有放弃，也压根儿没有把自己定义为某个可怕事件的受害者。他从来都没有说过："泰勒身上发生的一切确实很痛苦折磨，但是我也觉得很受伤。"我知道他感到孤独，有时候也想逃避，看到这些我内心很难过。我知道他有多想念自己的哥哥，即便他没办法说出来。

艾弗里给了我无数个结实的拥抱，他借给我肩膀哭泣，自己却很少落泪。他就是磐石，他的力量毋庸置疑，他的生命就是对自己哥哥爱的证明。

坦纳的应对方式有些不同，但是他的变化也很明显。他比艾弗里小四岁，比泰勒小六岁。我觉得以他现在的年龄处理这样的事情更加困难。后来，他的一位老师告诉我在学校里看到的坦纳让她感觉很痛苦。她知道他正处于危机模式，在中学吵闹的人群中他不能放下防备。有些人很清楚这种情况对坦纳而言极度痛苦，但他不是向别人抱怨日子有多难熬的人。

坦纳一直是个快乐的孩子，总是笑眯眯的，他的外表温暖而随和，而且以帮助他人为荣。对于我们一家人得到的关注，我的痛苦以及似乎永远不会停止的悲伤他花了很长时间才适应。以前的坦纳温柔亲切，现在的他变得有些强硬。他一个人承受得实在太多了，而且我觉得有时候他并不知道如何去减压，这让他备受折磨。作为他的妈妈，我希望他还可以伏在我的大腿上，或者把头埋在我的肩膀上直到他相信我可以让一切步入正轨。

坦纳已经过完了十六岁生日。他非常低调地拿到了自己的驾照。他高中的最后一年就要来了，我很难去平衡即将发生的一切。一想到可能会错过他的很多事情我就很焦虑，我真想让时间停止。我知道对于坦纳和艾弗里而言，不仅失去了泰勒，还有我并不能像以前那样一直都在他们身边，这会造成一些影响。这次的受伤不仅让泰勒失去了很多，对于那些最爱他的人来说同样如此。我一直坚信泰勒对于自己的弟弟们还是有着保护欲，如果可以看到他们的伤痛他一定会烦扰不已。

坦纳对于泰勒极度地保护，在他的监视下他不允许任何人伤害他。在之前的一段时间里，他就像一只忠于职守的德国牧羊犬。这种犬类以英勇、自信和无畏闻名。它们非常警惕，学习能力强，非常聪明。它们在家中非常安静，但是和坦纳一样，如果所爱的人受到了威胁它们的反应会非常强烈。这些描述和坦纳都很符合。

如果有什么话需要直截了当地说出来，他就一定会这么做。他不会因为对方是谁或者拥有什么样的头衔，或者是否会伤害别人的感情而有所保留。他相信自己的直觉，这种直觉就是保护泰勒。他是我见过最勇敢的人之一。他给了勇敢这个词新的定义。

8月22号早上的手术进行得很顺利。结果的成功让我们之前的一些担忧烟消云散——至少暂时没有了。泰勒在加护病房待满一整天，然后被送去特护病房待了两天，接着送去另外一层楼待了24小时。最后他终于带着新的假体骨瓣出院了。

按照计划表我们家里的疗程又开始了，幸运的是我们拥有杰出的护士和理疗师团队帮助我们度过痛苦的最初几周。目标是让泰勒可以回到南方保健继续他的治疗。

事情似乎正在朝着好的方向发展。前几个月的危机模式现在开始有所缓和，这是很有必要。现在已经快要9月份了，我回去工作的日子也要开始进入倒计时——我想知道有没有这种可能性。

一天一次，一次一个任务。我每天都会看着自己的清单，提醒自己一切都可以得到解决，必须得到解决。我必须这么相信。

》第二十七章 隐患

》2013年9月

  我们还没有意识到自泰勒受伤以来已经过去了10个月。坦纳，家庭成员中最年轻的一员，开始了他高中生涯的最后一年，这着实让人兴奋。我们二儿子艾弗里也开始了他在布鲁斯伯格大学大三的生活，大学离家大概有一个小时多一点的路程。这样的短程在这个不确定的阶段是一种恩赐。

  自打最近一次接受手术后泰勒进展不错，在这段时间内泰勒的状态比之前更加稳定。他的癫痫症状远没有之前那么频繁，呕吐和时常的胃痛也一下子减轻了不少。泰勒的身体对于新放入的假体骨瓣反应良好，感染似乎也已经消失了。总的来说，泰勒处于进步阶段。他还是很虚弱，并且失去了很多能量，但是我们已经在一点一滴帮他恢复，我们确定比之前更加坚定可以继续走下去。泰勒前进的动作还是需要消耗很多体力，因为脑损伤患者本身在做任何事情的时候都是非常缓慢的。但是在不懈的努力和顽强的韧性下我们还是可以继续前行。

  那个9月，尽管泰勒有了一些进展但我们还是没有完全乐观。我正在为重返工作岗位做着准备，凯斯也在尝试适应生活里数不清的变化。我们正在艰难地应付着新局面，虽然不愿意但是生活中经常感到沉重的悲伤。我不确定除了家人以外还有谁可以体会我们内心经历的这种痛楚，我们身处于一个快乐正在逐渐被消磨的环境里，这让每一天都变得越来越难熬。

  我感觉在我心底那种幸福感正在慢慢地消磨殆尽。不管多么努力，我都几乎无法记起快乐的感受是什么样子的。这种感觉就像过去的某些东西现在已经遥不可及几乎无法找回。我试着告诉自己没有什么是毫无希望的，但是感觉上所有的希望都离我而去。除了悲痛我几乎看不到任何东西，这种趋势正在扩大。我的悲伤就像日升月落一般成为了习惯，成为了一种沉重的负担。

过去几个月里慢慢把我包围的那种孤独感和抑郁渐渐在我身上出现了负面的作用。很多时候我会经常和人们待在一起——理疗师、护士、医生、泰勒的朋友们还有好心肠的人们——但是最终，我更多时候还是一个人独处。没有人看到我需要花多大的力气才能正常活动。我别无选择只能继续鼓励泰勒，尽我所能照顾其他我爱的人，然后让所有的力量凝聚在一起，即使那时候我最想要做的事就是让一切都随波逐流，可以有人了解我内心绝望之深。

大概在这个时候，泰勒和我去看了我们的家庭医生——特别棒的麦琪·史密斯。她的样子和姿态总会让我想起戴安娜王妃。她浑身散发着优雅，还有古典韵味，但是在对待病人方面却又投入许多热情和亲和，从我20年前第一次见到她起一直没有变过。我们想让她成为泰勒的主治医生，因为我们对她十分了解，从泰勒上幼儿园起她就认识他了。

泰勒和我到了她的办公室里，这样泰勒就可以接受一个全面的检查。这次检查的目的主要是获得一个基线测量，这样史密斯医生可以对泰勒进行更多的综合护理。在我三个儿子很小的时候史密斯医生就成为了他们的医生，但是自打泰勒成年后她就不再负责了。

可以看出来发生在泰勒身上的一切让她深深地震惊。当我们坐在检查室里，她用一贯的方式和他沟通时，我感觉自己快要四分五裂了。几年前，我带着疲惫的声音和破碎的内心去见了史密斯医生，我对她说了我继兄和继姐的意外去世，还有生活中的各种挫折，对我而言变得越来越沉重。她鼓励我正确地服用抗抑郁剂，并且帮助我看到药品如果合理使用可以很好地控制那段难熬的时光。在那次约访结束后，也是几年前，她紧紧抱着我说："我很抱歉让你经历这么多。"我知道她很清楚我和泰勒的这趟旅程会用之前我从未碰到过的方式将我打垮。我几乎不能和她对视，因为她知道我有多爱我的孩子们，而她也见证了他们成长的这些年。当我知道她会参与泰勒的持续性看护时我感到安慰，因为我很信任她。这样的见面会成为日常的一部分，这对我来说最好不过了。

现在秋天完全来到了，是时候开始这个季节我们家庭最喜欢的活动了——踢足球。我很高兴注意力可以暂时放在别的事情上。坦纳从八年级开始就在米夫林堡野猫队踢球，如果说他是明星球员他会第一个否认，但是他喜欢比赛也喜欢出场。他是队长也是受尊重的球员。坦纳是队里年纪最小的球员之一，但是凭着出色的意志力和敏捷度，他赢得了很多的出场机会。我从来没有想过自己会如此感激坦纳开始一场比赛或者出去兜风这样简单的事情。他让我们一家人重新聚在一起，并且让我们每周都有期待的东西。凯斯、艾弗里、泰勒和我会坐在看台上为坦纳加油鼓劲，这个场面如此熟悉。

在最近几年，坦纳和艾弗里在三个孩子里是走得最近的。这种关系从他们非常小的时候就开始了。坦纳出生后几个月泰勒就上幼儿园了，这意味着艾弗里和坦纳还有我一起待在家里的时间更多。在坦纳婴儿时期艾弗里就是我的小帮手。帮助我替他沐浴、换尿布，无论什么时候都抱着他。艾弗里很快就进入了大哥哥的角色。他很喜欢这种角色的转变。

随着时间的推移，艾弗里和坦纳有越来越多相同的兴趣爱好比如读书、玩游戏、旅行或者听同样类型的音乐。他们都对学习西班牙语有一样的热情，这也给了他们很好的沟通机会，因为其他人都听不懂。这种从小时候就培养出来的情感在艾弗里和坦纳身上越来越牢固和亲密。

当孩子们渐渐长大，我感觉有时候泰勒渴望和弟弟们有更深的交流，但是他们都是不同的个体。泰勒更喜欢狩猎、户外运动和乡村音乐，这些他的两个弟弟从来没有关注过。虽然有同样的父母，但是和许多其他的兄弟姐妹一样，他们每个人都不一样。作为他们的妈妈，我尊重他们每个人的个性，同时也珍惜能让他们玩在一起的活动和兴趣爱好。我知道他们互相爱着对方，为了这份感情他们愿意为对方做任何事情。

作为个体我们总是透过自己的视角看待世界，当我看到我的孩子们呈现的生活，我开始意识到兄弟们会是你第一个也是永远的伙伴，但是手足关系并不是建立在完美的幻想而更多是现实之上。在我看来泰勒想要拥有其他两个弟弟之间的一些亲密感，但是他把更多的承诺给了他自己的朋友和爱好。

艾弗里和坦纳希望获得泰勒的认同和接受，但他不是那种会大加赞赏的哥哥，更多的时候他选择在背后默默支持。我们过去常常开玩笑说泰勒"我爱你"的表达方式就是吃饭的时候往你的胳膊上来一拳或者当你参加体育比赛时喊得最响。他并没有像两个弟弟那样和我交流密切，他们对爱的表达方式很明显不一样。

在泰勒事故发生后，我一直希望他可以完全体会并感受到他的弟弟们深深的爱。那段时间我脑海里经常响起蒙福之子乐团的一首歌。对我来说这首歌反映的就是这些孩子目前的状况和感情：

死神在你门口徘徊，
它会夺走你的纯真，
但不会夺走你的灵魂。

但你不是孤身一人，
你不是孤身一人，
作为兄弟我们一直都在，我们会握着你的手。
握着你的手。

我会对黑夜低声诉说，
"快走吧！"
但是我没有办法帮你移除山峰。

我的直觉和日复一日看到的一切都告诉我坦纳和艾弗里愿意为泰勒移除任何山峰。我确信就像凯斯或者我一样，如果可以重来，他们会竭尽全力确保这样的事故永远不会发生。

我们全家人都需要周五晚上这样的机会。在过去几个月里我们每日每夜都待在一起，但是我们需要花时间在一起享受一些开心的事情，而不是在医院等候区或者病房里经受折磨和痛苦。我们对坦纳最终的足球赛季做好了准备也充满了期待，我不愿意把注意力再集中在悲伤的事情上。相反，我会珍惜比赛带来的每个时刻，享受每段回忆。扩音器里传来的"坦纳·宾格曼，带球"对我来说是最美的声音。我为他加油，暂时忘记了日程表里的那些烦心事。

几个月前，就在泰勒摔下来的几天后，坦纳的教练到医院看望我们。我很感激他对坦纳的关爱已经扩展到了绿茵场外。即便有些尴尬和不舒服，但他们都过来了，他们的存在很重要。当什么都做不了时，我们必须明白仅仅站在那里就够了。

泰勒很喜欢每周五晚上去他的前高中看比赛。他等不及想要穿后背印有31号和宾格曼的运动衫了，那代表着他一直喜爱的一个球员。他会告诉我们他也想站在绿茵场上玩耍。作为家人看到他的这种态度我们都觉得很有趣，因为之前他总是喜欢让坦纳代替自己。比赛之夜我们会和朋友们坐在看台角落，泰勒会为自己的宝贝弟弟和野猫队加油。一开始我们还会担心灯光、掌声还有人群的喊叫对泰勒而言干扰太大，但是他无视了这一切。

但是很快我们发现泰勒对高中乐队并不喜欢。架子鼓的打击声以及其他乐器合在一起的声音对他影响太大。他的感官已经超负荷了。他会一下子变得暴躁愤怒，有时候由于药品的作用会更加明显。为了控制癫痫的发作他服用了高剂量的左乙拉西坦，但是我们并不清楚这种药物会引起的烦乱的程度。那时候我们把这种反应直接归结为他伤势的影响，但是药物加大了这个效果。他勉强撑到了乐队演奏结束，但是最终，他还是选择离开。

赛季开始的时候，教练的妻子打电话给我，告诉我足球队希望为我们一家做些特殊的事情。包括球队在内的一群人计划举办一个"泰勒之队"的晚会。他们会以泰勒的名义出售印有"泰勒之队"字样的迷彩服,筹集到的善款会直接用于泰勒的医疗康复费用。他们还会在学生和粉丝间进行宣传,告诉大家为了支持泰勒会有一个指定的"迷彩之夜"。

中场休息的时候啦啦队换上泰勒之队的迷彩服,希望邀请泰勒来到绿茵场地上。我是很希望泰勒可以抬起头,看看周围看台上所有关心爱护他的人,但是凯斯和艾弗里站在了理性那边。在我心里也许我也明白对泰勒来说这样太冒险,某种程度上我还是拒绝的。凯斯和艾弗里轻轻推了推我让我意识到这会对泰勒造成太多的刺激,啦啦队长也很理解。广播里解说员解释了大家穿着迷彩衫所代表的含义,泰勒站在看台最上边的角落,一直在招手。我们全家人都感受到了场内观众的爱和支持,我告诉泰勒:"伙计,这都是为你准备的。"眼泪从我的脸颊上滑落。这些也是为我们准备的,我们整个社区在拥抱我们的磨难,这是一种单纯的美丽。

泰勒对于自己伤势可能带来的影响还是一无所知。自他摔倒后已经过去了10个月,但是在那10个月里他曾经昏迷,做过不同的手术,还处于精神模糊的状态。最好的描述就是他还处于"苏醒"状态。他还在学习创伤性脑损伤这几个字,但是没办法知道它们确切的定义。我们没法告诉他,你可能不能再次工作了,你可能开不了车,你的大脑被夺去了多年学习和思维转换的能力。他没法理解他的伤势改变了他的身体、生理机能和智力……更不用提所有受到影响的细节了。泰勒现在还没有到达能够表达或者拥有很多情感的地步,每天醒过来度过一天的生活就已经耗费了他所有的体力。

整个足球队还私下和我们见了一面。之前我很自豪可以参与促进者俱乐部的一些事宜。我喜欢帮助他们做饭，为男孩们制订一些有趣的计划，在那些对坦纳和团队意义重大的事情上贡献一些想法。我很惊讶当我结束在俱乐部辅助工作时我感到很沮丧。但是一旦我们可以，在泰勒心理和生理允许的情况下泰勒和我会过来帮助球员们准备赛前餐。球员和教练必须开始适应一个事实，那就是泰勒没有心理过滤，他有很多比赛的建议——事实证明这是很尴尬的建议。泰勒会建议哪个球员踢哪个位置，他的人选仅限于坦纳以及坦纳最好的两个朋友：纳萨尔和德温。在泰勒眼中，这三个人就可以完成一切。泰勒可以在一个安全的地方学习一些基础的"待人接物的技巧"。我就像他肩上的一只叽叽喳喳的小鸟，提醒他应该怎么说怎么做。看到这群年轻人对泰勒的容忍和好意是一节伟大的人生之课。泰勒需要我们尽可能多地给他提供安全的社会分享。

足球比赛也是一个社区朋友和前任老师过来打招呼的好机会。在这儿很多人是自泰勒摔倒后第一次见到他。我们感觉大家都在观察着泰勒以满足他们的好奇心，这虽然并不轻松，但我知道那些注视着我们的人同样也很关心我们。他们的好奇从来没有恶意，也不会让人觉得受到了侵犯，那只是谁都无法避免的人的本性而已。

有一周泰勒说想要见见自己高中时候的体育老师，所以我们找人传了个话，就在比赛之前，这位老师在看台找到了我们。这对我而言是个重要的时刻，因为他是泰勒在康复中心记起的第一位老师。我亲眼看着泰勒如何恢复他的记忆，以及他如何自己摸索出这些记忆来自哪里。我们大多数人都不清楚记忆的内在流程，以及我们的大脑按照时间顺序分类和规整记忆的能力。当泰勒在上这个体育老师的课的时候，这个老师让他感觉良好，泰勒心里一直都保留着那份美好。这份巨大的礼物在外人看来很难理解。一次次被验证的一个事实是泰勒可以记住和一个特殊的人相关的情感。不管是好是坏，之前带有强烈情感印记的事情都有足够的力量让记忆再次浮出水面。

另外一个比赛之夜，泰勒和凯斯起身去上洗手间。凯斯走在泰勒前面，试图为他安全下行铺平前面的道路，但是背景噪音大到没有办法听清楚发生了什么。当泰勒穿过看台的时候，他对一个我们不认识的年轻人说了一句："借过一下。"这个年轻人一动不动。他没有对泰勒说"不"，他直接忽略了他的话。泰勒又重复了一次，依然没有任何回应。由于身体缺乏灵敏度，泰勒在体育场的台阶上走得很不顺，所以四处的走动对他而言总是非常困难。他最终稍微绊了一下，他不仅被吓了一跳，更被激怒了。他说："他到底有什么毛病？"我知道这与个人无关——这个男孩的行为很明显是一种习惯，但这类事情已经不是第一次碰到了。

情况有可能随时升级。伤势加上服用的药物意味着泰勒的脾气很暴躁，同时他又易怒且害怕，这很明显是个糟糕的结合。泰勒正在重新学习社交暗示以及如何和人互动。他的大脑无法理解即使他做了自己该做的部分，说了"借过一下"，但是却不能保证得到一个礼貌的答复。这种事情就是所谓的灰色地带的一部分，泰勒非黑即白的思考逻辑根本无法适应这种灰色地带。

这样的情况虽然少见，但是也提醒着我们不是所有人对泰勒都有同情心的。那个晚上大部分围绕在我们周围看台的观众都可以看到发生了什么，每个人都屏住呼吸。凯斯还是想办法把泰勒从台阶上搀扶下来，一切都好，但是这个片段在接下来几周都会在泰勒的脑海里一直循环。它会在泰勒身上不断制造恐惧和不安。在他们走下台阶后，艾弗里走过去和那个年轻人沟通了一下，当凯斯和泰勒回来后，我们必须采用一些简单的分心方式让泰勒坐下来，避免更多事情的发生。

泰勒的大脑会用一种神秘的方式牢牢记住令人苦恼和不安的时刻。这种特征让特定的社交场景很尴尬。泰勒没办法理解玩笑、挖苦或者取笑的话，他压根儿不明白公然挑衅或者粗鲁的意思。泰勒内心害怕而脆弱，他大脑里没有让他能够分清楚各式各样的感情的处理器。但是对泰勒而言，这是一场硬战。他的身体和心灵都经常暴露出弱点和不足，他很担心自己的安全。

他会对别人的言语和行动信以为真，这需要有人不断提醒他。这对于那些习惯用玩笑、挖苦和取笑作为沟通方式的人来说着实是个挑战，因为泰勒会把一切都当真。我注意到当人们紧张的时候会发现很难沟通，他们会说一些自认为可以让泰勒开心或者大笑的东西，但其实适得其反。

这些情况不仅让我感到很受挫，而且变得越来越难以启齿。我发现自己就像一个刻板的老师，手上拿着一个尺板。我变成了人们害怕看到的人，我必须教育好大家才能保护泰勒，这确实很有压力。我的自尊心受到了很大的挑战，我感觉自己像一只乌龟，想躲在自己的壳里。人们会公开表示有我这样的拥护和保护泰勒有多幸运，但私下里我可以感觉到有时候他的伤势对个性造成的改变也对我和其他人的人际关系产生了负面的影响。仿佛人生有时候变成了一系列的尴尬时刻。

在布林莫尔的时候我已经学会了如何和泰勒交流以及让自己沉浸在脑损伤危害的学习中。作为他的妈妈,我需要让自己更多地了解脑损伤的知识,以及会对他的个性、交流能力还有与他人沟通方面产生什么影响。脑损伤里有很多晦涩难懂的东西,其中最大的问题之一就是改变之前那个人的方式。我在微博上关注了很多人,和许多患者家庭都聊过,也看到过脑损伤患者鲜活的实例,所以对我而言会更容易理解这些问题。最重要的是,作为泰勒的母亲,对于他的需求我有一种责任感。

住在东北部离纽约和费城很近意味着我们这里有很多费城职业棒球队和洋基队的球迷。以前的泰勒喜欢反复开着粉丝身份的玩笑。如果有人嘲笑他戴勇士队的球帽,他会立刻予以还击。现在的泰勒对于这种友善的玩笑没有任何概念。他脑子里想的东西特别简单——他爱勇士队。他戴着艾弗里给他签名的帽子,特别骄傲。如果有人拿这个和他开玩笑,他会立刻处于自卫状态。这样的战斗感觉永无止境。之前和泰勒的相处方式已经没办法继续了。人们经常对此感到不适应,感觉泰勒应该学习接受一些东西。其他一些人的感情受了伤但也表示理解,我们都了解到爱着一个脑损伤患者的人需要变得厚脸皮。困难之处在于泰勒经常克制自己的感情直到他待在一个他认为安全的地方。但无论如何他都需要解决这个问题。这很奇怪,因为他没有心理过滤,但是他也有些意识不想说一些伤人的话。但事实上是伤人的。

我尝试在私下和公开场合都告诉大家泰勒需要什么。我发现我们中的大多数人都希望泰勒可以感到安全，有些只是无法理解泰勒的伤势到底意味着什么。这对我而言是个很难的事情。这意味着无论我感觉是否舒服我都需要为泰勒说话。听到有人说"请不要因为这个伤势造成的一切为我们道歉"这句话对我意义重大。

当泰勒新的个性特点逐渐显现时，我碰到了另外一个不太让人舒服的提醒：我需要回去工作。我一个很好的朋友经常提到11月份近在咫尺了。她警告我要把寻找合适的看护人提上日程了。她对我建议说："妮可，我知道你现在不想去思考这个事情，但我们耽误不起。"她的语调温柔但不容置疑。作为一个多年好友，她似乎天生就了解我需要什么。我很珍惜她话中的那个"我们"，因为这清楚地表明她不会轻易地走开。她一直在这里陪着我，我非常爱她。

还在布林莫尔的时候，我们就已经开始为泰勒的日常看护筹集费用。宾州头部受伤项目（HIP）是一个可以为我们提供帮助的机构，但是要得到那部分资金还是需要一段时间。那儿的人都很好，他们富有同情心且真诚，他们的知识对我们也大有裨益。

头部和大脑伤势的治疗费用非常高。我收到的需要支付的金额数字令人担忧，但泰勒和我过去10个月内都没有收入。这意味着我们五口之家现在的经济来源由原先的三个变成了一个。10个月里有6个月我们需要自掏腰包支付医疗保健和牙科费用。这些再加上无数次去医院的路费，医院吃饭的餐费，以及各种新的花费比如器材，药品，医生挂号费，还有特殊食品的购买都增加了很多很多额外费用。我们不太喜欢讨论或者过多思考这个问题，但是财务的压力是一直存在的。大多数时候我都避免把注意力集中在这类事情上,如果花太多时间思考泰勒治疗费用的问题,我会感觉世界已经停止了转动。我很担心泰勒的医疗费用是否会影响我们帮助坦纳和艾弗里继续学业的能力,以及未来我们要如何还清这笔费用。我们有一座很漂亮的房子,我们在讨论是否有出售的必要。我必须把财务压力放在次要位置,因为我不能在这上面耗费太多的注意力和时间。而且在其他事情都亟待解决的时候我也很难关心钱的事情。但有一件事毫无疑问——我知道我愿意花光所挣的每一分钱让这个噩梦完全散去。

在和布林莫尔我们的个案经理,南方保健的一些理疗师以及宾州头部损伤项目的人长时间讨论后,我们加入了公共福利部一个叫作减免计划的项目。减免计划有不同的组成部分,客户会被指定到各自正确的减免中,但是资金也会被冻结。针对泰勒最好的途径是一个叫作COMMCARE的减免计划,这个是专门针对可诊断的脑损伤患者,在宾州主要集中在区域老人机构。我们还在候补名单上,所以随着时间的推移,意味着当我回去工作时泰勒在家治疗也会有一笔费用用于看护。有一个专门针对泰勒案例和所需的减免计划,我们十分感激,但是获得审批同意是一个冗长而费时的过程。可以说事情总算有了进展,但是速度极度缓慢。

关于减免要做的第一个工作就是申请。这个申请流程包括确认泰勒医疗、财务以及个人的信息。每一个细节都要有相关文件证明,如果没有,表格就会被退回。这个计划不是对所有脑损伤患者都开放,还需要满足特定条件。申请是否通过取决于患者需要看护的水平以及这笔资金最有效的使用方式。一旦申请通过,公共福利部就会将相关信息移交给区域老人机构。机构工作人员会派出一名代表评估和确认泰勒需要的看护水平。治疗评估和各种级别的在家看护资金相关联，从助手到护士，或者去疗养院的推荐，又或是长期医疗机构。这之后，评估会被送去另外一个机构，从而确定资金事宜。

在这个漫长的过程当中，我接到了一个电话，得知泰勒的减免服务已经通过了，但就在第一通电话结束一会儿之后，我收到了另外一个电话，告诉我结果看错了。我彻底震惊了。泰勒被拒绝了，也就意味着我们需要申诉，把之前的流程从头再来一遍。这个决定和资金以及区域老人机构的目标紧密相关，他们希望把泰勒放在对他最有益的项目计划里。由于从COMMCARE减免计划获得资金无望，部门已经在尝试另外一种减免服务了。因为这些都是在内部沟通进行的，所以我当时并不清楚这种决定背后的逻辑。在接下来一系列充满不安焦虑的电话过后，终于周五晚上一个主任的一通电话解决了一切。她的孩子也需要特别看护，她向我解释了审批流程各种复杂的细节。一旦我知道这个决定是为了把泰勒放在正确的项目中，只是也许需要更多的时间，我就可以重新准备了。

过去几个月里发生的所有事情让我大受打击。我承认有时候我会陷入绝望的漩涡无法自拔。

我做不了这个。

我不配成为我三个儿子的妈妈。

这样的折磨会结束吗？

为什么一切都这么艰难，有没有可以轻松一些的方式？

我不允许自己在所有复杂情况带来的挫折和打击中沦陷，但是它逐渐让我疲惫不堪。有时候夜深了，无数个"如果"的场景向我袭来，但我太累了，根本没有精力去处理。我的祷告简单但真挚："上帝请帮帮我。上帝请帮帮泰勒。上帝请帮帮我们大家。"第二天早上，我通常怀着相同的想法醒来，但一天内要做的事情实在太多了，根本没有多余的注意力集中于泰勒需求以外的事情。

有些人把我看作一块岩石，但是我知道在不间断的风暴、汹涌的波涛中我疲惫不堪。有时候我只想让一切都过去，让风暴就这么过去吧，但我知道我必须走得更远，找到继续下去的力量。如果泰勒可以从各种手术中挺过来，为他的生命奋斗，作为母亲我也可以做到。我觉得自己被打倒了，一切都杂乱无章，但是无论如何我们已经走了这么远，我相信一切都会结束。就像保罗·麦卡特尼写的那样，我必须"顺其自然"。

第二十八章 变幻之风

>> 2013年10月上旬

有一天早上当我醒过来的时候,我突然记起多年前写过的一首诗。我是在泰勒、艾弗里和坦纳不是很小,但是我还很年轻和单纯的时候写的。有一天我望着窗外,突然意识到他们每个人都成长得如此之快,让我惊讶不已。我立马坐下来开始创作。

我想起了当他们还是浅黄色头发蓝色双眸充满任性的时候,他们非常符合"冒险男孩"的特征。下午他们会在我们第一个家的车道上骑着自行车,玩着树叶,而我们的金毛犬蕾西,永远忠诚地看护着他们。

说起来也怪,但是自从泰勒摔下来之后,我时常会想起蕾西。它是那种每个小男孩成长中都需要拥有的小狗。晚上它会和泰勒睡在一起,它对他的承诺是无与伦比的。我会在内心某处哭泣,对着带走它的风轻语:"你能相信在我们的男孩身上发生了什么吗?"我渴望它能再次坐在我们脚边,用它充满爱意的眼神看着我。一想到看到泰勒时它摇晃的尾巴,或者他们每晚睡在一起的画面,我就控制不住自己……这让我心碎。蕾西几年前在我的臂弯里离开了,但是所有在泰勒身上发生的事情让我深感生命中的每次失去都特别重要。我对它的回忆一直萦绕在脑海里,和我对泰勒梦想的回忆一样多。时常的想念让我经受着无法忍受的情感折磨。

我开始疯了一样寻找多年前我写的那首诗。惊讶的是,几天之内我就找到了。我记得我把它塞在爸爸送我的一本圣经里,没错,它正完好无损地等着我。和之前一模一样。但我的宝贝男孩却已经由里到外被完全毁坏了，我觉得自己应该更加珍惜和感谢与每个深爱之人在一起的每个瞬间。已经发生的，应该发生的还有即将发生的一切都让我疼痛不已。

我怎么会把生命的价值看得如此之轻呢？当我在写这首诗的时候，我压根儿不知道孩子们成长太快的苦恼根本没有办法和他们无法成长或者梦想不能成真的想法相比较。当我读着这首诗的时候，我的双手在颤抖，咸咸的泪水顺着脸颊滑落。

秋日的微风
提醒着我，我的三个小家伙
正在和新落下来的叶子玩耍
清风徐来
拂在红润的双颊上
干净清爽的气味
从风中轻轻扫过

他们一起行动
笑着
玩儿着
生活着
热爱着生命
这些兄弟们表达着对彼此的忠诚
在黄色，橘色和红色的
片片落叶之中

秋日斜阳

金色的阳光洒在三个人身上

他们敏捷地骑着自行车

穿梭在街头巷尾

笑着进行比赛

蕾西响亮的叫声

在为他们加油

我是如此着迷而开心地看着

我美丽的王子们

学习

分享

珍爱生命

第二十九章　越来越多的并发症

>> 2013年10月中旬到11月初

到了10月中旬，很快我就会迎来自己四十三岁的生日。我知道这天的到来不会那么轻松，因为在这个节骨眼上庆祝任何事情都是很困难的。每个节假日或者生日现在都会被标注上强烈的悲伤、失去，以及过去拥有的一切和现在失去的一切的强烈对比。过去那些本应感到自豪开心的日子现在被一种新的悲恸填满。

几周之前一名摄影师打电话过来，愿意为我们提供一次免费的家庭拍摄的机会。她觉得我们一家人的故事很有启发性，想要做一些有意义的事情回馈给我们——这是从一个完全陌生的人那里得到的无比慷慨的礼物。就在三年前，我们在相同时间也照了一次全家福。当新的拍摄日子临近的时候，我变得越来越紧张。

关于三年前那天发生的一切我回想了很多。泰勒那时候十九岁，那次拍摄的时候他正处于叛逆期。他从来都不喜欢拍照片，和我一样，他需要费好多力气才能找到一张满意的照片。按照一般标准来看他并不上照，但是他一直都那么帅气！泰勒有着明亮美丽的笑容，他很强壮，个子也高。他有着最漂亮的厚实的头发，脸颊和下颌的轮廓完美匹配。我的继母过去常常说："泰勒就是一个大块头！"泰勒必须努力在摄像机前面找到舒适感，尤其是摆造型的时候。

凯斯、艾弗里、坦纳还有我的妈妈三年前都出现在镜头里。那年我的生日愿望是创造一个美好的记忆，所以安排了家庭拍摄。自从我们上次拍照已经过去了太久的时间，我知道在我们还可以的时候把这些相聚捕捉下来的重要性。三年前拍摄时，我和男孩子们说你们不要送礼物给我了，只要在拍照时给我露出你们的笑脸就行。结果那个下午既愉快又美好。在拍摄的时候，我躺在三个男孩的臂弯里，当我们试图摆一个姿势的时候大家都禁不住笑了。这张照片是我最喜欢的一张。我立刻把它还有其余一些漂亮的五人照片用相框装了起来。如果闭上眼睛，我的脑海中还会回忆起那天的情景，耳边还会响起家人爽朗的笑声。

现在是崭新的一天和新的一年。摄影师已经到了，正在准备设备。空气中弥漫着一种模糊不清的感觉。那种凝重的感觉就像一大片乌云悬在我们头顶。大家都很清楚泰勒糟糕的经历。他和我们在一起，我们还是有三个儿子。我一直警觉我们家庭人员的个数会永远发生改变，永远都不会回到"五个人"的日子了。曾经的泰勒不在了，这种痛苦就像死亡一样蜇人，只不过是方式不同。我的记忆不断闪回到三年前大家在镜头前坐着或者站着的瞬间，想到这我感到心碎。那时的画面仿佛一部永不间断的电影在播放着，这样的场景是如此出乎意料。我们五个人虽然都在，但是其中的一个人在很多方面已经彻底离开我们了。

我希望这一天可以永远被记住，事实也正是这样。我们和现在的泰勒一起创造了新的回忆。我们都听说过"另类家庭"这个词语，我们肯定正在创造属于自己的另类。摄影师人很棒，最后爱上了我们一家子。她也是三个儿子的妈妈，所以立马和我们就有了共鸣。

那天拍的一些照片已经超过了语言可以表述的范围。它们不仅仅在诉说一个人幸存的故事，同样在讲述一个家庭的故事。没有经历过苦难和巨大的挫折是不可能获得生存的权利的。照片可以捕捉到很多东西，它们把痛苦、关爱、绝望、疲惫、喜悦、幽默还有心疼都一一呈现，但更重要的是……它们捕捉到了紧密相连的一家人。它们发现了我们一家，和泰勒一起，活了下来。

在拍摄结束后，摄影师在她的部落格上写道：

从哪儿开始呢？几个月前我无意间在脸书上看到了一个专门为当地家庭创建的主页，名字叫作泰勒之队。去年一个叫泰勒的人患了创伤性脑损伤，他的妈妈通过泰勒之队的页面用文字记录下了他的康复过程，试验阶段和获得的成功。越了解泰勒之队的故事，我就越觉得自己应该做点什么……做一些有意义的事情……为了这个我每天都为之祈祷的家庭。泰勒的妈妈妮可有三个儿子，他们之间年龄的差距和我的男孩们差不多。我当然会被这个家庭吸引！

生命无常。我如此热爱摄影很大的一个原因就是它可以为一个人的灵魂做些什么——捕捉到你永远也无法回头的瞬间。本着这个想法，我想要把最触动我心灵的家庭拍摄下来。

文字根本无法准确描述这一家有多么美丽和不可思议！他们之间的爱……你可以通过这些照片看出来。我可以在那个走廊里待上一天，和妮可说说这个聊聊那个……听着艾弗里和坦纳弹着他们的吉他（你永远不会相信这两个人在音乐和乐器演奏上有多么惊人的才能！）以及泰勒独特的放声大笑也会让我忍俊不禁。这些对话我永远不会忘记。他取笑着我的"福特"汽车，展示他的肌肉欢迎我，泰勒真的把我逗笑了。

看着三个男孩和他们的爸爸妈妈在一起很容易勾起我的情

绪。你看，我可以从他们身上看到自己。我可以看到我的三个儿子的影子。我希望并祈祷他们的关系可以和这三个兄弟一样。我的男孩们喜欢一些超级英雄比如蝙蝠侠、超人还有绿灯侠。但是我们身边却有三个真正意义上的超级英雄。

和他们一起拍照让我很紧张。我非常想把这个家庭里令人惊讶的力量和关爱通过照片表达出来。妮可告诉我她的人生格言是"真爱至上"。她就是最佳典范。在泪水和笑声中，我发现，爱确实可以战胜一切。

照片里的这些瞬间会永远展现着我们故事的一部分。这次的摄影是一份礼物，每个在场的人同样也是。我充满了感激，感谢摄影师可以集中注意力为我们创造出一个新的回忆。

不幸的是，还有很多问题亟待解决，根本没有时间放慢脚步。我们的生活和家庭结构发生了巨大的变化。在享受新馈赠的同时，我们还必须清楚关于泰勒的每一个变化，以及更多需要完成的任务。

多年前，我曾经经历过替坦纳寻找合适的日托中心然后把他放在那里的艰苦过程，那时候坦纳才四岁。我以为那种不安和焦虑已经都过去了，但我发现在很多方面我都想错了。我回去工作就意味着需要给泰勒找到一个全职看护。我的内心产生了巨大的焦虑，我需要把所有事情都落实好这样才能顺利回去工作，这让我不堪重负。这就像满地全是拼图的碎片，但是我还不确定怎么样把它们都拼凑起来。凯斯时不时会提醒我解决这些问题，但是我内心明显在拒绝着。我想对着全世界大声尖叫。我感觉自己的挫败感没被人发现，一部分原因是我很难把自己的情感和其他人分享。

前面怎么会有更多的压力，更多的责任，更多的痛苦呢？难道这些还不够吗？我会拥有哪怕瞬间让一切恢复原样的力量吗？我渴望可以有时间让我坐下来，缝补我破碎的内心，但是生活接连用拳头重击着我，这也就意味着只有极少的时间可以休整。我们身体里的每一丝力气都用在了泰勒、他的康复以及规划所需上——但是作为一家人，我们也同样需要康复。

我被安排在11月11号回去工作。关于在哪些天谁会过来陪泰勒的问题上我们必须认真对待。虽然在最后关头我们才开始行动，但是计划最终还是敲定了。在过去的几个月里我的朋友米歇尔周三的时候偶尔会过来，所以泰勒和我已经习惯分开了。我们并不是认为泰勒和谁待在一起会有什么问题，我们害怕的是未知的一切。米歇尔是最安全的选择之一。她对泰勒那种真诚的喜爱很难在其他人身上看到。她为人随和有耐心，但是她作为朋友常督促我要为泰勒做这做那。有一天当她过来的时候，由于一些琐碎的事情要处理我出去了，最后独自一人开车回来。在路上我哭了。我开了一段很久的国道结果不知道走到哪儿去了，我甚至好几次都迷路了。我感到漫无目的，悲伤孤独。我把窗户降下来，呼吸着新鲜空气，试图让自己有时间可以真正思考感受过去一个月里发生的一切。

泰勒的身体保健是计划最重要的部分。他还在服用许多的药物，他患有癫痫和情绪障碍。他已经可以控制自己的膀胱和小肠，但还是会有让他非常尴尬不方便的时候。他的双脚还是不稳定，他的很多认知障碍一次次被证明是极富挑战性的。他会幻想那些不存在的事情，想起从来没有发生过的事件，把发生的事情夸大其词。他的行为动作还是十分缓慢，和他在一起需要极大的耐心，很少有人可以理解或者处理。

和泰勒在一起生活即便是小沙堆也能经常变成大山脉。在他破碎的内心里这些山峰已经被爬了一次又一次。比如说在他苦苦奋斗的疗程里，他不喜欢一些练习方式，一周三天的日常练习让他疲惫不堪，他想要赶紧结束。有其他家庭的人警告过我们这种行为，并鼓励我们尽可能让他坚持下来。

某次一个特殊的事件着实让他大吃一惊。在一次疗程课里，理疗师开玩笑说："我准备用强力胶或者订书钉把你的手订到桌上。"（泰勒一直坐立不安，她指的是他没有办法安定下下来。）他还没有学会去理解那种玩笑的陈述方式，所以他完全按照字面意思理解。这就是他的大脑分析理解修辞手法的一种方式。他把说出来的每一个字都用最具体或者字面的意思理解。

让我感到欣慰的是他没有立刻表现出愤怒，但是就在我们结束疗程之后……他爆发了。那天我不在诊室里，也就意味着我需要自己搞清楚到底发生了什么。泰勒心里有着潜在的害怕情绪，所以一旦感到被威胁就会立刻表现出来。

两天后在和这位疗程师再次见面之前泰勒把这个场景反复重演了上百遍。我们俩终于想到了一个办法，我们对他想说的话进行了预演。那天当他走进疗程室里的时候，他开门见山把自己想说的表达了出来。

就像我们之前演练的那样，他对理疗师说："我不喜欢玩笑或者调侃。"我把手放在他的胳膊上，提醒他我就在身边，然后和理疗师解释她说的话让泰勒感到不安全，他害怕来上疗程课了。把自己的感受说出来对他而言也是种挑战。理疗师非常清楚地道了歉,后来告诉我那个玩笑一出口后她就意识到会产生负面的影响。我们还讨论了如果一个人真诚地道歉,我们就应该原谅他们。泰勒也为自己发脾气道了歉。理疗师认为这次的责任完全在自己,这很重要。疗程进行得很顺利,泰勒面带笑容结束了课程。这是个微小但关键的胜利!

他的看护人又会怎么处理这些情况呢?泰勒没办法把自己的感情和恐惧与任何人分享,所以我担心当他害怕或者受挫时他不会告诉其他人。我期望他的康复可以继续,他的看护人可以积极地参与他的康复疗程。这个期待意味着看护人对他的需求必须有所承诺,以及了解"现在的泰勒"是怎么行动的。我们不希望泰勒仅仅是被陪伴或者照看,我们希望他的康复阶段还可以继续进步。我知道平衡工作和泰勒的事情是一次巨大的调整。我不知道自己有没有做好应付任何事情的准备。我担心自己可能没有办法像预期的那样完成工作职责的同时还能满足我脑损伤的孩子的需求。

我的家庭与医疗休假法案假几乎快用光了,所以肯定要试下回去工作。我已经不工作快有一年了,这份工作为我们全家提供医疗福利,它对我们来说很重要。凯斯的雇主没有办法给他提供医疗保险,这也是回去工作不容商榷的主要原因之一。我很难想象没有我的日子泰勒要怎么度过。听上去虽然有些自恋,但是他事故发生的第一天起我就陪在他的身边。我们有一个固定的日程安排,他在很多方面还是很虚弱。一想到我不在的时候或许会发生什么我就害怕极了。

到了我在某种程度上放手的时候了。其他人安慰我说泰勒会没事的。我也告诉自己我可以应付，这个决定并不是没有任何转圜的余地。至少我需要一天一天，一步一步尝试回去工作。生活会给予很多我们不需要不想要的东西，但我们需要抛开这些继续往前。那时候我就应该知道这个道理，可惜我没有。

我想起了当泰勒还是个婴儿我把他留给其他人照顾的时候。但那时候他是在一个熟悉的地方，我们教会的一所幼儿园。当他九个月或者十个月的时候我会站在门外，他大声地哭闹着直到没了力气，最后终于妥协。我见到他的最后一眼就是他伸展双臂，嘴巴张开，因为我不在他身边害怕地哭叫了一个多小时。他花了几周时间才接受了这个习惯。那几周我就站在幼儿园门口，一直抑制着自己冲进去解救他的冲动，但是内心明白科学的分开并不是世界末日。

我还记得好几次我把艾弗里或者坦纳留在家人或者朋友那里过夜或者过周末，尽管他们很不情愿，但最后都没事了。这样的转变并不容易，但是最后事情都过去了。多年以来我还记得男孩们童年时期的一首歌。这首歌来自一本玩具故事书，一页页翻开的时候会哗哗发出声音。这个故事讲述了妈妈必须离开孩子时的各种情景。男孩们会把磁带放到费雪卡带机里，然后听了一遍又一遍。"我的妈妈回来了，她总会回来的，我的妈妈回到我身边了。我的妈妈回来了，她总是会回来的，她永远也不会忘记我。"朗朗上口的旋律总是让离别容易一些。这段话我还能一个字一个字地背出来，一想到它也曾带给我安慰就让我安心。

为了照顾泰勒，我知道我们会雇佣一个他感到舒适且之前就认识的人。一想到如果是某个机构里的某个陌生人来照顾他就让我内心很煎熬。我所能想到的场景就是或许有人会冲着泰勒大吼大叫或者由于某个事情泰勒遭受到了误解从而感情上受到了伤害。我还很担心虐待的问题。我不知道自己为什么会被这些想法困扰,但是我曾经坚强独立的儿子现在连他是否可以保护好自己我都没办法确定。由一个完全陌生的人来照顾泰勒的想法在我内心引起了紧张和恐惧。有时候我脑海里会出现泰勒被伤害的各种情景。我知道如果想让我放心工作,必须把泰勒交到一个我完全信任的人手里。任何具有威胁的想法都会让我感到无能为力,并且质疑自己回去工作的想法是不可行的,但是我感觉让每个人都参与是最好的。回去工作的决定很大程度上是由我们全家人的需要决定的。

两个多年的好友提出可以休假几天过来陪泰勒。其中一个甚至为了我们的需要更改了自己的时间表过来照顾他。她是一名注册护士,有多年的临床经验。另外一个朋友是四个孩子的母亲,其中三个男孩的年龄和我们的三个男孩差不多。她的第三个孩子是泰勒的好朋友,最近刚从宾州州立大学获得基础教育的硕士学位,她的时间相对比较灵活。最后一个我们雇佣的就是我的嫂子,从泰勒还在穿尿布的时候她就一直关爱着他。这样的安排对于处于动荡中的我们来说是巨大的恩赐,这些坚强的女性给泰勒的康复带来了正面的影响。

凯斯从他的老板那里争取到一周四天十个小时的工作,而不是之前一周五天八个小时的轮班。这样的安排可以让他周五的时候待在家里陪着泰勒,这样就不用再去找第五个人了。事情一点点有了进展，现在我感觉自己至少可以正常呼吸，不用再因为害怕而坐立不安了。

但即便这么多人这种方式照顾泰勒也不是一件轻松的事情。每个人都需要经历许多的恐惧、感受还有各种情况。照顾泰勒的任务会成为我们新生活里最具挑战的一个部分，尤其从我的角度来看。我必须学会成为泰勒和他的照看者之间的桥梁。

在我眼里，泰勒由于这次事故的伤害已经支离破碎，事情不会更糟糕了。我开始放下心中的不安和焦虑，学会活在一种接受的状态里，而不是时常的焦躁中。他经历和忍受的够多了。我有信心我们可以渡过这个阶段的难关。我们做了大量的心理斗争才把泰勒日常看护的重任交到那些也许没有我们那么尽心尽力做事的人的手上。我们让别人走进了我们的家和生活，并且给了他们控制权，尽管那控制力非常有限。

一个照料者和我说："你不能在陪伴泰勒这么长时间以后突然离开。"我们和这些愿意承担这个陪伴者角色的人之间的关系也会很受挑战。我的情感很纯粹，我清楚地了解有一个诊断有严重问题的孩子所产生的副作用会是什么样的。对于泰勒的看护我想且需要绝对的安全感。每一个看护者，除了那名专业护士，都在进入一个之前从没碰到过的领域中，我也一样。当要放手的日子越来越近，我变得更加焦躁不安，但是我知道这样的转变必然会发生。

一天晚上我带着将要照料泰勒的女士们出去吃饭，我请她们试着提出各自不同的方案，想想要做什么样的事情才可以让这个方案奏效呢？她们的担心和害怕又是哪些事情？当我们坐在餐桌前探讨细节的时候，我感觉自己好像在开商务会议。这对我来说有些尴尬，但是我想每个参与其中的人对于自己的新角色都能够感到安心和舒适。吃完饭闲聊几句过后，我请每个人都把自己对于泰勒的看护最有挑战的方面以及各自可能产生的担心和顾虑写下来。

每个人都提到了对泰勒癫痫症的担忧，如果当它发生的时候具体应该怎么做。另外一个人提出她担心泰勒会不喜欢和她在一起，还有人担心看护的工作会对我们之间的感情产生负面的影响。每一个问题都让我感到心里很难过，但同时对我来说又十分有意义。我难过的是大家只能坐在餐桌前讨论这样的话题而不是从前的那些愉快的事情，但是我非常感激她们的坦诚分享。过去和现在的鲜明对比在那晚尤其明显。

那晚我恨极了创伤性脑损伤。我恨我房子里的那个楼梯。我恨事情并没有变得更加容易，相反其中的压力和折磨根本没有转变。这个事故渗透进我生活的每个角落里……我并没有对泰勒感到愤怒，一点也不，但是从第一天起我就恨这个情况，我有种直觉这个征程我们连一半都没走到。

几天之后，就在我计划回去工作之前，我爸爸坐飞机过来看我们。过去几年里，他和我的继母在乔治亚州和我的祖母一起生活。祖母已经九十多岁了，身体机能在快速衰退。因此我的爸爸很难抽身离开，我们还是在泰勒事故发生一开始的时候见过面。

泰勒和他的"姥爷"，孙子们都这么叫他，关系很好。我的爸爸总是像个老顽童，就像老话说的，"他喜欢当一个男孩！"关于探险和大海他有无数可以分享的故事，从他第一次和男孩儿们见面后男孩儿们就深深喜欢上了他。

泰勒已经有好几个月一直在找姥爷了，让人看着很难受。去年一整年，我们家人由于彼此相隔很远没有办法经常过来看望的事实让我感到很压抑。我想要他们的存在和支持，我需要。我比其他人想象中的还需要，要承认这点很痛苦，我几乎很少会让自己说出来。

听到泰勒说想见他姥爷的时候，我的内心碎成了两半。我希望自己可以像60年代末电视节目里的珍妮那样，有一种点点头就可以满足别人愿望的能力。泰勒只是偶尔会提到这个愿望，而不是像有时候无止境的纠缠，这点我非常感激。有时候一想到家人之间相隔如此远我就感到很苦楚。我多么希望我的家人们就住在一条街道上，我渴望周日大家可以一起吃顿饭，每周的某种定期拜访可以让我在家庭的庇护下感到安全和舒适。我感觉就像自己生长的根被切掉了一部分，剩下的部分现在完全暴露在外面。当11月我爸爸过来的时候，来得正是时候。泰勒急切的盼望以及我自己的情绪加在一起太难承受了。我父亲的到来给我们带来了安慰和愉快。换句话说，如果你急切希望看到一个人但是发现他不在身边时会产生某种潜在的不满。我心里有个部分一直在大声尖叫："你难道没有看出来我有多么需要你吗？"但是这些话只是沉默的呼喊。所有我没有勇气表达出来的哭喊和想法都萦绕在我脑海里，让我的内心更加受挫。

我的爸爸一直是那种内心平和，从来不因哭泣而羞愧的人。但不知道为什么，这场考验中他很少哭泣。我以为会让他崩溃的磨炼却让他在我面前更加坚强。我见过他热泪盈眶的双眼以及沉默中的悲伤。所有的感情都写在他的脸上，但他并没有被打倒。

我还记得有一次，我和他一起待在泰勒的重症监护病房里。当我们互相对视时我知道他在想什么。他知道也许泰勒没办法活下来，他也清楚如果真的发生了这样的事对我是多大的打击。我知道那种表情，那是作为父母他们希望知道可以为孩子们解决什么问题，即便有时候这个问题自己也没有办法搞定。他当时的表情会永远留在我心里，这个神态我之前从来都没有见过，它让我看到了他的内心深处。

我意识到我的爸爸或者妈妈从来没有在我面前流泪不止过。我在想这是不是一种父母的保护。如果他们在我面前崩溃了，我的痛苦也会加剧。

我希望有人可以帮我阻止这场噩梦的发生。我内心希望所有的一切全部消失，但这是不可能的。多少次我感觉自己挺不到第二天了，但是第二天还是如期而至——还有它所带来的沉重负担。

当我和爸爸在一起的时候，我还想成为那个他身边的小女孩。我渴望安全感。我希望爬到他的大腿上，让他紧紧抱着我。我希望他给我承诺一切都会好起来的。我希望自己回到十二岁在切萨皮克湾划船的时候，然后听到他喊我"小南瓜"。我想要快乐，而不是这种苦难的折磨。

我突然想起泰勒三岁的时候在我爸爸背上骑大马的场景，他的嘴巴咧到了耳朵根。我的记忆回到多年前泰勒在码头上钓鱼，他和姥爷一起把鱼一条条拉上来，金色的阳光洒在他们身上，他们还有好多未完成的梦想。我见证着泰勒从我的小男孩，成长为青年人，最后成为男子汉……突然一切都停止了。我希望自己可以回到这个悲剧还没有发生的时候。我希望我的人生可以重来，这样我可以在事情发生前避开这个灾难。我感觉我对泰勒的所有梦想都被扔进大海里，随着浪涛消失不见了。无论我做什么都没有办法挽回。如果原先所有的计划都搁置了我儿子的未来要怎么办呢？

和我的爸爸在一起让我想到了很多过去的时刻以及相关联的情感，它让我想起了很多魔力时刻，尽管美丽却让人痛心。它提醒我泰勒的这次摔倒是我之前从未预料的，也根本没有任何准备。

爸爸这次过来看我们期间，终于我可以抽出一个下午，就我们俩待在一起。我内心非常痛苦，在很大程度上我没有办法把这种痛苦感受说出来。但我很高兴可以和他到一个店里一起喝一杯咖啡。爸爸和我关系一直很亲密，我感觉自己对他无话不说，但现在的情况有些不同。如果我把任何的伤痛说出来，我觉得这对我们俩都会是一次无法预计的海啸。把一切都留在心里让我可以有所保留。它让我在喧嚣中有了一些控制。但是不去和他人分享也夺取了我原本告诉他人内心之痛后获得的些许安慰。我只是还没有准备好把内心的恐惧全部说出来。

和爸爸在一起的时候总是充满了欢乐。这并不是那种脑海中彩带飞舞的开心时刻，它是安静的、长久平安的美丽的时刻，你能够真正感受到满足和爱。

我很高兴看到爸爸和泰勒、艾弗里还有坦纳之间的互动。他的爱对我们每个人都很有意义。也许在经历了这么多的失去之后，他的存在还在提醒着我们不是所有事情都离我们而去。我每一秒每一分每一个小时每一天都紧紧抓着这份馈赠。我比之前更加清楚意识到我们所爱的人不会永远陪伴在身边。

这次爸爸过来的安排很简单，全是些日常的事情。我们带泰勒去参加疗程课，看到他在物理、职能还有言语疗程上有多么用功这对我的爸爸是值得的。泰勒很自豪，他很喜欢让别人看到自己的进步。泰勒在走廊里的时候会看着我们，他会咧嘴笑着说："看这个，姥爷。"

还有一件事情每天都会发生，泰勒会站在我爸爸面前，伸缩手臂。他喜欢炫耀他的肌肉。每次他这么做的时候，爸爸的反应都会很大。他会夸张地大声咆哮，或者嚷着说："天哪，泰勒，你的肌肉这么发达呢！"然后泰勒会大笑，咧着嘴，开心地接受赞扬。他的姥爷对他而言就是英雄，现在他感觉自己也成为了英雄。

我可以理解爸爸心中的悲伤，不仅因为看到泰勒所受的折磨和伤害，还有我，他的女儿，也深深地处于苦难中。那个星期我和爸爸说了很多对未来的担心害怕。这种痛苦正在把我的内心撕碎，我希望通过这种分享可以解决这个问题。我的爸爸静静地安慰着我，他承认情况很糟糕，我们大家都被困住了。他提醒我事情不会一直都这么困难，我可以用我知道的最好的方式度过这一切。他和我说起了自己强大的信念和想法，当我们觉得无法再走下去的时候，总会有一个比我们厉害的人可以。他鼓励我继续祷告，相信这场磨难不会永远如此可怕。

当泰勒的事故发生的时候，我以为自己的痛苦已经达到顶峰了，但事实是内心的苦痛与日俱增。危机时刻和尘埃落定后出现的情感之间有着巨大的不同。

第三十章　深渊

>> 2013年11月12号

那天的到来就像一场突如其来的风暴，我感觉每走一步都雷电交加。尽管它已经酝酿了一阵子，但真正到来的时候，我还是没有任何准备。生活中总有些时刻你无法一笔带过，这些时刻需要你去面对和经历。那也正是我准备做的：用只有自己了解的方式完成接下来的系列挑战，一步一步。已经到来的风暴会带来蛮横而有力的情感，这样的骚乱我们即便想躲也无处藏身。泰勒和我必须勇敢面对一切包括引起的愤怒的情绪，但是我们并不是一个人在战斗。

我不能说，"幸运的是泰勒并没有对我回去工作有抵触情绪"。因为这次悲剧的一部分就在于他没有办法感受和体会正在发生的事情。在这种情况下，我不知道如果他有任何发自内心的反对我该如何处理。他情感上的毫无知觉在我自身的斗争中扮演着无声的搭档角色。

我们家庭里的其他人都已经回归到自己的日常生活中。坦纳在学校里上课，凯斯在工作，艾弗里参加大学里的全日制班。现在轮到我重新进入现实世界，尽管我还没有完全做好准备。对泰勒而言他的日常是不确定的，我们都很清楚他不会再有什么回归一说了。

当我准备去做该做的事情时，我给自己加油鼓劲，但是我身体里的每一个细胞都在抵制这种改变。我一点都没有做好离开泰勒的准备，但是我在尽量替他准备好转变所需的一切。我告诉他这次离开我是有益处的，我试着鼓励他，但其实我连自己都不相信这个，更别提让他去相信了。

我有一种与生俱来的感受，我知道什么对泰勒是最好的。他在每个方面都发生了改变。了解他需要集中注意、保持清醒同时与他的改变保持一致。我整个身体都在迟疑，但是尽管没有完全准备好，我还是将火炬传递了下去。

我回到办公室的第一个早晨是星期二，退伍军人节的第二天，我记得这么清楚是因为我觉得多亏了假日我可以和泰勒再多待一天了。如果说回到某种常态会有一些安慰，那我一点也没体会到。在事故发生后的开始几天里，我渴望着寻常的生活方式，但是随着时间的推移，我已经忘记了寻常是什么样子的。我几乎没有哪天不是在创伤性脑损伤和它留下的尘埃中度过的。寻常现在有了新的含义，它是指没有某种危机爆发的一天。

我现在内心充斥着绝望、悲伤，还有一些害怕。说来也奇怪，我之前不是一个容易过多担心的人，而且我内心也不会被各种各样"如果"的场景牵制。现实中发生的一切已经足够让我裹足不前。过去几个月里我学到的就是"逆来顺受"，挫折是不会被轻易预测到的，所以最好的方式就是等它们过来，用所有的力量去处理它。

我的嫂子凯利是那天安排好的看护人，把泰勒留给她照顾让我内心感到安全。凯利很紧张，我的感受和那些把小孩子留给保姆的妈妈们会有些相似，但是多了很多复杂的因素以及焦虑不安在里面。我内心有一个地方还是在排斥泰勒事故发生的这整件事情，又一次我思考着一切是怎么样走到了这一步。

那天早上凯利过来时，我们也没多说几句话。当她拥抱我的时候，我感到了信任的力量。我知道同样作为母亲，她明白这一切对我而言有多难，她也表达了希望改善这种状况的关心。没有人可以修复目前的处境，但是有了同情和仁慈，我们在这个新的世界里会好很多。我和泰勒待在一起快有一年时间了，过去的365天我一点也不遗憾。我知道我无所畏惧地爱着他，我为了帮助他毫无保留。那天早上我离开他的时候会有迟疑，但是没有任何的逃避。

那天早上当我开车的时候，脸上涂的所有妆容几秒之内全哭花了。我想念之前一起工作的好友们，但是我回去工作对每个人来说都是很艰难的事。在办公室我有两个朋友在我心里有特殊的意义。我知道她们会尽可能地站在我这边。她们是我的姐妹淘，我的闺密，我们的友情经历过考验，仍然不受影响。过去几年里我们陪伴着彼此哭过，笑过，一起加油鼓劲度过艰难时刻。这次也不例外。只要我说一声，她们会一直在我左右。

那天早晨当我走进办公室的刹那，周围一下子安静了。寂静侵占了我周围的一切，也侵占了我的内心。悲伤的乌云一直围绕着我仿佛成为了一种标记。寂静的尖叫又一次袭来。我身体的每一处都如此之痛，但没有任何方式可以缓解。

对于那天最好的描述就是死一般沉寂。我的同事们并没有一窝蜂围过来，他们还不知道该如何处理我脆弱的感情，也包括我自己。在接下来的几周里会有一些深度对话，我会很珍惜。但是首先我们必须度过第一天。后来有人告诉我第一天我看上去受到了惊吓。我的每个动作、言语、表情都表明我压根就不好。虽然我看不到这些，但是我内心是可以体会到的。我到达了某种极限，但是我不能崩溃，这不在计划之内，我还记得继续前行。

我感觉自己的存在让办公室里的气氛变得尴尬。我把同事们的沉默理解为他们不希望看到我离开泰勒，那些关心爱护我的人希望我回到内心所属的地方，和泰勒一起。我需要的是许多的安慰和无数个拥抱，但是一开始我面对的只有沉默。在某种程度上我已经非常熟悉这个场面了：我在一个新的环境中，我的存在让大家感到不自在。我亲眼见过无数种场合下人们不愿意说错话，或者不知道该说些什么，还有他们所有包含在内的情绪。

整个早上我给凯利打了几通电话，得知泰勒表现正常后松了一口气。我去了无数趟洗手间，把再也忍不住的眼泪擦干。我费了很大力气才不让自己哭出声来，我希望没有人听到。我用手捂着嘴巴，试着藏住内心深处发出的痛苦声音，每一声都代表着我在悲伤的海洋里游泳。我在空荡荡的卫生间里一次会站几分钟，感觉孤独、害怕和被抛弃。我感觉自己好像在看一部关于其他人的悲伤电影。工作的状态提醒着我噩梦还在继续，我还没有醒过来，相反我在挣扎的深渊里越走越深。

我的存在对其他人而言像是种负担，我也没有做好与他们分享悲伤的准备。在我身上已经发生了永远的变化，我再也回不到从前了。现在折磨、悲伤、失去和担忧充斥着我的内心。对上述每个概念的定义都已经发生了变化。现在我非常清楚每一种最残酷的情感的样子。

就在泰勒坠落之前，我本来准备尝试画画。就是在小的帆布上画一些简单的东西：花朵，鸟和一些愉快的场景。这是一种让人放松的艺术形式，我很高兴可以发掘出自己富有创造力的一面。我曾经给我的领导送过一幅画：黄色的天空下有一个秋千，草地上还有着各种小的紫色花朵。当我这次回去上班的时候我在她的办公室看到了这幅画，我知道作者和画画时候的那种愉快的感受都消失不见了。

我又一次清楚地看到了自己泰勒事故发生前和发生后截然不同的人生。泰勒、艾弗里和坦纳不仅现在是我的一部分，他们一直都是——甚至在未出生前。他们就像一个等待拆开的礼物，一种还未形成就拥有的不可思议的爱的力量……它的确是。我一直对这种感觉深深地着迷。

泰勒的事故感觉像反作用力的一次爆发。在他的人生中，所有那些美好的梦想都是为他而铸造的。对我而言他代表着太多美好的事物：他的婴儿时期、孩童时期还有成人时期对于我都是具有特殊意义的——即便在其他人看来再普通不过了。我曾经期待着见证他生命中每一个部分展开：他找到人生的伴侣，有了自己的孩子，看着他长大成人……但是突然间这场噩梦袭来，所有的一切都同他一起坠落。就在他摔下来的那一刻，那些梦想、能力还有所有的希望也一同掉了下去。一年过去了，我的自责依然萦绕心头，作为母亲当时我应该可以去保护他。我知道应该提醒自己对于这样的事情我们无能为力，但是我无法做到。

我身体的每个部分都在大声叫喊："我做不到。我不想这么做。我不应该这么做。"我脑子里正用最大的声音把这句话重复了一遍又一遍："我想念泰勒。我想念我的儿子。"但是他不在这里。许多人似乎都会说："有他在你身边你真幸运。泰勒就是个奇迹。"但是在许多方面来看他都已经不在了，常人很难理解这些。

我会想起凯斯、艾弗里和坦纳。在泰勒摔下来后的几周内坦纳是如何回到高中大堆学生中间，没有崩溃、逃离或者把痛苦发泄到某个可怜的毫无戒心的人身上，平稳度过每一天的？艾弗里是如何在大学同学中穿过，而他们对于他背负的重担却一无所知？他会不会对某个人的"早上好"回答道："不，我的早上一点也不好。我的哥哥已经不在了，我的身上不会发生什么好事的。"凯斯会不会在工作中途去到洗手间哭泣，或者他会坐在办公桌前，突然想要大声咆哮，因为突然一股强烈的悲伤的情愫毫无征兆地向他袭来？那天晚上当泰勒摔下来的时候，我们一家人也都随他一起坠落，只是方式不同而已。

凯斯陷入了一种停滞的悲伤中。那是一种可以让一个人寸步难移的痛苦，但是生活不会允许。他还在做着自己熟悉的事情，但是你可以看到他所经历的每一处伤痛和折磨。从他苍白的面色，眼角新长出的深深的皱纹，还有眼中浓浓的悲伤中你可以看出他的痛楚。他陷入一种寂静的绝望中。我想知道如果可以……他什么时候才能走出来。他在经历生活的种种，但是单纯的活着已经让他筋疲力尽了。

艾弗里也同样如此。看得出来现在的情况正在慢慢将他摧毁。他的哥哥一瞬间就不在了，艾弗里正在迫切地希望他可以把哥哥带回来。哥哥发生了翻天覆地的变化，艾弗里又会如何面对呢？这对他的人生和未来的计划又会意味着什么？我总觉得他在逆流而上，没有人可以缓解他的痛苦。他越努力地去解决问题，就越发现周围的折磨似乎只会加剧。他所有的努力都是为了他的哥哥回到我们身边，突然间他意识到之前的哥哥已经彻底离开了，没有任何办法可以改变这个讨厌的事实。

坦纳也狠狠地摔倒了。当他在适应新的角色时他失去了很多，变成了一个我几乎认不出来的人。那个外向的年轻人，那个是我们全家人宝贝的年轻人已经发生了彻底的转变。他的观点也完全变了。曾经柔软温和的地方，现在周围筑起了一面面高墙。坦纳从来不是一个刻薄的人，他从来没有表现出不友好或者残酷，但是之前那个你抱一下就会心软的小家伙，那个喜欢依偎在你身边的孩子身上出现了一种冷酷。他看待事物有了新的角度，行为方式也发生了变化。哥哥的坠落吓到了他，我想要那个有着柔软心肠的孩子重新回来，但是现在他只能努力克服自己的挫折和失去。

我没办法说出泰勒的事故对我产生的全部影响，我可以感觉到，但是我确定周围的人可以告诉你我是如何面对的。我喜欢把自己想象成坚强的人，这样我感觉在我的支离破碎中可以找到一丝力量。但是我也受伤了。我知道发生的事情把我分解成了无数个小碎片，直到今日我都无法确定能否痊愈。

并不是所有人都建议我回去工作，这让事情变得复杂。我对回去工作有一种期待，但事实上这或许仅仅是我想要将内心巨大的荒凉寂寞填满——而这毫无办法。我无法解释自己究竟需要什么，因为直到今天我都不知道。我的整个生活都发生了明显的转变，我需要将其中的一部分和我的工作伙伴分享。

接下来的几天，之前和我关系很亲密的同事开始谨慎地在危险的水域中行船。如果我想成功度过这次转变，我必须诚实面对之前的一切。所有的一切都很痛苦。我感觉自己的情感正在被撕开,一层一层,让我完全暴露在生活的残忍和痛苦中。每一件事情都让我很难受。有些人不打招呼,有些人因为不知道说什么选择忽视,有些人说错了话,因为这时候没有什么是正确的话语——所有这些都很痛苦。我可以感受到。

我清楚地记得有一次人们正在讨论即将而来的假期。大家议论着接下来的感恩节和圣诞节要做些什么,买些什么礼物等等。我感觉自己想要站起来,大声叫嚷:"你们怎么可以讨论这么不重要的事情?我想念我的儿子。这比其他任何事情都重要!"有这样的情绪我一点都不高兴,但这是我真实的感受。我觉得一部分自己想要重新拥有包括美好假期在内的正常生活,但另一部分的我觉得美好也许永远都不会出现了。我对于自己的愤怒感到不安和愧疚。我渴望假期可以坐上飞机去乔治亚州见见我的父亲,或者去里士满我哥哥那里度周末,但现在我感觉被家庭拴住了。我需要些时间喘口气,但似乎不会有这样的机会。

我的悲伤,在压抑了这么久之后,突然从每个毛孔里都爆发出来,无法停下来。它锲而不舍地向我袭来,咆哮着就像一场飓风,把我内心悲伤海洋下所有的一切都席卷殆尽。我感觉自己想要消失,离开,结束这场磨难。"处于困境"这样的说法对于我真实的状况未免有些轻描淡写。我的内心充满了绝望,我看不到任何的希望,在别人看到的表面下是无穷无尽的悲伤,我不确定自己能否挺过去。那段时间一直支撑着我度过一切的信念是我不能看到任何一个我爱的人再受伤害,我的消失会给他们带来更大的磨难。

我无法理解为什么这些情绪会通过这种方式表现出来,但是这是今年第一次,我在一个相对较长的时间里不在泰勒身边。同时我也离开了其他感觉需要保护的家庭成员，我单独待着。现在我必须照顾好自己，和前几个月发生的事情相比那是一个转变。

我办公室的同事们开始发现我有多不稳定，每个人都试图用自己的方式帮助我。其中一个叫翠西的好朋友，每天都会倾听我的诉说，然后紧紧抱着我，无论何时只要我需要都和我分享一切。她的沟通方式真诚、直率，直达事情的核心，这对我很有用。她不会把事情总往好的方向说，我也再也不需要这种加了糖衣的话了。我正在处理自己的高压情绪，一直憋着它们已经越来越不可能了。现在我感觉自己的内心快达到发怒的边缘。脑海中每天萦绕的无数个想法对我来说仿佛中毒一般。翠西看出了我的挣扎。我可以在她面前诅咒、哭泣、质疑。她没有一次说过："你怎么能那么说那么觉得呢？"相反她总是说："你当然可以这么做。"她不断提醒我她有多爱我，她觉得我是多么了不起的妈妈和妻子，她总是相信我。

另外一个很好的朋友兼同事凯丽也给予了我有力的支持。我也可以对她完全坦白，这是她给我源源不断提供的最好的礼物。我受够了总是装作没事的样子，甚至我有时候都意识不到自己在假装这件事。在泰勒还是个小男孩的时候起凯丽就很爱他，他的坠落事故也让她心里很不好受。

在很多事情上我们都有着特殊的联系，但是对彼此的信任和友谊也一直不曾改变。凯丽小心翼翼地把自己的悲痛告诉我。她也很想念泰勒，这是包含着无限深情的事实。凯丽经常回忆着和泰勒一起的日子。她最津津乐道的故事发生在我们还是邻居的时候，那时候我们的孩子在一起打棒球。她说还记得和小泰勒的第一次见面,他走过来敲了敲她家的大门,说了一句:"我很抱歉。"那时泰勒由于某些事情对她的继子说了一些不好的话,他和我一起走到凯丽家道歉。她记得泰勒那时候是个多么懂事的孩子,这样的追忆在一个又一个故事中发生,整个回忆的过程特别令人治愈。我们两个人又哭又笑。看得出来凯丽也很想念曾经认识的那个男孩,她把他当成了朋友,这让我意识到即便他们不说,但是也同样思念着过去的那个泰勒。在想念我儿子这件事上我并不是孤身一人。

我的办公桌旁又多了一个比我年轻很多的伙伴,她充满了正能量。在这个充满挑战的时候我很抱歉让她和我坐到一起,但她周身充满了阳光。她表现出了高于同龄人的成熟,是一个真诚的朋友。不管任何时候只要我需要,她都会倾听我的诉说并表达自己内心的同情,她还会和我分享关于她漂亮女儿的种种趣事,她的女儿还不到两岁。我把这位新的同桌叫作"阳光小姐",因为这正是她每日带给我的一切。在她那里我可以看到快乐、生命和光亮。

周二、周三、周四、周五我都在办公室里度过。我就像"勇敢的小火车头",不断提醒着自己想到什么能做什么。我的同事们拥抱着我,给了我勇气。他们告诉我我会没事的,我现在感觉到的一切都是正常的。他们关爱着我,接受我的痛苦,但是这些都并不容易。他们用自己的不适换来了我的安慰,由于我还处于情感的过山车上,所以他们必须适应我那时的所有感受。

泰勒的转变并没有想象中困难。他接受了日程表上的变更,几乎时时刻刻都疲惫不堪。他几乎每天都会早早醒来看着我离开,然后他的一天开始了。一周他至少有两天的疗程课,每天大概 8 小时。其他的日程安排也做好了，大多数都是围绕着食物。泰勒并没有太多的精力，但是他喜欢去一些熟悉的地方参与社交。吃完午饭，泰勒总是需要睡个午觉，休息几个小时。当我下班回家的时候他还在熟睡中。我们还在找寻不同的方法让泰勒进步，但是现在他还处于康复最艰难的步骤中。

有一天一个同事拦住了我，聊起我最近在忙什么。我们聊了一会儿，他告诉了我一些之前从没想过的东西。他说当我回来工作的时候，他注意到我的变化。那个之前充满欢声笑语，温暖的人不见了，取而代之的是一个沉默不语，满面愁容的人。他只是想让我知道他很怀念"过去的"那个我。他的话意味深长，但是我可以感受到他的好意。我的朋友们对我感到很遗憾，他们怀念我之前的生活和之前的样子。我希望之前的自己可以回来。我更希望之前的泰勒可以回到我们身边。

在回去工作的头几个星期和几个月里，我的生活很有挑战性。我会收到看护人的很多电话，泰勒的很多短信或者电话，有保险的问题需要解决，医生的预约需要敲定。最重要的是，我的悲伤超过了我原先预计的水平。

有时候当我给艾弗里打电话时，我会感到无法呼吸，对着电话啜泣我有多想念泰勒，我有多么悲伤，我想和某个同样思念他的人说话。有些早晨我会给凯斯打电话，他没有办法讲很久或者经常还在工作，但是我只是需要一小会儿时间。有时候我经常几分钟内什么都不说，仅仅在哭泣。他知道我要说什么，我只是想让他知道我有多受伤。很多时候我用尽所有的力气让自己工作，让自己待在办公桌旁，而不是站起来，大声叫着："我再也坚持不下去了。"

我开始每天早上给我的妈妈打一通电话。在我工作前我们会简单地聊两句。我需要她在身边，支持我，爱护我，接受我的一切，她做到了。有时候我会犹豫自己的想法对她是不是一种负担，但是我不能把这种情绪继续藏着。

回去工作是遇到的最大的阻碍之一，但是我很骄傲自己做到了。我把自己不仅对泰勒，还有对凯斯、艾弗里和坦纳的爱付诸行动，这是最现实的一种方式。当我回顾自己的儿童时代，我记得很清楚"勇敢的小火车"的一句口头禅："我觉得我可以。我觉得我可以。"我做到了。我正在继续这么做着。我知道如果没有看护人、我的同事、朋友还有家人，这辆小火车根本没有办法开到山顶。每天离开泰勒都是我们一家人信任、勇气和承诺的体现。虽然为了每个人的生活更加安全我在做着自己该做的事情，但是这并不意味着我不会对自己的决定有所顾虑。我知道回去工作虽然可以减轻某些负担，但是同样会造成其他的问题。

刚开始工作的几天，我强烈地意识到我做事情是按照日子来计算，有时候经常按照分钟。每一天都会有挑战，你可以想象，很多次我都无法确定自己能否应付得来。我确实找到了解决方案，但是要把它完成并不是那么简单。我想优雅地把所有的挫败、悲伤还有压力都处理好，而不是经常感觉到无尽的折磨。如果人们可以看到我眼中自己的形象，他们会看到一个母亲躺在冰冷的水泥地上，举着一面投降的白旗在空中挥舞，哀求道："请找到一条出路这样我就不用再这么下去了。我一点都不强壮。"然后人们会看到第二天我又会重复着同样的事情。

第五部分
米夫林堡

这些挫折包括一些你想到的问题，当然也有你想也想不到的方面。它包括从泰勒那里时不时会接到的电话或者短信，里面充满了强烈的悲伤或者愤怒。它包括一个看护人刚刚第一次亲眼目睹了一场癫痫。它包括我忘记的预约，或者一名医生打来的电话。它包括一场暴风雪的到来，也就是说我上班要迟到了，时间非常赶。这意味着员工早会的时候PPT一边在演示着我一边在哭泣，我的眼泪像拧开的水龙头一样因为没有纸巾只能用袖子擦掉鼻涕。它包括没有办法止住突然起来的悲伤情绪。它包括假装一切都好，但是内心极度希望可以再次回归正常生活。

正是由于内心的力量才可以让我继续待在现在的位置，我不会否认我自己一个人根本没办法做到这些。从这段征程一开始，就有一样东西一直陪伴着我，一个比我自己更强大的东西，看不到但可以感觉到。在艰难时刻，我会更加想念泰勒。我想和他分享现实生活中发生的所有故事。我想念我们从前的儿子，我想念他的存在。但是也许我最想念的是当我的内心不曾被所有的重担碾碎，当一切都没有发生，还没有任何悲伤和痛苦的日子。

最近我萌生了这样的想法：在最糟糕最有挑战的日子里，你的力量必须比你的磨难更强大才行。我选择相信在逆境带来的所有动荡中，总会有股更强大的力量。这种力量就是爱，最终，爱会战胜一切。

》第三十一章　真相可以让你解脱

》2014年12月

当我写下这些字的时候，距泰勒摔下来已经过去了两年零一个月。情况还是让人心碎且疲惫的。发生了太多太多的事，我感觉这本书可以一直写下去——我确定可以。世界上有很多人比我们一家人更加了解经历这样的磨难是种什么体会，但是还是有无数的人他们并不清楚脑损伤会让一个家庭经历什么。局外人对于创伤性脑损伤需要了解的一个重要的方面就是它会从多种角度产生持续不断的影响。

当我把时间从上一章的结尾处快进一年后，我不确定该从哪儿开始写。我知道你们都想了解我们现在的状况，泰勒此刻正在干什么。我有时候会想他每一天每一秒脑子里都在想什么。他会告诉我一些具体的东西，但是他没办法和我解释那些他完全无法理解的东西。我害怕他永远没有办法得到答案。受伤的大脑让他不能记下任何具体的想法或者概念。

作为泰勒的妈妈，我无比感激他的康复有了进展，但是对于他和我们生活中发生的翻天覆地的变化还是有些哀伤。这些变化是时时存在的，即便两年过去了，那些不受欢迎的变化还是会发生。有时候我会感到迷失。我还在工作，看护泰勒，记录他的日程表，拥有自己的一部分空间并在这些事情中寻找平衡。我不确定我可不可以以自己想要的方式完全适应这种全新的生活。

有时候我会觉得自己做得相当不错，但其他时候我感觉自己仅仅只是勉强度日而已。有时候我感觉自己的水桶已经满到无法承受哪怕一滴水了，当水滴滴落时，溢出的水感觉就像倾盆大雨。

在那些日子里，我还是感觉自己在痛苦和自责中沉溺。创伤性脑损伤会造成一次又一次的影响。我们面临的情况看上去无法找到出路，但是我们还是得继续前行。

当我情绪低落时总有一个声音经常钻到我脑子里——那是失败在说话。它戴着许多顶帽子，耍着无数个球，想要掌握平衡，最终酿成了悲剧。我没有给自己一个机会，接受自己人性的一面，相反我产生了自卑的想法。在我的准则里，没有办法处理好一切是无法接受的。但是我在学习接受也许我本来就不能够面面俱到，或者我本来就没有办法把所有事情都做好。这种新的生活需要把更多的注意力集中在细节上——所有的细节。这意味着我要把不必要的细枝末节剔除，集中在最重要的事情上。

当泰勒的情况出现问题或者他遭受了不必要的伤害时，我感觉自己要更努力更好地控制他的生活。当我发现和其他孩子们的关系发生了一些变化，我觉得我需要多陪陪他们，他们也同样重要。不幸的是，我的婚姻也出现了问题，友谊也是。这个伤势的影响甚至延伸到了我的职业当中，有时候我会觉得大受打击。我们家庭的每个成员都在用不同的方式处理着这个事故所产生的影响，我知道我会对自己特别苛刻。妈妈的职责之一就是让孩子们的生活变得更加轻松和美好，但是如果你做不到呢？如果根本没有补救或者治愈的方法呢？我想如果真的要找到解决方案，那一定是做最好的自己，并告诉自己在这样的情况下我已经做到最好了。我想听到那些爱你和信任你的人的声音是至关重要的。照看病人这份工作会产生负面影响，外人很难理解。它会消磨一个人的内在能量，所以作为看护人，我们必须学会和自己相处愉快。

至于泰勒，他已经不再参加物理或者职能疗程了，因为根据保险准则，他已经发挥了最大的潜能。对于那份评估我强烈反对，我确定如果没有泰勒源源不断的潜能和决心，他的康复进展早就停止了。他每周都会参加美术课，他很喜欢他的老师的陪伴。泰勒被她充满活力和富有创造力的行为深深吸引。他的周度课程包括去她的工作室进行一个小时左右的艺术创作等等。他看上去非常享受这个过程，我们都觉得这是新方向上的一个进步，可以激发更多的认知发展。他一周至少两次会去健身房。他能做的不多，一般的训练动作都是重复的，但不要紧，至少说明是一种进步。他绕着环形走路，他会在椭圆机上运动，举起小号的哑铃。我们希望这些新的活动可以在他的大脑里建立新的途径，从而产生更多治愈大脑的机会。他还不能够游泳或者慢跑，主要是考虑到癫痫发生的可能性以及慢跑的时候会产生一定的冲撞。我们不知道这两种活动以后可不可以进行。

他时不时会参加一位神经心理学家的疗程课，他是泰勒治疗团队的一个有力外援。泰勒一年前做过测试，那时候我们得知他的情感和认知功能才只有九岁小孩的水平。我们感觉这个解读很准确，和当时泰勒的行为相符。

作为父母，我们会经常讨论孩子们的进步和成就作为养育他们的基础。那天早上当我和那名心理学家坐在一块时，我脑海里一直闪现着"我的孩子上光荣榜啦"字样的车尾贴纸。我还记得当泰勒在数学和阅读课上名列前茅时我有多么骄傲，现在所有的一切都改变了。他受了伤，不仅是身体上的，更重要的是智力和认知方面。像我们这样的家庭会选择哪种类型的车尾贴纸呢？你如何把泰勒在他的世界里的细微的进展和其他人分享呢？

我从来没有因为泰勒感觉到丢脸，但有些时候我感觉自己应该这样。单单因为他的样貌有时候他也会受到很糟糕的待遇。泰勒会在一种恍惚的凝视中迷失，即便他并没有看着某一个特定的人，那些被他盯着的人也会感到很不舒服。人们曾经问过，"你在看什么呢？"或者"你有什么问题？"我试着让他摆脱这些遭遇，但是并不是每次都能成功。他的天真无邪，加上缺少心理的过滤和抑制，会让这种情况非常头疼。

今年11月9号的时候，我把下面和泰勒有关的故事分享了出来：

今天对我来说并不是轻松的一天，我希望你们可以理解。在家里的第一年，我们的活动仅限于社区内当然还包括医院。随着时间的推移，泰勒已经可以去其他地方了。泰勒有一些怪癖，他的外表会把他与众不同的想法凸显出来，但是他并不会冲着你嚷嚷。突然间和泰勒一起我碰到了之前从来没有遇到过或者准备过的情况。其中的一部分是一些人对他的反应真的让人很难受。

他想要有一些社交，有一次他想和一个穿着迷彩服的女孩说话（他对穿迷彩的女孩没有任何抵抗力），当他开始称赞她的裙子时，她立刻迅速走开了。很明显她把泰勒当作了某种变态，即使我就站在旁边。然后在宠物店的时候，他想要和一个女士聊一聊她的宠物狗，他觉得那是一条比特犬。她全程一句话都没有说。最后在迪克体育用品商店里他想要和一个营业员说话，在营业员说完"有什么可以帮到您的？"之后他就不想继续听泰勒的回答了，因为这需要花上几秒钟的时间。泰勒说得很慢而且没有逻辑，聆听他说的话需要很多额外的耐心。

很明显这些人和泰勒待在一起会感到不舒服或者恼怒。一部分的我表示理解，但是另一部分的我真的很受伤，仿佛我们需要对此感到羞愧一样。我确定在这点上我特别容易发怒。我真想举起一个牌子，上面写着："我很抱歉他的不同冒犯到你了！"或者"对不起他没有和你概念里的人应该长成的样子吻合。"说实话，看到这样的事情发生在我儿子身上或者别人身上我都感到悲伤和抱歉。为什么我要为我们自己的痛楚而道歉呢？

我想要释放出内心的悲伤情绪，但是我做不到。我知道那些长相或者行为和我们熟悉的方式不同的人会令人不安甚至害怕，但是泰勒只是想找人说话而已。这些冷漠的反应让我想要挖一个地洞钻进去。如果他们其中有任何一个人问起他发生了什么或者类似的问题，我们都会乐于分享。我想这也是为什么他们把脑损伤称之为隐形疾病。

当我们离开迪克体育用品商店的时候，一对年轻的情侣刚巧走进来，看上去他们今天过得很好。我心里想着："那本应该是泰勒。他应该和某个年轻漂亮的女孩儿在一起而不是我。"站在我的角度来看，如何对待泰勒是他们的问题，但是如果真的有人表现得很粗鲁，就变成了我们的问题。这让我很受伤。我只能祈祷并希望泰勒不会受到伤害。

我不是想要严厉斥责任何人。我不想要对他们说你们表现得非常粗鲁。我只是想告诉他们关于我们的一些故事，这样他们就可以理解有些人即便长相或者行为与众不同，但并不代表这是一种传染病需要回避。

泰勒在过去一年里体重已经增加了很多，这对他而言成为了另外一场战斗。我认为体重的增加有很多原因，所以我们一起在控制。泰勒的饱腹感指数（一种内在的感应器用来告诉大脑肚子已经饱了）几乎不存在。这并不奇怪，因为这种感觉是受荷尔蒙和神经信号控制的，泰勒这两个方面都失灵了。食物可以给泰勒带来愉快的感受，帮助他对事物说"不"或者离开最喜欢的食物是非常有挑战性的。泰勒现在超过200磅了，如果没有经常干预的话，这个数字会以惊人的速度增加。

泰勒身体的比例还可以，但是他块头很大。我们注意到他体重增加得越多，双脚的稳定性就越差。在泰勒脸部右侧位置你可以看到有一块和女人巴掌差不多大小的凹痕。由于他脸部肌肉经过多次切割，所以那块地方看上去就像他的脸永远地收缩了。他的步伐缓慢，特别是有时候你可以看出他左侧的弱点。当康复进行时，泰勒经常会拖着脚走路而不是抬起来。他身体的每一处都在表明自己的疲惫：发音含糊不清，反应迟缓等等。

泰勒对他的自理能力很骄傲。他会定期洗澡，他可以从开始到结束完全自己一个人完成，一年前他还需要别人从旁协助。尽管沐浴过程中还是需要别人提醒步骤的顺序或者该做什么，但是他已经有了非常明显的进步。他最喜欢的是老帆船洗发水，但是由于伤势的影响他几乎很少使用其他产品。有时候他的伤势会体现在强迫症趋势上：泰勒的双手干净到经常皴裂或者流血，因为他洗得太频繁了。他保持着很好的口腔卫生，喜欢自己在女士面前闻起来香香的，但是有时候他的外表又会有点邋里邋遢。这种蓬头垢面的样子和坠落之前的他形成了鲜明的对比。泰勒总是把自己收拾得很干净这点他很骄傲，他现在也依然如此，只不过把自己打扮好对他来说有点困难。有时候他会在运动短裤上胡乱搭配一条长裤子，他永远都会把T恤衫的袖子卷起来。就在昨天晚上，我看着他，一直忍住不笑出声。他给自己做了一个新的发型，实际上回到了他还是七年级的时候。他在头发上抹上定型胶，然后做了一个"疯狂的摇滚明星"的发型。他已经不再适合这个样子，我试着和他解释也许我们可以再换一种新的发型。

泰勒外表我注意到的最明显的一个变化就是他的表情：泰勒总是看上去很生气或者刻薄。有一天下班后我走进屋里，我试着让自己记得朝他微笑并拥抱他。我的微笑从他那里也得到了同样的反应。我喜欢他的笑容。但是他的情感通常是不表露出来的，即便他的内心是笑着的，脸上也不会表现出来。

几天前，泰勒问我："你觉得我丑吗？因为我知道你觉得我很胖。"这样直接的对话很常见，我们几乎不用去猜测泰勒在想什么。我回答说："泰勒，我觉得你很帅气，很强壮，是一个很棒的年轻人。"他接着说道："谢谢你妈妈，因为我觉得你认为我很胖。"一方面出于爱的考虑我们必须对他的外貌说出事实，同时还要保护他脆弱的内心，这种平衡很困难。我经常让自己牢记一点，泰勒的自尊心很脆弱，我的职责就是让他重塑自尊，因为他已经有太多被摧毁的东西了。

泰勒受伤的另外一个副作用是他会对自己现在的生活经常感到深深的沮丧和强烈的厌恶。幸运的是我们可以在这些时刻和泰勒好好地讨论，但即便如此经历这些也是很折磨人的。最近他告诉我他有多讨厌癫痫的发作。我们讨论了它们会造成意料之外的害怕和尴尬，同时还有其他的感情。沟通到最后的时候他承认："妈妈，关于我的癫痫有一个好处。如果有一次发作得足够厉害，它可以把我杀死，我想要去死。"

我的回答简单明了："伙计，如果你死了我会很难过。"我已经认清了泰勒正在新的生活中挣扎的事实，站在他的角度，他把离开人世当成了一种礼物。有人告诉过我们他会有自杀的概念，泰勒可以把这种感觉表达出来而不是闷在心里这点我很感激。

成为泰勒的妈妈有很多的问题我感觉令人心碎。我试着不让它们偷走我重新认识他的快乐，但有时候情况并非如此。尽管对于我们处理的事情和脑海里经常闪现的想法我都很公开，但是有一些事情我感觉潜意识里并不能去分享。当我在给这本书结尾的时候我试图找到勇气来多揭开一些痛苦。当我想变得如此诚实的时候我的心脏在怦怦跳动，我想要如此直率的原因是我知道有些事实我无法改变。就像我学会了拥抱发生的一切一样，我也希望其他人可以了解我们的康复过程以及其中的所有情感。

泰勒和我几个月前观看了一场陆上曲棍球比赛，他和自己的一个朋友坐在一起，和朋友的宝贝女儿一起玩耍。他被这位母亲天生的魅力以及她漂亮的宝贝深深吸引，当意识到这个小宝贝也很喜欢他的时候，他脸上泛着红光。阳光洒在他们三个身上，我给他们照了张相片。一个朋友后来和我分享了看到这张照片对她而言意味着什么。她抱着我说："如果我是你，我需要面对的事实是这本该是属于泰勒的真正的生活。"

泰勒的朋友们，我看到他们身上有了许多人生的变化。有些人订婚了，有些已经结了婚，其他人则有了自己的第一个孩子。他工作和学习同期的伙伴们都已经有了更好的职业规划，因为时间让他们获得了足够的技术和教育，因而拥有了更多的机会，有些人集中精力于自己的硕士课程，准备好用全新的方式在这个世界探索。

当你处于你的二十多岁人生时，生活充满了兴奋、变化还有新的开始。一旦许多二十多岁的东西尘埃落定，你的未来也会因此成型。泰勒失去了他的工作，由于伤势问题以及他工作所需这是个永久的损失。他非常想要谈恋爱，但是当似乎没有人愿意和他沟通这个时又感到很困惑。他现在正和自己的最好的一个朋友"恋爱中"，但是很快又会与另外一个漂亮的女孩相处，他觉得对方很有魅力对他也感兴趣。上周他告诉我他准备给他的"姐姐，最好的朋友"买订婚戒指，他不明白为什么这样的礼物是不合适的。

他的理由是，"从我毕业以后我们就一直是最好的朋友，我的胳膊比她的男朋友粗，我是一个绅士，我会对她很好的。最重要的是，我爱她。"最终，对泰勒而言这样的吸引是因为她就是生命中爱的力量，她有一个闪闪发光的内在美。不幸的是，他对她的吸引却是相反的道路，这看上去像是一种拒绝。我们因为这件事情向他的神经心理学家咨询过，但归根结底来说，泰勒没有准确意识到自己的人际交往能力有多么不和谐。在我们这个相对比较偏远的地方，我们并没有像大城市那样拥有针对创伤性脑损伤患者的支持系统。这种相对封闭的状态让关于这些问题的探讨和交流不太理想，和与泰勒情况相同的人见面也很难。

泰勒的人际关系一直是令我头疼和感到压力的事情。我肯定他的朋友们也备受折磨。我深深地感激过去两年来一直和我们站在一起的朋友们，但是对于那些逝去的友情我也会陷入沉思。把悲伤和别人分享是有关勇气的一堂课,因为它是如此之痛,把伤口暴露出来需要太多的勇气。

在事故发生之前泰勒是一个忠诚的朋友,现在他继续表现出这个特点,只不过是以一种不同的方式。他对友谊和随之而来的界线有所误解,但是那些和他一起面对这个问题的人发现尽管有挑战性,但是发展一段健康的感情关系才是可行且有益的。有时候我感觉我只是在等别人抛弃他,即便在心里我知道这并不意味着他们不在乎,但看到朝向泰勒的一击我还是痛心不已。过去几个月里我目睹了他的朋友们的渐渐疏离,我仿佛看到泰勒站在那里目送着自己的朋友离开。我不知道对一个人的伤害可以有多大。有时候我会比他更有感触。

泰勒有时候会说出一些很伤人的话语,他会想到最坏的情景,总之他挣扎在别人对待他的态度的困惑中。有时候,他甚至会忘了那些对他最重要最爱他的人。如果回避了有些事,对泰勒而言事情就会进一步恶化,我觉得很多人已经厌烦了泰勒脑子像个坏掉的唱片一样一遍又一遍地放着同样的东西。如果不说出来这些情况,泰勒就会困在里面出不来,不知道为什么其他人会对他越来越疏远。

事故发生的第一年里,泰勒收获了满满的爱意。即使康复医院离我们家有三个小时的车程,他的好朋友们还是会抽时间过来看他,我一直很珍惜他们在泰勒康复过程里扮演的重要角色。当他回家的时候,我们的屋子里围满了他的朋友们。我知道每个人都有各自的生活,时间会改变一切,但是就像之前的泰勒已经离开了我们一样,他的友谊也同样发生了变化。有时候当我实话实说时，我发现人们竖起了高墙，他们的自动防卫机制打开了，所以后来我试着只说一些无关痛痒的话。我踮着脚尖轻轻地在伤痛周围走着，悄无声息地治愈着它所带来的伤口。我非常在乎他的朋友们，我不想给我们中的任何人再带来一丁点悲痛。

和之前的朋友失去了紧密感对大多数脑损伤者来说都是需要面对的现实，而且考虑到泰勒的年龄，这样的情况更加明显。在更深关系的亲密程度上泰勒也缺乏和其他人联系的能力。我并不是在追究责任，但是这感觉像是另外一个残忍的事实已经发生了我们却假装什么都没有改变。我有时候告诉自己保持微笑，伤害就会减少，但是尽管大多数人看不到，那道伤口还是深深地存在着。

泰勒总是很喜欢和朋友们出去玩儿，买点吃的东西，或者仅仅和同龄人聚一聚。他的朋友可以提供一些我们给不了的东西，他们的存在，不管有多少或者多久，总是一份珍贵的礼物。在感激和挣扎的痛苦中平衡加剧了情感的纠葛。但在我内心深处，我想张开双臂拥抱每一个想到泰勒的人，对他们的存在表示我的感激之情。同时我看到自己在心底狂叫："请不要抛弃你的朋友。你不知道你的存在有多么重要。"

我们关系紧密的小社区一直对我们很好，欢迎我们进入他们的生活和世界里。但与此形成对比的是事实上泰勒白天和黑夜百分之九十的时间都和他的看护人或者爸爸或我待在一起。这种和社会的脱节让我觉得他似乎被遗忘了。当其他人的生活在继续的时候，我亲爱的儿子除了记忆一无所有，他本不必这样。他可以出现在他的朋友现在和未来的生活里，而不仅仅是过去。这个无法否认的事实在很多时候都让我难过不已。我找到了他其中一个好友,近乎哀求地请她不要忘记我的儿子。她一听到我的声音,就开始哭泣。她能明白我的感情,接受我的折磨,她和我一起为泰勒哭泣。

这是情绪最低落的时刻之一,在意识到泰勒生命中失去了太多后,我无法忍受看着他再失去任何东西了。在经历了这么多的痛楚、苦难和折磨后,还有更多的问题在后面。放弃那些我无法改变的,决定为什么而战为什么而说,我感觉自己灵魂深处有一部分又死亡了。我看着内心另外一点光亮渐渐熄灭,我知道自己有一部分已经被永远改变。

泰勒康复过程所需要的时间之长让人惊讶。我相信人们早已对说明什么是创伤性脑损伤越来越厌烦。我也是,突然有一天这个不速之客闯进了我们的生活,从那以后没有什么东西和之前一模一样了。只有部分的我明白泰勒和他的同龄人之间由于伤势产生的差距有多大。另外一部分则是一个伤心的母亲希望自己的儿子可以拥有逃离这种残酷现实的能力。

一些朋友的离开严重影响了他的康复。我们找不到需要责备的对象,这件事情太错综复杂了,也许我们当中没有谁可以恰当地解决它们。但是在我看来,泰勒需要朋友们,当他们的生活还在继续时,他想念着大家。

我的挫败感并没有把那些一直都在的朋友们吓跑,他们拼尽全力留下来陪着泰勒。当我看到泰勒在友谊的温暖下纯粹的欢笑,以及别人的存在对他的康复产生的意义时,我没有办法不感谢他们。如果没有同龄人在泰勒身边所产生的伤口会比脑损伤相关的任何伤口都深。这种残酷是可以避免的,对于泰勒这样的人来说由于伤势而失去了友谊是一个毁灭性的打击。

另外一个持续的混乱和泰勒的看护需求有关。我们非常幸运可以请到有能力且富有同情心的人来帮忙白天照看泰勒。这当中的每一个人都是特别的。话虽这么说,但是想要做好这件事还是十分困难的。我觉得看护人的角色非常有挑战性。我实在想不通为什么他的情况总是充满了不确定因素,也许因为泰勒的年龄,他的个人问题,当所有的情况结合在一起时构成了这场严酷的考验里最富有压力的一面。对于那些之前只是简单的朋友或者"有趣"的阿姨的人来说,现在他们需要一天八个小时照顾他。他们需要学会在他的情绪和对世界新的解读中寻找微妙的平衡。

就在上周,我周二和周三的看护人辞职了,因为她遇到了一个非常好的职位机会,我担心的是她的离开对我和泰勒产生的影响。因为她对泰勒是如此之好,看到她离开实在太难受了。这条道路还能坚持多久呢?后面又会发生什么?我希望那些和我们关系最亲密的人可以在这条路上走一下,这样他们就可以理解每件事似乎都是那么的脆弱而焦虑不安,因为有时候我会感到孤独和被误解。持续的压力永远都不会减少。

我的朋友们都和我说对于这场混乱我处理得很好,这也是为什么当我说自己感觉有多糟糕时人们会有惊讶的反应。我从来没有因为发怒而感到安全或者舒服,所以习惯性地发怒对我来说是全新的感受。最重要的是我对泰勒的伤势感到愤怒,但是它造成的一系列的混乱有时却扼杀了我处理的能力。两年之后,原以为事情会渐渐好起来,但是实际上并没有。

最近某一个早晨,我的妈妈和我讨论着我有必要在自己的日程表里增加自我护理这一项。一下子要处理这么多新的角色让我疲惫不堪,并且影响了我享受人生以及和别人交往的能力。我感觉自己像溺水的人,没有人真正注意到我,给我扔过来一个救生圈。每个人都在欢呼鼓劲:"你做到了,妮可!"但是很多次我都一个人喘着粗气,拼命仰着头逃离周围的漩涡,在这个过程中感觉自己被彻底摧毁了。

这就是看护很难熬过的一个维度。我从其他脑损伤患者家庭那儿收集到足够的信息了解到我们并不是唯一感到绝望的人。在这些时刻我们或者沉沦或者接受,只有这两个选择。这是其本质所在,但是我有能力走这么远吗?

在过去两年里,我对所有事情都表现得足够坚强,但现在我感到疲惫和虚弱。当结束和妈妈的对话后,在哭过喊过全部发泄完以后,我知道一切还在继续,我需要更加努力照顾好自己。

那天晚些时候,泰勒和我在基辛格和他的神经学外科医生预约复诊。他最近问了很多那晚摔下来的事情。他自称有这个记忆,但是他的回忆似乎仅仅只是填补了一些空白。不可否认,他的回忆对我来说难以忘怀并感到心寒。那一晚泰勒失去了之前所有的一切,对一些问题他应当得到答复。

我鼓起勇气和他的外科医生讨论关于那晚坠落的一些事实。一开始,关于泰勒是怎么跌到楼梯底下我并不关心。我关心的是他能不能够活下来。

在过去一年半的时间里,我碰到过很多家庭发生的一些可预防的事故或者很简单的偶然事件。一些脑损伤事故的发生是因为骑摩托车的时候没有戴头盔,或者是糟糕的天气里新司机在危险的道路上驾驶。一些伤势是由于一个错误的决定直接引发的后果，但会对其他人的生活产生永远无法磨灭的变化。另外一些不同寻常的伤势比如在湖边享受下午的阳光时撞上了滑水橇，或者更残忍的是一个女士被高架桥上蓄意扔下的大石头砸中头骨。还有一些伤势甚至连原因都没办法找到。有些人康复过程很鼓舞人心，另外一些人则会突然陷入停滞状态没有任何前进的迹象。

没有人应该陷入这种可能永远存在的困境。在泰勒接受治疗的康复机构中，不管你到那儿的时候有多么伤痛欲绝，那里的医护人员总会尽自己所能让你恢复过来。没有哪个家庭值得什么更好的待遇，我们都一样重要。人们会为每一个小的进步而庆祝，也会因为那些挫折而悲伤。这些工作人员非常杰出，因为他们从来不会把责任归咎于患者或者他们的家人。相反他们给予了我们治愈、希望和善良。

泰勒摔倒那天晚上有太多不同的碎片需要拼凑，当一切聚在一起时一个糟糕的结果就出现了。2012感恩节之前泰勒连续几周一直很疲惫。我在之前就有提过，他有一份非常消耗体力的经常加班的工作。因为他年轻、强壮，工作正在逼近他的极限。他困到不行，应该多休息休息。他很长时间脾气都很暴躁，这样的情况数月来一直影响着他的情绪。我从他那里收到的最后一封邮件是关于职业变化的持续探讨，这本该是他生活里积极的一步。

除了工作外，泰勒对于个人的生活以及和家人相处关系的一些方面很受挫。泰勒处于低谷中，正在经历一些二十多岁的年轻人都会遇到的情感困境，在这个年纪虽然正常但是也很痛苦。他在同龄人面前很善于伪装自己，但是那些和他关系亲密的人明白他很痛苦。他正在努力找寻自我，找到幸福生活的出路，但是这并不容易。他的自尊心经历着考验，当然还有他的各种人际关系。事实上之前在我们家他和每个人的关系都有些紧张。我们都为他担心。突然间我们就成了他生活的旁观者，看上去泰勒已经忘记了真正最重要的事情。我知道二十一岁的年轻人是不会将所有的注意力放在自己弟弟妹妹或者爸爸妈妈身上的，但我们都很想念他。可以看出泰勒的内心对我们还是充满了爱。泰勒会对自己的情感外露有些不适应，但是它就在那里，属于他内心柔软的一部分。回过头来看，他早已处于一种脆弱的状态而别人都不了解。

这些碎片属于这个拼图的一部分吗？说实话我也不知道。最后一块碎片是我一直努力找寻的。在摔下来之前的几个小时里泰勒一直和他的朋友们在一起。他们在感恩节前夕相聚，一起谈话一起喝酒。就在摔下来的大约四十八小时过后，其中一个医生和我们见了面，仔细确认了一些事情。这种类型的谈话是事故发生后的例行公事，他的体内没有查出毒品（这一点也不惊讶），但是有酒精。在坠落之前他的大脑里难道就发生了酒精引起的神经性事故？即便有这种可能也没有人知道，因为事故发生后受伤的来源已没有办法准确定义。

我们知道他喝过酒。那时候，他血液里酒精浓度水平只是名单里众多解释的指标之一。我不是要归咎于什么，我只是在寻找可以带我们逃离梦魇的方法。我希望泰勒可以醒过来，活下去，没有任何问题，我已经没有精力去处理其他任何事情。

两年后12月的一天，我询问了他的神经外科医生，想要弄清楚泰勒到底喝了多少酒，他体内的酒精水平是否导致了他摔下来的结果。我得到了肯定的答复。这是一个冰冷又让人无比心痛的事实。当我一开始写这本书的时候，我完全不知道自己正在书写的内容有多么重要。也许我无法接受一个事实那就是不管何时泰勒喝酒的事情一旦被提起，我都会竖起防御，内心满是怒火。它产生了一种我还没有准备好的反应，现在也是。一想到所有这些痛苦其实都是可以避免的，这种想法一直挥散不去。

泰勒那天晚上喝了太多的酒以致摔了下来，喝酒和后来发生的事情确实有很大的关系。但即使这样也丝毫改变不了我对他的爱，我也希望别人对他的关爱也不会有变化。有时候好人也会做错误的决定。当医生把细节告诉我的时候，她并没有过多说明或者深入讨论。她只是简单陈述了一下事实：泰勒喝了太多的酒。他那天晚上虽然没有开车，但是还是把自己的生命置于危险之中。有时候好的东西接踵而来，美好的事情就发生了，其他时候糟糕的事情碰到了一块儿，就产生了一场噩梦。

泰勒的行为是造成他摔下来的部分原因，我们永远不会知道如果他做了一个不同的决定事情会变成什么样子。有时候，人们会告诉我因为泰勒喝了酒所以他的伤势情有可原，其他人应该接受这样的教训。这样的态度对于原本就已经痛苦不堪的状况犹如雪上加霜。泰勒和他的朋友们共同度过了一个愉快的夜晚，他们和那些离开学校或者身处异地的同学重聚在一起。这个完全出于好意的团聚只有一个简单的目的就是一起玩儿得开心。没有任何人可以预料到后面发生的事情，如果可以，这个夜晚就不会以那样的方式结束了。

其他人所有的意见和感受都在我的肩膀上仿佛千斤重的巨石。人们会评价泰勒，认为"自己犯的错误，现在不是自作自受吗？"有多少人会不再理睬，有多少人会说，"我早告诉你了"？我希望答案是零。泰勒摔倒时喝醉的事实是这个拥有许多碎片的多面拼图的一部分——其中还有很多未知的东西。

有将近一个月的时间我没有办法写作。这本书快要写完了，我有些害怕。我害怕事实会引起更多的痛苦。我害怕泰勒会失去更多拥有的东西。我在想把事实分享出来产生的后果是否值得。我担心大家不仅不会对我们产生更多的理解，相反我的文字会掀起轩然大波，但是最终我还是把这个事实讲了出来。我需要锻炼自己的勇敢。我需要相信把真相说出来可以让我们从部分痛苦中解脱，也许也可以让别人解脱。泰勒是一个很棒的家伙，他和其他人会努力确保这样的事故永远不会再次发生，即便事实并非如此。

第三十二章　最重要的教训

≫ 2015年1月1号

这是这本书的最后一章了，但我们的故事还远远没有结束。如果要我再写一本书，它的题目会是《这一路我学到的1000个教训》，即便如此也完全无法涵盖脑损伤涉及的所有区域。从泰勒摔下来的那一刻开始，周围的一切都在教会我新的东西。我学到的第一课就是我们的家庭比想象的更坚强，比意识到的更相爱。这份爱虽然之前就存在着，但这次危机让我们一下子陷入无限绝望的同时还深深体会到了这份无尽的爱。这份爱远不止情感和感受，它更是永不停止的推动力。这份爱说着即便你自己没有办法，我会一直在这里陪着你。它永不屈服充满力量。这份爱在你获知你的儿子没有办法熬过去的时候陪你在特护病房奋斗整夜。这份爱让早已疲惫不堪的你在医院待了整整24小时后还支撑着回家搜索急性康复医院的资料。这份爱可以坚持着说："我会感谢这个瞬间，不管它的感受有多像地狱。"当你想要大声尖叫的时候这份爱可以让你安静下来，因为在康复病房里不允许有任何的噪声。这份爱可以自己找到通往教堂的路，尽管可能不发一语，但是这份爱会坐下来感受相信。这份爱会在保险被拒和无数推诿中依然站立，它从不曾举起白旗，相反它会坚称，"在一切步入正轨之前我会尽我所能坚持下去"。这份爱宣布，泰勒，我不会离开你，即使很难说出口，但我一直都在。这份爱充满了战斗，力量和勇气，像猫咪一样柔软，像老虎一样凶猛。这份爱来之不易。

有些教训会带来巨大的折磨，另外一些则让人感到富有意义值得庆祝。我写下这段话的时候,柴火炉子里的火烧得正旺,我看着我们光秃秃的圣诞树。织物花环和生锈的铃铛都已经被取下来了,但是还有一个装饰品挂在灯泡中间。这是一个小的木头牌子,泰勒帮忙一起做的。牌子上写着,"爱可以战胜一切"。

你也许记得事故发生后的几周我们曾在泰勒病房里挂了一个"爱可以战胜一切"的标语。这句话被放大字体后打印在一张简单的白纸上,旁边还有几年前照的一张全家福——但是除了这些简单的文字,他的房间里空空荡荡。这个想法是从另外一个家庭借鉴而来的,他们也经历了巨大的痛苦和伤害。坦纳告诉了我们这个点子,我们都觉得寓意很好。

作为泰勒的妈妈,我不仅要看着泰勒遭受痛苦,还要看着全家人都如此痛苦,这很有挑战。你们可能已经清楚,这场事故已经触及我们每个人内心最深处。有时候我确信自己会被绝望的深渊永远困住,但并没有,我们中任何人都没有。当我们内心在重温那些情感的时候,我提醒着自己一切都结束了,我们需要向前看。话虽这么说,可是一想到由于泰勒的事故对我其他孩子造成的后果我就心碎不已,这股不可否认的力量让我折服。不仅泰勒遭受着折磨,周围的人也承受了更大的痛苦。

你能在黑暗中找寻光亮吗?在巨大的悲恸面前会有快乐吗?在流干了眼泪之后的同一天你还能微笑吗?在死亡的威胁面前你还会得到生活中馈赠的礼物吗?我对此的答案是肯定的。虽然有时候我的肯定很有自信,有时候带着一些挫败,但是我知道不管面对什么我们都有度过一切的能力。

在过去两年间有许多时刻我非常清楚地意识到,生活即使有压力和苦楚的时刻，还是充满了乐趣，还有各种机会。我知道春天绿叶上的露珠，寒冷冬日里日出时的那抹粉红，仲夏时晒在我背上温暖轻柔的阳光，还有秋日里山间变化的落叶找到了自己的归途。

我更清楚触摸、视觉、感受、品尝、气味、听觉以及自己接受一切的能力。在那些异常难熬的日子里我会告诉自己，感受、领悟和理解悲恸本身就是一份礼物。现在的我完全明白这些东西的缺失也就意味着生命已经停止。我宁愿感受到痛苦也不要在无尽的空虚里迷失。

当泰勒突然癫痫发作开始颤抖的时候我恨它，但是我必须拥抱这样的礼物，因为可以陪伴在他身边度过这一切就已经很好了。我知道如果没有我，没有我们，没有爱，他会被自己的世界困住……那是最折磨人的。我也明白还有另外一个选择那就是死亡。他整个人永远消失，只存在于我们的记忆里。

在某些日子里泰勒的问题比其他时候都更加残酷和严重，但是他本身拥有的一些卓越的品质让我可以从一个不同的角度看这个世界。当他因为一些好消息开心或者惊讶时，他会弯起身侧的手肘，握紧自己的拳头，同时来回摇晃着自己的手臂，嘴里喊着："太好了！太好了！太好了！"兴奋得就像一个得到了新宠物的孩子。

他还可以成功地处理好自己的挫败感，目睹这一切让人惊叹不已。有一些东西之前他可以正常使用现在却不可以拥有了。比如车钥匙，他的一些狩猎工具，以及其他一些具有潜在危险的物品，这些都必须锁上保存好或者放在屋子以外的地方。这种限制对泰勒来说一直是一件伤心事，但是他还是自己整理好了自己的心情，有时候我们可以找到替代方案。比如说，泰勒过去有一套用于狩猎的全套枪支收藏。圣诞节的时候，他因为没有收到更多狩猎设备失望不已，并且公开表达了自己的不满。今天，我们去迪克运动品商店购物。我们不得不再次告诉他哪些是需要购买的以及为什么，我们必须看看其他的选择。对于泰勒而言，这是重新学习生活规则以及重新协商一些范围的方式。我们买了一些子弹枪，一些纸靶，还有其他有趣的物品。有时早上他会因为那些禁止和限制而闷闷不乐，但是等到一天结束，他会冲进房子里骄傲地宣称："我是一个幸运的男孩！"

泰勒对于自己的康复成果特别骄傲，一有机会就会嘚瑟。他喜欢展现自己的二头肌、斜方肌以及腹部的肌肉。我们最近回到了前几个月康复时候待过的医院。这是他一年半前出院以来第一次回去。泰勒尽可能拥抱了每一位医生、护士、理疗师、秘书还有护理助理。当我问他是否记得，有时候即使不记得他也会说："不，但是没关系。"然后他会用长长的胳膊圈住并拥抱他们，说着"谢谢你"或者"我爱你"。泰勒知道这些人为他的康复付出了多少努力，他完全明白他们对他意味着什么。对于那些他没办法认出来的人，他的行为、感谢的话以及表达出的温暖都体现了他感激的程度之深。

这个圣诞节，泰勒决定送出两个有趣的礼物。凯斯在屋子周围闲逛的时候会唱道："圣诞节我想要一只河马，只要一只河马就行了。"他唱了已经有一个月之久，泰勒果然当真了，想要送给他一只。他特别高兴可以在当地一家商店里找到一个栩栩如生的小玩偶，他偷偷藏起来包裹好，想着拿出这个可爱的小礼物时的惊喜和快乐。当他的爸爸打开这个河马礼物的时候，他喜笑颜开，说着："你看你终于如愿以偿。"至于坦纳，泰勒想给他送一只猴子，因为坦纳强调他要一只活的猴子作为礼物。泰勒想要送一只活的，但是他知道这不现实，所以他又买了一个玩偶，因为可以实现这些愿望，泰勒享受着单纯的快乐。

偶尔我们也会和那些身处崩溃边缘的朋友见面。泰勒总是对他们的境遇很关心并想要减轻他们的痛苦。他记得他们经历的一切，尊重他们的悲痛。他了解悲伤，愿意尽他所能减轻另外一个人的负担。

他和一个高中朋友的母亲经常有一些推心置腹的交流，她的儿子几年前自杀身亡了。他感受到她的悲痛并想要予以帮助。他参加了一个资金筹集活动，旨在提高人们对预防自杀重要性的认识，他鼓励周围的朋友也参与进来。他用心思考着那些同样失去手足和孩子的朋友的悲伤和痛苦。

也许见证泰勒杰出的精神闪耀的时刻之一就是当我们去拜访另外一个创伤性脑损伤患者家庭的时候。这是泰勒第一次以这种方式和我一起参与一个活动，我感觉他已经准备好了。其他时间我会自己一个人到医院看望那些所爱之人突然陷入创伤性脑损伤痛苦的家庭，但是泰勒从来没有过。在车上的时候，泰勒情绪低落，然后他和神经外科医生有了一次压力颇大的沟通，包括一些现状检查。在对话的时候泰勒哭了，因为他觉得每天的挣扎都非常痛苦，当我们开车去往康复医院的时候，我知道他处在一个不同的心境中。

在车上的时候，我告诉他另外一个家庭可能会问一些很难的问题，他只要放开来诚实作答就可以了。我还问他他认为这家人需要我们提供什么。我们讨论了希望和鼓舞。这名患者因为一场可怕的蓄意暴力事件差点丧生，几个年轻人从天桥上往下扔石头正好砸中了她的车子，对她的大脑额叶造成了重大损坏。她的家人都很坚强，但我知道当康复医院、脑损伤还有低水平的身体功能成为你的新生活时会造成什么样的负面影响。我想让他们可以大概体会到和你所爱的人可以走到哪一步。我想要泰勒给他们希望。

我们走进房间，患者的老公和父母热情地迎接了我们。他们掌握了第一手信息知道当泰勒走进之前康复的地方会是什么样子，他们让他感到自己有多重要。泰勒对他们说了很多爱和鼓励的话，他们也对我们表达了他们的好意。在拜访快结束的时候，泰勒向我暗示他带了礼物过来——三个"泰勒之队"的手环。他把它们摘下来，一个一个送了出去，患者这时候静静地睡着了。泰勒告诉他们她会好起来的，他会为她祈祷。当我们离开的时候，他说道："妈妈，那个可怜的女士。她伤得太严重了。"看着他所表露的同情、关爱和善良是一个罕见的礼物。这就是"爱会战胜一切"这个词组的含义，这也是面对悲剧时的希望。

生命是美好的，即使在感到最糟糕的时候。

许多个夜晚我最开心的时刻之一就是替泰勒盖被子。泰勒现在二十四岁了，六英尺高，超过200磅重。但他还是我的小男孩。凯斯和我睡前轮流陪着他，我们都觉得这是非常值得的。经常在晚上九点到十点之间，泰勒就开始犯困了。他会爬到床的一侧，待在那里咯咯地笑。你们如果有自己的孩子就可以想象这个场景。泰勒想要在我们床上睡觉，他希望自己可以不用被挪走。他会睡在温暖的毯子下面，但很明显他不能待在那里。所以最终他还是放弃了，准备好睡在自己的床上。每天上床睡觉的例行公事都很费时间。泰勒会慢慢地走到洗手间（上床之前他必须上个厕所，如果不去的话是不会到床上去的），然后洗手，刷牙，把手环放好，一切完成以后才会上床盖好被子。我们会帮他和他忠诚的伙伴（我们的小狗金吉）盖上被子，他们已经差不多可以入睡了。他看上去甜美而单纯，你可以发现在他脑子里根本没有二十四岁的概念。最后一步是给他涂上唇膏，这是他入睡仪式的一部分。关上灯，说完"我爱你"后，我看着他想到等下我想要在他熟睡的时候摸一摸他的背部。在迷迷糊糊睡着之前他总会把我们叫回来随便问一个问题。凯斯和我都非常珍惜这些温柔的瞬间。

泰勒还是通过使用"我能"或者"我们能"来表达"是"这个概念，他的"不"则是"我们不需要"。似乎有某种交流障碍阻止他说出简单的"是"或"不是"的回答。

泰勒已经找到了全新的笑容，真正的善良还有战胜了一次又一次困难后的一种胜利的精神。他在迎接生理、感情甚至精神层面挑战的能力让人惊讶。我相信正是由于他最核心的力量，泰勒才走到了今天这一步。他身体里一直存在的那一部分成就了他现在完成的康复工作。

泰勒的生活给别人带来了快乐和鼓舞，我很荣幸可以遇到他，也很荣幸可以成为他的妈妈。尽管我非常痛恨这场事故的发生，但是我仍坚定地不让它偷走我们更多宝贵的东西。很多时候总感觉失败离我们更近一步，但是第二天当我们全家又坚定不移地一起面对时，成功还是向我们走来。成功就在于永不放弃和每一天的进步。

我时常在想泰勒未来是什么样子。他会结婚吗？他会成为一名父亲吗？他能活多久呢？可以再次工作吗？这些问题的答案对我的未来也会产生直接的影响。我感觉他之前所怀有的梦想并没有实现很多，但是也许未来他可以创造更多新的梦想。

这一路上我有幸看到其他的英雄和征服者。每一个创伤性脑损伤患者和他们的家人在我心里都有着特殊的位置。我见到过不可思议特别坚强的人，即使面对可怕的损失和环境也依然明亮地闪耀自己的光芒。我见过各种各样极度痛苦的康复场景。我见过有些人可以创造奇迹，但其他人则没那么幸运。但是他们中的每一个人都是闪亮的星星，为自己所在的黑暗世界发出光亮。当我深入钻研创伤性脑损伤意味着什么时，我学到的经验和东西已经改变了我这个人。

我特别想念过去的泰勒。我是如此怀念这个人有时甚至出现了身体上的痛楚。我想念他咧着嘴的笑，想念他走路的姿态，他抱着肩的方式。我想念他身上散发的气味，他的表达方式。我想念他的那些技能，想知道是否还有机会看到他从码头上跳下来，或者钓到一条鱼的时候眼里平静的闪烁。我想念他对于我是什么样的人的了解，以及我们之间的关系。泰勒阳光、帅气，如此充满朝气……现在大部分都改变了。只有一件事情一直不变——他对我们而言永远是最棒的。

我最喜欢的本·霍华德的一首歌里这么写道："亲爱的，你的灵魂是如此高雅。"有时候我觉得和泰勒的灵魂生活在一起。我一直提醒自己，为了全力前行，为了可以最大程度的痊愈，我们必须拥抱所有的变化。我们无法和它们抗争。在挣扎的同时，我们也可以战胜一些痛楚，也许我们还可以在失去中找到一些圆满。如果我可以在泰勒摔下来之前多一次机会，我会对他说：

我是如此地为你感到骄傲，我会永远爱你。你留下的每一个印象都让我十分感激。这是我心里为你写下的一首歌：

当你出生的时候，
我把你视若珍宝，
第一次走进我纷乱的世界，
重新唤醒我人性的信仰，
还有未来生活的无限可能。

你红扑扑的脸颊如此粉嫩，
每一侧都散发着初生婴儿特有的
甜美芬芳。
护士们说你
特别敦实，
体重超过了九磅，
但是我瘦弱的怀抱
却刚好能把你稳稳抱住。
你是我第一个宝贝，
我感觉你完全属于我，
但是我也愿意和别人分享。
有了你我才知道，
自己能够付出这样的关爱。

婴孩时期的你,
长得不快,
也不慢,
一切都刚刚好。

我们拥有了许多第一次,
我还记得,
你第一次蹒跚学步。
看着你迈出第一步,
是一种美丽的纠结,
一种担忧和喜悦的结合。
我们的小猎犬守着你。
我坐在温暖的油布上看向你,
为你加油鼓劲。
当五步任务终于完成后,
我为你开心地鼓掌。

两年以后,
我们为你带来了一个小弟弟。
你其实更想要一只小狗或者一个埃尔莫玩具。
但是当他出生以后,
你和我一样几乎第一眼就深深爱上了他。
他是你的,
但是你愿意分享。

我们给他起名艾弗里,
你称呼他为艾弗里小涂鸦。
你为他唱歌,
确保每个人都知道他是谁。

又有几年过去了,
宝贝三号降临了。
但你永远都是宾格曼男孩的首位,
你起到了很好的示范作用。

第一天去上学的日子来临,
你做好了出发的准备。
在五岁这个闪亮的年纪,
你穿着航海服,背着丛林运动包,
脸上挂着美美的笑容。
我答应自己我会分享你的快乐。
你无所畏惧,
充满自信地离开。
我想抑制自己让时间停滞的冲动,
我想把你抱在怀中,
不让你离开。
我笑着目送直到再也看不到你,
眼泪终于簌簌地掉下来。

几个月后

坠落

我们在幼儿园里
一起做了彩虹时蔬,
我希望时光能一直如此。
其他妈妈们告诉我
时间流逝得如此之快,
但我对此却没有任何概念。

这些年的生活中记录了
沙滩回忆,
棒球比赛,
亚特兰大之旅,
周日早晨的儿童教会,
一起做布朗尼。
节假日和每一场活动,
比如
和堂兄弟或者弟弟们在后院玩耍。

我们生活着
爱着你,爱着我们一家。

你经常跟着你爸爸的影子走,
偷穿他的衣服和靴子,
然后钻进我们的被子里,
现在也这样。

当你大约十二岁的时候,
我们一起
看了一场流星雨,
你兴奋地
告诉了所有人。
也是同一年,
我们在美国公共网上一起
看了《小妇人》,
你让我答应你
不要告诉任何人你喜欢它。
我很高兴你喜欢
公共电视网胜过大鸟(美国侦察卫星)。
那是我们之间的秘密。

中学的时候
你开始接触艺术,
对自己的画画作品,
以及创造的艺术品感到骄傲。
你的设计被选作
艺术展邀请的封面。
这份热情慢慢地消散,
但是这份财富仍然珍藏在架子上,
我的壁橱里,
最重要的,
在我心里。

我可以看到在你
十六岁的甜蜜派对里,
在基督教青年会上
跳进泳池中,
和你的朋友们开怀大笑,
然后对我说,
"谢谢你妈妈,办了最棒的一场派对!"

那时候还有毕业舞会,
返校舞会,
你被选为情人国王。
我们接上了玛罗琳,
你用颤抖的声音告诉她,
她穿着黑色的晚礼服有多么漂亮,
你穿着美国鹰牌的T恤衫,
看上去如此帅气迷人。

大三的那个夏天,
你遇到了你的初恋,
我在想和其他人会如何比较。
看着你成长的每一个瞬间我都很享受,
它们让我骄傲成为你的妈妈。
你是一个好人,
一个好孩子。

你带给我的，
远不止阳光
那般精彩。

一天天过去
突然间变成了
一年一年过去。
你长大了，
想要自己工作挣钱。
你对发出轰隆作响的
狂野重卡深深痴迷。
打猎，
钓鱼，
遛狗，你永不知疲倦。
你对于大自然的风光非常有悟性，
这点让你如此脱颖而出。

我很感激，
在你所有的成长道路上，
总有一个地方你一直为我保留。

在我意识到之前，
你已经成年了，
总是听到人们说

我们应该为你感到骄傲。
我们的确为你感到骄傲,
现在也是。

我满心欢喜地期待
时间会带给你怎样的未来。
我知道所有的一切都会迎刃而解,
以它本来的方式。

我从来不曾想过,
挫折会这样到来。
你的,我的,
我们一家人的。
这个故事被一笔笔地写下,
但是结局还无人知晓。
你留下的所有印象,
都存在于我脑海里美美地循环播放。

在我有生之年,
没有哪个瞬间,
你不被我,
深深爱着。

第六部分: 泰勒的弟弟们

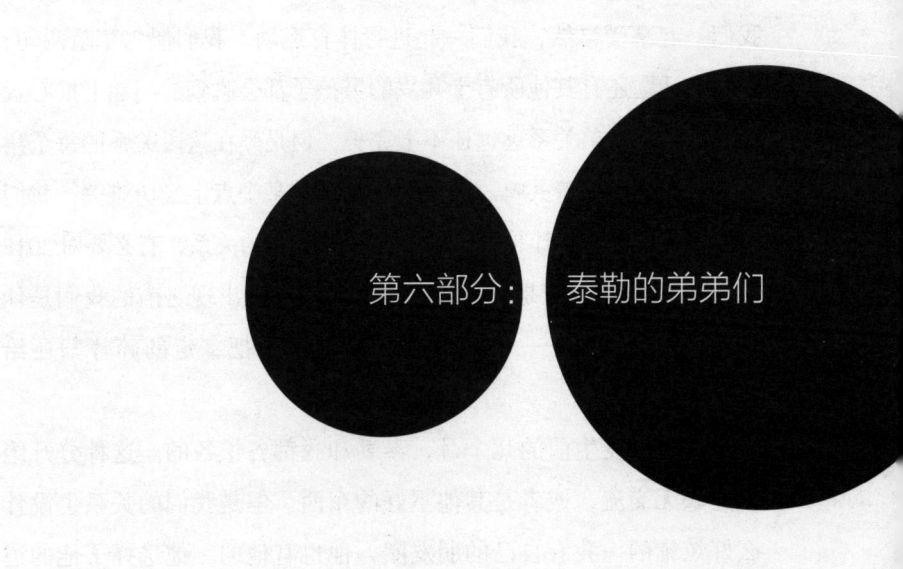

》艾弗里·宾格曼：

》两年之后

泰勒是我的哥哥，现在也是，这个事实没有任何事件可以改变。当别人找我麻烦的时候，他就会狠狠地修理他们一顿，因为唯一可以找我麻烦的人——对，没错，你猜对了——只有泰勒自己。我们一起享受自然，我们一起进行体育运动，我们偶尔寒暄两句，在女孩话题还有其他所有十几岁的男孩子都会碰到的问题上推心置腹。我们的兄弟关系远远谈不上完美，但是爱在这段关系的每个角度和方向都产生着共鸣。每段关系都会在某个点上经历难关，我们的也不例外。为了让你们了解我和泰勒现在的关系，有必要对2012年11月之前，也就是把哥哥夺走的恶魔还没出现之前的我们是什么样子有所了解——它的存在就是偶尔会把拿走的碎片归还给我们。

在事故发生前的几个月，泰勒和我都各忙各的。这种分开绝不是毫无交流，或者是其他不好的东西。但是我们的关系也没什么好炫耀的。我有自己的朋友圈，他也有他的。他选择了他的道路，我也如此，我们会生活在两个完全不同的世界中。他那段时间过得不顺——因为我也在慢慢从自己的困境中走出来，所以我们那时候的关系并不亲密。但这是不是意味着我们不会出去玩儿，大笑，有时候一起分担痛苦，是不是所有关系里好的东西都没有了？当然不是，我们只是两个不同的人而已。

不同。这是一个多么简单而有力的单词，用来形容感恩节前后我们生活的变化。从大学回家后，我第一个想见到的人就是原来高中的朋友们。坦纳和我开车去往其中一个朋友家里，玩玩游戏，叙叙旧，直到第二天凌晨才回来。泰勒还没回家，作为吵闹的年轻人，我们在他的卧室里打游戏机。几个小时过后，我们听到前门开了，还伴随着他卧室外窸窸窣窣的声音——这没什么大不了。几分钟后，我们听到了真正的坠落的声音。时至今日，两年过后，我还是根本搞不懂泰勒为什么要往楼下走，因为他的房间在楼上，但不管我问了多少个为什么，它都不会改变事实。我以前一直不相信一个决定就有改变你一生的力量，但是现在我坚信不疑，因为我知道这是事实。那一步，我和你保证，彻底毁了泰勒的一生。脑损伤会有连锁反应，而循环往复的模式会不停地产生越来越多的伤害，越来越多的痛苦。

坦纳和我赶紧从房间里跑出来，冲下楼梯，看到泰勒躺在地上……他一动不动地躺在楼梯底下，头部开始慢慢渗出血来。我们谨慎而迅速地走下楼梯检查他伤得有多严重，但是从表面上来看，不是很大的事故。伤口流出的血和他的短发凝结在一起，但他还在呼吸，看上去仅仅神情恍惚，仿佛睡着了但是处于焦虑状态。在经过一些讨论并且没有办法叫醒他后，我们决定把一切交给911背后的团队。我完全痛恨拨通这个号码，那个感恩节早晨是我第二次这么做。当我还是小孩子的时候有一次在奶奶家，我成功打给911因为她强迫我睡午觉。这两种情况我都不会后悔。但是我很后悔自己对脑损伤的一无所知，当泰勒摔下来的时候我脑子里一片空白。

感恩节一大早我就唠唠叨叨诉说着自己的惊慌失措。当救援团队长途跋涉赶过来，把他放在轮床上拍打他的脸就像其他工作一样，然后离开赶去医院，留我一个人控制事态的发展。这种情况下一个人该怎么做呢？那一晚发生的一切和所有的感受永远烙印在我记忆中，但是当我试图描述这一切的时候又感到词穷无法描述。不管怎么样泰勒还是坐着直升机走了，那种轰鸣声让我充满畏惧。

当爸爸妈妈发现了这一切时，他们的反应处于两个完全不同的极端。爸爸态度冷静泰然就像平时表现的那样，但可以看出因为被突然叫醒所以他的精神状态还不能完全集中。另一方面妈妈立刻哭了出来，并不是出于悲伤而是一种愤怒。但他们每个人都喊出了相同的一句话："泰勒你怎么能这么做呢？"是他的错吗？不，当然不是，但是在大家的情绪很不稳定的情况下，这是一种直觉反应。

请允许我快进一下以免重复你已经知道的内容。我们现在讲到哪里了？

手术后，我们全家人的情况在但丁也不曾面对的黑暗中急剧下降。我心里一直以为每一个漩涡都会有一个最低点，但这次不同，这样的最低点根本不存在——因为它扩大成一个开放的深渊，每一个瞬间都会越来越深。泰勒在这个故事开头和稍后的时候在重症监护病房度过了一些重要的时刻，我不知道你们现在是不是已经了解。在重症监护病房的第一个晚上我和泰勒一起度过。白天我通常不睡觉，但是半夜至凌晨我大部分时间都在睡觉，因为我住得离医院很近所以我去陪夜。我人生中为数不多的接受不正常就寝时间就是这个时候，我想守在泰勒身旁。

我脑子里经常一直播放的一段对话是与一个已经不记得名字的医生。在事故发生后几周医护团队还在继续努力让泰勒恢复到一个更加稳定的状态。我记得因为坦纳还在上学，我和爸爸妈妈一起坐在房间里。那个医生满眼真诚地看着我，询问我的状态。我说不出话，只是坐在那里一直哭泣。我感觉最绝望的希望站在我身旁，在我的肩上钉着钉子，让我不再相信一切可以步入正轨。她安慰我不管那晚坠落后我采取什么措施，结果都会是一模一样的。伤害在头骨触碰到地板的一瞬间就产生了，和之后发生的一切没有多大关系。

医生还鼓励我考虑暂时停一停这学期的课，和家人待在一起。在经过了很多心理斗争后，我最终觉得还是没办法请假或者离开。学校是唯一一个没有人知道我的故事的地方，我很喜欢。这是一个正确的决定吗？我相信是的。虽然它在现在看来无关紧要，但是这个学期以及下个学期的学费我已经付了。我可以接受我自己做的选择。

当你静静地坐在一个房间里看着你所爱的人毫无反应，你会有一种全新的感觉，认为你是不是没有感受或者忍受的能力。许多次我独自一人陪着泰勒，想在医院走廊上寂寞地低吼。其他时候家人或者朋友会陪伴在身旁。

如何在这种情况下寻求安慰？我最好的建议是：和或多或少远离这些的人聊一聊。我的安慰是在一个关系特别好的朋友那里得到的。当我因为愤怒、困惑、无助而闷闷不乐，甚至当我假装快乐的时候——她都在默默倾听着。在周围人身上找到力量，当你变得不再是自己时依靠它活下去。

坦白说在过去几年里我交到的和失去的朋友比过去18年要多得多。这次发生的事情让我可以好好看清哪些人并不需要最完美的我，哪些人在我最需要的时候置之不理。这样的淘汰和认清立刻就开始了。现在来看很明显有些人根本不知道如何应对特定的情况，从他们的话语和行为就可以一目了然。最后一切其实都取决于你——你如何对待他们，你想让别人如何看待自己。

当泰勒转到加护病房的时候我花了很多时间和他待在一起。大多数时候他静静地躺着呼吸，没有任何反应。我经常坐在椅子上，忙一些比如学习，阅读或者写作的事情。那段日子非常孤独，一连几周凌晨三点的时候我在黑暗的房间里无人沟通交流。加护病房有一个特殊的护士，一位叫希瑟的女士。关于泰勒的情况我有什么想知道的都可以问她。我还可以和她聊一聊旅行，当我内心需要一个微笑时她会适时逗我开心。我和很多护士都打过交道，从最好的到最坏的，希瑟是属于最好的那一部分。从一个关心爱护你的人那里找到慰藉是很重要的，在最需要的时候她对我和泰勒都给予了太多的同情和关爱。我们在很多发自内心的话题上经常沟通分享，她也会一直告诉我情况怎么样了，并提醒我不要放弃希望。她确保我在照顾泰勒的同时也照顾好自己。

你会一直听到别人和你说照顾好自己，或者你对于自己所爱的人的价值，每天不分早晚都听到这样的话越来越让人烦恼和困扰。每一个家庭成员和了解情况的朋友都承认在某个时间点上他们会遭遇伤心时刻，他们会选择暂时——或者半永久休假。这一路上我不止撞过一堵墙，有时候我会在凌晨五点的时候揪着自己的头发，等着妈妈过来和我换班。这样的日子持续了几周时间，导致冬日假期在我记忆里留下永恒的痛楚。

那一天终于到来，我本以为自己已经准备好了，其实并没有。坦纳和妈妈还在为泰勒的康复机构细细挑选时，我们基本上已经被逼到了一个死角，只有一家医院愿意接受泰勒……那就是布林莫尔。这是多么幸运的事情。12月的那天来了，泰勒要被转院了。一想到路程远远不止二十五分钟就很难受,他临时的新家有3个小时的车程。我还记得运输团队把他抬到轮床上,我内心恳求着泰勒睁开双眼,给我竖起一个大拇指,告诉我无论怎么样他还在某个地方。但什么都没有。他们把他放好,让他在石头般坚硬的轮床上尽可能舒服地躺着,我和妈妈站在走廊里哭泣。我并不是一个喜欢落泪的人,最开始有好几次我的眼泪就这么流了下来,但我经常会压抑自己的情感。但这次不同,我感觉自己又再次失去了他。

为了节约时间主要说出我想要的东西,我准备再次快进,相信妈妈已经用热情和爱把布林莫尔那段讲得很清楚了。我准备说一说泰勒回家后的故事。请原谅我已经记不清具体的日期了,这一整年对我而言都杂糅在一起成为悲惨的连续。

泰勒回家的那天我们之间的关系有了重大的变化:下降的趋势。在布林莫尔的时候他没法控制自己,有时候会冲着我们发脾气,但是像泰勒这样的伤势,你必须挺过去,只希望一切好起来。

"希望一直在落空,好笑的是这个情况总是发生。"《牛奶纸板箱里的孩子们》里的这句话一直在我的生活里引起共鸣,我并不想相信,但它直逼你的内心。在泰勒和我身上情况并没有好转。由于某些原因他从来不想接受我的帮助、建议或者协助,除非由于身体的限制情况不允许。只有那时候他才会求助我。

坦纳和我处于一种困境中,因为不管泰勒的大脑发生了什么变化,我们对他而言只有一个身份:他的弟弟们。任何有兄弟姐妹的人都会知道兄弟或者姐妹间这种持续的等级。这个特征并不是国外才有或者只存在于我们这一代中,它在历史的长河里普遍存在和发展。

我们都曾经遇到过不愿意取悦的人,现在泰勒和我正是这个情况。他爱我吗？是的，当我离开他回去父母家如果幸运的话，前几分钟甚至一小时之内可以看出来。有时候这个时间还会长一点，如果我从国外回来，或者爸妈有客人需要招待的话，尽管如此，作为小弟弟意味着我说的所有的话都无足轻重。我爱他吗？当然爱，但那无法掩盖我对于泰勒新的未加改善的部分的厌恶情绪。

最初的时候我的姥姥（妈妈的妈妈）会过来待上一周帮忙，给予他关爱，在我们最需要的时候给我们光亮。我会永远珍惜我和她之间日益增长的充满爱的关系。我们两个人有天正在院子里休息（我后来绞尽脑汁也不明白哪里惹着了泰勒），他突然开始发怒。不幸的是，这样的怒火直接发在你挚爱的人身上。他把我们叫住，让我站好做好准备，因为我们要打一架，他要把我"狠狠地揍一顿"。提到我，人们会想到的一个词就是"喜欢嘲讽"。我内心住着个精灵鬼，有时候可能还会冷嘲热讽，但这就是生活在这个充满斗争的世界里的我处理问题的方式。所以很自然地，在泰勒找我麻烦时，我就坐在那里暗自发笑。我简单地回了一句我不建议做出那样的事情，因为很可能结果是他的臀部会和后院地面有近距离的接触。更多交流之后，泰勒只能气得在心里狂跺脚，内心一定非常不满。我的姥姥，当了一辈子的精神科护士，鼓励我说做得很正确。

泰勒回家后的头几个月里，我总感觉自己是唯一一个敢和他对抗的人。其他人都试着迎合他，满足他的每个抱怨和不满——除了我之外。我觉得最重要的事情之一就是培养锻炼他的独立性。我的方式有时候会比较性急一些。院子里发生的那个小插曲标志着我们之间关系的结束，或者起码，关系急剧下降。

我要和你们分享的另外一个故事更能说明总的趋势。这个趋势来源于我在自己身上发现的一个非常努力地想要改掉的缺点。高中时期我就没有发展自己看人看事要活在当下的能力，我发现自己总是喜欢探讨和抓住过去的事情，所以我做了大量的努力找寻自我，找寻自己真正关心的东西，学会和对方现在的样子相处，而不一味执着于挖掘和检验他的过去。也许你听说过，一个患有脑损伤的人经常生活在过去。为什么呢？这在泰勒身上说得过去，从大的方面来说他脑子里没有任何往前看的东西。过去是具象的，过去是有趣的，过去是一个非常容易开始探讨的话题。在他看来，过去的一切就是泰勒的所有。他没有办法严谨地思考事物或者形象地反映现在他拥有的东西。他活在自己讲故事的瞬间。他对于过去的执着让我很难接受，因为这仿佛意味着他对我的父母和家人为他做的一切全部没有注意，他还处在事故前发生的一切中。在努力忽视过去之后，我发现自己经常在好不容易取得一些成绩后会再次退步一次取悦他让他高兴。我一点儿也不怪泰勒。如果我的未来遭遇不测，人生整个被扔进了绞肉机里，我也会想要回到过去，寻求内心的平静。这是一种自然而然的做法，但有时会很糟糕。

我们之间的关系因为无数种差异越来越紧张，但是这个矛盾是其中剧烈的一个。泰勒和我在各种层面上都缺少关联。我喜欢做什么？我是一个运动迷，喜欢看比赛，打比赛，读各种各样的书籍等等。我喜欢旅行，我很幸运去过不同的地方旅行，见过很多别人只能在国家地理频道看过的东西，它定义了很多如今的自我。我喜欢音乐，它的每一面：听，写，创作。当我们最喜欢的一个音乐人在某个地方演出的时候，坦纳，我还有妈妈会在最后一分钟赶去音乐会。我喜欢阅读，喜欢沉醉于别人的世界中，因为我想暂时忘记自己所生活的一切。我热爱学习，老实说我觉得一个人的内心永远都在学习中。我喜欢中午吃饭的时候和妈妈聊天，或者跟她学习一些新的烹饪方法。在一个疯狂的世界里，只有简单的爱好可以让我继续保持理智和思考。

在我上面提到的所有事情里，如果泰勒喜欢其中的任何一个，事情都会朝着截然不同的方向进行。他完全无视我喜欢艺术、学习和旅游的兴趣。这经常会演变为争吵和中伤，他会告诉我如果我去Y地方就会感染X疾病。这样消极否定能够产生一些非常有趣难以忘怀的对话吗？但即便如此，我还是愿用自己所有的一切去交换我一直相处的哥哥，不管情况如何。那个在需要时打我电话，向比自己年纪小经验少的弟弟征询意见的人，如果可以让他拥有原来的生活，我想不到有什么东西是我不愿意放弃的。

在最惨烈的暴风雨来袭的时候每个人都希望可以依赖乌云周围的一丝光亮，泰勒和我也有属于自己的一线希望。在持续的折磨，乌云般密集的误解遮挡了我们的判断蒙住了我们双眼的时候，我们还是有一些真正快乐、单纯和真诚的时刻。比如说，当我们一家五口坐在一起，我们通常会爆发出一些难以克制的久久的笑声。泰勒很享受成为关注的中心，这对我来说挺好，因为我通常比较内敛，不介意当绿叶的角色。当我们一家人开始开玩笑的时候，想要维持下去好比是一份工作。不可否认，我们玩笑内容的界线会不太恰当，比较容易触怒别人，但是我们是一家人，屋檐下曾经发生的事情继续发生着。在坠落之前，泰勒模仿别人的能力特别强，尤其是那些他不喜欢的人。尽管这个才能消失在楼梯底部，但这些事情背后的喜剧效果一点儿也没有褪色。他经常谈论他以前在学校里惹麻烦的故事，或者和他一起工作的同事的事情，或者我们从来没有想过会听到的某个女孩儿的故事。当泰勒的大脑集中在这些富有创意的地方时，我们所有人玩儿得特别开心。往往到最后我们会笑得肚子痛，呼吸急促，由于笑得太厉害眼泪也会出来。如果他这种幽默的性格可以保持在和我们相处的每时每刻该有多好。

我发现当我有一两个甚至更多朋友在场的时候泰勒会更加高兴。泰勒喜欢成为众人关注的焦点，他享受我朋友们对他的关心。我带来的朋友都是特别棒的人，尽管让他们和泰勒接触并不是一个简单的事情。如果我邀请一些朋友过来玩吉他，叙叙旧，或者叫一个朋友过来仅仅希望坐下来吐吐槽放松一下，这是很难的，因为房间里有个人希望每个时刻都有人陪着。我和我的家人们经常把泰勒看成一个孩子，这种描述的方式很准确。他希望自己身边有人陪伴，即使你想要和访客待一会儿也不行。他想知道每一个秘密，参与每一个谈话。这种参与感是人之本性，但对泰勒而言只要可以达到目的，没有什么界线或者边界是不愿意跨越的。为了让自己有一定的空间或者平静，经常需要第三方的介入占据他的时间。

在事故发生前，我只要眼神示意一下或者摆弄一下双手的动作他就明白我需要一些私人的时间。我需要和我的朋友们探讨和分享，同时无须取悦他。这也就是之前我尽量不回家的原因。

在我大学一年级的时候每隔一个周末我都会尽量回家一趟。我想念家，想念妈妈和爸爸，泰勒——他大多数时候都在家里，坦纳还在上高中。我和我最好的朋友住在一起，但有时候你会需要回到家中。但自从事故发生后，越来越难享受家庭的感觉了。我不确定自己是否成功地将情感功能关闭，将所有和家联系的感受都驱赶走了——也许吧，这是有根本原因的，但是和事故之前相比我从家里感受到的快乐严重减少了太多。

关于关闭还有一个值得一提：自己的宗教的耳朵。在泰勒摔下来之后，我每天面对着成堆的宗教观点，祷告和想法。我们小镇整体保守的价值观让这成为了主流，当人们听到泰勒坠落的事情后第一反应经常是这样：他们说会为泰勒祷告，或者上帝会帮助泰勒渡过难关。我对这种方式没有任何异议，但有时也会让受伤害的人产生不快。

说实话，带着一些愤怒和不快我开始在社交媒体上发布有关泰勒事故的事情。很多人在下面回复说不可否认上帝在他坠落的那一晚救了泰勒……不完全是。坦纳救了泰勒的性命。柯克兰医生救了泰勒的性命。我救了泰勒的性命。但我们都不是上帝。我不是因为这个而对任何人发火，而是我有些受伤。我受伤的是他们可以这么轻易地忽略一个事实：摔下来的不是你的哥哥，也不是你的儿子。当你挚爱的人遇到这个情况时，你所面对的是一个截然不同的恶魔——当你透过玻璃看过去的时候很容易放弃把一切归于超自然的力量。

医生和上帝之间最大的区别其实很简单：如果事情出了错，大众肯定会把责任归咎于医生，而不是上帝。上帝获得了拯救苍生的美名，他或她也会因为欺骗大众而得到名声。当泰勒取得一些进展时，那些坚信上帝拯救了泰勒的人会把这份荣誉感恩归于同一个上帝。如果你和我一样，你想要看到的是荣誉给了真正值得的人，正确的对象。比如说，我的妈妈，她在三个男孩身上倾注了所有的爱，尽管她内心感到无比的恐惧。还有我的爸爸，他一天工作十个小时，然后还要开车赶到基辛格坐下来陪着他的大儿子——尽管泰勒没有足够的心智可以回馈关心，他那时候有没有意识还是个问题。荣誉还应该给所有的医生和他们的助理，所有的理疗师，在最危急的时刻急症室和重症监护病房所有出色的工作人员。还有泰勒几个要好的朋友，他们是多年的好友，到现在（2015年初）都一直陪伴着他。

如果作为一个旁观者碰到了我们这种情况的人，你最好可以这么做：如果你不确定该说些什么，就静静倾听而不是说一大长串的话；抱一抱那些感到伤心的人，或者就简单告诉他们你感到惊讶和抱歉。这种方式更有用，你也许没有意识到言语和行为可能会造成伤害并不是帮助。为什么呢？因为我对处理的事情已经感到很不真实，我不想其他任何事情也模糊不清或者不真实。我想要关爱，并感谢那些显而易见付出所有努力帮助泰勒回来的人。

我什么都听到过，从有人说泰勒的摔倒是上帝复杂的规划之一到有人认为是我们家之前犯下的罪引起了这种神灵的惩罚。如果没有自我克制，这些话语会让我生气到发狂。我经历了一个艰难的阶段差点就爆发了。我讨厌任何人谈论一种更高的力量，因为就我所知且我所依赖的是有三个人在把泰勒送往医院时承担了最初的责任这个事实，然后医生们再接手过去。直到今天，这还是一道容易撕开的伤口。

我还记得克里叔叔看着我对我说如果我现在冲到走廊里，用夸张的方式拍打自己的手臂，然后声嘶力竭地喊出一些不堪的话也没有人会在意的。他的这番话算是一种意见，我现在还牢牢谨记着。这是一种提醒，你需要完成自己该做的事情，看看可不可以面对这样的情况。当你压力非常大的时候，外面的旁观者不应该责怪你，如果他们这么做了，那这就是你将他们赶出自己生活的很好的机会。这天结束的时候，我发现最重要的事情就是对自己的内心坦诚，跟随之前自己看到的前行。这种时刻并不是你发现自己或者和自己其他陌生部分接触的时刻，这个时刻你要保持自我，你要待在哥哥身旁，希望你做的决定在长期来看可以有些影响，你要给那些处于崩溃边缘的家庭成员一个肩膀依靠。

我们都经历过一些时刻，感觉自己肯定撑不下去了，但是最终并没有。我们不能让他们决定自己，我们要忠于内心，这非常重要。你需要集中精力去关心照顾自己和周边的人。我还极度建议你把自己的一部分精力放在一个不知晓这个情况的人身上，这个人无法看到每天你和你的家人看到的东西。我通过打开自我，忠于自己，经常把想法和感受分享出来最终交到了一个最好的朋友。这是一个简单的过程吗？不，我是如此性格内向的人。但是这一切都很值得，我每天都感激不已。

不要让恐惧战胜一切，不要让它将你的心四分五裂，然后把每一片都分给听众。把每个瞬间，甚至是恶意的瞬间都牢牢记住，放在心里。借给你的家人一个肩膀。让自己找到出路，找到逃离的方法，有一个可以依靠的人，这样可以帮助你一步一步创造奇迹。尽管每走一步都会直接让你的内心抽痛，但是重要的是你还在这场泥泞中艰难前行。

》坦纳·宾格曼：

》拖曳人生

作为个人而言我们都需要承受很多事情。相较而言，有些事情会更加痛苦，有些人他们所面对的也更加沉重。这种痛苦就像一把能够刺穿和切断你身体的刀，每一下都会让你痛不欲生。这份沉重就像绑在脚踝处的石头，只有那些足够强壮的人可以战胜这个负重。我曾经听说要拥抱痛苦，我们必须用痛苦的火来点燃自己痊愈的道路。所有的疼痛都是不一样的，时间也并不会治愈一切，但是它可以让痛苦减轻。

这把刀会刺穿胸膛，毁掉我们的内心，但是随着时间的流逝刀刃会变钝，痛苦，也许可以被控制。即使我们没有足够的力量带着石头的重量爬行，但是雨滴会落下，慢慢地一层层地将石头腐蚀。朋友和家人都会感受到刀锋的锐利和石头的重量。只有团结在一起我们才能战胜这一切。只有团结在一起我们才会继续相互拽着走。

泰勒的坠落引发了一生的悲剧，它所带来的悲伤之深曾经让我感到那么不可思议。这真的是一生的伤痛。我很荣幸也很感激可以分享这个故事：泰勒的故事，我们的故事。

在我们安全的木屋里的楼梯一直代表着撞伤的可能性。当我还是孩子的时候，我会在上面跑来跑去，像猎豹一样用双手和双脚在上面推动着自己，有时候我还会滑下来。楼梯是很多胫骨瘀青的原因。我过去非常讨厌这类事情的发生，没有什么比新的创伤更糟糕和痛苦的了。现在和那些楼梯台阶联系的时候我才意识到它们有多么无辜。

当泰勒从那些台阶上整个跌下来时，我一点也没意识到我对它们的感觉会发生怎么样翻天覆地的变化。当艾弗里和我赶去看到泰勒变僵硬的身体还躺在坚硬的瓷砖上的时候，我根本没有想到创伤性脑损伤这个魔鬼。当我把泰勒扶起来调整到坐直的位置，让他的后背靠在周围一个沙发上的时候，我做梦也不会想到未来会勾勒出一个更加奇异的东西。当艾弗里给911打电话的时候，泰勒的身体出现了非常轻微的震颤，我那时候并不知道痛苦会占据我们的内心，不知道那些台阶可以产生如此的重创。

现在我意识到那些台阶就是一座山：一座无情的危险的山脉，那些最有经验的登山者爬过的任何山峰都无法比拟。一座现如今泰勒和身边最亲密的人都要攀爬的山脉。我们曾经就这么站在山脚之下，拿着纸袋装着午餐，胫骨刚刚受到重创。我们没有绳子，没有安全带，连一个弹簧扣都没有。我们被要求自己爬上去，把泰勒带回来。这样艰巨的任务谁都不曾做好准备。

在坠落发生后，对我们而言事情开始飞速转变，但对泰勒来说似乎并没有什么变化。我迫切地希望逃离这一切，但是泰勒破损的大脑和尸体一般僵硬的身体浮现在脑海里——我不能离开医院。我在候诊室里待了两周，在我回到学校之前一直陪在泰勒身边。

人生第一次我体会到了作为旁观者是什么感受，仿佛我不属于这世间一般。医院是一个悲伤和希望相结合的地方，对将要发生的事情的悲伤，和在这一堆碎石瓦砾中萌芽的一丝希望。这也就是说，医院也成为了某种意义上的一个安全的避风港。当我坐在昏迷不醒的泰勒身旁，我并没有感觉需要忍住泪水或者抑制那些充满烦恼负担的想法。

泰勒坠落后我第一天回学校的时候，我真切地感受到每双眼睛都在盯着我看，我可以肯定我每走一步全世界都在关注着。而且全世界仿佛都哑口无言。那些鼓足勇气说了一两句鼓励安慰的话的人得到的都是无声的答复。一个人要怎么和朋友们说最近他遭遇了人生最痛苦的情况呢？他们知道我说不出口，我也没有想要说的意愿。

最终学校还是变成了放松的好去处。时间一周周过去，那些想要询问我们家怎么处理这件事情的人的意愿渐渐减弱。这并不是说镇上的人们不关心了，米夫林堡的人们都有关心我们，在很多方面。不过在学校的时候，我不愿意想起现实世界，泰勒的遭受的状况，或者愁云惨淡的人生。当老师或者同学问起泰勒或者我们一家情况怎么样的时候，我会敷衍地回答，"从整体来看"事情进展不错，而没有丝毫愧疚感。在他坠落后的头几周内我成了世界级的骗子。

其他试图给予安慰的是那些来医院探望泰勒的人。有些人确实带来了治愈，有些人则正好相反。在泰勒坠落后的几天内，我就听到了一些话，有些程度甚至到了"他马上就会苏醒过来，一切都会没事的"——这些话听了不下几千遍。有一段时间我的家人和我都相信了这种牵强的希望，这是如此愚蠢的安慰方式，但也正是我们最需要的。那些表述，那些虚假的希望，让我们短暂地兴奋了一下，结果又狠狠地摔了下来。当诊断结果出来，我们面对现实的时候，精神的炼狱摆脱了枷锁，让现实的残忍像在伤口上撒盐一般刺痛。这些企图给予庇护的举动就像在黑暗中朝着看不见的目标无助地射击，最终距离目标还很远很远。

特别是有一次，一个和我们一家人都不太熟的男人过来拜访，当时我们都聚在基辛格重症加护病房外面的走廊里（当时等候室正在修建）。那时候，整个走廊都很安静。我们有好几个人坐在那里，但是并没有聊些什么。有时候，保持沉默是一种正确的方式。这个男人走了过来，和之前从来没有碰过面的人礼貌地打招呼，然后直接问："所以，我的理解是现在这个情况已经没有什么希望了，是吗？"我本应该狠狠地教训他一顿，不会感到任何后悔。他的话激起了我的怒火，也许只是因为我担心他的话可能是对的，但那时候我心里容不下一丁点儿悲观主义的想法。

　　幸运的是，陪伴在我们身边的大多数人都没有增加这种悲伤的情绪。我们的访客包括爷爷奶奶、阿姨叔叔、堂兄弟、朋友还有教练。我希望泰勒可以有意识亲眼看到爱他的人群穿过医院的大门走进了等候室的房间。有些人会过来给我们各种各样的安慰，在这种绝望环境中给予我们正能量并且提供短暂的慰藉。有些人会过来简单地给我们温暖的拥抱，有些人甚至会给我们送饭或者油钱。谢尔比，泰勒的一个多年好友，竭尽全力建立了泰勒之队，用来表达她对我们全家的关心。亲眼见证宾州小镇所有人曾经并且继续团结一致支持我们全家是非常鼓舞人心的。

　　我们家庭的内部动力也开始发生变化。三周的时间里，我们一家人似乎比之前任何时刻都团结和亲密。当我们其中一个人遭受重创的时候，我们以家人名义重新相聚，融化那种艰难。当我们聚在一起的时候，感觉又重塑了和谐。我时常在想如果泰勒没有摔下来的话，我们一家还是否能成为一个独立的单元，但是我质疑是否需要如此撕心裂肺的一击来把我们从无动于衷的萎靡中叫醒。

　　人生可以如此迅速地发生变化这让人目瞪口呆。一个月的时间所有的一切都有了新的替代，一个新的时间表，一种新的心境，一个新的泰勒，一个新的家庭，还有一个新的我。一个完全崭新的优先级排序出现了，因为其他的所有都已经被破坏殆尽。所以新的东西并不是总是更好的。

具体的日子我已经记不起来，但是在第一个月某个时间点姥爷（我的外公）看着我说："那就是你将来需要找到的东西。"一开始我很困惑。姥爷经常会说出一些不同寻常的话。一般这些话都寓意深刻或者特别有意思，有时候两者兼有，经常会让听者陷入深深的沉思。他指的是我身上穿的纽拜伦的T恤衫。

"那就是你将来需要找到的东西：纽拜伦。"这个口号很悦耳，就像在沙滩玩儿了一天后尝一口新鲜的哥斯达黎加芒果，提供了再往前一点点的能量支持，然后你眼前会漂过浮动的木头和调皮的陆地蟹。自从听到这句话后，我就尽力寻找并把平衡的本能运用到生活的各个方面。这种方式有时候还包括那些不平衡中的一种平衡。我记得曾经想过在我们目前所处的困境下只有姥爷会说出这句谚语。这个口号听上去很纯粹，它似乎是泰勒从布林莫尔进入下一个阶段的一只指引之手。

布林莫尔这个地方对我而言象征着进步。在这里通过恢复和不断努力——主要是我妈妈，泰勒还有枫叶病区的医学专家们，有了长足的进步。我周末的家就变成了医院的走廊和附近的生活区，我妈妈那段时间都待在那里。在布林莫尔我见证了哥哥的重生。看着一个二十一岁的身体从昏迷中苏醒，进入婴儿状态，然后经历儿童发育的各个阶段。这无异于目睹了一个人的重生过程。

第一件冲击我大脑的重要事情就是泰勒自从坠落以后第一个笑。爸爸和我正开车前往布林莫尔，这时妈妈打电话过来通知我们泰勒刚刚经历了危险的癫痫大发作，正在被送往附近的佩奥利医院。但我们赶到那儿的时候泰勒已经好转了。癫痫能够暂时夺取患者参与任何活动的欲望，让他周身充满疲惫。

当日子一天天过去，泰勒开始一点点积攒力量。他不再像之前那样需要整天的休息，他更像一头不协调的公牛戴着大大的保护手套。医院里的工作人员对他的状况和创伤性脑损伤似乎知之甚少，他们在照顾他这方面帮不了什么忙。由于癫痫发作后神经科药物调整方面法律的细节问题他必须转移走，因为布林莫尔只是一个康复医院，它不能够提供一个标准的重症加护病房外加看护。这更是一种让所有人感到苦恼的情况。

泰勒焦躁不安很难控制。他一直想要摘下自己的手套，因为它们太烦人了让人感到不舒服所以理当如此。我们有时会替他取下来，让双手透透气，但是不戴手套的时候必须严格监视谨防他碰到头上的缝合线。

当他的双手凉快下来后，他会把食指塞到耳朵里寻找金子，也许是口香糖或者其他东西（小时候爸爸喜欢假装从我们耳朵里一拉然后掏出泡泡糖给我们惊喜）。泰勒一定有些不适应，因为当他把食指移开，除了有一层薄薄的耳屎之外什么都没有。他盯着自己的手指看了好久，仿佛在决定该拿这个宝藏怎么办，然后仁慈地用手将耳屎朝我弹了过来。我对着这个礼物闻了闻，然后假装舔了舔，发出了像小狗喝水一样的声音。泰勒觉得这个动作特别好玩儿，爆发出了最令人心疼又暖人心的笑声。这是他昏迷醒过来后第一次笑，这似乎是一个巨大的里程碑。听到他的笑声时我觉得所有在医院忍受的巨大压力都值得了。

另外一个值得一提的时刻是泰勒第一次开口说话。泰勒的言语理疗师认为泰勒就快开口说话了,因为在过去的几天里他一直发出低沉的呜咽声似乎想试着吐出一些更加连贯的词语。艾弗里、妈妈和我会轮流推着泰勒坐在轮椅上穿过第一层的走廊,然后坐下来休息一会儿。泰勒在轮椅里焦躁不安,他希望可以向前倾斜一点这样双脚就可以碰触地面了。艾弗里给他做了一些调整,妈妈让泰勒说一句谢谢。大约三十秒之后,泰勒成功地挤出了一句轻轻的几乎听不到的话——"谢谢"。在那一瞬间我欣喜若狂,从泰勒嘴里哪怕听到一个简单的词语都意味着新的希望出现了。但是庆祝时间很短暂。

小弟弟不应该庆祝自己的哥哥开口说的"第一个字"。听到泰勒能够再次说话让人感到很安慰,但同时也揭露了一个严酷的现实。第一次我开始有了这个想法:从现在开始我只是年纪上比他小的弟弟。职责也有了转换:我现在要开始照顾泰勒了。他就像是一个婴儿被困在一个二十一岁的身体里面。表演不是我的强项,太戏剧化了,但是我尽自己的全力在成为一个演员,让泰勒保持自己作为哥哥的设定。

回过头来看,当泰勒第一次开口说话时我们竟然没有喜出望外,这着实有些奇怪,但是我们的反应也说得过去。泰勒之前就可以说话,尽管我们早就知道创伤性脑损伤会把患者之前所有的能力都剥夺,但我们还是期盼可以有些进展。这个情况就是这样。我期待进展,所以当泰勒有了进步后,欣喜非常短暂,取而代之的是一种遗憾,和一种迫切想让之前所有的能力都可以有所恢复的希望。进步的果实被认为是理所当然,然后当出现变故后又会无穷无尽地找寻。我们丢脸地发现自己只有在干涸的时候才会感激下雨。

泰勒在布林莫尔一次次鞭策自己，取得了长足的进步。他从零开始，只有一个婴儿的体能，没有任何进步的前景。一开始几天他只是坐在轮椅上空洞地看着，焦躁不安地前后移动着双腿，但这表明他已经睁开眼睛，并且开始移动自己的下肢了。然后他开始书写，主要都是没有意思的单词和词组，偶尔会冒出一些连续的句子。慢慢地他开始用嘴巴吃饭，不再需要依靠食管的帮助了。他开始用嘴巴讲一些词语，最后是句子。每一个打破的门槛都会被立刻庆祝，然后在此基础上紧接着思考怎么样达成下一个目标。

有时候重建就是一个破坏的过程。我记得很清楚泰勒待在布林莫尔的时候我不是一个受欢迎的访客。这个发现让人很难接受。那时候泰勒进入了一个非常具有侵略性的康复阶段，会需要很多情感的爆发以及恶意的举动。在这段日子里，他似乎会把怒气发在我身上。只要我走进屋子里，他就会立刻开始大叫，诅咒，朝着我所在的方向吐口水。一连数周我的名字变成了"废……废物"。他甚至记不住我真实的名字，现在他为我创造了一个不那么好听的名字。

我想对于他的辱骂我处理得很好，但也很令人痛心。从他的青睐变成被驱逐的滋味一点儿也不好受。我甚至无法忍受。当我现在回忆起这个阶段，我想起了泰勒在布林莫尔第一个室友的奶奶。直到泰勒出院她的孙子都一直处于植物人状态，这让人特别伤心难过。有一次当泰勒又开始发脾气骂人的时候她告诉艾弗里："如果可以听到我的孙子开口骂我，我会把整个世界都给他。"

几周过后泰勒开始从时常激怒的状态中走出来。一个更加愉快像孩子一般的泰勒代替了之前不停中伤别人的家伙。这样的改变是种解脱，因为泰勒很快就要回家了。布林莫尔的医护人员给我们送行，这种感觉比在任何医疗机构都要好。一想到在家里照顾泰勒就让人伤透脑筋，但是这又预示着故事进入下一个阶段。

这次带回家的人和之前住在这里的人完全不同。我的大哥哥现在就像个孩子。泰勒回家之前一天我去了趟布林莫尔。他从朋友那里收到了一个会跳舞的小鸡玩具作为爱心礼物。这只母鸡会用尖锐的声调唱歌并且上下蹦跶。有时候它会说："哦，来咯。"然后一只塑料鸡蛋就出来了。

泰勒一整天一遍遍按着这只鸡的开始按钮。这只母鸡每跳一次舞蹈，他也会跟着学一遍。在摔倒之前他从来不会去干像这样的事，现在他又成为了一个孩子。一个健忘的孩子，走路还不稳，不能够自己给自己穿衣服，忘记的东西比记住的多得多，对于自己现在的状况完全迷糊。

回家的时候泰勒的身体状况还很脆弱。走路的时候需要有人指导，楼梯那里总是有人守着。他需要长时间的休息，而且不能集中注意力。我学会了抑制自己的嘲笑，尽管这构成了我的幽默感，因为他无法理解任何形式的文字游戏。之前我从来不需要帮助他洗澡或者给他盖被子。但是当他从布林莫尔回来之后，这些事情都变成了日常。

尽管身体虚弱，泰勒对于回家这件事还是高兴到难以置信。每一个认识或者听说过的人，他感觉都需要邀请别人来家里做客。回来的第一个月里各种各样的熟人和朋友在家里进进出出。人们答应会经常拜访维持关系，除了那些已经有所改变的情况。有些关系可以挽救，但是更多的已经糟糕到无法修补了。

我真希望自己可以知道哪些人会留下来，哪些人已经离我们而去，这样我可以帮助家人解决很多令他们头疼的问题。有时候我会因为人们抛弃泰勒所产生的痛苦而发现自己迷失在愤怒的雾霾中,心里的愤懑让自己无法思路清晰。我不能说站在他朋友的角度我会怎么做,但是我可以说如果换作我,我会做得更好。当你被逼找出谁是真正的朋友时你会感到很心痛。

在学习了解脑损伤的同时,我也越来越清楚自己的行为会产生哪些可能的结果。泰勒摔倒之前,我会经常喝酒。我从来不会担心合法性这个问题,我喝酒就是为了寻找乐趣。但是泰勒坠落那晚喝了酒,同时在布林莫尔我也目睹了由于喝酒和吸毒产生的很多伤害,这些都改变了我对这些东西的看法。

我花了很长时间才在表达自我的看法和忽略其他人的想法之间建立平衡。但我的看法改变的时候,我和一些好朋友——不是全部——的关系产生了疏离。许多次男孩们周末的聚会和晚上的活动都没有喊上我。即使他们只是简单地出去玩游戏或者坐在火堆旁他们也并没有邀请我,因为他们知道可能要喝酒,这样我会感到不舒服。这样的拒绝在我心底留下了很痛的伤口。

我想这件事双方都有责任。我不应该期待他们可以产生同理心,但是他们应该找一种折中的方式,因为感觉他们一点儿也没有考虑这件事情上我的立场。酒精会在朋友和所爱人之间产生隔阂。当发生在我身上时,我有一种挫败感。喝一点点酒我是可以接受的,但是我相信自己不再需要一个酒鬼的心态了。

悲剧将一些人分开,又让另外一些人相聚。泰勒的伤势让我成长。我开始更多地读书,花更多的时间在写歌上。我感觉自己比之前更加内向,大多数时候就静静地坐着简单思考着周围的世界。家庭变成了第一位,再没有一次有过什么事情是理所当然的想法。由于这场悲剧的打击，我有了和自己年龄并不相符的特质和个性。我喜欢自己的这些改变，但并不是所有的改变都是朝着更好的方向。

在泰勒事故前，我不记得自己体验过任何程度的焦虑。我一直是一个极其放松闲散的家伙。泰勒在布林莫尔接受治疗的那段时间，我开始会半夜醒来，脑门全是冷汗，感到非常不安和焦虑。有些夜晚，我会因为呼吸困难醒过来或者感觉自己再也没办法清晰思考了。我不确定是不是我所面临的前所未有的压力造成的，但我相信这绝不是巧合。

我还记得有一个晚上醒来的时候，我全身湿透了，呼吸困难，感觉整个世界都压在我的胸口让我喘不过气。我从床上站起来，摇摇晃晃地上了楼，脑子一片混乱。我脑海里有成千上万个想法在尖叫，但是我一个都抓不住也不明白是什么意思。那个时候感觉过去几个月的重压像雪球一般越滚越大，占据了我的灵魂。我在家周围漫无目的地闲逛直到走到我们家外面的石头车道上。我就穿着一条四角裤，感觉膝盖特别重。我喃喃自语地望向黑夜，祈求这一切疯狂可以停下来，我的内心可以感到舒适自在，泰勒可以痊愈起来，我的家人们可以拥有平静。我恳求了大概有几个小时，直到内心的不安渐渐消散。

我没有看到乌云背后任何的光亮，也没有任何一丝光从黑暗中照射进来，但是自从那晚之后我焦虑的状况得到了改善，这多少有些安慰。半夜里我再也不会惊醒、脑子里全是持续不断的尖叫了。

事情在逐渐好转。尽管一路上有许多跌跌撞撞，泰勒还是一直向前。从医院回家的日子由周变成了月，希望也在逐渐增加。泰勒改变了太多，之前他几乎所有都被夺走了，但他还是找到了继续前行的方式。他的坚持自不必说，他稳定的进步也让我们相信他痊愈是迟早的事。

我们家又重新开始有了家庭的氛围，但事情并没有那么简单。我每次回家都可以看到因为各种各样的差事疲惫不堪的妈妈，她需要把泰勒送去疗程课，负责泰勒的药品，急切地试图寻找可以减轻医疗费用负担的方法，同时还要耗费余下的精力对艾弗里、我还有爸爸表达关爱。她有时候会找到我哭诉，告诉我她很抱歉没有在我需要的时候陪在身旁。泰勒是一切的中心，但是这并没有像她担心的那样伤害到我。我觉得她在尽自己最大的力量平衡一个可笑的失衡的状况。

看到泰勒慢慢重新得到丢失的技能是一件特别美好的事情。他的话语不再单调乏味，变得更有特点，词汇量也都回来了。他走路越来越稳，全身的平衡感也越来越好。我喜欢在他的朋友们拜访的时候坐在一边，看着他竭尽全力逗笑他们，一般这招都很管用。他会记得那些访客各种尴尬的糗事，然后和愿意听的人分享。他幽默感的重塑是最让人愉悦的事情。

他的幽默感中可以说有些讨人厌的男孩子气本性一点儿没变。如果可以让他大笑让我做什么都行。如果可以让他会心一笑，即使在寒冬的走廊里尿尿或者像野人一样赤裸着在家里狂奔我也不会感到难为情。如果他今天过得很糟糕，我会把头发整个扎起来或者把短裤套在头上走进泰勒的房间逗他开心。泰勒觉得这些事情特别滑稽可笑，看到他被逗乐的样子我也感到十分开心。

泰勒刚回家的几个月我们都有一种虚假的乐观情绪，有很多问题都被忽视了。由于伤势问题泰勒的大脑只能按照字面意思理解别人的话并且经常一根筋，这让他非常容易关注一个单一的想法。接下来的几周任何他听说的他认为危险或者担心的事物在他脑海里占据了主要位置。他会对这些事情喋喋不休一直唠叨，没有任何讲道理的余地。

泰勒的大脑不仅念念不忘，它还有随时面对暴风雨的可能。目睹癫痫的发作是一种让人感到特别沮丧的体验。他的癫痫会突然发作，就像雷声一般，结束后让他疲惫不堪。我不知道具体会看到什么，因为在基辛格或者布林莫尔的时候我从来没有见过任何癫痫。当他发作的时候，仿佛嘴角有人放了一个鱼钩，然后猛地向后一拉，他的脑袋会因此迅速地转朝右侧。他无法掌握平衡，他的肩膀通常和歪曲的头部一起颤抖。他总是试图想要说些话，但通常只能发出模糊的咕噜咕噜的声音因为他被口水呛到了。他看上去吓坏了。看到这样混乱的场景会告诉我，我们的生活如何瞬间被夺走所有。尽管不愿承认，但是人生比我们想象的要脆弱许多。我从未想过自己可以撑住亲眼看到恐惧的魔爪伸向哥哥，但我做到了。

即使一路上有各种坎坷和障碍，但事情似乎一直都有进展。我们的新生活似乎有了更多期许，对于泰勒的未来我也越来越乐观。他现在每个月都有巨大的进步，我想应该没有什么可以阻止泰勒的前行了吧。但我错了。

当泰勒还在布林莫尔的时候，我们就被通知许多创伤性脑损伤患者会在伤后一年半或者两年期间达到他康复的顶峰。这个时间表并没有把我吓住，我只是把他当作泰勒需要克服的另外一个挑战罢了，但是和时间作战并不总是会赢的。当两年期限逼近的时候，泰勒的进展进入停滞，他到了一个瓶颈期。时至今日他还处于这个平稳阶段没有进展，让人心碎不已。

作为一个大学生，我很期待若干种长期的学习后可以回家一趟。在几周的精神紧张后看一看泰勒会感到很满足。我们会聊一聊最近在做什么，去散散步，时不时沉醉在他一阵阵的欢声笑语里。然后闪耀的光亮逐渐减少，现实的情感重担到来。我看到泰勒还是毫无进展，一点也没有改变的迹象。他还是需要看护人，不能够自娱自乐，对于自己日常的挑战也没有办法逻辑清晰地思考和理解。超过六个月的时间里他没有任何明显的进步。我们刚刚过完他摔倒两周年的纪念日。泰勒也许永远没办法独立了，我讨厌这个想法，我猜他也是。

最让人心痛的部分是艾弗里和我离开的时候，我的父母会感觉被这种新生活禁锢住了。我们离开家开始自己的生活，完成着作为儿子需要完成的任务：张开翅膀遨游天际。而我的父母则被留下来照顾他们已经发生改变的儿子，他们很清楚也许他再也没有办法自己生活了。

当我大学第一学期开始后第一次回家的时候，我哭了。回学校的路上，我为我的妈妈，爸爸还有泰勒感到心碎。他们由于泰勒这场悲剧的发生，可能永远也没办法再次向前了。不管在哪里，他们都会因为泰勒的伤势感到苦恼，所有的希望都会受到持续不断的挑战。他们深深陷入怀旧的本质里。尽管我曾感觉到泰勒的伤势和我紧密相连，但我有逃离这个地狱的方式。我经常想：把他的摔倒以及永远过着无法自理的生活认定为命运所致这让人很不舒服，这不公平。虽然我早就学会了生活不总是公平的。

在基辛格医疗中心，有很多机器人通过程序设定和控制电线给医院不同病房发放最基本的医疗用品。这些机器人被称之为"拖曳"。在赶往目的地的时候它们会经常和我们相遇，有时候我们会在地上放一些物品让它们自己绕过去，纯粹为了好玩儿。一天晚上妈妈的哥哥埃里克叔叔在医院里画了一个卡通版本的机器人画像，并给它取名叫作"拖曳人生"。我们都过着拖曳的人生。

　　医院的往返，时常的担忧，对于改变的反抗，悲伤和哭泣还有对星空之上的呐喊，这就是拖曳人生。把你哥哥僵硬的身体从冰冷的地板上抱起来，看着他的脑袋肿到像一个篮球那么大，意识到每一个瞬间都可能成为他最后一刻，你们的最后一刻，这就是拖曳人生。当你抱着浑身发抖的妈妈，她哭喊着恳求上帝让她的儿子回来，当你听到你的爸爸整晚哀号第二天早上面色苍白满脸疲惫，这就是拖曳人生。

　　每个人的拖曳人生都不相同，每个人都是独一无二的，但是有共同的准则：每一次的拖曳都有自己的重量。当你手头只有四个轮子其中一个还没气的时候，只有粗糙滚动这一个办法，想象一下当你试着承担重担，忍受负荷，却突然发现电线坏了。泰勒就是面对这样一个世界，但他还在继续前行。每日每夜，一直前行。我想我们都会这么做下去，因为有时候这是唯一的方法。继续过着拖曳的人生，一天一次。

后记

泰勒之队

就在泰勒摔下来后的短短几天里,泰勒的一个好朋友谢尔比·哈肯伯格组织创建了泰勒之队。有一天晚上她来重症监护病房的等候室找我们,并描述了这个不寻常的计划:在面对这次未知的危机时把对我们全家和泰勒的关爱以及支持聚集到一起。泰勒还昏迷着处于无反应状态,这对当时的我们来说有一种强烈的恐惧感。我们渐渐开始了解未来的道路漫长而艰辛。谢尔比想要把支持者们组成一个团队,为了组建这样的队伍她愿意做任何需要的事情。随着时间的推移,我们意识到泰勒的事故对我们而言意味着数月的变化。我们发现创伤性脑损伤会在很多方面影响我们一家,但是在那个时候泰勒之队一直在旁边支持帮助着我们。

在泰勒之队的脸书主页人们可以了解泰勒的最新进展,同时还可以在那里帮助我们。早期前几个月的时候会出售泰勒之队的T恤衫,久而久之,出现了很多募捐还有社区支持的展台。谢尔比带领着这个团队,给那些想要帮助我们人找寻具体的方式。她是一个极富正义感的人,她强大的组织能力对于这个团队是一笔宝贵的财富。

2014年3月,由于对泰勒之队所付出的一切谢尔比被美国红十字会授予医学倡导奖殊荣。这是一份特殊的荣誉也是对于这位特殊朋友的关爱美好的认同。

随着时间的推移,泰勒之队渐渐意义非凡。团队里的成员有来自泰勒社区的人,也有妮可长大社区的人,其他的分布在美国各地。泰勒之队的T恤衫被运往得克萨斯州、乔治亚州、田纳西州、明尼苏达州、阿拉斯加州、纽约、新泽西、佛蒙特州以及澳大利亚还有新西兰。各个年龄各行各业的人们骄傲地穿上它们。我们坚信这些T恤衫不仅代表着泰勒,还有其他创伤性脑损伤患者。泰勒之队将继续致力于传播科普创伤性脑损伤的意识和影响,以及它对宾格曼一家的支持。

附录

»RLA认知功能分级(修订版):十级

第一级——无反应:全部协助
当出现视觉、听觉、触觉、本体感受、前庭或者痛觉的刺激时,行为上完全没有肉眼可以看到的变化特征。
患者好像处于熟睡状态,对于出现的任何刺激物没有任何反应。

第二级——普遍反应:全部协助
对于痛觉刺激表现出普遍的反射性反应。
对于重复的听觉刺激反应为活动的增加或者减少。
对于外部的刺激产生普遍的生理变化的反应,周身身体活动和/或无意识的发声。
不管刺激的类型和地点是哪里,以上提到的反应可能都相同。
反应可能会严重延迟。

第二级——普遍反应
患者会以不明确的方式对刺激进行不一致和无目的性的反应。
不管刺激物表现的是什么,反应本质上都很有限,经常是相同的。
反应可能是生理的变化,周身的活动,和/或发出声音。对深度疼痛的反应经常是最早的。
反应很有可能延迟。

第三级——局部反应：全部协助

对于疼痛的刺激表现出回避或者发出声音。

对于听觉的刺激表现为转向或背对。

当有强光穿过视野中时会眨眼。

在视野范围内眼睛会跟随移动的物体。

对于不舒服的情况反应为拔掉管子或者束缚带。

对于简单的指令反应不一致。

对于不同类型的刺激会直接反应。

对于某些人（尤其是家庭成员和朋友）可能有所反应，对其他人不会有反应。

第四级——困惑/交流：最大协助

有意识且活动状态有所提高。

有目的性地试图移除束缚或者管子或者爬出病床。

可能表现出一些肢体活动比如坐、靠近和走路，但是没有任何明显目的或者其他人的要求。

非常短暂通常毫无目的的持续选择和注意力分散。

短期记忆缺失。

对于刺激可能出现哭喊或者不合情理的尖叫，即便刺激移除后也如此。

可能表现出攻击或者逃逸行为。

在和周围环境没有明显的联系时情绪可能从欣喜到敌对出现转变。

没有办法配合治疗。

对于活动或者环境，言语表达经常不一致和/或者不恰当。

第五级——困惑，不恰当的非焦虑：最大协助
有意识，不焦虑，但是会随机走动或者有模糊的概念想要回家。
对于外部的刺激和/或环境结构的缺失会变得焦躁。
不会指向特定的人，地方或者时间。
经常性短暂，无目的地持续注意力。
最近的记忆严重受损，对于一直进行的活动会有对过去和现在情况的困惑。
缺少目标导向，问题解决和自我监控的行为。
在没有外界指导下经常表现为不正确地使用物体。
在提供指导和提示时可以表现出之前学习的任务。
无法学习新的信息。
在提供指导和提示时可以对简单的指令恰当准确而持续地反应。
在没有外部指导情况下对于简单的指令反应随机且无目的。
在提供指导和提示时短期内可以在社交和自动水平和人对话。
在不提供指导和提示的情况下关于现在发生事情的言语表达不恰当且不真实。

第六级——困惑，合适：中度协助
不一致地指向特定的人，时间和地点。
在中度重新指导情况下可以在无干扰环境里参与非常熟悉的任务长达三十分钟。

久远的记忆比最近的记忆更深，有更多细节。

对某个医护人员有模糊的认知概念。

能够在最大帮助下使用辅助记忆工具。

对于自我，家人和基本需求出现适当回复的意识。

中度协助下可以解决问题以及完成任务。

对于重新学习的熟悉任务（比如自我照顾）表现出遗留意识。

对于受损，残疾和安全风险没有意识。

可以始终如一地跟随简单指令。

在非常熟悉和规整的环境下口头表达恰当。

第七级——自动，恰当：日常生活技能最小协助

在非常熟悉的环境下可以持续性指向特定的人和地方。在中度协助下可以指向特定的时间，在最小协助下可以在无干扰环境里参与非常熟悉的任务至少三十分钟并且完成任务。

最少监督下学习新的东西。

对新的学习表现出遗留意识。

可以开始并分步完成熟悉个人和家庭的日常，但是记不清楚他/她刚刚做过什么。

能够精确完成个人和家庭认知识别的每一步，并且在最小帮助下修改计划。

对于他/她个人的情况有浅显的意识，但对于特定的损伤，残疾和限制导致他/她能够安全，精确和完整完成他/她家庭，社区，工作和休闲的一些活动或认知功能没有意识。

最小监视下可以安全完成在家的日常和社区活动。

对于未来的计划不切实际。

对于一个决定或者行为不能想到后果。

对自己的能力评估过高。

对于他人的需求和情感没有意识。

反抗/不配合。

不能够意识到社交互动中不恰当的行为。

第八级——有目的性，恰当的：备用协助

持续性指向特定的人，地点和时间。

在有干扰的环境下可以独立参与并完成熟悉的任务长达一小时。

可以对过去和最近发生的时间进行回忆并整合。

会使用辅助记忆工具来回忆日常安排，待办事项，在备用协助下记录重要信息以便稍后使用。

在备用协助下开始并实施完成熟悉的人、家庭、社区、工作和休闲日常，在最小协助下需要时可以修改计划。

一旦学习了新的任务/活动不需要额外的协助。

当完成任务受到干扰时了解并承认损伤和残疾的存在，需要备用协助采取正确恰当的行动。

在最小协助下能够思考一个决定或者行为产生的结果。

过高或过低评估自己的能力。

承认其他人的需要和感受并且在最小协助下恰当反应。

沮丧。

易怒。

对于挫折容忍度低/极易发怒。

好争辩的。

以自我为中心。

非典型性依赖/独立。

当不恰当的社交互动行为发生时能够意识到并且承认，在最小协助下采取正确的行动。

第九级——有目的性，恰当的——根据需求提供备用协助

能够独立地在不同任务之间进行，精确完成任务至少连续两个小时。

会使用辅助记忆工具来回忆日常安排，待办事项，记录重要信息以便稍后使用，需要时给予协助。

独立开始并实施完成熟悉的人、家庭、社区、工作和休闲日常，需要时在协助下实施完成不熟悉的人、家庭、社区、工作和休闲日常。

当完成任务受到干扰时了解并承认损伤和残疾的存在，并采取正确恰当的行动，但是需要备用协助在问题发生前进行预测并采取行动预防发生。

能够思考一个决定或者行为产生的结果，需要时提供协助。

能够准确评估自己的能力，但是需要备用协助调整任务的要求。

承认其他人的需要和感受并且在备用协助下恰当反应。

沮丧可能会持续。

可能会轻易动怒。

对挫折的容忍度可能会很低。

在备用协助下可以自我监控社交互动的恰当性。

第十级——有目的性，恰当的：改进的独立

在所有环境下都可以同时处理多个任务，但是需要阶段性的休息。

可以独立地获得，创建和维持自己的辅助记忆工具。

独立开始并实施完成熟悉的人、家庭、社区、工作和休闲日常和不熟悉的人、家庭、社区、工作和休闲任务，但是需要比正常情况更多的时间和/或补偿策略来完成。

可以预期能力的损伤和残疾对完成日常生活任务的影响，并在问题出现之前采取行动，但是需要比正常情况更多的时间和/或补偿策略来完成。

可以独立思考一个决定或者行为产生的结果，但是需要比正常情况更多的时间和/或补偿策略来选择恰当的决定或者行为。

可以准确评估自己的能力并且独立调整任务需求。

可以承认其他人的需要和感受并且自动做出恰当的反应。

可能发生阶段性的沮丧。

当生病，疲劳和/或处于情感压力下时会发怒以及挫败容忍度低。

社交互动行为持续性恰当表现。